BASTEI
LÜBBE
TASCHENBUCH

Weitere Titel der Autorin:

Frau Schick räumt auf
Frau Schick macht blau
Teatime mit Tante Alwine

Titel in der Regel auch als Hörbuch und E-Book erhältlich

Ellen Jacobi

MORDS JUBILÄUM

Ein Krimi aus dem Bergischen Land

BASTEI LÜBBE TASCHENBUCH

BASTEI LÜBBE TASCHENBUCH
Band 17 205

Dieser Titel ist auch als E-Book erschienen.

FSC
www.fsc.org
MIX
Papier aus verantwortungsvollen Quellen
FSC® C014496

Originalausgabe

Dieses Werk wurde vermittelt durch die
Michael Meller Literary Agency GmbH, München.

Lektorat: Dr. Stefanie Heinen
Titelillustration:
© mauritius images/Rainer Hackenberg; © Bürosüd
Umschlaggestaltung: BüroSüd, München
Satz: Urban SatzKonzept, Düsseldorf
Gesetzt aus der Garamond
Druck und Verarbeitung: GGP Media GmbH Pößneck
Printed in Germany
ISBN 978-3-404-17205-4

5 4 3 2 1

»Das Vergangene ist nicht tot,
es ist nicht einmal vergangen.«

William Faulkner

Bergischer Bote, 3. August 1985

Höchststrafe für junge Brandstifter

Köln/Wermelskirchen/Biblinghausen – Die Angeklagten im Brandstifterprozess von Biblinghausen haben ihre Unschuld am grausamen Feuertod von fünf Menschen – darunter zwei Kinder und ein ungeborenes Baby – bis zum Schluss beteuert. Das Gericht urteilte anders: Nach einem Verhandlungsmarathon von fast zwanzig Tagen und zahlreichen Zeugenvernehmungen sprach das Jugendgericht Köln die vier Täter im Alter zwischen 17 und 18 Jahren heute schuldig.

Wegen der besonderen Schwere der Tat schöpfte Richter Kummereit das Strafmaß voll aus und folgte damit den Forderungen der Staatsanwaltschaft. Sämtliche Angeklagte müssen eine Gefängnisstrafe von zwei Jahren und sechs Monaten verbüßen.

Kummereit sieht es als erwiesen an, dass die vier ehemaligen Patienten der bergischen Suchtklinik von Biblinghausen in der Nacht vom 2. auf den 3. September 1984 unter Drogeneinfluss mehrere historische Außengebäude der Klinik absichtsvoll in Brand gesetzt haben.

Bei dem vernichtenden Feuer kam in einem Brunnenhaus die Familie H. zu Tode: Der Vater, die schwangere Mutter und zwei kleine Kinder hatten sich nach einer Wanderung in dem alten Brunnenhaus einquartiert. Die Flammen überraschten sie im Schlaf, sie hatten keine Chance zu entkommen. Die Jugendlichen hatten einen selbstgemischten Brandbeschleuniger

eingesetzt. Lediglich ein Kind der Familie H. konnte aus dem brennenden Haus gerettet werden.
Zwar hätten die Angeklagten, so Kummereit, den Tod der jungen Familie, von deren Anwesenheit im Brunnenhaus sie nicht wussten, nicht beabsichtigt, aber durch ihre Tat die Vernichtung von Menschenleben billigend in Kauf genommen. Die sich rasch ausbreitenden Flammen brannten mehrere Fachwerkhäuser einer ehemaligen Hofschaft im Wald von Biblinghausen nieder.
Als Motiv der Täter hat das Gericht aufgestauten Frust erkannt. Mit einem Freispruch aus Mangel an Beweisen kam lediglich der 16-jährige Thomas L. (Name geändert) davon. Ihm konnte eine direkte Tatbeteiligung nicht nachgewiesen werden. Zugute kam L. außerdem die Tatsache, dass er unter Lebensgefahr das einzig überlebende Kind aus dem brennenden Brunnenhaus retten konnte. Eine scharfe Rüge erteilte Richter Kummereit zum Schluss Jürgen Hammelfuß, dem Leiter der Freiwilligen Feuerwehr von Biblinghausen, der im Prozess als einer der Hauptzeugen gegen die Jugendlichen aussagte.
Der 32-jährige Familienvater hatte am Tag des Brandes trotz Bereitschaftsdienst ein Grillfest für seine Mannschaft gegeben. Dabei wurden so hohe Mengen von Alkohol konsumiert, dass die gesamte Truppe bei Eingehen des Feueralarms nicht einsatzfähig war. »Damit«, so Kummereit drastisch, »trägt Biblinghausens Feuerwehr indirekt Mitverantwortung an den verheerenden Folgen der Brandstiftung. Bei rechtzeitigem Eintreffen der Feuerwehr hätten weitere Menschenleben gerettet werden können.«
Lesen Sie weiter auf Seite 15

Bergischer Bote, 2. Mai 2014

Tod in der Güllegrube – War es Mord?

Wermelskirchen/Biblinghausen – Grausamer Fund in einer Güllegrube. Spaziergänger machten bei der Querung einer Weide nahe Biblinghausen gestern eine schreckliche Entdeckung. Aus einer Güllegrube nahe einem Weidezaun ragte der Arm eines Toten. Der sofort herbeigerufene Notarzt und die Polizei konnten nur noch den Tod des 62-Jährigen feststellen. Es handelt sich um Jürgen H., ehemals Leiter der Freiwilligen Feuerwehr von Biblinghausen. Unklar ist bislang, warum der ortskundige H. in die deutlich gekennzeichnete und ihm seit Jahrzehnten bekannte Güllegrube gefallen ist.

Veronika D., Inhaberin der Postfiliale von Biblinghausen, meldete sich noch am Abend in unserer Redaktion, um ihre schockierenden Mutmaßungen über das tragische Unglück mitzuteilen. »Er ist nicht gefallen, er wurde gestoßen«, so behauptet Frau D. Worauf sie diese Annahme stützt, konnte sie nicht schlüssig erläutern. Frau D. gilt in Biblinghausen jedoch als gemeinhin gut unterrichtet.

Die Polizei will dem Hinweis nachgehen, verweist aber darauf, dass Frau D. bereits des Öfteren wegen mutmaßlicher Verbrechen bei der Kripo Wermelskirchen vorstellig geworden ist, zuletzt wegen des Todes ihrer Nachbarin Käthe T. Die 80-Jährige war am Karfreitag in Folge eines Sturzes in ihrer Küche zu Tode gekommen. Fremd-

verschulden schließt
die Polizei im Falle Käthe T.
allerdings eindeutig aus.

**Wir werden weiter
berichten.**

1.

Der Himmel fährt schlingernd Karussell. Die Dhünntalsperre ist ein uferloses graues Loch. Hügel und Höhenzüge verschwimmen im Nebel. Bäume torkeln die Hänge hinab.

Da stimmt doch etwas nicht! So trist sieht das Bergische Land bei Biblinghausen nicht mal nach einer Woche Dauerregen aus.

Mal kurz am Rädchen drehen.

Aha. So stellt man den Feldstecher scharf.

Schon schaut die Welt freundlicher aus. Idyllisch wie eine Märklin-Landschaft. Der Wald ist sommergrün, der Himmel himmelblau, das Wasser schimmert silbern, die Sonne leuchtet abendrot, und alle Bäume stehen stramm. Fantastisch dieser Fernblick! Reicht bis zum fernen Südufer gegenüber und zu einer Aussichtsbank. Man erkennt sogar den Papierkorb daneben.

Igitt, der quillt ja über vor Müll! Irgendwer hat seine Grillreste unsachgemäß entsorgt. Ragt da ein abgenagter Hammelschlegel aus dem Gitterkorb? Oder ist es ein Ferkelgerippe? Was glauben die Leute eigentlich, wer ihre Kadaver hier abholt? In Naturschutzgebieten verkehrt die städtische Müllabfuhr nicht nach Abfallkalender. Die Hammelkeule schillert grün. Muss schrecklich stinken, allerdings nicht für das Liebespaar, das auf der Bank daneben in hemmungslose Knutscherei versunken ist. Der Mann hat helles Haar und alle Hände voll zu tun. Mehr ist von ihm nicht zu erkennen. Die Frau auf seinem Schoß verdeckt den Rest. Mit ihren Haaren, ihrem

Körper, ihren Küssen. Sie ist blond, jung und äußerst biegsam.

So was! Das ist ja die Blondine vom Sternerestaurant Amselhof, Jean-Lucs Kellnerin. Und wer ist der Kerl? Auf keinen Fall Maître Jean-Luc. Der hat schwarzes Haar und – wie man in Biblinghausen munkelt – eine dunkle Vergangenheit. Na, sein blonder Schatz scheint auch nicht ohne zu sein. Das ist höchst interessant, aber momentan unwichtig. Hier geht es nicht um gefährliche Liebschaften.

Hier geht es um Mord!

Oder Totschlag. Das muss später das Gericht entscheiden. Eins von beidem wird es in jedem Fall werden.

Darum heißt es jetzt: Zielperson finden und zuschlagen. Kurzer Schwenk zum nahen Westufer. Über Wasser, Wasser, noch mehr Wasser, einen Hang hinauf zu einem einsamen Bungalow. Ziemlich einfallsloser Klotz, aber von der Terrasse muss man eine sensationelle Aussicht haben. Für exklusive Grundstücke hatte Bauherr Schöpper immer einen Blick und als Gemeinderat von Biblinghausen die richtigen Kontakte.

Die Terrassentür schwingt auf. Der neue Besitzer tritt ins Freie.

Kurz das Fernglas nachstellen. Glück muss man haben. Das ist der Gesuchte: Oberstaatsanwalt Lothar E. Schuknecht.

Er trägt Schwarz und, wie es ausschaut, seine übliche Leichenbittermiene. Und das an einem lauschigen Sommerabend. Sauertopf! Oder ist der in Trauer? Nein, dafür ist der Anzug zu salopp und … ein Pyjama! Richtig lummelig sieht der aus.

Oh, jetzt entkorkt Schuknecht eine Flasche Wein. Stellt sie auf seinen Verandatisch. Er geht wieder in den Bungalow und kehrt mit einem Wälzer von Buch zurück. Begleitet von spitzen Jaultönen aus seinem Wohnzimmer. Hat der Mann eine Katze? Wenn ja, muss die rollig sein, oder er schlägt sie. Zuzutrauen ist es ihm.

Der Staatsanwalt im Schlafanzug nimmt in einem Korbstuhl Platz, lehnt sich zurück. Hm, sieht sehr entspannt aus. Scheint sich rundum wohlzufühlen. Und unbeobachtet.

Wenn der wüsste!

Weiß er aber nicht.

Besuch erwartet der offensichtlich nicht.

Wen auch?

Dieser selbstgefällige Griesgram und Schnüffler will in Biblinghausen mit niemandem etwas zu tun haben. Ein erneuter Blick durch den Feldstecher untermauert die Vermutung, dass er allein ist. Schuknecht gießt ein einzelnes Weinglas voll, trinkt aber nicht, sondern versinkt in der Betrachtung des Glases. Darin schillert es köstlich rot. So köstlich, dass man Durst bekommt. Warum trinkt der nicht?

Schuknecht legt die Fingerspitzen seiner Hände so zusammen, dass sie ein Dreieck bilden. Affektierte Geste! Will der den Wein erst segnen? Oh, schließt er jetzt auch noch die Augen?

Kurzes Scharfstellen. Tatsächlich, die Augen sind fest zu.

Will der ein Nickerchen halten? Oder betet der? Schwer vorstellbar. Und wenn, dann sicherlich zum Patron aller Miesepeter. Wird ihm nichts nutzen. Die Gelegenheit ist zu günstig, um sie zu verpassen.

Kurzer Blick auf die Uhr. Die Zeit passt auch. Halb neun, gleich wird's dunkel. Nicht zappenduster, aber dunkel genug, um sich unbemerkt von der Seite an den Bungalow heranzuschleichen. Es gibt da einen Trampelpfad mitten durchs Gebüsch. Den kennt kein Schwein. Der schon gar nicht. Schließlich ist Schuknecht nicht von hier.

Jetzt aber los.

Rascher Seitenblick zum Komplizen. Der schläft mal wieder. Na, ist eben ein alter Herr.

»He, aufwachen, Kumpel! Höchste Zeit, dass wir zuschlagen! Hörst du nicht? Aufwachen!«

Ein knurrender, unwilliger Laut ist die Antwort.

»Mach schon, und verzieh nicht so das Maul! Eine Viertelstunde, und wir haben die Sache erledigt. Hey, was soll das? Nimm die Pfoten von dem Ding. Wird's bald? Ich trage das. Du machst nur Unsinn damit.«

Ein unwilliges Grollen ist die Antwort.

»Freundchen! Ich warne dich, mit so etwas spielt man nicht. Hast du eine Ahnung, was mich das gekostet hat?«

Kurzes Gerangel. Metallisches Blitzen. Ein leiser Fluch, ein Winseln. Schon ist geklärt, wer hier das Kommando hat und die tragende Rolle spielt.

»Verdammt, das hätte ins Auge gehen können, Bürschchen! Bei aller Liebe, als Komplize bist du eine glatte Null! Hör auf, so zu wimmern, ich hab dich nicht hart angefasst.« Pause. »Oder hab ich dich hart angefasst?«

Vorwurfsvoller Blick von unten.

»Ist ja gut, tut mir leid. Tut mir ehrlich leid, aber wir sind nicht zum Vergnügen hier. Wenn wir zuhause sind, kriegst du deinen Anteil, verstanden? Ziemlich fetter Anteil. Mehr als gut für dich ist.«

Noch vorwurfsvollerer Blick gepaart mit einer Leidensmiene.

»Okay, okay, meinen Anteil kannst du auch haben. Hauptsache, wir erwischen diesen Schuknecht.«

Endlich. Schweigen im Wald. Sogar dieser penetrante Specht hat sein Tagwerk eingestellt. Durch die Verandatür kräuseln sich dünn wie Rauchfäden die Töne einer japanischen Shakuhachi-Flöte in den Spätsommerabend. Kein esoterisches Synthesizer-Geschwurbel, sondern Tony Scotts feinsinniger Jazz-Klassiker *Music for Zen Meditation* von 1964. Töne wie hingetupft, äußerst entspannend. Oberstaatsanwalt Lothar E. Schuknecht beendet zufrieden eine kleine Meditation. Auf dem Terrassentisch atmet ein vorzüglicher Rotwein.

So lässt es sich leben. Zumal es seit einer Woche nicht geregnet hat. Was in dieser Einöde namens Bergisches Land, das genaugenommen aus mittelmäßigen Hügeln besteht, einem Wunder gleichkommt. Ihre irreführende Benennung verdankt die Gegend den Herzögen von Berg, ihren Ruf als Idylle allein dem Niedergang der traditionellen Handwerksbetriebe und der Metallindustrie. Jahrhundertelang haben sie die hiesige Luft und sämtliches Wasser verpestet und den Mischwaldbestand zwecks Brennstoffgewinnung geplündert. Bereits im Spätmittelalter wurden örtliche Bäche und Flüsse von Gerbern, Blaufärbern und Bleichern in stinkende Kloaken verwandelt. Nicht weit von hier gab es vor etwas mehr als hundert Jahren auch noch geheime Pulvermühlen, deren gelegentliche Explosionen die Arbeiter Beine, Arme oder das Leben kosteten. Von Salpeterverätzungen ganz zu schweigen. In Lumpen- und Papiermühlen fingen sich ganze Frauengenerationen – manche noch Kinder – die Tuberkulose ein. In Hammermühlen ging es ihren Männern nicht besser, Richtung Wuppertal schufteten sich Hutbandweber und Seilmacher zu Tode. Mit anderen Worten: Ländliche Idylle herrschte hier selten. Auch nicht für die Bauern. Und kulturell gesehen ist das Bergische nach Schuknechts Dafürhalten bedauerlich unterentwickelt.

Sentimentale Naturbetrachtung, findet der Oberstaatsanwalt a. D., ist dafür keine Entschädigung. Sinnloses Herumwandern auf morastigen Waldpfaden erst recht nicht. Schadet dem Schuhwerk, auf das er viel Wert legt.

Zugegeben: Es ist dennoch vergnüglich, hier auf der Terrasse zu sitzen. Aber zum Vergnügen ist er nicht vor zwei Monaten hergezogen. Nein, das ganz sicher nicht.

Schuknechts Blick streift sein Darn Jian, das griffbereit am Tischbein lehnt. Die untergehende Sonne entlockt der Stahlklinge des Schwerts glühende Lichtreflexe. Soeben hat er mit dem Darn Jian seine Tai-Chi-Übungen vollzogen. Eine verkürzte Version des Pekingstils, zweiunddreißig ineinander überfließende Bewegungsfolgen aus der Nahkampfpraxis, die Seele, Geist und Körper in Harmonie und in Kontakt mit dem Chi bringen, der überall fließenden Lebensenergie. Die möchte er sich mit seinen fast siebzig Jahren noch ein Weilchen erhalten. Darum das Schwert. Ein scharfes, zweischneidiges, tödliches Schwert.

Vergnügen, Heiterkeit oder gar Ausgelassenheit wären bei Übungen mit dieser Waffe fehl am Platz. Überhaupt sind derartige Gefühlszustände geeignet, seinen Verstand zu trüben, auf den er angesichts seines Vorhabens und auf seinen vielleicht letzten Lebensmetern nicht verzichten kann.

Ebenso wenig wie auf sein abendliches Glas Rotwein. Man muss auch entspannen können. Sich der passiven, weiblichen, feuchten Yin-Energie hingeben, um im entscheidenden Moment mit aktiver, männlicher Yang-Energie zuschlagen zu können.

Wobei man mit einem Tai-Chi-Schwert nie dumpf draufhaut, sondern geschmeidige, schneidende Bewegungen vollführt. Heutzutage üblicherweise in Richtung eines unsichtbaren Gegners. Tai-Chi – ob mit bloßer Hand, Stock, Fächer oder Schwert praktiziert – dient in erster Linie der Selbstschulung, der Zähmung des inneren Kriegers und der Schärfung der

Wahrnehmung. Das Ganze erinnert an einen exakt choreographierten Schattentanz. Der mit einem Schwert wie dem seinen für einen echten Gegner allerdings tödlich enden kann. So man das möchte.

Nun, besser er als ich, denkt Schuknecht mit einem Anflug von Grimm. Niemand setzt ihn ungestraft auf eine Todesliste.

Niemand.

Er nippt am Glas, kaut bedächtig den ersten Schluck, lässt ihn die Kehle hinabrinnen. Als Kenner schmeckt er Lederaromen und eine Zedernnote im Abgang. Zufrieden schweift sein Blick über seinen nach Fengshui-Prinzipien frisch angelegten Hanggarten. Weiße Kieselbeete und gestutzter Fächerahorn. Auf einen Teich mit Koi-Karpfen, die angeblich Erfolg verheißen, hat er verzichtet. Zum einen, weil er Glücksfische für Firlefanz hält, zum anderen, weil man es mit der Wasserenergie an diesem Ort nicht übertreiben muss.

Umrahmt von bewaldeten Höhenzügen, Weiden und Laken aus braunen oder gelben Feldern, funkelt am Fuß seines Gartens Westdeutschlands größtes Trinkwasserreservoir im Abendlicht. Vierhundertvierzig Hektar Wasser. Die Dhünntalsperre.

Von dort droht keine Gefahr. Niemand kann sich ihm von der Wassersperrzone, in der Wandern, Baden und Bootfahren verboten sind, geräuschlos oder unsichtbar nähern. Glatt wie ein Spiegel liegt die Talsperre da. Ganz wie Karl Mays Silbersee.

Karl Mays Silbersee?

Herrje, was für ein peinlicher Vergleich! Naturschwärmerei und Schundliteratur sind ihm als Freund von Aufklärungsphilosophie, Kenner ostasiatischer Kultur und Tai-Chi-Schüler ein Gräuel. Natur ist nicht hübsch, idyllisch oder romantisch.

Natur ist – etwa in Form von echten Bergmassiven – erhaben und sollte in einem Verstandesmenschen wie ihm lediglich interesseloses Wohlgefallen auslösen. Ganz wie Immanuel Kant es formuliert hat.

Schuknecht nickt. Mit interesselosem Wohlgefallen lässt es sich leben. In Frieden leben. Anders als mit jeder Form fehlgeleiteter Leidenschaft. Etwa für Natur oder Frauen.

Frauen? Herrje, wie kommt er jetzt darauf? Schuknecht runzelt die Stirn. Dieses Kapitel hat er vor fünfzehn Jahren mit seiner zweiten, äußerst kostspieligen Scheidung abgeschlossen. Wie heißt es so schön: Was der Verstand beim Eingehen der Ehe zu wenig leistet, muss er während der Ehe mit Wucherzinsen nachzahlen. Und er sogar danach. Vorbei. Seit seinen Scheidungen lebt er leidenschaftslos glücklich, ganz wie ein Zen-Mönch im Stadium der Erleuchtung.

Nun ja, zufrieden, trifft es eher. Zufriedenheit ist die höchste Form des Glücks.

Er entfernt eine Fluse von seiner Tai-Chi-Kluft aus schwarzer Maulbeerseide und nippt erneut am Wein. Kurz hält er sein Gesicht in die Strahlen der weichenden Sonne. An Abenden wie diesem ist man versucht zu meinen, das Bergische Land habe geradezu das Zeug zum Paradies.

Schuknecht zuckt zusammen.

Was denkt er sich heute bloß zusammen? Zwei Monate bergische Einöde scheinen seinen Verstand verwildern zu lassen, oder liegt es am Wein?

Oberstaatsanwalt a. D. Schuknecht schielt zur Flasche. Ziemlich muskulöser Brunello di Montalcino. Fünfzehn Prozent Alkohol. Mehr als ein Glas sollte er sich am Abend nicht davon gönnen. Nicht, bevor er seinen Feind erkannt, gestellt und vernichtet hat. Zumal er seit geraumer Zeit auf gehaltvolle Abendmahlzeiten verzichtet. Der Figur und seiner Gesundheit zuliebe.

Die Welt ein Paradies! Schuknecht schüttelt in stummem Selbsttadel sein vogelartiges Haupt. Berufsbedingt weiß er, dass das Gegenteil der Fall ist. Die Hölle lauert überall. Auch in Biblinghausen an der Dhünntalsperre. Gerade hier in Biblinghausen. Daran kann es nicht den leisesten Zweifel geben.

Was nicht an Biblinghausen – einer Kleckergemeinde zwischen Altenberg, Wermelskirchen und Hückeswagen – liegt. Das Dreckstück Mensch verdirbt jeden Ort mit seinem unausrottbaren Drang, die vorgegebene Ordnung der Dinge durcheinanderzubringen. So ist das.

Ordnung, nickt Schuknecht sich erneut zu, Ordnung ist das Urgesetz des Universums – nur leider nicht der Menschenwelt. Da muss man immer und immer wieder nachhelfen.

Ein Rascheln stört ihn in seinen Gedanken auf. Schuknecht reißt den Kopf in Richtung des Geräuschs herum. Eine Amsel hüpft schimpfend unter einem Gebüsch hervor. Seine Miene entspannt sich. Vortrefflich reagiert! Auf sein scharfes Gehör ist Verlass, genau wie auf sein scharfes Schwert. Sein Blick klettert an der Schneide entlang zur Tischplatte empor und bleibt an einem Ungetüm von Lexikon hängen.

Verdammt, er ist wirklich nicht zum Vergnügen hier! Er muss sich weiter vorbereiten. Seufzend greift er nach Band drei der *Insekten des deutschen Reiches* von 1907. Noch immer ein Standardwerk, wie ihm ein Vertreter der Gesellschaft für Entomologie – also Insektenkunde – versichert hat. Der Lederband knarrt beim Aufschlagen.

Bildtafeln mit Käfern springen Schuknecht ins Auge. Widerliches Geschmeiß. Unwillkürlich verspürt er ein Kribbeln auf Armen und Beinen. Nun, was tut man nicht alles, um sich eine Tarnung zuzulegen. Eine Tarnung als Sonderling und Insektenfreund, den es nach Jahrzehnten des anonymen Großstadtlebens aufs Land zieht und der dem Kontakt zur menschlichen Spezies nichts abzugewinnen weiß.

Sein angebliches Hobby hat ihm bei der Besichtigung der Brandruinen der alten Suchtklinik, die mitten im Wald liegen, schon gute Dienste geleistet. In Biblinghausen glaubt man, er treibe sich nur deshalb ständig in den denkmalgeschützten Gebäuderesten herum, weil er nach dem schwarzen Kiefernprachtkäfer Ausschau hält, der seine Larven mit verkohltem Totholz füttert. Im Dorf selbst wird er mit diesem unappetitlichen Waldbewohner nicht weit kommen. Da braucht er etwas anderes.

Widerwillig wendet er sich dem Lexikon zu. Sein Blick fällt auf die Schautafel eines Ameisenhügels im Querschnitt. Der gefällt ihm, weil unter den staatenbildenden Insekten Ordnung herrscht. Alles und jedes hat hier seinen vorbestimmten Platz. Auch die bis zu eine Million Ameisen, die mit Präzision ihrer Bestimmung nachkommen und ein Wunderwerk erschaffen. Ohne Mord und Totschlag – von der Abwehr gewisser Feinde abgesehen.

Selbst die geringste Ameise besitzt Tugenden, um die Zen-Meister oder Tai-Chi-Lehrer ihr Leben lang ringen: Gleichmut, Absichts- und Leidenschaftslosigkeit. Nur weil es der menschlichen Spezies an diesen Eigenschaften chronisch mangelt, befindet sich die Welt in einem beständigen Zustand von Chaos und Unfrieden.

Beides hat Schuknecht als Vertreter der Anklage und später als Professor für Rechtsphilosophie überreichlich zu schaffen gemacht. »Der Mensch«, beschied schon Immanuel Kant, »ist das einzige Wesen, das erzogen werden muss.«

Was nach Ansicht Schuknechts selten Erfolg hat.

Nur gut, dass er das Gros seiner Mitmenschen in Biblinghausen für den Rest seiner Tage wird meiden können. Sein

Bungalow, den er von einem ehemaligen Gemeinderat erworben hat, ist von Biblinghausens Ortskern durch viel Wald und einen Forstweg getrennt. Der Weg ist – Herrn Gemeinderat sei Dank! – als Sackgasse ausgeschildert, mit Durchfahrtverbot belegt und endet im Nirgendwo. Genauer gesagt vor einem Gittertor, das den Zutritt zur Dhünntalsperre unmöglich macht. Was ihm – Schuknecht – einen exklusiven Ausblick auf die Wasserfläche erlaubt. Gemeinderat Schöpper konnte sich als Exmitglied des Bau- und Planungsausschusses das Seegrundstück sichern, bevor Bauvorhaben an diesem Ort verboten wurden. Clever, der Gute. Das beweist auch der Trick mit dem Forstweg.

Freilich verirren sich an Wochenenden trotzdem Wandergruppen in alberner Funktionskleidung vor den Talsperrenzaun und damit vor seinen Garten. Manche mit Badetaschen. Was ihm sinnleere Gespräche aufzwingt, falls er seinen Garten nicht meidet.

»Hallo! HALLO!«, schreit es dann. »Kommt man hier denn überhaupt nicht ans Wasser?«

»Können Sie keine Schilder lesen?«

»Doch, natürlich, aber wir dachten …«

»Falsch! Genau das haben Sie nicht getan. Hätten Sie nachgedacht, wären Sie nicht hier.«

Nur gut, dass die Gemeinde Biblinghausen überwiegend von eingeborenen bergischen Sturköpfen bewohnt wird. Grußworte lassen sich vermeiden. Man begegnet sich in schweigsamer Würde. Von bedauerlichen Ausnahmen abgesehen. Leider hat die Nähe zu Köln und Düsseldorf in Biblinghausen eine rheinische Unterwanderung des starrköpfigen bergischen Temperaments zugelassen. Es wimmelt in Biblinghausen zwar nicht von rheinischen Frohnaturen, aber herrje!, zwei bis drei Kölner genügen, um den ursprünglichen Charakter des Dorfes zu zerstören. Die Zugezogenen neigen zu Schwatzhaftigkeit und unerschütterlicher Selbstbegeisterung.

Neben rheinischen Frohnaturen wohnen in den Fachwerkhäusern des Ortskerns minderbegabte Töpferinnen, esoterisch-ökologische Spinner und Großstadtflüchtlinge auf der Suche nach Beschaulichkeit. Der vernunftbegabte bergische Teil der Dorfbewohner verzichtet dagegen auf malerisch verfallende Behausungen in feuchter Tallage. Die Eingeborenen ziehen Niedrigenergiehäuser mit Solarpaneelen in Hanglage vor.

Es ist anzunehmen, dass sie von dort aus spöttisch auf alle Dorfnostalgiker herabschauen. Und auf jene Tagestouristen, die anreisen, um sich bei Hasim – einem algerischen Schlitzohr, der das historische Mühlenlokal betreibt – lederartige Waffeln mit Sprühsahne und dünnen Dröpelminnakaffee andrehen zu lassen, anstatt sein vorzügliches Couscous mit Lamm zu kosten.

Andere steuern Heiners *Tattooworld* im Schatten der Dorfkirche an, um sich sinnfreie chinesische Schriftzeichen in den Arm stechen zu lassen. Ein Angebot, das sich an die im kurvenreichen Eifgental epidemisch auftretenden Motorradhorden wendet. Offenbar erfolgreich.

Einzig die Klatschzentrale im Ortskern scheint ein Relikt aus vergangenen Zeiten zu sein. Es ist ein Edeka-Laden samt Postfiliale. Mit eigenwilligen Öffnungszeiten, wie Schuknecht bei dem Versuch, einen Einschreibebrief abzuholen, feststellen musste. Höchstens vier Stunden am Tag sind Kunden willkommen: zwischen 6:30 Uhr und 11 Uhr morgens. Ungefähr.

Geführt wird der Schrummelladen von einer pensionierten Grundschullehrerin mit Doppelnamen. Schuknecht runzelt die Stirn. Wie lautete der noch? Stand unter den Öffnungszeiten. Auf einem Schild aus Salzteig. Irgendwas mit Bimmel oder Bummel?

Egal, muss man sich nicht merken! Besagte Dame stellt hinter halbblinden Scheiben ein obskures Angebot aus: Neben Ansichts- und Wanderkarten werben Faltblätter für ihre Frauenkräuterseminare im Bergischen Freilichtmuseum Lindlar. Frauenkräuter! Firlefanz! Strickstrümpfe und bizarre Töpferwaren aus hiesiger Fertigung runden neben Eiern von einer Straußenzuchtfarm im Nachbardorf Emminghausen das Sammelsurium ab.

Straußeneier!

Nur gut, dass Biblinghausen neben derlei Absurditäten den Amselhof zu bieten hat. Ein Sternerestaurant, das – der Nähe zu Düsseldorf und Köln sei in diesem Falle Dank – vor einem Jahr eröffnen konnte. Selbstredend ist der Amselhof seine Mittagskantine geworden.

Der aus Belgien stammende Wirt und Koch, Jean-Luc Durant, hält ihm stets einen Nischentisch frei und geschwätzige Dörfler, die den Amselhof noch immer für ein Pfannkuchenhaus halten, vom Leib. Schuknechts werdendes Hobby – Insektenkunde – tut ein Übriges.

Was er über die Bewohner von Biblinghausen wissen muss, teilt ihm Jean-Luc diskret mit. Ohne lästige Nachfragen. Im Gegenzug verscheucht Schuknecht Töpferinnen und grüne Witwen in Reiterstiefeln aus Jean-Lucs Nähe. Der Mittvierziger ist zwar allem Anschein nach an seine blonde Bedienung vergeben, wirkt dank seines Belmondo-Gesichts aber dennoch anziehend auf Frauen.

In Biblinghausen – daran besteht für Schuknecht kein Zweifel – ist das eine Strafe. Konkurrenz oder Entlastung hat Jean-Luc einzig in der Person von Dr. Friedestrom, einem scheuen Mediziner mit Hünenfigur und Chirurgenhänden. Dabei ist

Friedestrom gar kein Chirurg, sondern Chefarzt der neu errichteten Suchtklinik mitten im Wald. Was die Biblinghäuser nicht davon abhält, Friedestrom in Notfällen – oder das, was sie dafür halten – als Dorfarzt zu missbrauchen.

In Schuknechts Rücken beendet ein hell aufzüngelnder Flötenton Tony Scotts musikalische Zen-Meditation und Schuknechts Gedankenausflug nach Biblinghausen. Er seufzt. Zurück zu den Insekten.

Der Oberstaatsanwalt a. D. rückt Taschenlampe, Lupe und ein Schälchen gärendes Fruchtmus auf dem Tisch zurecht. Mit Letzterem hofft er dämmerungsaktive Vertreter der Gattung Macrolepidoptera anzulocken. Sobald er ernsthafte Nachforschungen im Dorf beginnt, muss er gängige Großschmetterlinge auf einen Blick zuzuordnen wissen. Vor allem Nachtfalter erlauben einen großen Bewegungsradius. Am besten wird sein, er sucht sich als Objekt seiner vorgetäuschten Begierde ein Gattungsexemplar aus, das extrem selten ist.

Der hier sieht vielversprechend aus: *Tyria jacobaeae*, auch Jakobskrautbär oder Blutbär genannt. Ein lichtscheuer Falter aus der Unterfamilie der Bärenspinner, Grundfarbe der Vorderflügel: schwarz, Hinterflügel: karmesinrot. Sein Nachwuchs besteht aus gelb-schwarz geringelten, weiß behaarten, giftigen Raupen. Das Gift verdankt sich dem reichlichen Verzehr von Jakobskreuzkraut.

Schuknecht nickt, diese Falter und erst recht dessen Raupen dürfte er auf Anhieb erkennen. Falls er das Pech haben sollte, solchem Gewürm zu begegnen. Na, ist unwahrscheinlich. Der Blutbär ist vom Aussterben bedroht. Wäre kein Verlust für die Menschheit.

Erneut lässt ihn ein Geräusch aufhorchen: schleichende Schritte.

Oho! Mit einer so frühen Konfrontation hat er nicht gerechnet, zudem hat er mehr taktische Raffinesse erwartet. Schuknechts Körper strafft sich, seine rechte Hand gleitet zum Schwertgriff, seine Ohren versuchen, die Richtung zu orten, von der aus sich der Eindringling nähert.

Da! Ein Blätterrascheln aus nordnordöstlicher Richtung – also seitlich rechts von ihm. Es folgt ein knackendes Geräusch, wie es beim Zertreten von Reisig entsteht, dann wieder Stille. Er weiß, warum. Der neben seiner Terrasse ausgebrachte Bambusmulch schluckt die Schrittgeräusche. Trotzdem macht er mühsam unterdrückte Atemgeräusche aus.

Schuknecht streckt Zeige- und Mittelfinger seiner freien Linken vor, berührt mit dem Daumen den Ring- und den kleinen Finger der Hand, sodass sie einen Ring bilden. Eine im Tai-Chi unverzichtbare Handhaltung, die den energetischen Ausgleich zur schwertführenden Rechten herstellt. Geschmeidig wie eine Katze und flink wie eine Eidechse – eine zugegebenermaßen leicht betagte Eidechse – erhebt er sich aus seinem Korbstuhl. Keine Sekunde zu spät. Tai Chi heißt, einen Angriff zu erspüren, bevor er geschieht. Das ist ihm vorzüglich gelungen.

»Endlich hab ich Sie!«, keucht es heiser und unverkennbar triumphierend kaum zwei Meter hinter ihm.

Darauf gibt es nur eine Antwort: in einer pirouettenartigen Bewegung herumwirbeln und mit schneidender Abwärtsbewegung zum Angriff übergehen. Die Figur – im waffenfreien Chi Gong als Sternenkomposition im Großen Bären bekannt – gelingt ihm mit Schwert noch nicht vollkommen. Ein reißendes Geräusch an seiner hinteren Hosennaht verrät zudem, dass seine maulbeerseidenen Trainingshosen zwar elegant, aber weniger strapazierfähig als behauptet sind. Zugleich muss er mit ungeplantem Hüftschwung einem Hund ausweichen.

Ein wahres Untier von Hund mit tellergroßen und, wie ihm scheint, glühenden Augen, schießt auf ihn zu. Sei's drum, sein

Herrchen, das er nur als Schatten wahrnimmt, hat keine Chance, seine Waffe zum Einsatz zu bringen. Klappernd und mit blechernem Scheppern geht sie zu Boden. Das Getöse lässt den Hund aufjaulen und einen Satz nach hinten tun. Kann man verstehen. Das Scheppern schmerzt auch in Schuknechts empfindlichen Ohren.

Was für eine Waffe verursacht im Fallen derart infernalischen Lärm?

Gleichgültig, er hat genug damit zu tun, dem nach allen Seiten spritzenden Blut auszuweichen.

Spritzendes Blut?

Moment mal!

Er hat doch gar keine Gliedmaßen oder menschliche Weichteile getroffen. Oder doch? Schuknechts Blick gleitet entlang der Schwertklinge zu Boden. Ihre Spitze steckt im Terrassenholz fest. Es dauert nur Sekunden, bis sich seinem Verstand die wahre Natur der blutigen, breiartigen Bescherung zu seinen Füßen erschließt.

Die Waffe, die er dem schemenhaften Eindringling aus den Händen geschlagen hat, ist – ein Kuchen.

Genauer gesagt ein Kirschkuchen.

Samt Blech.

Daher das Scheppern, darum das Blut.

Quatsch, Saft!

Kirschsaft, registriert sein Hirn.

Vermengt mit Biskuit und reichlich Sahne.

Jemine, so viel ist klar: Als Tai-Chi-Kämpfer hat er sich soeben gründlich blamiert. Als Volltrottel hingegen hat er Anspruch auf das Siegertreppchen. So viel Ehrlichkeit muss sein. Immerhin hat er eine der ersten Regeln des chinesischen Weisheitsbuches *Tao Te King*, der Bibel aller Tai-Chi-Schüler, missachtet: *Der Weise übe sich im Wirken ohne Handeln.*

Aristoteles hätte ebenfalls die quasi gottgleiche Haltung des »unbewegten Bewegers« empfohlen. Leider hilft ihm Philosophie jetzt nicht weiter. In der Praxis hat er versagt.

2.

Der Hunderiese drängelt nach vorne, macht sich mit gewaltiger Zunge über den Kuchenbrei her, leckt und schlabbert um die darin steckende Klingenspitze herum. Und um ein Paar dreckverkrustete Gummistiefel.

Oh, die sind neu im Bild.

Schuknechts Blick konzentriert sich auf die Stiefel, klettert Zentimeter für Zentimeter nach oben. In den Stiefeln stecken stramme Beine in lila Latzhosen. Es folgt ein üppiger Vorderbau. Zögernd hebt er sein Vogelhaupt und sucht das Gesicht des Hundebesitzers. Besser gesagt der Besitzerin: Lila Latzhosen, ein Busen und ein Blechkuchen lassen naturgemäß nur einen logischen Schluss zu.

Der Überbringer ist eine Frau.

Eine Frau mit bedauerlichem Modegeschmack.

Um ihren Hals winden sich ein Feldstecher, ein papageienbuntes Ethnotuch und ein Klimbim aus Perlen, Federn und Amuletten. Scheußlicher Firlefanz! Fehlt nur eine selbstgefädelte Nudelkette oder der Knochen in der Nase. Diese Person, diese Frau, ist eine Parodie auf … auf was auch immer!

Unwillig sucht Schuknecht das Gesicht, das zu diesem erschütternden Outfit gehört. Er entdeckt Apfelbäckchen – nicht faltenfrei – und irisierend blaue Augen. Die ihn mustern. Scharf mustern. Für eine Millisekunde glaubt er gar, ein Quäntchen Spott in ihnen wahrzunehmen.

Aber nein, er muss sich täuschen. Das schrille Kichern, mit

dem seine Besucherin die Stille beendet, entlarvt sie als ebenso töricht, wie es ihr Outfit ist.

»Et ess en schlächte Kermess, wo nüss kapottgeht!«, prustet die Person.

Schuknecht runzelt die Stirn. War das Holländisch?

»Wie meinen?«

»Bergisches Sprichwort. ›Das ist eine schlechte Kirmes, bei der nichts kaputtgeht‹«, übersetzt sein ungebetener Gast und deutet auf den Brei am Boden. »Mein schöner Kuchen dürfte mausetot sein.« Die Frau hebt neckisch den Zeigefinger und fuchtelt damit unter seiner Nase herum. »Sie sind mir ja ein ganz Wilder! Na, immerhin haben Sie nicht den Honiglikör getroffen. Hiesige Spezialität vom Hollerhof. Kleines Schlückchen auf den Schrecken?«

Sie schüttelt neckisch ein mit Geschenkbandkringel verziertes Fläschchen in ihrer Rechten. An ihrem Arm baumelt ein praller Beutel, der weitere Gaben androht.

»Gestatten? Ich bin Veronika Dornbusch-Bommelbeck von der hiesigen Postfiliale. Kennen Sie die schon? Ich bin gekommen, um Sie im Namen von ganz Biblinghausen willkommen zu heißen«, dampfplaudert sie los. »Man sieht Sie im Dorf ja kaum. Außerdem habe ich Ihre Post für Sie gesammelt.«

Sie kramt im Beutel. »Mal sehen, was ich alles für Sie habe. Also, einen Einschreibebrief von einem Kölner Bewährungshelfer namens Naumann, eine Apothekensendung ... Da rappelt es ganz schön in der Kiste – ich hoffe, beim Transport ist nichts kaputtgegangen! Päckchen sind ja nicht versichert. Erwarten Sie lebensnotwendige Tabletten in Glasfläschchen? Äußerst unvernünftig, sich so etwas per Post zusenden zu lassen. Unser wunderbarer Doktor Friedestrom kann Ihnen die sicher auch anders besorgen. Ach ja, ein asiatisches Waffenmagazin ist auch dabei. Ich fürchte, der Umschlag ist eingerissen, daher konnte ich den Inhalt erahnen. Den Katalog hätte der Postbote natürlich in Ihren Kasten werfen können, aber er hat alles bei mir abgegeben, weil Sie so selten zuhause sind.«

Frau – wie hieß sie noch? – pflückt ihren Baumwollbeutel vom Arm. Eine Batikarbeit. Sie umkreist Hund und Kuchenbrei und deponiert die Post schwungvoll auf seinem Terrassentisch. »Ich musste meiner Nachbarin Sophie eben noch beim Stallausmisten helfen. Krankes Pferd, Hufabszess, dazu drei kleine Kinder und der Mann ständig auf Dienstreise. Verkauft Traktoren und Landmaschinen in aller Welt. Na, man hilft, wo man kann, nicht wahr?«

Dem Beutel entsteigt eine Duftmischung aus Patschuli und Stallmist. Schuknecht verengt angewidert die Nasenlöcher. Zu einer Erwiderung fehlt ihm die Kraft in Anbetracht von Frau Bommelbeck-Dingsdas Dreistigkeit und ihrer Haare. Die scheint sie sich ebenfalls mit Kirschsaft gefärbt und mit Stricknadeln frisiert zu haben.

Die feuerrote Hochsteckfrisur erinnert an ein schlampig aufgewickeltes Wollknäuel. Mehrere Stränge Garn – Quatsch, Haare! – haben sich gelöst und umlodern ihre Apfelbäckchen wie Schlangenzungen.

Und was baumelt da an ihren Ohren?

»Sind das Totenköpfe?«, entfährt es ihm unwillkürlich.

»Ja, niedlich, oder?«, antwortet Frau Wie-auch-immer und wackelt mit dem Kopf, um sie tanzen zu lassen. »Man kann sie auch anknipsen, dann blinken die Augen. Ich bin gerade zu einem Hexentreffen unterwegs. Heute ist Vollmond, und wir wollen endlich die Sache mit dem Jungfrauenopfer filmen. Sehr gruselig. Es gibt da nämlich eine berühmte Biblinghäuser Sage ...«

Schuknecht hört nicht mehr hin. Hexentreffen. Grundgütiger! Dazu diese Latzhose. Was will diese Person darstellen?

Eine Kreuzung aus satanischem Karlsson vom Dach und Pumuckl als Beelzebub? Unfassbar! Die Dame – falls man das überhaupt sagen kann – ist nun wirklich über jenes Alter hinaus, in dem das weibliche Geschlecht sogar in Kartoffelsäcken anziehend wirkt. Oder sich schmeicheln darf, ein unwiderstehlicher Knalleffekt der Natur zu sein, wie Philosoph Schopenhauer über junge Frauen in der Blüte ihrer Jahre zu sagen pflegte.

Nach fünfzehn weiteren Minuten schwirrt Schuknecht der Kopf. Diese Person ist nicht allein optisch eine Zumutung, sondern auch akustisch. Erst entschuldigt sie sich mehrfach dafür, ihn im Schlafanzug überrascht zu haben – Schlafanzug! –, dann tut sie seine komplexen Schwertübungen mit einem nicht sehr respektvollen »Ach so, diese chinesische Seniorengymnastik« ab und empfiehlt ihm die örtliche Yogaschule von Ingeborg.

»Da hätten Sie Gesellschaft. Reizende weibliche Gesellschaft, lauter ältere Semester wie Sie, und Yoga geht auch ohne Schwert, wissen Sie. Am Ende verletzen Sie mit dem Ding noch wen. Oder sich selber.«

Kichern.

Wie dumm kann man noch sein? Als ob seinen auf Ordnung und Methode abzielenden Geist Yoga reizen könnte. Soweit er Bescheid weiß, geht es bei Yogaübungen darum, den »monkey mind«, also seinen Affengeist, davon abzubringen, von Gedanke zu Gedanke zu turnen. Ganz still soll er stehen. Der Verstand. Zwecks Meditation. Geistiger Stillstand. Nein danke!

Schuknecht unterdrückt den Drang, dem Gerede dieser Frau ein Ende zu setzen. Yoga! Dazu noch das mit Yoga verbundene hinduistische Göttergewimmel mit Rüsseln, Dutzenden Armen oder Schwanenflügeln, von denen Frau Wie-auch-immer gerade zu schwärmen beginnt. Weitschweifig. Erst Hexen, nun Hinduismus. Die sollte sich mal lieber an den Korintherbrief halten: »Gott ist nicht ein Gott der Unordnung. Wie es in allen Gemeinden der Heiligen ist, sollen die Frauen in der Gemeindeversammlung schweigen, sie sollen sich unterordnen! Wenn sie aber etwas lernen wollen, sollen sie daheim ihre eigenen Männer fragen.«

Falls sie einen haben.

Frau Dornbusch-Bommelbeck sieht nicht danach aus, auch wenn ihr Doppelname dafür spricht. Leider muss er diese bergische Christel von der Post nach seiner deplatzierten Schwertattacke trotzdem einladen zu bleiben. Ausgerechnet auf ein Glas seines kostbaren Brunello.

Er ringt sich ein Lächeln ab. »Darf ich Sie auf ein Glas ...«

»Ach wie reizend, aber das ist wirklich nicht nötig«, flötet sein ungebetener Gast und hat bereits Platz genommen.

Schuknecht schenkt ein. Die Person kostet kurz und befindet: »Der ist aber sauer. Sicher vom Discounter in Dabringhausen, oder? Die verstehen überhaupt nichts von Weinen, und beim Joghurt schummeln sie mit dem Haltbarkeitsdatum. Besser, wir halten uns an meinen Likö-hör!«

Wieder winkt sie mit dem Fläschchen.

Sauer! Ein Brunello! Darauf muss sich Schuknecht selbst ein Glas nachschenken. In der Hoffnung, dass die 15 Prozent Alkohol rasch ihre Wirkung tun. Anders ist Frau – Bummelbock? – nicht zu ertragen. Aber er muss sie ertragen. Wer weiß, was sie sonst in Biblinghausen über ihn und sein Schwert herumerzählt.

Jemine, er muss sich sogar galant zeigen, ihre Sympathie gewinnen, den Charmeur geben. Sollte er nämlich ihr Missfallen erregen, kann er sich morgen früh noch vor der Öffnung ihrer Edeka-Post mit nichts als einem Schild um den Hals bekleidet auf den historischen Marktplatz von Biblinghausen stellen.

Aufschrift: »Gemeingefährlicher Schwertmörder«.

Eine Dame reiferen Alters samt Blechkuchen mit einem Darn Jian anzugreifen könnte ihm mehr als nur ein wenig Ärger mit Polizei und Staatsmacht einbringen. Das ist das Letzte, was er in seiner Situation brauchen kann.

»Entschuldigen Sie mich kurz«, sagt Schuknecht am Rande der Verzweiflung. »Ich möchte mich nur rasch meiner Sportkleidung entledigen, dann können wir unser Gespräch fortsetzen.«

»Och, wegen mir müssen Sie sich nicht umziehen.« Kichern. »Ein blanker Männerpo hat mich noch nie aus der Fassung gebracht!«

Schuknecht schon, nachdem er einen entsetzten Blick über seine linke Schulter geworfen hat. Die Seide taugt überhaupt nichts. Er legt seine Linke über den klaffenden Riss am Po und zerrt das Schwert aus dem mittlerweile blitzblank geleckten Terrassenholz. Der Hund knurrt bedrohlich.

»Aus«, befiehlt ihm seine Herrin. »Der Mann will doch nur spielen.«

Irrt er sich, oder ist da nicht doch ein Hauch von Spott in ihrer Stimme?

3.

Herr im Himmel, ist der Kerl ein Trottel! Der könnte glatt ihrem Exmann Konkurrenz machen. Und Anton Bommelbeck war ein Musterexemplar männlicher Beschränktheit.

Was soll das alberne Schwert? Will er den Darth Vader von Biblinghausen spielen? Dass sich Männer mit abklingender Potenz gerne einen Porsche kaufen, ist nachvollziehbar, aber eine ein Meter lange Stichwaffe als Ersatzspielzeug?

Absurd. Wen will er damit beeindrucken?

Von Rotwein hat der alte Knabe allerdings Ahnung. Veronika Dornbusch-Bommelbeck nimmt heimlich einen großen Schluck Brunello und füllt ihr Glas wieder auf, damit es Schuknecht später nicht auffällt. Alle Achtung, dieser Rote kann wirklich was. Trotzdem wird sie an der Honiglikörnummer festhalten. Daran und am Kichern und am Dampfgeplauder. Schuknecht muss sie schließlich für genauso minderbemittelt halten, wie sie sich gibt. Wer klug ist, stellt sich nämlich am besten dumm. Erst recht, wenn er etwas Kriminelles im Sinn hat oder Gefahr im Verzug ist. Beides trifft in ihrem Fall zu. Oh ja, sie ist wegen eines Kapitalverbrechens hier. Vielleicht auch wegen mehrerer. Höchst wahrscheinlich sind es mehrere.

Herrlich aufregend, das Ganze. Zumindest für sie.

Käthe Tragelehn sähe das wahrscheinlich anders. Falls sie von da oben zuschauen kann. Gott hab sie selig, auch wenn sie sich einen ersten Platz in der Himmelsloge nicht verdient hat. Es gab immerhin so einige, die ihr gern schon früher den Hals umgedreht hätten. Oder eben den Schädel eingeschlagen.

Oh, das war jetzt aber ein verflucht unchristlicher Gedanke! Veronika Dornbusch-Bommelbeck schlägt ein hastiges Kreuz.

»Verzeihung Käthe«, wispert sie, »aber du warst wirklich dein Leben lang ein Rabenaas. Amüsant, aber ein Aas!«

Der Hund übertönt ihr Gemurmel mit neuerlichem Knurren.

Schuknecht ist zurück. Er trägt einen hellen Leinenanzug, der ebenfalls nach Schlafanzug aussieht. Nach zerknittertem Schlafanzug. Wer hat der Menschheit nur jemals eingeredet, Leinen knittere edel? In der Brusttasche steckt ein Paisley-Tuch, an den Füßen glänzen polierte Lederslipper mit Lochmuster. Höchst unvernünftiges Schuhwerk für diese Gegend, findet Veronika Dornbusch-Bommelbeck und kann sich nur mit Mühe einen fürsorglichen Tadel verkneifen. Berufskrankheit.

Als ehemalige Grundschullehrerin musste sie bei Wandertagen ständig solche Ermahnungen an ihre Kinder weitergeben. Auch wenn das bereits Jahre her ist. Aber Schuknecht ist kein Kind, sondern ein Trottel, den sie für sich gewinnen muss. Mit Tadeln kommt man da nicht weit. Männer lassen sich nicht gern belehren, egal wie nötig es die meisten haben.

Sie besinnt sich auf ihre Rolle als minderbemittelte Dorftratsche. »Schöne Schluffen«, lobt sie mit Blick auf Schuknechts Füße.

»Wie?«

»Ihre Pantoffeln sind hübsch.«

»Kommen Sie gebürtig aus dem Rheinland?«

Holla, der Trottel kann doch was! »Äh, ja, aus Köln. Wie kommen Sie darauf? Ich spreche doch keinen Dialekt, oder?«

Schuknecht räuspert sich. »Wegen der Schluffen, die im Übrigen keine Hausschuhe sind, sondern handgenähte Loafer aus Kalbsleder. Maßanfertigung. Aus Mailand.«

Veronika Dornbusch-Bommelbeck reißt ihre sehr blauen Augen weit auf. Mit diesem Trick hat sie früher ihren Exmann Anton Bommelbeck aus der Kurve gehauen, wenn er ihre Ausgaben für Haushalt und Sonstiges zu kontrollieren wünschte. Er wünschte das ziemlich oft. Öfter als weit vergnüglichere Dinge, die sich zwischen Eheleuten im Bett abspielen sollten. Können sollten. Seine armseligen Versuche haben nicht einmal für ein, zwei Kinder gereicht. Dabei hätte sie zu gern Kinder gehabt. Sie hat nun mal ein unbelehrbar mütterliches Herz. Na, das gehört nicht hierher.

Sie muss langsam zur Sache kommen. Ewig will sie diesen eitlen Sauertopf von Staatsanwalt nämlich nicht bezirzen. Im Wald warten schließlich die anderen und Dr. Friedestrom. Als Leiterin und einzige Mitarbeiterin der Biblinghäuser Touristeninformation darf sie beim Jungfernopfer nicht fehlen.

Nun, sie wird Schuknecht mit einer letzten Schwatzattacke einlullen und dann wie geplant zuschlagen.

»Wirklich eine Schande, dass Sie den schönen Kuchen ermordet haben«, kichert sie noch einmal. »Die Mändelchen für den Belag röste ich vorher in reichlich Zucker, der Teig ist mit echtem Marzipan verfeinert, und die Rosinen sind in Strohrum getränkt. Die Freiwillige Feuerwehr von Dabringhausen ist ganz wild auf diesen Kuchen. Ich nenne ihn ›beschwipste Kirsche‹.«

Herr Schuknecht schaut auch schon ganz betrunken, sehr gut.

»Ich backe für mein Leben gern, wissen Sie.« Veronika hält einen Moment inne. Hoffentlich schluckt er das. Wirklich zu blöd, dass er den fabelhaften Kuchen nicht probiert hat, dann müsste sie nicht so dick auftragen. Sie hat in der Konditorei Wild – dem ersten Haus am Platz in Wermelskirchen – ein Vermögen für diesen Kuchen hingeblättert. Eine Schande, dass dieser Dämlack nicht einmal probiert hat! Hoffentlich kennt er sich mit Backrezepten ungefähr so gut aus wie sie.

Nämlich am besten gar nicht.

»Da war Strohrum drin?«, fragt er nach.

Na, endlich fängt Darth Vader Feuer.

Veronika Dornbusch-Bommelbeck nickt. »90-prozentiger«, fantasiert sie weiter an der Zutatenliste herum. Konditor Wild möge ihr verzeihen. »Der Beste natürlich. Sehr alter Jahrgang.« Ob es tatsächlich Jahrgangsrum gibt?

Schuknecht sieht sich deutlich alarmiert nach dem Hund um, der wie tot auf der Seite liegt.

»Martin Luther macht das nichts aus«, beeilt sich seine Besucherin zu versichern. Kann es sein, dass dieser Griesgram tatsächlich ein Tier- und nicht nur Insektenfreund ist? Würde sie wundern. Sehr wundern.

»Was hat Martin Luther mit dem Kuchen zu tun?«, fragt Schuknecht.

»Nichts. Ich meine den Hund.«

»Ihr Hund heißt Luther?«

»Das ist nicht mein Hund. Ich passe nur auf ihn auf, bis seine neue Besitzerin kommt. Er gehört, nein, er gehörte Käthe Tragelehn, meiner kürzlich verstorbenen Nachbarin.«

So, jetzt ist der entscheidende Name gefallen.

»Und die hat ihren Hund Martin Luther getauft?«

»Sie war sehr fromm.«

Ihr Gegenüber runzelt zweifelnd die Brauen. »Das ist doch kein Grund, seinen Hund nach unserem großen Reformator zu benennen!«

»Wenn man katholisch ist, schon«, schiebt Veronika Dornbusch-Bommelbeck nach. »Vor allem hier im Bergischen. Mit Luther wollte Käthe ihre protestantischen Nachbarn ärgern. Vor allem unseren Herrn Gemeinderat Schöpper, als der noch hier lebte und nicht in Brüssel. Sie hat gern lauthals ›Luther, du Saukerl‹ gerufen. Verstehen Sie? Luther, Saukerl …« Sie schiebt einen hysterischen Kicheranfall ein.

Schuknecht wirkt mit einem Mal sehr müde und erschöpft. Jetzt kann sie zuschlagen.

»Ich nehme an, darum hat man Käthe auch umgebracht. Darum und weil sie eine entsetzliche Klatschbase war. Vor Käthe war kein Geheimnis sicher. Tja, offenbar kannte sie eins zu viel. Mit Sicherheit ein kriminelles. Meinen Sie nicht auch?«

Stille. Totenstille sozusagen.

Eins, zwei, drei, vier, zählt Veronika Dornbusch-Bommelbeck die verstreichenden Minuten mit. Schuknechts Blick versteinert zusehends. Seine Augen – blassgraue Augen mit schwarzen Sprenkeln – erinnern an blankpolierten Granit. Lediglich ein, zwei feine Schweißperlen im weichenden Haaransatz verraten innere Erregung. Er nimmt die Fährte auf. Sehr schön!

Der Oberstaatsanwalt zieht sein Seidentuch aus der Brusttasche, entfaltet es sorgsam, tupft die Schweißperlen fort. Dann richtet er sich erstaunlich elastisch für sein Alter im Korbstuhl auf. »In Biblinghausen ist bereits ein Mord geschehen?«, fragt er nach.

Richtig schön entsetzt klingt er, aber was meint er mit »bereits«? Hat der mit so etwas gerechnet?

Egal, sie nickt. »Oh ja. Wahrscheinlich sogar mehrere.«

»Mehrere Morde?« Schuknecht klingt hellauf entsetzt.

Veronika Dornbusch nickt eifrig. »Ich denke, schon. Die Sache mit der offenen Güllegrube, in der Jürgen Hammelfuß ertrunken ist, könnte allerdings tatsächlich ein Unfall gewesen sein. Trotz seiner neuen Golfschuhe.«

»Golfschuhe …«, stammelt Schuknecht verwirrt.

»Ja, das ist ja das Merkwürdige. Ich meine, niemand, der bei Verstand ist, überquert in Golfschuhen eine völlig durchnässte, verschlammte Kuhweide, um dann an einer Güllegrube auszurutschen und hineinzufallen. Schon gar nicht Jürgen. Der war mit seinem Schuhwerk mindestens so eitel … ich meine *heikel* wie sie, und außerdem war er jahrelang Leiter unserer Freiwilligen Feuerwehr. Er kannte sich aus mit gefährlichen Güllegruben.«

»Es sind schon Bauern in ihren eigenen Güllefässern ertrunken«, wirft Schuknecht ein.

»Ja, wenn sie einen über den Durst getrunken hatten, aber Jürgen war Abstinenzler. Sieht man von einem überraschenden Rückfall beim Feuerwehrfest vor einem halben Jahr ab, den hat er aber dank unserer hervorragenden Suchtklinik rasch wieder in den Griff bekommen. Vorher war er fast dreißig Jahre trocken. Er hat zusammen mit unserem Dr. Friedestrom sogar die wöchentlichen Treffen der Anonymen Alkoholiker geleitet. Hammelfuß war strohtrocken.«

»Seit 1984?«

»Äh, könnte hinkommen. Wie kommen Sie ausgerechnet auf 1984?«

Schuknecht schweigt. Das kann er gut.

Sie wartet, ob noch mehr kommt. Es kommt nichts. Na dann, weiter im Text. »Nun, lassen wir Hammelfuß mal beiseite. Käthe jedenfalls wurde eindeutig ermordet. Und das ausgerechnet am Karfreitag. Also bevor Sie hergezogen sind. Vor etwa vier Monaten.«

Der Oberstaatsanwalt beugt sich vor, fixiert sie mit Stechnadelaugen. Huch, richtig unheimlich sieht der mit einem Mal aus! Hat was von einem Geier. Als Vertreter der Anklage und in einem Gerichtssaal möchte sie dem nicht begegnen.

Mach weiter, du Bangbüchs, ermahnt sich Frau Dornbusch-Bommelbeck selbst. »Vom Täter oder der Täterin – Frauen können so was theoretisch natürlich auch – fehlt leider jede Spur«, sagt sie.

Kunststück, die Polizei hat ja auch nie wegen Mordes ermittelt. Polizei und Staatsanwaltschaft haben überhaupt nicht ermittelt. In keinem einzigen der Mordfälle, die sie angezeigt hat. Aber das muss sie Schuknecht nicht auf die Nase binden. Noch nicht. Hauptsache, er interessiert sich erst einmal für den Fall Käthe.

Tut er. Sehr sogar. Erstaunlich. Bislang hat ihr noch niemand in dieser Sache richtig zugehört. Jedenfalls nicht von offizieller Seite.

»Was genau ist passiert? Schildern Sie mir bitte den Tathergang, Frau Drombusch-Bummel ... bommel ...«

Den Rest ihres Namens verschluckt er. Er hüstelt und rückt an seiner Insektenlupe herum. Merkt wohl gerade selbst, dass er ihren Namen schrecklich verhunzt hat. Was wieder einmal beweist, wie schlecht Männer zuhören können. Zumindest, wenn sie mit Frauen reden.

»Dornbusch, ich heiße Dornbusch, Herr Schuspecht«, pariert sie.

»Mit Verlaub, ich heiße Schu*knecht*.«

»Und ich *Dornbusch*. Das alberne Bommelbeck können Sie weglassen. Ich habe den Namen meines Geschiedenen damals ohnehin nur behalten, um ihn zu ärgern. Am besten, Sie nennen mich einfach Veronika oder Rose. Sie haben freie Auswahl. Meine Eltern konnten sich bei den Vornamen nicht einigen. Vater hat für Veronika plädiert, weil er für sein Leben gern die Comedian Harmonists gehört hat. *Veronika, der Lenz ist da, die Vögel singen Tralala* ... Na, Sie wissen schon. Meine Mutter fand, dass der Name Rose besser zu Dornbusch passt. Außerdem las sie sehr gerne Lyrik. Rose Ausländer, kennen Sie die? *Siehst du den Wagen oben, Sternworte sprühen …*«

»Frau Dornbusch, könnten wir bitte auf den Mond … Quatsch! … den Mord zurückkommen?«

Ha, er hat endgültig angebissen! Er hat »wir« gesagt. Ihr Mord ist jetzt auch sein Mord. Sie kommt voran. Ja, sie kommt voran.

»Oh, oh natürlich …«, stammelt Veronika Dornbusch beflissen. »Also, am vergangenen Karfreitag habe ich Käthe Tragelehn tot in ihrer Küche gefunden. Auf dem Boden liegend. Mit dem Kopf in der Pfanne. Ziemlich blutrünstige Angelegenheit. Der Mörder muss kräftig ausgeholt haben, bevor er zugeschlagen hat. Wie mit einem Tennisschläger. Vielleicht ist er ja Tennisspieler? In Biblinghausen gibt es allerdings nur sehr wenige Tennisspieler. Aber vielleicht war er ja Golfspieler? Die können auch kräftig zuschlagen. Wobei sich das mit dem hier geplanten Golfplatz schon vor Jahrzehnten erledigt hat, obwohl unser Gemeinderat Schöpper bereits das Grundstück dafür erworben hatte.«

Sie muss kurz Luft holen. Außerdem ist ihr trotz ihrer Dampfplauderei gerade etwas aufgefallen. Der Täter könnte auch ein Schwertkämpfer gewesen sein.

Holla!

Schuknecht kann sehr schwungvoll ausholen, sogar mit der Rückhand, aber er war ja am Karfreitag noch nicht in Biblinghausen. Oder vielleicht doch? Er muss sich den Bungalow angesehen haben, bevor er ihn gekauft hat. Schuknecht könnte ein Mörder sein. Würde zu ihm passen.

»Frau Dornbusch, bitte, bleiben Sie bei der Sache«, unterbricht ihr neuer Verdächtiger ihre Gedanken. »Sie sagten, der Kopf des Opfers lag mit dem Gesicht *in* der Pfanne?«

»Mitten drin. Völlig zerbeult. Also das Gesicht, nicht die Pfanne. Die ist aus solidem Gusseisen.«

»Mit Verlaub, wie soll das möglich sein? Wenn der Täter von vorne zugeschlagen hat, müsste die Dame ja wohl nach hinten, allenfalls zur Seite getaumelt sein. Wenn er hingegen von hinten zugeschlagen hätte, könnte die Tote keine Wunden im Gesicht haben.«

»Herrje, verwirren Sie mich doch nicht mit Fakten! Ich weiß, was ich weiß. Käthe Tragelehn lag mit dem Gesicht und einer riesigen, tödlichen Platzwunde auf der Stirn in ihrer Ballebäuschenpfanne und ...«

»Balle ... *was*?«

»Ballebäuschen oder Bullerbäusken, wie meine Mutter zu sagen pflegte, aber die kam ja auch nicht aus Biblinghausen, sondern aus Wuppertal-Elberfeld. Die kennen Sie nicht?«

»Ihre Mutter? Ich wüsste nicht, woher«, sagt Schuknecht reserviert. So ein alter Piesepampel.

»Quatsch, meine Mutter. Ich meine natürlich Ballebäuschen. Die sind so was wie die bergischen Berliner Ballen. Nur kleiner und ohne Marmelade drin. Außerdem werden sie traditionell eben in dieser speziellen Pfanne in kleinen Kuhlen gebacken. Mordsschweres Ding, spart aber Fett, so üppig hatten die Menschen es hier ja nie, darum sind Ballebäuschen hier eine richtige Festtagsleckerei.«

»Danke, das genügt mir in Sachen Backwaren. Zurück zu den Torten, Quatsch! Zu der Toten. Was hat die Polizei veranlasst, von einem Tötungsdelikt auszugehen?«

Jetzt wird's brenzlig.

»Nun, na ja, die Polizei ... Also die hiesige Polizeistelle in Wermelskirchen hat eher selten mit Kapitalverbrechen zu tun. Außerdem war sie um Ostern herum überlastet. Hatte reichlich Arbeit wegen der Randalierer im Waldfreibad von

Dabringhausen und einem Autounfall mit dem entlaufenen Strauß in Emminghausen, weshalb …«

»… die Behörde den Fall an höhere Stelle weitergeleitet hat?«

»Nein, äh, nicht dass ich wüsste. Ich denke eher, sie haben das Ganze für einen Unfall gehalten. Genau wie Hammelfuß' Tod in der Güllegrube. Was man den Beamten nicht verdenken kann. Der Täter hat sich auch bei Käthe ausgesprochen geschickt angestellt. Er hat eine Teppichkante umgeklappt und Käthes rechten Schluffen, also Pantoffel, darunter geschoben. Damit alles nach einem Unfall aussieht. Außerdem war sie achtzig und ein bisschen tatterig. Tja, und bedauerlicherweise nimmt man es bei Leichen dieses Alters nicht mehr so genau mit der Untersuchung der Todesursache.«

Veronika Dornbusch verzieht verärgert das Gesicht. Verdammt, der Kerl hört nicht mehr hin! Dafür hat sie als ehemalige Grundschullehrerin einen Blick. Außerdem trägt Schuknecht eine Leidensmiene zur Schau, die sie als Beleidigung auffassen muss. Hager, wie er ist, und mit seinem traurigen Geiergesicht sieht er jetzt wie ein Märtyrer aus. Einer von der ganz heiligen Sorte, den man soeben bis aufs Blut gequält hat. Auf Feuer geröstet, mit Lanzen durchbohrt und so weiter und so weiter. Katholiken entwickeln bei so was ja eine Mordsfantasie.

Der Oberstaatsanwalt tut einen tiefen Seufzer. »Frau Dornbusch …«

»Ach, sagen Sie doch einfach Veronika«, versucht sie es mit charmanter Verbindlichkeit. »Wir sind hier nicht so förmlich. Eine wirklich nette, verschworene Dorfgemeinschaft, das sind wir. Wir helfen einander, teilen unsere Sorgen und Nöte, hören einander zu und sind immer füreinander da. Bis auf wenige Ausnahmen, aber ungesellige Charaktere haben es hier nicht leicht. Oh nein, die haben es ganz und gar nicht leicht in Biblinghausen. Besser, man gehört dazu. Kann einem das Leben zur Hölle machen, wenn man in Biblinghausen ein Außenseiter ist. Und noch dazu ein Menschenfeind.«

Schuknechts Antwort darauf ist ein neuerlicher gequälter Seufzer.

»Frau Dornbusch«, sagt er endlich. »Wie in drei Teufels Namen kommen Sie darauf, dass ihre Freundin ermordet wurde?«

»Auf ihrem Küchentisch standen Mehl, Butter, Eier, Milch, Zucker und Puderzucker. Aber keine Hefe! Käthe hatte keine Hefe im Haus. Das sagt doch alles.«

Oberstaatsanwalt Schuknecht scheint es nichts zu sagen.

»Herrje, verstehen Sie denn nicht?« Veronika springt auf. »Erstens braucht man für Ballebäuschen Hefe, und zweitens war Käthe Tragelehn streng, wirklich äußerst streng katholisch. Erst recht, nachdem sie ihren Sohn zur Welt gebracht hat – unehelich, Vater unbekannt ... in Sünde sozusagen ... und behindert, also geistig behindert. Körperlich gesehen ist Heinzi einwandfrei gelungen. Bis auf die Sache mit seinen schwachen Nieren, aber das sieht man ihm äußerlich nicht an. Heinzi ist ein hübscher Bursche. Kein Wunder, Käthe war selber mal ein richtiger Feger. Die Marilyn Monroe von Biblinghausen sozusagen.« Erschöpft lässt sie sich wieder in den Gartenstuhl sinken.

Herrje, jetzt schaut Schuknecht sie an, als sei *sie* behindert! Schwer geistig behindert, dabei hat sie nun wirklich einen äußerst regen Geist. Ein wenig sprunghaft mitunter. Das ja.

»Ich kann ihnen wirklich nicht folgen«, sagt der Oberstaatsanwalt trocken.

»Ist doch klar wie Tinte! Am Karfreitag hätte eine tiefgläubige Frau wie Käthe Tragelehn nie und nimmer Ballebäuschen gebacken! Nicht einmal für Heinzi, ihren Sohn. Karfreitag war für Käthe der höchste Fastentag des Kirchenjahres. Etwas anderes als Fisch kam ihr da nicht auf den Tisch. Grüner Hering, Forelle, allenfalls Lachs. Aber nie und nimmer irgendwelches Süßgebäck! Das wäre in ihren Augen eine Todsünde gewesen.«

»Vielleicht hat sie für Ostern vorgebacken«, wirft Schuknecht mit desinteressiertem Gesichtsausdruck ein.

»Auf keinen Fall! Ballebäuschen schmecken wie unsere berühmten bergischen Waffeln nur frisch. Nicht wie bei Hasim! Mit dem ich darüber schon oft geschimpft habe. Ballebäuschen serviert man am besten heiß aus der Pfanne. Mit Zimtzucker.«

Schuknecht wirkt nicht überzeugt. »Das mag ja so sein. Dennoch scheint mir, dass die Polizei richtig gehandelt hat. Alles, was Sie erzählen, deutet auf einen Unfall hin. Die meisten Unfälle passieren bekanntlich im häuslichen Umfeld, und der Teppich legt den Schluss mehr als nahe.«

Der Oberstaatsanwalt nickt sich selbst zu, als habe er den Fall gerade meisterhaft gelöst und abgeschlossen. Banause!

Na, sie hat noch einen Trumpf im Ärmel.

»Sie sagen es: Der Teppich spricht Bände! Den hätte Käthe nämlich nie und nimmer mitten in ihre Küche gelegt. Schon gar nicht beim Backen. Viel zu unhygienisch, voller Hundehaare. Der Teppich gehört nämlich Luther und lag immer in seinem Korb im Windfang.«

Schuknecht schweigt.

»Was werden Sie jetzt tun?«, fragt Veronika Dornbusch-Bommelbeck nach.

»Nichts.«

»Das ist aber bescheiden wenig für einen Mann mit Ihren Kontaktmöglichkeiten und Ihrem Biss. Soweit ich weiß, trugen Sie zu Ihren Kölner Zeiten doch den Spitznamen ›Dr. Gnadenlos‹.«

Ha, das hat gesessen, jetzt sieht Schuknecht wie ein verdutzter Geier aus. Und dann wie ein mordlustiger.

»Woher wissen Sie das?«, hakt er scharf nach.

»Schon vergessen? Ich bekomme ihre Po-host«, flötet Veronika Dornbusch und klopft auf den Batikbeutel. »Der Brief vom Bewährungshelfer ist an Sie als Oberstaatsanwalt adressiert, ihr Name ist nicht alltäglich, und ich habe Internet. Darin findet man alles, auch längst Vergessenes. Na ja, fast alles. Eine Vorlage für einen afrikanischen Knüpfteppich mit Kamelen – so einer, wie bei Hasim über dem Kamin hängt, wissen Sie – suche ich schon seit einiger Zeit vergeblich und ...«

»Frau Dornbusch, ich kann Ihnen weder bei der Suche nach Mördern noch nach Teppichmustern helfen, bedaure.«

»Aber Sie müssen mir helfen.« Sie reißt die Augen noch einmal besonders weit auf. »Sie sind doch Oberstaatsanwalt.«

»A. D.«

»Ade? Jetzt schon? Aber lieber, guter Herr Schuknecht, ich bin doch kaum zehn Minuten hier, und wir haben noch gar nicht über die anderen Morde ...«

»Ich meinte nicht ›ade‹, sondern a Punkt D Punkt.«

»Für *anno domine* wie im Kirchenkalender?«

»Nein«, kommt es unbeherrscht von Schuknecht. »Für ›außer Dienst‹! Ich bin seit fünf Jahren pensioniert, besser gesagt emeritiert. Zuletzt habe ich an der Jurafakultät der Universität Hamburg Rechtsethik gelehrt. Als Staatsanwalt war ich seit mehr als zwanzig Jahren nicht tätig. Sie sehen also, dass ich Ihnen in praktischer, juristischer Hinsicht kaum weiterhelfen kann.«

»Auch nicht mit einem Durchsuchungsbefehl?«

Jetzt guckt er völlig verdattert. Dabei hat sie das doch extra im Internet nachgeschaut. Für Durchsuchungsbefehle sind Staatsanwälte zuständig.

»Was wollen Sie mit einem Durchsuchungsbeschluss?«

»Na, in Käthes Haus rein. Sie kennen es sicher: das große Fachwerkhaus mit den grünen Schlagläden am Marktplatz. Direkt gegenüber vom Amselhof, wo Sie jeden Mittag essen. Es war nach Käthes Tod lange versiegelt, und danach hat Rechtsanwalt Hollerbeck aus Wermelskirchen die Schlösser austauschen und eine Alarmanlage einbauen lassen, damit es nicht zu Plünderungen kommt.«

»Plünderungen?«

»Diebstähle oder unerlaubte Partys oder Vandalismus und so, meine ich. Die hiesige Jugend langweilt sich mitunter gewaltig.«

»War diese Frau Tragelehn vermögend?«

Veronika Dornbusch-Bommelbeck zögert kurz, dann nickt sie. »Ja, in gewissem Sinne schon.«

»Was heißt ›in gewissem Sinne‹?«

»Na ja, sie war reich an Wissen, wie ich vorhin schon bemerkt habe, und ich glaube, sie hat dieses Wissen zu Geld gemacht. Eine kleine Erpressung hier, ein bisschen Nötigung dort. Sicher bin ich mir nicht, aber von ihrem Einkommen als Haushaltshilfe hätte sie sich bestimmt nicht das große Haus kaufen können. Das gehörte mal Schöpper, und der nimmt gewöhnlich gesalzene Preise für seine Immobilien. Dazu die Heizkosten! Und dann auch noch ihre Spenden. Jeden Sonntag hat sie einen Hunderter in den Klingenbeutel von St. Andreas – das ist, wie Sie wissen, unsere katholische Kirche – gesteckt. Immer so, dass jeder es sehen konnte, und an Weihnachten ...«

»Hat sie ihr Bargeld zuhause aufbewahrt?«

Veronika Dornbusch-Bommelbeck schüttelt den Kopf.

»Ganz sicher nicht. Die Scheine, mit denen sie rumwedelte, waren immer frisch von der Bank, sahen aus wie gebügelt. Käthe war zwar alt und tatterig, aber nicht bekloppt.«

»Und wo ist Frau Tragelehns Vermögen jetzt?«

»Ich habe munkeln hören, dass eine Riesensumme an die Kirche überwiesen wurde. Der zuständige Pfarrer sah beim letzten Besuch in unserer Gemeinde hochzufrieden aus. Außerdem gibt es ja auch noch Heinzi, der versorgt sein muss, und ihre Nichte, die geerbt hat. Ein weiterer Teil von Käthes Geld fließt in die Wiederinstandsetzung des Glockenstuhls und Geläuts von St. Andreas. Im Dorf munkelt man von einer Summe von mehreren tausend Euro. Die Glocken der katholischen Kirche konnten aus statischen Gründen seit über fünfundzwanzig Jahren nicht mehr geläutet werden.«

Schuknecht unterbricht sie mit einer Handbewegung, die ein bisschen nach Karate aussieht. Ach nein, wahrscheinlich soll das wieder Tai-Chi sein. »Für einen Raubüberfall«, sagt er schneidend, »gab es im Haus dieser Frau Tragelehn also keine Gründe.«

»Überhaupt keine. Höchstens für den Einsatz eines Entrümpelungsdienstes. Ein Durcheinander, sag ich Ihnen! Die meisten Räume hat sie nie benutzt. Nur die Küche, die war immer tipptopp in Ordnung. Da hatte Käthe ihren Stolz, so als ehemalige Haushälterin im Hause Schöpper.«

Schuknecht nimmt schweigend einen Schluck Brunello.

Junge, der steckt aber was weg! Ist schon sein drittes Glas, und sie sitzt auf dem Trockenen. Außerdem hat sie Hunger. Hoffentlich haben die anderen was zu essen mit in den Wald genommen. Sie hat das glatt vergessen. Außerdem musste sie ja die dämliche Torte tragen und Schuknechts Post. Die konnte sie ihm ja nicht ewig vorenthalten. In Veronika Dornbuschs Magen rumpelt es vernehmlich. Nicht gut. Wenn sie Hunger hat, kann sie nicht denken, und außerdem bekommt sie schlechte Laune.

Am besten macht sie diesem widerspenstigen Herrn Oberstaatsanwalt mal ein bisschen mehr Druck. »Also, was ist? Besorgen Sie einen Durchsuchungsbefehl?«

Schuknecht schnaubt. »Im Leben nicht!«

»Aber ich muss in das Haus!«

»Um Miss Marple zu spielen?«

»Nein. Na ja, nicht nur. Es geht mir vor allem um mein Erbe. Käthe Tragelehn hat mir etwas versprochen, das ich unbedingt haben will. Äh, der Erinnerung wegen.«

Schuknecht hebt eine Braue. »Wenn es im Testament vermerkt ist, dann werden Sie es sicher auch bekommen. Darf ich fragen, worum es sich handelt?«

»Oh, nun ja ... nichts Besonderes, nur ein, ein ...«

Mist! Wenn sie Hunger hat, fällt ihr einfach nichts ein. Rasch greift sie zu dem einzig Essbaren, was auf dem Terrassentisch steht: einem Schälchen mit Apfelmus. Sie tunkt den Finger hinein und schleckt ihn ab, bevor Schuknecht protestieren kann. Er nimmt den Mundraub erstaunlich gelassen. Ah, tut das gut!

Obwohl es merkwürdig schmeckt und auf der Zunge kribbelt.

Egal, ihr Gehirn bekommt Zucker und springt wieder an. »Ein Kochbuch!«, ruft sie aus. »Käthe Tragelehn hat mir ihr Kochbuch versprochen. Mit persönlichen Rezepten, wissen Sie. Und der Heinzi kann damit wirklich nichts anfangen. Gar nichts. Kann weder lesen noch schreiben und kaum reden. Akuter Sauerstoffmangel bei der Geburt, wirklich tragisch das Ganze.«

Sie tunkt den Finger noch einmal ins Apfelmus. Huh, man muss wirklich sehr hungrig sein, um das zu essen. »Ich glaube, Sie bräuchten auch mal ein Kochbuch. Was soll das sein?«

»Vergorenes Pflaumenmus«, sagt Schuknecht und sieht zum ersten Mal freundlich aus. Katzenfreundlich.

»Und so was mögen Sie?«, wundert sich Veronika Dornbusch.

»Nein, ich hoffte, damit Nachtfalter anzulocken. Genauer gesagt, ein Exemplar der Gattung *Tyria jacobaeae*, auch ›Jakobskrautbär‹ oder ›Blutbär‹ genannt. Wie Sie sicher wissen, bin ich wegen der Insektenkunde hergezogen. Und wenn es Ihnen nichts ausmacht, würde ich gern den Rest des Abends dem Studium der Macrolepidoptera widmen.«

Deutlicher kann man einen Rausschmiss nicht formulieren. Dieser Kerl ist nicht nur eitel, sondern auch hochgradig unhöflich. Sie bringt ihm eine Torte im Wert von beinahe vierzig Euro mit, und was macht er? Erschlägt den Kuchen mit dem Schwert und lässt sie umgekipptes Pflaumenmus essen. Wird in ihrem Magen schreckliche Verwüstungen anrichten. Dass sie einen Bauerntrampel spielt, gibt ihm noch nicht das Recht, sie wie einen zu behandeln. Im Gegenteil zeugt ein solches Verhalten von einer äußerst niederträchtigen Geisteshaltung. Na warte!

Zum Glück ist er ein noch größerer Trottel, als anzunehmen war. Da fällt Rache leicht.

»Beschäftigen Sie sich schon länger mit Insekten?«, fragt sie mit großen Augen.

»Eine geraume Weile«, sagt Schuknecht mit schlecht gespielter Bescheidenheit.

»Und was reizt Sie an diesem Krautbärfalter?«

»Dass er sehr selten ist, extrem rar, vom Aussterben bedroht. Es wird enorme Anstrengung kosten, ihn zu finden. Nachtwachen und ausgedehnte Wanderungen.«

Dass Männer – egal bei was – immer den Helden mimen müssen!

Tja, gleich fällt der Held vom Sockel.

Veronika Dornbusch nickt energisch. »In der Tat. Der Jakobskrautbär wird sehr schwer zu finden sein. Vor allem Ende August. Die Paarungszeit des Blutbären ist nämlich vorbei, die Falter sind tot, und der Nachwuchs steht kurz vor der Verpuppung! Und was den Kiefernprachtkäfer angeht, den Sie angeblich in der Brandruine vom Klinikheim suchen, den interessiert nur frisch verbranntes Holz, das noch glüht.«

Das hat gesessen.

Schuknecht erbleicht und schweigt.

»Ich hoffe, dass Sie in Ihrem Berufsleben und bei der Aufarbeitung Ihrer Fälle etwas gründlicher vorgegangen sind. Wer Ende August einen Blutbären sucht, glaubt wahrscheinlich auch, dass Zitronenfalter Zitronen falten, Herr Oberstaatsanwalt! Ade. Und damit meine ich nicht ›außer Dienst‹. Komm, Luther.«

Der Hund erhebt sich, Veronika Dornbusch ebenfalls. Grußlos stapft sie über die Terrasse. Guter Abgang. Schuknecht ist ordentlich blamiert. Hat er verdient, der blöde Popanz. Sie biegt um die Hausecke und taucht in den Wald ab. Ha, sie hat noch andere Eisen im Feuer.

Vor einer Woche ist ein Brief an Hendrike Tragelehn angekommen, Käthes Großnichte und Erbin. Es war ein Brief von Käthes Rechtsanwalt Hollerbeck, der Hendrike herzlich in Biblinghausen willkommen heißt und schriftlich an die »weitere Besprechung der Testamentsklauseln« erinnern sollte. In drei Tagen. Also am Montag. Vorher möge Hendrike sich ausruhen, hat er geschrieben. Vom Flug. Aus London. Außerdem hat Hollerbeck um Bestätigung ihrer Handynummer gebeten, die er dankenswerterweise auch aufgeschrieben hat. Weshalb sie Hendrike postwendend anrufen konnte, um zu erfahren, wann der Flieger genau landet.

Immerhin war Hendrike ja mal ihre Schülerin. Nur vorübergehend, aber immerhin. Als Ausrede für einen Anruf hat es genügt.

Sehr praktisch das Ganze, aber Rechtsanwälte sollten ihre Schreiben wirklich besser zukleben. Am besten mit Tesafilm. Die normale Umschlaggummierung hält der Wasserdampfmethode einfach nicht stand. Haben diese Dummköpfe denn nie, niemals Enid Blyton gelesen? Nein, Hollerbeck sicher nicht. Der war ja auch mal ihr Schüler. Was Lektüre betrifft, ist er über *Yps*-Hefte nie hinausgekommen. Tja, na ja, wie heißt es so schön: »Er war Jurist und auch sonst von mäßigem Verstand.«

Veronika Dornbusch zwängt sich kopfschüttelnd durch ein Heckenrosengebüsch und hält die dornigen Zweige beiseite, damit Luther passieren kann. »Jetzt komm schon, du Hasenherz, Büsche beißen nicht!«

Sollte ein Gespräch mit Hendrike Tragelehn nichts bringen, wird sie bei Käthe einbrechen müssen. So schwer kann das nicht sein. Heute ist es leider zu spät dafür. Sie will dringend zu den anderen. Und zu Friedestrom. Sie wirft einen Blick zum Himmel. Der Mond ist bereits aufgegangen und taucht den Wald in magisches Licht. Eine Nacht zum Verlieben. Wie kommt sie jetzt darauf? Manchmal muss sie sich über ihren regen Verstand doch sehr wundern.

4.

Mit einem Pling leuchten in Höhe von Osnabrück die Anschnallzeichen auf. Hendrike Tragelehn schreckt aus düsteren Gedanken hoch.

»*Ladies and gentlemen, we will soon begin our descent to Dusseldorf.* Meine Damen und Herrn, wir beginnen bald mit dem Sinkflug via Düsseldorf«, teilt der Flugkapitän mit. Bei der deutschen Übersetzung vergisst er die Striche über dem Ü nicht. Es folgen Anmerkungen zu Ortszeit und Temperatur am Ankunftsort.

Ihren eigenen Sinkflug, denkt Hendrike müde, hat sie längst hinter sich gebracht und mit einem Absturz beendet. Bruchlandung. Totalschaden. Von ihrem bisherigen Leben ist nichts übrig.

Außer sie selbst.

Sie selbst? Guter Witz. Wer soll das sein?

Mit ihr selbst hat ihr Leben der vergangenen fünfzehn Jahre wenig bis nichts zu tun gehabt. Sie hat ihr Selbst – so es das je gab – ab ihrem sechsundzwanzigsten Lebensjahr bis zur Unkenntlichkeit umgemodelt, optimiert, pfundweise weggehungert, verändert und auf Perfektion getrimmt. Nicht nur optisch. Der Liebe wegen. Oder wegen dem, was sie fünfzehn Jahre lang dafür gehalten hat. Seit dem Tag, an dem sie Malcolm L. Rubin erstmals begegnet ist. Zwischen einem Kaffeeautomaten und einem Redaktionskopierer. Manchmal sind es Sekundenbruchteile, die über das weitere Leben entscheiden und darüber, an wen wir unser Herz verlieren. Sieben Sekunden genügen, damit wir uns verlieben, heißt es.

Schuld waren nicht Malcolms unfassbar schöne Augen oder sein umwerfendes Lächeln – wenigstens nicht nur –, sondern sein *»Hello, Hendrike. I would like to have a chat with you.«*

Malcolm war der erste Mitarbeiter im Medienverlagshaus Nesbitt & Rubin, der einen Schwatz mit ihr, der pummeligen und nicht sehr praktisch veranlagten Praktikantin, wünschte. Wer außer ihr vergaß schon sein Thunfischsandwich in einem Ordner mit Fotoabzügen eines Modeshootings mit Madonna? Wer legte einen Kopierer mit einem doppelten Cream-Latte von Starbucks lahm?

Malcolm war außerdem der einzige Mitarbeiter bei Nesbitt & Rubin, der sie von Anfang an Hendrike genannt hat. Nicht Henry, Henny – oder nein, wie witzig! – Hen wie Huhn. Von ihren anderen Spitznamen wie »Moppelchen«, den sie seit Teenietagen mit sich herumschleppt, ganz abgesehen.

Ihr Entschluss, nichts unversucht zu lassen, um Malcolm für sich zu interessieren, stand fest, bevor sie wusste, dass Malcolm der Kronprinz des Verlagshauses und außerdem verlobt war. Mit Philippa Nesbitt, der Kronprinzessin. Die Hochzeit fand ein Jahr später statt, zwei Kinder folgten.

An ihrer Liebe änderte das nichts.

Hendrike reibt sich die Augen. Selbst schuld! Verdammt, schon wieder dieses Selbst, von dem sie keine Ahnung hat, wer oder was das sein soll. Oder künftig werden soll. Sie wird auf der Suche nach diesem ominösen Selbst bei null anfangen müssen. Unter null, wenn sie ihren Kontostand mitbedenkt. Sollte die alte Sparkassenreklame »Sparste was, dann haste was, dann biste was« stimmen – und Hendrike ahnt, dass sie stimmt –, dann ist sie weniger als nichts.

Außer schwanger. Von Malcolm L. Rubin. Mitte zweiter Monat.

Schwanger mit einem Lebewesen, das eindeutig nicht sie

selbst sein wird. Oder nur in Teilen. Hoffentlich den lohnenswerten. Falls es die gibt. Davon abgesehen ist sie sich nicht sicher, ob sie Kinder besonders mag. Sie hat man als Kind nicht sonderlich gemocht. Ein Schicksal, das sich für niemanden wiederholen sollte. Schon gar nicht für ihr Kind.

Falls sie das Kind wirklich bekommen sollte. Noch wäre Zeit, um …

Hendrike spürt eine Welle von Übelkeit in sich aufsteigen. Vor dieser Entscheidung hat sie schon einmal gestanden. Zu einer anderen Zeit, an einem anderen Ort, in einem anderen Leben hat sie schon einmal geglaubt, sich für oder gegen ein Kind entscheiden zu müssen. Es war die Hölle. Es ist die Hölle.

Magensäure schießt ihr in die Kehle. Sie schielt nach den Spucktüten in der Sitzlehnentasche. Nein, bitte nicht! Sie will sich nicht übergeben. Nicht in der Businessclass und umringt von lauter Vielfliegern, die nach Karriere und sündhaft teurem Aftershave riechen. Die genau so aussehen, wie sie noch vor wenigen Wochen selbst ausgesehen haben muss. Auf ihren Flügen nach Mailand, Cannes, München und gelegentlich Düsseldorf.

Teuer, erfolgsverwöhnt, unterwegs auf der Siegerstraße des Lebens. Natürlich hat sie anders gerochen als die Männer in den grauen Anzügen um sie herum. Nach *J'adore* oder irgendeiner streng limitierten Duftkomposition der schottischen Parfümmanufaktur Penhaligon. Lauter Düfte, die sie momentan keine Sekunde lang ertragen kann. Dafür findet sie den Geruch von Erdnussbuttersandwiches mit Mayonnaise, Dillgurken und Sardellen unwiderstehlich.

»Please fasten your seatbelts«, krächzt es über die Bordlautsprecher.

Ein Packen Modezeitschriften – Hendrikes gewohnte Lektüre aus *Vogue*, *Elle*, *Harper's Bazaar*, *Look*, *Redbook* und natürlich *Glamour Girls* – gleitet ungelesen von ihrem Schoß in den Fußraum, während sie nach den Gurten fummelt. Wo sind die hingeraten?

Oh, sie sitzt drauf. Hat sie gar nicht bemerkt. Dabei haben sich die Metallschließen regelrecht in ihren Po gebohrt. Ihre Schmerzgrenze ist sehr hoch dieser Tage, nahezu unüberwindlich für jede Art von Empfindung. Geistig, seelisch, körperlich lebt sie seit Wochen, von Fressattacken und ihrer Morgenübelkeit abgesehen, so gut wie gefühlstaub. Genauer gesagt seit drei Wochen, zwei Tagen und einer Nacht.

Blaulicht zuckt in ihrem Kopf auf.

Oh ja, ein Streifenwagen und zwei Polizisten haben ebenfalls zu ihrer wachsenden Empfindungslosigkeit beigetragen. Keine Beamten vom Typ hilfsbereiter Bobby, die nach wie vor durch englische Bilderbücher und deutsche Schulbücher spuken, sondern äußerst zupackende Bullen mit strikter Null-Toleranz-Haltung in Sachen häuslicher Gewalt.

Ihr Verstand und ihr Herz sind seit den Geschehnissen jener Nacht dick verpackt. Reißfest, stoßfest, schockfest. Wahrscheinlich hätte sie den Flug auch auf einem Nagelbrett sitzend absolvieren können. Einen Platz in der Businessclass mit den extrabreiten Ledersitzen zu buchen war wirklich die reinste Verschwendung. Aber von ihren letzten Bonusmeilen auf Verlagskosten wollte sie sich noch etwas gönnen, und weitere Flugreisen wird sie auf absehbare Zeit wohl kaum noch unternehmen. Dieser Flug von London ist eine Reise ohne Wiederkehr. Eine Reise nach Biblinghausen. Ausgerechnet.

Gegessen hat sie sicher auch wieder nichts.

Oder doch?

Hoppla. Auf dem Klapptisch steht ein Tablett mit einer leeren Chipstüte. Daneben entdeckt sie zwei leere Cupcake-Manschetten und einen angebissenen Donut. Schauderhaft. War das wirklich sie? Nein, das werdende Leben! Guter Gott, hat sie da überall reingebissen? Ja, sie hat das ganze Zeugs sogar selbst im Abflugterminal und nach der Gepäckkontrolle gekauft. In Heathrow. Auch diesen Donut mit rosa Glasur, bunten Zuckerperlen und schätzungsweise einer Trilliarde ungesunden Kohlehydraten und Fettkalorien?

Das MUSS das werdende Leben gewesen sein.

Anscheinend ist es weiblich. Na, herzlichen Glückwunsch, Baby.

Sie steht wirklich völlig neben sich. VÖLLIG.

Wer jemals behauptet hat, schwanger zu sein mache glücklich, hat gelogen. Schwanger sein macht fresssüchtig und dumm. Nicht zu vergessen die Stimmungsschwankungen. In wenigen Monaten wird sie aussehen wie ein gestrandeter Wal. Ein Wal mit dem Gehirn einer Erbse und dem Temperament einer gereizten Hornisse.

»Alles völlig normal«, hat ihre Frauenärztin in London sie beruhigen wollen. »Ihr Verstand reduziert sich für eine Weile auf die Aktivitäten des Stammhirns. Der Rest wird runtergefahren. Das geht auf Kosten des Konzentrations- und Denkvermögens, aber dafür werden Sie am Ende mit einem prachtvollen Baby belohnt. Und das mit zweiundvierzig Jahren! Glückwunsch.«

Na, danke auch. Sie ist bereits jetzt so debil, dass sie den Gurt nicht freikriegt.

Ein Räuspern von links reißt Hendrike aus ihren unfreundlichen Gedanken.

»Perhaps you should try your own seatbelt«, schlägt ihr Sitznachbar vor, an dessen Gurt sie gerade herumzerrt, als gälte es, eine Kuh vom Eis zu holen. Gott, sie muss ihm die Durchblutung in der Lendengegend so gut wie abgeschnitten haben!

Hendrike will eine Entschuldigung stammeln. Der Mann kommt ihr zuvor.

»Not that I mind being tortured by such a beautiful lady!« Flirtlächeln. Die anzügliche Sorte. Eindeutig.

Hendrike erstarrt.

Soso, er hat also gegen ein wenig Folter durch schöne Frauen nichts einzuwenden. Ihr Scannerblick springt an. In Sekundenschnelle katalogisiert sie den Mann im Businessanzug: Hellblaues Maßhemd mit Doppelmanschetten von Hilditch & Key, Jermynstreet, passender Anzug von Tyrwhitt, ebenfalls Jermynstreet. Socken von Burberry. Neue Kollektion. Als leitende Redakteurin eines Frauenmagazins erkennt man so was auf Anhieb. Auch wenn man dort für Psychostorys zuständig ist. Zuständig war.

Stopp! Darüber will sie jetzt nicht nachdenken, dann schon besser über den Folterfreund neben sich.

Die Collegekrawatte weist ihren Sitznachbarn als Cambridge-Absolventen aus. Wie Malcolm! Dazu graue Schläfen, weichender Haaransatz, wachsendes Bäuchlein, ein i-Mac mit blinkenden Börsencharts auf dem Klapptisch. Bingo, ein Banker! Konservativ. Führungsposition. Obere Mittelschicht oder untere Oberschicht. Sechsstelliges Einkommen. Jährliche Sonderboni. Lebt mit der Familie in einem restaurierten Farmhaus in Surrey oder als Single in einem Loft in irgendeinem angesagten Stadtviertel Londons. So wie jetzt Malcolm.

Ihr Blick streift die rechte Hand ihres Nachbarn. Ehering. Wohl doch eher Surrey. Ganz wie Malcolm. Bis vor sechs Monaten, als er endlich seine Frau verlassen hat und zu ihr gezogen ist. Nach acht Jahren heimlicher Liebe. Was für ein Moment. Unbeschreiblich. Noch immer. Sie hat ihr Glück kaum fassen können. Malcolm hatte sich endlich entschieden. Für sie!

Ihr Blick streift ihren Sitznachbarn. Der hat sicher ebenfalls Frau und Kinder, die er in teure Privatschulen schickt, ansonsten aber emotional vernachlässigt. Kommt gut hin, dass sich so einer gern von schönen Frauen malträtieren lässt. Nach fünfzehn Jahren London weiß sie, dass es unter Englands betuchten Gentlemen jenseits der vierzig eine stattliche Anzahl von Exemplaren gibt, die gegen ein wenig Sex mit Peitsche nichts einzuwenden haben. BBC-Mann Jeremy Paxman – Englands Antwort auf Ulrich Wickert – hat ein ganzes Buch über britische Internatszöglinge aus besseren Kreisen geschrieben, die dank einer rigiden Schulerziehung Liebe mit Hieben verwechseln. Sie suchen diskrete S/M-Studios in Soho auf. Luxusclubs. *Members only.* Sie können dieser dunklen Seite ihres Charakters einfach nicht widerstehen. Schon gar nicht, wenn Frauen mit schneewittchenschwarzem Kurzhaarschnitt die Peitsche schwingen. Frauen mit Klasse und einem hohen Preis. Makellos gepflegte Frauen wie sie. Mit hellem Porzellanteint, ultragrünen Katzenaugen, Kontaktlinsen und Brüsten in Körbchengröße Doppel-C über einer klar definierten Taille. Von der sie sich bald verabschieden muss. Genau wie von ihren straffen Brüsten, die über die Gesetze der Schwerkraft erhaben sind.

Dabei sind ihre Brüste eine der wenigen Körperzonen, bei denen Hendrike der Natur nie nachhelfen musste. Außer durch strikte Diäten, um die Körbchengröße zu verringern. In den nächsten Monaten werden sie wahrscheinlich wieder um ein, zwei Körbchengrößen zulegen und auf ihre ausladende Ursprungsgröße anwachsen. Grauenhaft, aber vielleicht zur Freude von solchen Kerlen wie ihrem Sitznachbarn, der – sich längst wieder in seine Financial Times vertieft hat.

Hendrike an Hirn: Hör sofort damit auf, alle Männer für herzlose, verdrehte, verräterische Schweinehunde zu halten, die dich demütigen, ausnutzen, verletzen und verraten wollen. Dein Sitznachbar ist nicht Malcolm L. Rubin.

Und selbst Malcolm, hat nie Wert auf ausgefallene Spielchen im Bett gelegt. Geschweige denn darauf, von ihr durch die Wohnung gejagt und verprügelt zu werden – mit dem zwölf Zentimeter hohen und äußerst spitzen Absatz eines feuerroten Miu-Miu-Pumps. Unter so hysterischem Furiengeschrei, dass Malcolm sich mit einem Hechtsprung über die Sofalehne retten, nach seinem Handy angeln und den Notruf wählen musste.

Was unnötig war. Die Nachbarn hatten längst die Polizei verständigt. Vielleicht, als sie das Splittern der Aquariumsscheibe vernommen hatten oder das Klirren, mit dem sie Malcolms unbezahlbare Whiskeyglassammlung zertrümmert hat und seine Single-Malt-Schätze gleich mit. Oh ja, sie hat gründlich gewütet. So gründlich wie Glenn Close in *Eine verhängnisvolle Affäre*. Miu-Miu-Pumps sind echte Qualitätsarbeit.

Fünfzehn Jahre lang angestaute Wut, die sie vor Malcolm und vor sich selbst bis zu diesem Abend verbergen konnte, haben ihr die Hand geführt. Alkohol war nicht im Spiel, auch wenn der penetrante Geruch, der dem whiskeygetränkten Teppich entstieg, die Polizisten zu diesem Schluss und zu ihrem Abtransport in eine Ausnüchterungszelle verleitet haben. In einem sündteuren Ensemble von Agent Provocateur.

Lustig, dass selbst ein Negligé eines der teuersten Lingerie-Produzenten der Insel auf dem Rücksitz eines Streifenwagens billig aussieht. Auch unter einem hastig übergeworfenen Burberry. Vor allem, wenn das Negligé zwei taillenhohe Schlitze an der Seite hat und man dazu nichts als nackte Beine und einen feuerroten Miu-Miu-Pump mit Federpuschel trägt. Der andere war als Tatwaffe beschlagnahmt.

Als sie Malcolm an besagtem Abend voller Vorfreude die

Tür zur Wohnung geöffnet hatte, zeugte jedes Detail ihrer Aufmachung von unbändiger Vorfreude und von Klasse, Luxusklasse.

Im Licht der Polizeiwache schrie ihr Outfit: »Schlampe!«

Am nächsten Morgen durfte sie zu ihrer Wohnung in South-Kensington zurückkehren. Zu ihrer Wohnung, nicht *in* ihre Wohnung, wohlgemerkt. Malcolm hatte die Schlösser austauschen lassen. Ihre Wohnung war nämlich seit jeher Malcolms Wohnung, seine ehemalige Junggesellenbude, die seine Eltern ihm bei seinem Einstieg in den Verlag gekauft hatten und auf die sie kein Anrecht hatte. Nie. Genauso wenig wie auf ihn.

Sie war also mit einem Schlag obdachlos und arbeitslos. Auf hohem Niveau, solange ihre goldene Firmen-Visa-Card noch nicht gesperrt war. Das hat Malcolm als Verleger und Herausgeber von *Glamour Girls* und anderen Magazinen für Luxusschlampen wie sie eine Woche später nachgeholt, samt ihrer fristlosen Kündigung.

Ihre Möbel (wenig), ihre Kleidung (sehr viel), ihre Schuhe (noch mehr) und sonstige Habseligkeiten hat er in ein Storage-Center im Osten Londons abtransportieren lassen. Auf ihre Kosten, die sie erst begleichen konnte, nachdem sie die Möbel und den Großteil ihrer Garderobe secondhand verkauft hatte, denn auf ihrem Girokonto herrschte wie immer Ebbe.

Eine sorglose, unwiderstehliche, alterslose Dauergeliebte in Luxusversion darzustellen kostet schließlich nicht nur Blut, Schweiß und Tränen, sondern auch Geld, viel Geld, ihr Geld. Von Malcolm wollte sie nie Geld nehmen.

Sie wollte nicht billig wirken, sich nicht billig fühlen.

Ihr Anstand ist sie teuer zu stehen gekommen.

Aber für all das kann ihr Sitznachbar nichts. Sie wirft ihm einen verstohlenen Blick zu. Dieser Mann ist vielleicht ein netter, biederer, höflicher, seit Jahrzehnten glücklich verheirateter Mann und überzeugter Familienmensch, der nichts mit Sadomaso-Sex und schon gar nichts mit ihr im Sinn hat. Wahrscheinlich bringt er seine Kinder abends zu Bett, kocht ihnen Kakao mit Marshmallows und liest ihnen *Die wilden Kerle* vor oder was immer Kinder heutzutage so lesen.

Anständige Männer wie er hatten nie etwas mit ihr im Sinn. Oder sie nicht mit ihnen. Kommt auch hin.

Obwohl sie ihr Psychologiestudium vor Hunderten von Jahren und nach sechs Semestern abgebrochen hat, so viel hat sie dabei gelernt: Was wir über andere Menschen denken und was wir für sie empfinden, hat mehr mit uns als den anderen zu tun. Mit eigenen Schwächen und Schattenseiten und mit den Gefühlen, die wir für uns selbst hegen. Wie das Gefühl, wertlos zu sein, eine Nullnummer, ein Nichts. Zumindest ohne einen Mann wie Malcolm. Mit Malcolm hatte sie den Eindruck, wer zu sein. Vor allem glücklich.

Oh, verdammt! Vielleicht war es nicht ihre beste Idee, London einfach so zu verlassen. Ihre Karriere, ihre Freunde, Malcolm. Vielleicht war alles gar nicht so schlimm, vielleicht hat sie noch eine Chance. Zumindest auf einen Job. Ihr Ratgeber-Blog im Internet gilt als preisverdächtig, sie hat *Glamour Girls* fit für das Web 2.0 gemacht, sie könnte einen Headhunter engagieren, um einen ähnliche Aufgabe bei einem anderen Magazin zu finden. Sie könnte endlich Malcolms Anwalt kontaktieren, sich bei Malcolm entschuldigen ...

Sie? Bei ihm? Dafür, dass er sie belogen und betrogen hat. Nicht nur privat, sondern auch beruflich?

Never! Sie muss endlich und gründlich damit aufhören, sich etwas vorzumachen. Und wo sie gerade dabei ist: Kein Headhunter besorgt einer verbitterten Frauenmagazinjournalistin jenseits der vierzig mal eben einen Spitzenjob. Egal, wie erfolgreich sie war, und schon gar nicht, wenn sie schwanger ist und einen der wichtigsten Medienverleger Londons mit einem Schuh verprügelt hat. So läuft das nicht, und Malcolm …

Stop it, befiehlt sich Hendrike.

Auch wenn Selbstachtung nicht zu ihren Königsdisziplinen zählt, drängt sich unter aller erlittenen Demütigung, aller Enttäuschung, aller Bitterkeit über Malcolms doppelten Verrat etwas anderes nach oben. Entschlossenheit. Sie wird das durchstehen. Allein.

Sie hat sich schließlich schon einmal komplett neu erfunden. Sie wird es wieder tun. Nicht für Malcolm. Nur für sich.

Und vielleicht für das Baby.

Sie wird es schaffen, und zwar in Biblinghausen.

Ihre Entschlossenheit beginnt zu wanken. Biblinghausen klingt nicht nach zweiter Chance. Eher nach Endstation im Nirgendwo. Und nach einer Hölle, die sie nie wieder betreten wollte. Der Hölle ihrer verkorksten Kindheit und Jugend.

Nun, einen Vorteil hat es, in diesem gottverdammten Kuhkaff abzutauchen, von dem die Welt noch nie gehört hat: Dort kennt sie nach fast dreißig Jahren sicherlich keiner mehr. Von Veronika Dornbusch mal abgesehen. In Biblinghausen kann sie in aller Ruhe entscheiden, wie es weitergehen soll.

Mit ihr, dem Baby und mit Tante Käthes Erbe.

Hendrike rappelt sich in ihrem Sitz hoch, reicht einer Flugbegleiterin die peinlichen Überreste ihrer Fressattacke und klopft Zuckerperlen von ihrem Donna-Karan-T-Shirt.

Die Maschine neigt sich nach links, beschreibt die Anflugschleife auf Düsseldorf, Flughafen. Ihr Sitznachbar beugt sich kurz über sie und angelt galant nach ihren Magazinen im Fußraum, will sie ihr reichen. *»Surely, you wanna study them later.«*

»No, I don't need them anymore«, erwidert Hendrike.

Sie wird solche Magazine nicht mehr lesen. Nie mehr. In Biblinghausen wird sie ihr Wissen über Kurt Geigers neueste Schuhkollektion, über die Kunst, ein perfektes Dinner aus Mango und Wolfsbarsch an Vanilleschaum zu kreieren, oder darüber, wie man mit einer Diät unter tausend Kalorien satt wird und die Sommerferien ohne den verheirateten Geliebten überlebt, kaum brauchen.

Vielleicht ist das ja der Segen, der sich in der ganzen Katastrophe verbirgt. *The blessing in disguise*, wie es in England so schön heißt. Die Zeiten, in denen sie sich dreimal wöchentlich im Fitnessstudio gequält hat, sind vorbei, ihre wöchentlichen Pediküre-, Maniküre- und Friseurbesuche Vergangenheit. Ganz zu schweigen von den Heißwachsbehandlungen ihrer Bikinizone oder ihrer rigiden Dauerdiät. An dem Tag, an dem sie Malcolm kennenlernte, hat ihre Karriere als Hungerkünstlerin begonnen. Trotzdem kam sie sich selbst zu ihren dünnsten Zeiten neben den meisten Frauen aus der Modewelt wie ein Michelin-Männchen vor. Trotz Kleidergröße 34.

Die Maschine setzt auf. Sitzgurte klicken. Lange, bevor das Flugzeug seine Parkposition erreicht hat, stehen nervöse Anzugträger vor den Gepäckablagen und angeln ungeduldig nach ihren Habseligkeiten.

Hendrike schultert ihre Laptoptasche und reiht sich in die überschaubare Schlange der Businessclass-Passagiere ein, die zum Ausgang streben.

Beim Abschied von den Flugbegleitern gelingt ihr ein Lächeln. Auf dem Weg über den federnden Boden des Ausstiegfingers strafft sie die Schultern. Sie hat Übung darin, kühl, gelassen bis zur Apathie und entschlossen zu wirken. Niemand, der sie so sieht, würde denken, dass ihr innerlich zum Heulen ist. Oh ja, das hat sie gelernt. Dank Malcom.

Beim Kofferband angelt sie ihr Smartphone aus der Laptoptasche. Kurz schwebt ihr Daumen über der Einschalttaste. Nein, sie wird ihre Nachrichten nicht abrufen. Keine Nachrichten von ihren wenigen noch verbliebenen Freunden – gibt es die überhaupt? –, keine Anrufe von klatschhungrigen Kollegen oder von Malcolms Anwälten, die ihr in verschraubter Diktion Angebote unterbreiten möchten. Für eine diskrete Abtreibung, für ihr Schweigen.

Zur Hölle mit ihnen!

Hendrike steckt das Handy weg. Besser, sie lässt es für immer aus. Könnte schließlich sein, dass es mit einer Ortserkennungsapp versehen ist. Sie wird sich ein neues besorgen. Neues Leben, neue Nummer. Sie holt das Handy wieder hervor. Betrachtet es kurz, öffnet die Schiebeklappe und zieht den Chip heraus. Dann schlendert sie zu einem Papierkorb und lässt den Chip hineingleiten. Gut so. Weg damit. Sie schiebt Müll darüber und macht sich auf den Rückweg zum Kofferband. Wenige Minuten später erscheint ihr Gepäck. Sie hievt es auf einen Gepäckwagen und steuert den Durchgang in die Ankunftshalle an.

Jetzt ist sie bereit, es von Neuem mit der Welt aufzunehmen. Mit Biblinghausen und mit ihrem Erbe. Dem Erbe, das sie eigentlich ausschlagen wollte, das sie aber nach den Geschehnissen vor drei Wochen doch annehmen musste. Als letzte Rettung.

Hendrike verzieht unwillkürlich den Mund. Käthe Tragelehns Testament ist bei Gott nicht das Ende all ihrer Sorgen. Nein, wirklich nicht. Ihre Großtante hat ihr einen Hund namens Luther, Heinzi und ihr Haus vermacht. Auf Letzteres kommt es an. Sie darf es allerdings nur behalten, wenn Luther unter ihrer Obhut die nächsten zwei Jahre überlebt.

Typisch Tante Käthe. Ihr Humor hatte immer eine rachsüchtige Note. »Strafe muss sein« war neben »Von nichts kommt nichts« ihr Lieblingsmotto. Wie alt wird der Hund, von dem ihre künftige Bleibe abhängt, wohl sein? Am besten wäre ein Welpe. Mit gusseiserner Gesundheit und winzigem Gebiss. Die Automatiktüren gleiten auseinander. Um welche Rasse es sich wohl handelt? Hoffentlich keine allzu großwüchsige. Große Hunde hat sie noch nie gemocht, kleine Kläffer vom Typ »bissige Fußhupe« mag sie allerdings auch nicht.

Ein lautes »Huhu!« von links reißt Hendrike aus ihren Gedanken. Ein von heiserem Knurren begleitetes »Wuff« lässt sie den Kopf drehen. Kein Zweifel: Das ist ihr Empfangskomitee.

Frau Dornbusch erkennt sie auch mit den feuerroten Haaren auf Anhieb. Die erste Lehrerin vergisst man nie. Das Empfangskomitee vergrößert sich soeben um zwei Sicherheitsbeamte in schwarzen Uniformen. Sie fordern Veronika Dornbusch dringlich auf, das Gebäude mit dem Hund zu verlassen. Weil er keinen Maulkorb trägt und ein Rottweiler ist. Zumindest in Teilen, den Rest seiner Gene scheint er einem Kalb zu verdanken.

5.

»Noch ein Espresso und das Üblische, *Monsieur le professeur?*«

Das Übliche ist ein handgerollter Trüffel aus 90-prozentiger Bitterschokolade mit Tahiti-Vanille und einem Schuss Cointreau, gewälzt in Ingwerstaubzucker. So viel Sünde muss sein, findet Schuknecht. Bis 14 Uhr, danach nimmt er keine Kohlehydrate und keinen Zucker mehr zu sich.

Das Geheimnis seiner Diät ist freiwillige Selbstbeschränkung. Freiheit bedeutet nämlich nicht, alles tun oder essen zu können, was man will, sondern wirklich zu wollen, was man tut oder isst. Etwa einen Schokoladentrüffel zum Dessert.

Er nickt Jean-Luc zu. »Das Übliche, ja, und lassen Sie den Klamauk mit *Monsieur le professeur* und den französischen Akzent weg. Fehlt nur noch die Baskenmütze. Ihr letzter Messegast hat soeben seine Rechnung beglichen und ist verschwunden. Oder haben Sie Einwände gegen eine deutschsprachige Bedienung, Dr. Friedestrom?«

Schuknecht wendet sich mit fragendem Blick einem Nachbartisch zu, an dem der junge Arzt seine Mittagspause beim Studium von Krankenakten und Käse zum Dessert verbringt. Friedestrom hebt kurz den Kopf. »Nein, keine Einwände. Jean-Luc, spar dir den idiotischen Zirkus.«

Der Wirt des Amselhofs verzieht verärgert den Mund. »Das vorhin war kein Messebesucher. Die Messesaison startet erst wieder im September. Der Kerl war nur ein Tagungsgast vom Hotel Maria in der Aue. Irgendeine Kirchenveranstaltung. Die gönnen sich allenfalls das Tagesgericht, wenn ich sie nicht mit meinem französischen Savoir-faire und einem exorbitanten Amuse-Gueule einschüchtere.«

»Jean-Luc, ich hatte wie so oft Ihr *Menu gastronomique* zum stolzen Preis von 48 Euro«, zürnt Schuknecht. »Darum möchte ich höflich darum bitten, mir nicht *Monsieur le Tartare*, den frischen Franzosen, vorzuspielen. Zumal Sie, wie ich gehört habe, aus Belgien stammen.«

Ein Koch vom Format Jean-Lucs sollte wirklich nicht zu solch billigen Tricks greifen.

»Ah. *Le Tartare!* Eine wirklich bedauerliche Werbung«, bemerkt Durant kopfschüttelnd und akzentfrei. »Und der Käse taugt meiner Meinung nach auch nicht viel. Aber was will man machen? Biblinghausen mangelt es am Duft der großen weiten Welt. Der *accent* fördert das Geschäft, *vous comprenez?*«

»Nicht bei mir, Herr Durant. Wo bleibt übrigens mein Espresso mit Trüffel? Gleich ist es zwei, und ich möchte meinen Diätplan strikt einhalten.«

»Mit Schokoladentrüffeln?«

»Vor 14 Uhr setzen sie nicht an. Man muss sich nur penibel an den Zeitplan halten, um der Insulinfalle zu entgehen. Wer diszipliniert lebt, denkt außerdem diszipliniert. So wie Immanuel Kant. Nach dem großen Denker konnten die Königsberger bekanntlich die Uhr stellen. Wenn er seinen Nachmittagsspaziergang antrat, war es 16 Uhr. Nie früher und nie später.«

»Sie wollen spazieren gehen?«, fragt Jean-Luc ehrlich verblüfft.

»Nein, ich will meinen Trüffel! Mir genügt der tägliche Fußmarsch vom Bungalow bis hierher vollauf, seit mein treuer Volvo bedauerlicherweise den Geist aufgegeben hat. Also, wo bleibt der Trüffel? Oder muss ich den auf Französisch bestellen?«

Jean-Luc macht seiner blonden Bedienung ein Zeichen und nimmt seufzend an Schuknechts Nischentisch Platz. Dem Oberstaatsanwalt a. D. ist das sehr recht. Seit gestern Abend beschäftigen ihn einige Fragen, die ihm Jean-Luc beantworten könnte. Vor allem Fragen zu Frau Dornbusch-Bommelbeck.

Trotz ausführlicher Tai-Chi-Übungen am Morgen – die Konstellation mit dem großen Bären sitzt jetzt einigermaßen – will ihm das Geschwätz dieser Person nicht aus dem Kopf gehen. Gefährliches Geschwätz, in das er weder Ordnung noch Sinn und Verstand bringen kann. Kunststück, das Geschwätz stammt schließlich von Frau Dornbusch-Dingsda.

Eine tote Käthe Tragelehn passt einfach nicht in sein Konzept. Ein ermordeter Hammelfuß schon. Ja, bei Hammelfuß liegt Frau Dingsda mit ihren Vermutungen ausnahmsweise richtig. Muss ein Fall vom blinden Huhn sein, das auch mal ein Korn findet.

Leider sind Frau Dornbusch-Dingsdas Mordsfantasien geeignet, sein gesamtes Vorhaben durcheinanderzubringen. Dazu kommt sein unverzeihlicher Fauxpas mit dem Blutbären, den sie aufgedeckt hat. Keine Nachtfalter mehr. So viel steht fest. Er wird es ab sofort mit neu zugewanderten Stechmücken versuchen. Stechmücken gibt es an der Dhünntalsperre zuhauf, sie treiben sich überall herum, und mit Arten wie dem *Aedimorphus vexans*, zu Deutsch »quälender Taugenichts« und *Ochlerotatus sticticus*, dem »stechenden Tunichtgut«, kennt sich bestimmt niemand aus. Auch nicht Frau Dornbusch-Dingsda. Der Vorsitzende des Verbandes deutscher Hobbyentomologen hat ihm am Telefon versichert, dass Mücken ein vernachlässigtes Forschungsgebiet sind. Brillant!

Er wird sich nur ein wirksames Antimückenmittel besorgen müssen, falls er sich wirklich in mückenverseuchte Areale begeben muss. Am besten seien Sprays aus alten Bundeswehrbeständen, hat ihm der Verbandsvorsitzende empfohlen und Bezugsquellen genannt. »DDT-haltig, ziemlich giftig und eigentlich verboten«, hat er ergänzt.

Schuknecht nickt bedächtig. Menschen mit einer Passion – und sei es der für Insekten – verfügen nicht selten über kriminelle Energien. Sein antikes Tai-Chi-Schwert konnte er auch nicht über offizielle Kanäle bestellen.

»Wenn ich nur anbauen dürfte oder endlich Käthe Tragelehns Haus kaufen«, sinniert ihm gegenüber Jean-Luc und nimmt einen Schluck vom Calvados, den die Bedienung zusammen mit Schuknechts Espresso und dem Trüffel serviert hat. »Diese verfluchte Hendrike Tragelehn stellt sich bislang quer, behauptet ihr Anwalt.«

»Äh, wie bitte?«

»Ich benötige mehr Platz, Herr Schuknecht! Wenn ich Übernachtungsmöglichkeiten anzubieten hätte, könnte ich mir den exaltierten Franzosenquatsch sparen. Ich brauche Gäste, die abends anreisen, Zeit haben zu essen und zu trinken und über Nacht zu bleiben. Am besten das gesamte Wochenende. Ich will Stammgäste, die mich zu würdigen wissen.«

»Sie haben jetzt immerhin mich«, wirft Schuknecht ein. »Und Friedestrom.«

Jean-Luc macht eine wegwerfende Handbewegung. »Sie lassen immer die Hälfte auf den Tellern zurück, was eine Beleidigung ist.« Er senkt die Stimme. »Und unser schöner Doktor ist Vegetarier mit ausgeprägter Cholesterinphobie. Meist beschränkt er sich auf Salate und Ziegenkäse. Ich nehme an, das alles macht er nur, weil er einen berühmten Herzchirurg zum Vater hat.«

»Beim Essen zählt nicht die Menge, sondern der Geschmack«, doziert Schuknecht.

Jean-Luc tröstet das nicht: »*Mon Dieu!* Biblinghausen ist

so schön! Ein unentdecktes Juwel. Historischer Ortskern, herrliche Landschaft, saubere Luft, wunderbare Wanderwege und so weiter. Ich könnte ganz anders kalkulieren, wenn ich Betten anzubieten hätte. Ich könnte endlich meine viel zu kleine Küchenbrigade aufstocken. Einen Sous-Chef und einen Gardemanger für Pasteten und Krustentiere einstellen. *Sacrément!* Als Restaurant mit reinem Tagesgeschäft wirft der Amselhof in einem Dorf wie Biblinghausen nicht genug ab.«

»Unfug, Ihr Essen ist vorzüglich. Sie werden sich durchsetzen«, beschwichtigt ihn Schuknecht nach einem Schluck Espresso. Er will über Frau Dornbusch-Dingsda reden, nicht über Jean-Lucs Restaurantpläne. »Sie haben einen Stern und erstklassige Kritiken, warten Sie's nur ab. Sie sind doch erst seit einem Jahr hier.«

»Seit anderthalb Jahren! Langsam wird mein Geld knapp und die Bank ungeduldig. Ich kann nur hoffen, dass die neue Tourismusinitiative ein voller Erfolg wird.«

»Welche Tourismusinitiative?« Schuknecht kann sein Entsetzen kaum verbergen.

»Wir wollen Biblinghausens Ruf als Ausflugs- und Ferienziel aufpeppen. Unser ehemaliger Gemeinderat Schöpper, von dem Sie den Bungalow gekauft haben, hat irgendeinen EU-Topf mit Geldern für Werbematerial, einen Film und ein Festival angezapft.« Jean-Luc schnaubt kurz. »Ich soll eine regionale Spezialität auf Sterneniveau kreieren. Biblinghäuser Zipfelmützen.«

»Was ist das denn?«

Jean-Luc zuckt mit den Schultern. »Fragen Sie mich nicht! Ich experimentiere noch. Veronika hat sich den Namen ausgedacht. Unglaublich, die Frau. Ein wenig konfus, aber sie könnte 'nem Bischof seinen Krummstab abschwatzen. Das

Dorf ist aus dem Häuschen vor Begeisterung. Endlich kommt wieder Leben ins Dorf.«

Er wendet sich kurz dem Raum zu. »Was machen eigentlich Ihre Dreharbeiten für unseren Werbefilm, Friedestrom?«

»Gehen halbwegs voran«, bemerkt der Arzt, ohne von seinen Akten aufzuschauen.

»Ah, sei nicht so bescheiden! Mit deinem Camcorder hast du ziemlich was drauf, sonst hätte Veronika dich nicht engagiert.«

Friedestrom seufzt. »Mit der Jungfrauenverbrennung hatten wir gestern Probleme. Die Mädchen kichern beim Anzünden jedes Mal wie die Hühner. Könnte vielleicht deine blonde Bedienung die Rolle übernehmen?«

»Von der lässt du die Finger, Freundchen, sonst brenn ich dir eins drüber«, lehnt Jean-Luc schroff ab. »Steck einfach Veronika in Brand. Die ist sicher heiß auf eine Hauptrolle.«

Schuknecht setzt völlig verwirrt die Espressotasse ab. Das ging ihm jetzt eindeutig zu schnell. Tourismusinitiative, EU-Gelder, Zipfelmützen, brennende Jungfrauen, Filme, Festivals – davon hat er bislang überhaupt nichts mitbekommen. Klingt nach ausgemachtem Blödsinn. Es klingt nach …

»Reden wir gerade von Frau Dornbusch-Bommelbeck?« Würde passen. Oh ja. Von freiwilliger Selbstbeschränkung hält diese Frau nun wirklich gar nichts. Allein dieses Durcheinander von Vor- und Nachnamen, mit denen sie um sich wirft. Nomen ist bei dieser Person fürwahr Omen.

»Das ›Bommelbeck‹ können Sie weglassen«, merken Jean-Luc und Friedestrom im Duett an. »Das ›Dornbusch‹ eigentlich auch«, fährt Jean-Luc fort. »Oder hat Sie Ihnen noch nicht das Du angeboten? Wäre ungewöhnlich. Sie war doch gestern bei Ihnen, oder? Das dürfen Sie als Ritterschlag werten.«

Schuknecht greift mit reservierter Miene nach seinem Trüffel.

Rollt ihn zwischen Daumen und Zeigefinger hin und her. Hat er sich doch gedacht, dass diese Schwatzbase ihren Mund nicht halten und alles rumerzählen wird. Nur was genau?

»Frau Dornbusch hat von ihrem Besuch bei mir berichtet?«, fragt er so nonchalant wie möglich und scheinbar in die Betrachtung des Trüffels vertieft. Was dieser Trüffel eindeutig verdient. Die Zuckerkristalle glitzern wie kleine Diamantsplitter auf schwarzem Samt. Er spürt ihr köstliches Knispern bereits auf der Zunge, ahnt das sanfte Feuer des Grand Marnier, den bittersüßen Schmelz der Schokolade. Ah, man muss Jean-Luc einfach mögen.

»Veronika hatte heute Morgen nicht viel Zeit zum Plaudern, *mon ami.* Musste zum Flughafen in Düsseldorf. Sie war nur kurz auf ihren morgendlichen Café au Lait und ein Croissant da.« Jean-Luc schüttelt grinsend den Kopf. »Ohne mich, Hasim und den Pizzadienst seines Bruders würde Veronika verhungern und verdursten. Habe noch nie eine Frau erlebt, die so wenig Ahnung vom Kochen hat wie sie. Als ich sie wegen der Zipfelmützen in ihrem Laden besucht habe, ist ihr sogar das Teewasser verkocht, und sie hat sich ordentlich die Finger verbrannt.«

Der Trüffel entfällt Schuknechts Fingern, plumpst auf den Teller.

»Frau Dornbusch-Bommelbeck kann nicht kochen?«

»*Non.* Sie hasst es. Hat nicht einmal einen Herd zuhause, nur die zwei Kochplatten unten im Laden. Warum fragen Sie? Haben Sie die Dame als Trost Ihrer späten Jahre ins Auge gefasst? Ich kann Sie nur warnen: Bei einer Frau wie Veronika spielen Sie mit dem Feuer.«

»Um Gottes willen, Jean-Luc!«, ruft Schuknecht entsetzt aus. »Was mein leibliches Wohl angeht, würde ich Ihnen nie untreu werden. Kann Frau Dornbusch-Bommelbeck denn wenigstens backen?«

»*Impossible!* Wie auch – ohne Herd? Und wer nicht kochen kann, kann erst recht nicht backen. Ein Kuchen verträgt keine Schlampereien und Ungenauigkeiten, er fordert absolute Präzision. Veronika ist das glatte Gegenteil von Präzision.«

Schuknecht nickt bestätigend.

»Interessante Information«, murmelt er sodann gedankenverloren. Äußerst interessante Information. Er hatte bereits gestern den Eindruck, dass Frau Dornbusch ihm neben sehr viel Unsinn auch handfeste Lügen aufgetischt hat. Etwa über das Kochbuch, das Käthe Tragelehn ihr vorgeblich vererbt hat. Frau Dingsda konnte seinem Blick bei Nachfragen nicht standhalten. Das ist immer ein sicheres Zeichen für Schwindeleien.

»Sie interessieren sich aber wirklich sehr für unsere Veronika«, wundert sich Jean-Luc und zwinkert mit den Augen. »Hätte ein bisschen spätes Glück verdient, die Gute. Ihr Alter war ein ausgemachtes Arschl… *Pardon, un trou de cul*, um es vornehmer auszudrücken. Na, sie hat es geschafft, ihm ordentlich die Hölle heiß zu machen. Der hat am Ende sicher vor Kummer ins Gras gebissen. Woran ist der noch mal gestorben, Friedestrom? Du kennst doch alle hiesigen Krankengeschichten.«

Der Arzt schaut irritiert auf. »Red keinen Unsinn! Das war lange vor meiner Zeit hier. Ich kenne Bommelbecks Krankenakte nicht. Außerdem ist das wohl in Florida passiert.«

»Stimmt!« Jean-Luc lacht in sich hinein, nimmt noch einen Schluck Calvados. »Unsere liebe Veronika hat ihren Holden nach vollzogener Scheidung wahrscheinlich den Alligatoren dort zum Fraß vorgeworfen. Sie hatte noch einige Rechnungen mit ihm offen.«

Für Schuknecht sind das wieder eindeutig zu viele Informationen auf einmal. »Bitte, der Reihe nach, Jean-Luc. Zunächst, woher kennen Sie Frau Veronikas Lebensgeschichte so genau?«

Jean-Luc zuckt mit den Schultern. »Sie ist nicht der Typ Mensch, der einem Informationen vorenthält. Außerdem war sie mal meine Lehrerin.«

»Ihre Lehrerin? Ich denke, Sie stammen aus Belgien!«

»Geboren bin ich in Wermelskirchen«, antwortet Jean-Luc und zieht die Ärmel seiner schwarzen Kochjacke glatt.

»Das haben Sie mir nie erzählt!«

»Sie haben mich auch nie danach gefragt. *Bon*, meine Mutter stammt aus Belgien, und dort ist sie nach dem Tod meines Vaters auch wieder hingezogen. Mit mir. Was glauben Sie, wo ich kochen gelernt habe? Sicher nicht in Biblinghausen!« Er schnaubt.

»In welchem Jahr sind sie von hier weggezogen?«

Jean-Luc runzelt die Stirn, sein Blick bekommt etwas Lauerndes. »Irgendwann in den Achtzigern. Ist lange her. *Monsieur le professeur*, was bezwecken Sie mit Ihren Fragen?«

»Ich möchte mich gern mit den Bewohnern von Biblinghausen und ihren Lebensgeschichten vertraut machen. Man ist nicht gerne auf Dauer Außenseiter.«

Jean-Luc lupft spöttisch die Brauen. »Ich finde, in Biblinghausen hat das durchaus Vorteile.«

»Kannten Sie übrigens einen Jürgen Hammelfuß?«, macht Schuknecht weiter. »Soll in einem Güllegraben ertrunken …«

Schepperndes Glockengeläut unterbricht seine Ermittlungsarbeit. Auf zwei lange Schläge folgt hektisches, unmelodiöses Bimmeln, das Tote zum Leben erwecken könnte. Ein scheußlicher Lärm.

»Was ist das?«, ruft Schuknecht über das Geschepper hinweg.

»Käthe Tragelehns Vermächtnis!«, ruft Jean-Luc grimmig.

»Der Glockenstuhl und das Geläut unserer katholischen Kirche sind seit gestern wieder intakt. Samt elektronisch gesteuertem Läutwerk. Einmal pro Stunde geht es los. Bis Mitternacht. Sehr zum Leidwesen von Biblinghausen.«

»Sogar der Pfarrer ist entsetzt«, mischt sich vom Nachbartisch her Friedestrom mit erhobener Stimme ein. »So schräge Glocken sind keine gute Reklame für den Katholizismus. Tja, die waren ursprünglich ja auch als Feueralarm gedacht.«

»In dieser Funktion haben sie allerdings in entscheidenden Momenten häufig versagt«, ergänzt Jean-Luc mit gefurchten Brauen.

»Kann man gegen diesen Lärm nichts unternehmen?« Schuknecht schüttelt sich.

»Doch, aber ich fürchte, das wäre illegal«, sagt Jean-Luc. Kaum sind die Glocken verklungen, erhebt er sich und zieht Schuknecht den Dessertteller mit dem Trüffel unter der Nase weg.

»Was soll das?«, beschwert sich Schuknecht.

»Ihre Stunde hat geschlagen. Zwei Uhr. Sie müssen doch Ihren Ernährungsplan einhalten. Denken Sie an Immanuel Kant.«

Schuknecht verzieht verstimmt den Mund. Jean-Luc hat leider recht. »Ich hätte da noch einige Fragen«, hebt er an.

»Und ich muss mich hinlegen«, wehrt Jean-Luc ab. »Um drei beginnt meine nächste Schicht, und heute ist Samstag. Reichlich zu tun. Wenn Sie noch Fragen haben, wenden Sie sich einfach an Veronika. Sie wird in wenigen Augenblicken aus Düsseldorf zurück sein!«

»Woher wissen Sie das?«

»Hören Sie das nicht?« Jean-Luc verdreht verzückt die Augen. »Ah, was für ein Sound! V8, Twinturbo, 407 PS, Spitzengeschwindigkeit 250 km/h. Das ist Sex auf vier Rädern!

Ich habe ein unbestechliches Gehör für *les moteurs des voitures.*«

Sagt ausgerechnet der Mann, der nach Schuknechts Dafürhalten das mit Abstand albernste Auto von ganz Biblinghausen sein Eigen nennt! Ein Verkehrshindernis auf Rädern in Form einer Kastenente aus der automobilen Steinzeit.

Kopfschüttelnd fährt Schuknechts Blick zum Fenster seiner Tischnische herum. Nein, so etwas! Jean-Luc hat richtig gehört. Ein silbernes Geländecoupé schießt die Dorfstraße herab, ein absurd teurer BMW X6. Mit viel Schwung nimmt der Wagen die ansteigende Auffahrt zu einem der gegenüberliegenden Häuser. Es ist das prachtvollste Fachwerkhaus am Marktplatz.

Käthe Tragelehns Haus.

Wirklich erstaunlich, was die alten Damen von Biblinghausen sich alles so leisten können: riesige Fachwerkhäuser, die Unsummen an Heizkosten verschlingen, und riesige Autos, die Unmengen von Benzin schlucken. Irgendetwas stimmt da nicht. Für so etwas hat er einen Riecher.

»Frau Dornbusch kann sich von ihrer Pension einen BMW X6 leisten?«, fragt Schuknecht. »Ich glaube, ich habe mich in meiner Berufswahl geirrt.«

Jean-Luc lacht. »Das Auto verdankt sie Bommelbeck. Besser gesagt: seinem Lottogewinn. 4,5 Millionen Deutsche Mark. Kaum hatte ihr Mann gewonnen, hat sie die Scheidung eingereicht und nach dem Prozess knapp die Hälfte kassiert. Zugewinngemeinschaft. Na, verdient hat sie es. Bommelbeck hat zuvor ganz auf ihre Kosten gelebt, und der Lottoschein ging natürlich auch auf ihr Konto. Grauenhafter Taugenichts, dieser Bommel … Oh, là, là!«

»Was ist?«, will Schuknecht wissen.

Der Blick des Wirtes klebt am Fenster zur Straße. Er stößt einen anerkennenden Pfiff aus.

Schuknechts Augen folgen denen von Jean-Luc. Auch Friedestrom erhebt sich und steuert Schuknechts Nische an. In schweigender Bewunderung vereint starren die drei Männer aus dem Fenster. Zwei ausgesprochen wohlgeformte Frauenbeine schwingen sich vom Beifahrersitz des BMW ins Freie. Edel beschuhte Frauenbeine. Diese Pumps mit roter Sohle und rotem Absatz sind unverkennbar Louboutins, erkennt Schuknecht, und die Beine in der Tat … Oh, là, là!

Die gesamte Erscheinung verdient ein »Oh, là, là!«. Oder das »Wow«, das der sonst eher gesetzte Friedestrom in jugendlicher Begeisterung beisteuert.

Schuknecht registriert stumm das von Meisterhand geschnittene lackschwarze Haar der jungen Frau, ihre anmutige Kopfhaltung, die fragile Kinnlinie über einem Schwanenhals und dazu ihre schmale Silhouette in schwarzem T-Shirt und schwarzem Bleistiftrock. *Ein Ensemble, das Raffinesse verrät, kalkuliertes Understatement und sicheren Geschmack*, fasst Schuknecht für sich zusammen.

Jean-Luc hat sich am Tisch vorbei näher ans Fenster gedrängelt. Schuknecht und Friedestrom drängeln auf der anderen Seite des Tischs um einen Platz in der ersten Reihe. Schließlich wohnt man nicht oft der Wiederauferstehung einer Audrey Hepburn bei.

Nun ja, einer Audrey Hepburn mit dem Buse… – dem Dekolleté korrigiert sich Schuknecht – einer Marilyn Monroe.

»Das ist weibliche Schönheit in Vollendung!«, entfährt es ihm.

»Non, mon ami«, sagt Jean-Luc, »das ist Moppelchen! Auch wenn sie inzwischen aussieht wie ein verhungerter Kleiderständer. Man sollte sie dringend füttern.«

»Wer ist Moppelchen?«

Jean-Luc antwortet nicht.

»Es wird sich wohl um Käthe Tragelehns lang verschollene Nichte handeln«, erklärt Friedestrom. »Ihre Erbin, soweit ich gehört habe. Sie wird sich das Haus anschauen wollen, bevor sie es verkauft.«

»Sie will endlich verkaufen?«, fragt Jean-Luc interessiert.

»Das nehme ich an, oder glaubst du etwa, so eine Frau zieht nach Biblinghausen? Wir haben Glück, wenn sie es in unserem Kaff für eine Woche aushält.«

Schuknechts Blick gleitet erneut zum Fenster.

Frau Dornbusch ist nun ebenfalls ausgestiegen. Sie schlägt schwungvoll die Tür ins Schloss. Zu schwungvoll. Der Knall der sich schließenden Tür lässt das Restaurantfenster erzittern. Unmöglich diese Frau, kein Respekt für edle Automobile.

Wenigstens trägt sie heute weder Latzhose noch Gummistiefel, dafür ein grünes Kleid, das Schuknecht an ein Dirndl ohne Trachtenschürze erinnert. Äußerst unpassend im Bergischen Land, aber zugegebenermaßen bringt es Frau Dornbuschs kurvige Hüften zur Geltung. So man kurvige Hüften mag. Schuknecht sind strenge Linien an dieser Körperstelle lieber.

Veronika Dornbusch geht um den Wagen, öffnet den Kofferraum, hievt einen Rollkoffer und einen Wäschekorb hervor, hindert ihr unsägliches Hundevieh allerdings daran, ebenfalls auszusteigen. Scheint, als wolle sie bald wieder weg.

Schuknechts Augen suchen erneut nach ihrer anmutigen Begleiterin. Die bewegt sich gemessen an ihrem Schuhwerk erstaunlich flink auf einen schiefen Zaun zum Nachbargrundstück zu. An dem Zaun lehnt ein Mann mittleren Alters, den Schuknecht hier noch nie gesehen hat. Der Mann ist das glatte Gegenteil einer eleganten Erscheinung. Er trägt auch keine anmutige Haltung zur Schau. Vielmehr hängt er geradezu über dem Zaun und wackelt mit dem Kopf. Sein Mund steht offen, seine Augen gaffen.

»Wer ist das nun wieder? Sieht aus wie ein ausgemachter Depp.«

»Das ist Heinzi«, erklärt Friedstrom, »der Sohn von Käthe Tragelehn. Kennen Sie den noch nicht? Heinzi ist schwer behindert. Sauerstoffmangel bei der Geburt. Hat außerdem eine Niereninsuffizienz. Ist aber mit Medikamenten in den Griff zu bekommen. Noch. Irgendwann wird er wohl zur Dialyse müssen. Ziemlich traurige Geschichte.« Friedestrom seufzt.

Oh. Nun ja. Schuknecht schämt sich gehörig für seine voreilige Einordnung als »Dorfdepp«. Die Gafferei des armen Menschen ist zudem mehr als verzeihlich. Wahrscheinlich hat er selten ein so schönes Geschöpf auf sich zueilen sehen. Noch dazu in ausgesprochen freudiger Manier.

Aber da, was tut er jetzt?

Beginnt irgendwas zu schreien, rudert panisch mit den Armen, dreht sich ungelenk um und stolpert weg. Genau in dem Moment, als Audrey Hepburn ihre Arme geöffnet hat. Weit geöffnet, um den Trottel mit einer Umarmung zu begrüßen.

»Was soll das?«, fragt Schuknecht irritiert und bekommt keine Antwort. Jean-Luc ist verschwunden.

Friedestrom ebenfalls.

Seltsam. Höchst seltsam das Ganze.

Warum hat Jean-Luc Durant die Frau »Moppelchen« genannt? Woher kennt er die nun wieder? Und warum hat er nie erzählt, dass er in Wermelskirchen geboren und in Biblinghausen aufgewachsen ist?

Es ist an der Zeit für ein wenig Mückenjagd. Zunächst im Garten von Käthe Tragelehn. Nein, noch nicht, besinnt Schuknecht sich, nimmt wieder Platz und bestellt einen weiteren Espresso. Die acht Kalorien machen den Kohl nicht fett und verkürzen die Wartezeit, bis die lästige Dornbusch samt Köter verschwunden ist.

In Gegenwart der feuerroten Klatschbase wäre eine Vernehmung von Hendrike Tragelehn ein allzu qualvolles Unterfangen.

6.

Veronika Dornbusch hievt ächzend den Wäschekorb auf Käthe Tragelehns Küchentisch.

»Ich hab dir ein paar Lebensmittel besorgt, Hendrike. Kaffee, Tee, Zucker, Eier, Zwieback und so weiter. Nur das Nötigste. Marmeladen und sauer Eingemachtes findest du reichlich in Käthes Vorratskammer. Wenn du Lust auf eine richtige Mahlzeit hast, gibt es gegenüber außerdem den Amselhof und ein paar Häuser weiter die Alte Mühle. Der neue Betreiber, Hasim, macht ein sagenhaftes Couscous. Wenn du magst, können wir heute Abend zusammen essen gehen. Bei Hasim gibt's samstags allerdings Bauchtanz. Ingeborg tritt mit ihrer Gruppe auf. Muss man nicht mögen. Von Yoga, Krafttieren und Tarot hat sie Ahnung, aber vom Bauchtanz … Na, schweigen wir besser davon. Bei Jean-Luc dürfte es ruhiger sein. Der feiert nur dienstags bretonischen Abend. Was meinst du?«

Nichts.

Hendrike Tragelehn steht stumm mit dem Rücken zu ihr und späht durch ein Fenster, das auf Käthes Küchengarten und die sich daran anschließenden Hangwiesen hinausgeht. Scheint mit den Gedanken wieder ganz woanders zu sein. Sie war die ganze Fahrt über ziemlich abwesend. Merkwürdiges Kind.

Kind? Das trifft es nun wirklich nicht.

Eine erwachsene Frau ist Hendrike geworden, eine ganz mondäne. Sogar ihre Augenfarbe hat sich merkwürdig verändert. Waren die Augen nicht früher grau? Riesengroß und grau? Oder blau. Oder braun? Hm. Die Haarfarbe ist in jedem Fall neu. Mausig war sie früher. Undefinierbar mausig, nicht rabenschwarz. Trotzdem erkennt Veronika Dornbusch noch das kleine Mädchen in Hendrike wieder. Berufskrankheit. Für eine Lehrerin bleiben alle Schüler ein Leben lang Kinder. Nein, nicht alle, aber solche wie Hendrike auf jeden Fall.

Darum hat Veronika Dornbusch das Mädchen – die Frau – auch auf Anhieb geduzt. Was Hendrike ihr nachträglich gestattet hat, ohne allerdings das Angebot anzunehmen, sie im Gegenzug ebenfalls zu duzen. Dabei kam das Angebot von Herzen.

Ihrer eleganten Erscheinung zum Trotz hat Hendrike immer noch diese anrührend verlorene Aura eines ungeliebten Kindes. Was sie ja auch war. Schreckliche Eltern, wirklich schrecklich! Was hat die Mutter noch einmal beruflich gemacht?

Veronika Dornbusch schüttelt den Kopf. Irgendetwas Exotisches war es. Jedenfalls aus damaliger Sicht, Mitte der Siebzigerjahre, was im Bergischen allenfalls Ende der Sechzigerjahre hieß. Mental und moralisch. Die Uhren gingen und gehen hier anders, langsamer.

Ah, jetzt hat sie es: Hendrikes Mutter war Opernsängerin. Nein, das ist nicht exotisch genug. Hm, was dann? Diseuse? Auch nicht. Aber irgendetwas mit Gesang war es. Jetzt hat sie es: Jazzsängerin ist sie gewesen. *Modern Jazz.* Musik, mit der man damals nichts anzufangen wusste. Sie jedenfalls nicht. Für sie waren es lauter komische Töne, die nicht zueinander passten und ständig miteinander zu streiten schienen. Klang so ähnlich wie das katzenartige Flötengejaule, das dieser Schuknecht gestern in den Wald hat dudeln lassen. Zum Entsetzen sämtlicher Vögel. Hendrikes Vater hat Klavier dazu gespielt. Die beiden sind vor einer Ewigkeit einmal gemeinsam in

Wuppertal aufgetreten. In Biblinghausen hat man die beiden aber nie zu Gesicht bekommen. Sind in der ganzen Welt rumgereist und haben ihr Kind immer und immer wieder bei Käthe abgeladen, der Tante von Hendrikes Vater.

Zum ersten Mal, als Hendrike sechs war und eingeschult werden musste. In ihrer Klasse. Nach einem halben Jahr haben die Eltern Hendrike dann erst einmal wieder abgeholt – und ein weiteres halbes Jahr später wieder zurückgebracht. Und dann wieder abgeholt. War das ein Hin und Her! Genau wie in der Ehe der beiden, die waren ein Paar vom Typ »Sie küssten und sie schlugen sich«. In jedem Fall ein Paar, das sich keine Kinder hätte anschaffen sollen. Da hatte Käthe ausnahmsweise völlig recht.

Veronika Dornbusch öffnet die Hängeschränke und sortiert Kaffeepäckchen, Mehl, Zucker und haltbare Milch ein. Verstohlen schaut sie sich nach Hendrike um. Die steht noch immer da und sagt nichts, sucht mit den Augen den Garten und den dahinter ansteigenden Hang ab.

Gute Gelegenheit.

Veronika Dornbusch durchsucht mit Adleraugen den Hängeschrank. Nur Porzellan und schäbige Sammeltassen, sonst nichts. Sie befühlt das Schrankpapier. Nein, da ist auch nichts drunter versteckt. Irgendwo muss doch ... Rasch zieht sie die Schubladen auf, findet ein Sammelsurium aus Besteck, Rührlöffeln, Kartoffelschälern und Kleingeld. Lauter alte Fünfzigpfennigstücke. Warum hat Käthe die gesammelt? Und dazu eine alte Keksdose mit schäbigen Briefmarken.

»Glauben Sie, er kommt gleich zurück?«, fragt hinter ihr plötzlich Hendrike.

Ach, das ist es, was ihr zu schaffen macht! Veronika Dornbusch schiebt hastig die Schubladen zu und dreht sich zu der Gestalt am Fenster um. Hendrike hat sich ebenfalls umgewandt. Ihre sehr grünen Augen glänzen feucht. Unverkennbar.

»Du musst dir Heinzis Reaktion auf dich nicht so zu Herzen nehmen«, sagt Veronika Dornbusch. »Er hat dich einfach nicht wiedererkannt. Und was er so von sich gibt hat selten Hand und Fuß.«

Schließlich hat Käthe ihm das meiste davon beigebracht.

»Sünde! Sünde! Alles Sünde!«, hat Heinzi vorhin beim Anblick von Hendrike geschrien und Todesfurcht markiert. Also wirklich, das kann ja nur auf Käthes Mist gewachsen sein! Die hat immer Angst gehabt, Heinzi könne sich irgendwann einmal in ein Mädchen vergucken und deshalb Unsinn anstellen.

»Für die Liebe taugt der nicht«, hat sie immer gemeint und ihm Vorträge über die Sünde der Unkeuschheit und die Hölle gehalten und triebdämpfende Mittelchen ins Essen gemischt. Dem eigenen Kind! Auch ein Mensch wie Heinzi hat doch ein Recht aufs Verlieben. Mit allem Drum und Dran. Wirklich, Käthe konnte ein Aas sein. Ein Rabenaas.

Veronika Dornbusch versieht einen Trittmülleimer mit einer frischen Tüte. Hendrike starrt noch immer wie verloren in den Raum.

»Mach dir mal keine Sorgen um Heinzi, mein Kind.«

»Aber das muss ich. Tante Käthe hat mich in ihrem Testament zu seinem gesetzlichen Betreuer bestimmt, und er ist doch sehr krank.«

»Du meinst wegen seiner Nierengeschichte? Keine Bange, darum kümmert sich die ambulante Pflege. Bringt ihm morgens pünktlich seine Tabletten. Er nimmt sie brav, und gut ist. Sie achten auch darauf, dass er eine entsprechende Diät einhält. Noch muss er nicht zur Dialyse, und du musst dich nur um ein wenig Papier- und Behördenkram kümmern. Kindchen, du sollst hier doch nicht Heinzis Mutter spielen! Wäre ja auch albern, er ist doch mindestens drei Jahre älter als du.«

»Vier«, wirft Hendrike ein. »Heinzi war zehn, als ich das erste Mal herkam.« Sie schluckt kurz. »Und er war von Anfang an sehr lieb zu mir. Er, er war das Beste an ganz Biblinghausen. Ich, ich habe ihn sehr gemocht ... bis ... Oh, mein Gott, ich hätte ihn längst einmal besuchen sollen. Und Tante Käthe auch.«

Sie bricht ab, wendet sich wieder dem Fenster zu.

Hendrike braucht sicher ein Taschentuch, denkt Veronika Dornbusch. Das würde sie aber nie zugeben, hat sie als Kind auch nie getan. Immerhin, das waren bislang die persönlichsten Bemerkungen von ihr und die warmherzigsten.

Veronika Dornbusch seufzt stumm. Gut möglich, dass Hendrike sich sehr mit Heinzi verwandt fühlt. Zu sehr. Mehr, als ihr guttut. Zwei verlorene Kinderseelen, zwei ewige Außenseiter und dazu ein Drachen wie Käthe als Bewacher und gemeinsames Feindbild. So was schweißt zusammen.

»Die Woche über ist Heinzi in einer sehr guten Behindertenwerkstatt mit Wohngruppe untergebracht, Hendrike, und am Wochenende zieht er sich am liebsten in sein Haus direkt nebenan zurück. Er ist selbstständiger und verständiger, als Käthe es je wahrhaben wollte, glaub mir. Käthe hat als Mutter zu sehr geklammert und nie kapiert, dass jemand, der kaum sprechen und nicht lesen oder schreiben kann, trotzdem eine Menge mitbekommt und äußerst feinfühlig sein kann. Weißt du: Das bleibt nicht allein an dir hängen. Wir alle hier kümmern uns um Heinzi. Wir lieben ihn. Er gehört zu uns.«

Hendrike hebt fröstelnd die Schultern, dabei ist es stickig warm in der Küche. Sie ist wohl noch immer so dünnhäutig wie früher. Und so still. Nein, halt! Still war Hendrike nicht immer, korrigiert sich Veronika Dornbusch. Sie war im

Gegenteil als I-Dötzchen ein ziemlicher Wildfang. Gelegentlich war sie sogar sehr jähzornig.

Da war doch mal was wegen dieser albernen Klick-Klack-Kugeln, die ihr Sophie, die Tochter von Gemeinderat Schöpper, abgeluchst hatte oder umgekehrt ... Unschöne Sache, am Ende gab es blutige Nasen, blutige Knie und kaputte Klick-Klack-Kugeln. Na, alles in allem war es ein übliches Pausenhofgerangel. Schuld hatten sicher beide. Kaum zehn Minuten später haben sie mit dicken Pflastern an Kopf und Knien wieder gemeinsam das Klettergerüst erobert. Wie das so ist unter Kindern: Vertragen finden sie schöner als zanken. Etwas biestiger wurde es zwischen beiden erst, als Jungen und erste Verliebtheit ins Spiel kamen.

Veronika Dornbusch runzelt die Stirn.

Ja, still ist Hendrike erst geworden, als ihre Eltern sich endgültig getrennt haben. Still und ein wenig ... nun ja: pummelig. Wann war das noch? Hendrike muss in einem äußerst kritischen Alter gewesen sein. Teenager. Zwölf oder dreizehn Jahre alt. So genau hat sie das nicht mehr mitbekommen.

Damals hatte Bommelbeck gerade im Lotto gewonnen, und sie musste ihm hinterher nach Florida, wo er die ganzen Millionen auf den Kopf hauen wollte. Das hat dank ihres energischen Einschreitens nicht geklappt. Allerdings war sie dafür weit über ein Jahr in Amerika und zu abgelenkt, um sich mit den Vorgängen in Biblinghausen zu befassen. Hendrike war damals wohl nur für die Sommerferien da und ist danach völlig von der Bildfläche verschwunden. Wann war das noch?

1984, blinkt es in ihrem Hirn auf.

War das nach der Brandtragödie in den Nebengebäuden der alten Suchtklinik?

Oder war es davor?

Auch egal. Der Mantel aus Kummer, in den Hendrike sich

jetzt hüllt, muss aus anderem Stoff gewebt sein. Oh, das klingt geradezu poetisch, muss sie sich aufschreiben für den Lyrikwettbewerb in der Mehrzweckhalle von Dabringhausen. Wann war der noch mal? Muss sie dringend nachschauen.

Veronika Dornbusch stellt eine Flasche Pril neben das angesprungene Porzellanspülbecken. Gute Güte, dass Käthe das nie ausgetauscht hat! Kopfschüttelnd hebt sie mit spitzen Fingern ein Spültuch an. Hm. Tut's noch. Schon traurig, dass einen am Ende die eigenen Spültücher überleben. Ob man da mal ein Gedicht drüber machen sollte?

Was reimt sich auf Tuch? Fluch und Geruch fallen ihr ein.

Jetzt aber Schluss mit den lyrischen Anwandlungen! Besser, sie nutzt Hendrikes mentale Abwesenheit, um den Rest der Küche einer genauen Inspektion zu unterziehen. Ha, das Kochbuchregal könnte interessant sein und das Buffet mit dem Sonntagsgeschirr. Außerdem türmen sich in einer Ecke Pappkartons mit alten Zeitschriften. Wäre auch kein schlechtes Versteck. Nicht auszudenken, was sich in den anderen Räumen noch alles so angesammelt hat und überprüft werden muss.

Na, man darf gespannt sein. Sehr gespannt sogar. Irgendwo in diesem Haus muss es entscheidende Hinweise auf Käthes Einnahmequellen und Geheimnisse geben. Zu dumm, dass sie nicht schon am Karfreitag die Gelegenheit genutzt hat, das Haus gründlich zu durchforsten. Leider hat die tote Käthe sie doch sehr irritiert. Dieser starre, erstaunte, nein, entrüstete Blick in ihren Augen. So, als habe sie etwas ganz anderes erwartet als den Schlag mit der Pfanne. Wahrscheinlich noch mehr Geld.

Egal, auf zu neuen Taten!

»Hendrike, wie wäre es, wenn du dich etwas hinlegst? Du siehst müde aus, richtig ausgelaugt. Also ... natürlich siehst du gut aus, aber eben nicht ausgeruht. Während du schläfst, fange ich damit an, im Haus aufzuräumen. Danach können wir bei Hasim Kaffee trinken. Aber nicht das Dröppelminnazeugs für die Gäste. Mir röstet er immer seinen Spezialkaffee mit Kardamom, den er …«

Oho, mit einem Mal kommt Leben in Hendrike. Sie dreht sich abrupt um, kommt forschen Schrittes zum Tisch. Sie lächelt. »Nein, danke, Frau Dornbusch. Ich brauche keine Hilfe. Wirklich nicht. Es war nett, dass Sie mich vom Flughafen abgeholt haben, aber jetzt möchte ich gern allein sein. Ich muss mich wieder an die Umgebung und das Haus gewöhnen und auspacken.«

»Kindchen, die Arbeit kannst du unmöglich alleine schaffen. In diesem Haus ist seit Jahren nicht mehr gründlich aufgeräumt worden. Lass dich von der Küche nicht täuschen. Im Rest des Hauses herrscht das blanke Chaos. So kannst du das Haus keinem potenziellen Käufer zeigen.«

»Ich habe nicht vor zu verkaufen.«

»Wie? Was? Aber irgendwann musst du doch sicher auch zurück nach London, oder? Soweit ich von Käthe weiß, bist du doch eine echte Karrierefrau, ständig in der Weltgeschichte unterwegs und sehr beschäftigt … als …«

Was war es noch mal?

Hendrike schüttelt den Kopf. »Man hat mich vor zwei Wochen gefeuert.«

Oh. Mist! Veronika Dornbusch schüttelt erstaunt den Kopf. »Ja, aber geht das denn einfach so mir nichts, dir nichts und auf die Schnelle?«

»In unserem Laden geht das schneller, als den Wasserlieferanten auszutauschen«, schnaubt Hendrike. Ihre Stimme hat eine frostige Kälte angenommen.

»Welchen Wasserlieferanten?« Himmel, in was für einer

Branche hat das Kind noch mal gearbeitet? Mit Wasser hatte das doch gar nichts zu tun.

»Ach, vergessen Sie es einfach. Ich werde jedenfalls auf absehbare Zeit nicht nach London zurückkehren.« Hendrike stockt kurz. Leise, mehr für sich, fügt sie hinzu. »Ich werde wahrscheinlich nie mehr nach London zurückkehren.«

Veronika Dornbuschs Verblüffung wächst. »Und wo willst du dann hin?«

»Nirgendwohin. Ich werde hierbleiben.« Jetzt klingt sie sehr entschlossen.

»In Biblinghausen?« Veronika Dornbusch wundert sich immer mehr. »In Käthes Haus?«

Hendrike nickt knapp. »Anders geht es nicht, schließlich darf ich das Haus nur behalten, wenn ich Luther die nächsten zwei Jahre unfallfrei und gesund über die Runden bringe. So steht es in Tante Käthes Testament.«

Veronika Dornbusch stößt einen Pfiff aus. »Ach, so ist das!«

Typisch Käthe. Tja, wie heißt es so schön im Bergischen: *Wer et Höngchen kritt, kritt och die Flüh* – wer das Hündchen bekommt, bekommt auch die Flöhe.

Wie auch immer: Dass Hendrike bleiben will, ist eine unerwartete Nachricht. Nicht nur für sie, sondern für ganz Biblinghausen. Eine Frau von ihrem Schlage wäre – zumindest optisch – natürlich eine bemerkenswerte Bereicherung der Gemeinde. Hendrike wäre auch ein ganz wundervolles Jungfrauenopfer. Wie geschaffen für Friedestroms Kamera!

Veronika Dornbuschs Augen tasten noch einmal Hendrikes elegante Erscheinung ab. Sie seufzt. Nein, doch nicht, dieser Frau nimmt niemand die Jungfrau ab. Überhaupt wäre Hendrike in Biblinghausen ein ewiger Fremdkörper. Und zudem ein Fremdkörper, der sie an der Durchsuchung von Käthes Haus hindern könnte.

Das darf nicht passieren!

»Ich werde Luther erst einmal bei mir behalten«, sagt Veronika Dornbusch forsch. »Und dann komme ich jeden Tag vorbei, damit ihr euch näher kennenlernt. Wenn die Zeit für euch zwei reif ist, kannst du erst mal lange Spaziergänge mit ihm machen.«

»Danke, das ist nett«, entgegnet Hendrike. Ihr Ton signalisiert Erleichterung und Tauwetter. »Wissen Sie, ich muss erst einmal wieder zu mir selbst finden. Dazu brauche ich ein bisschen Abstand von allem. Vor allem von London.«

Meine Güte, das klingt jetzt fast flehend. Was da wohl hintersteckt?

»Natürlich, das verstehe ich«, beeilt sich Veronika Dornbusch zu sagen, »aber ich bin mir nicht sicher, ob du in Biblinghausen Abstand finden wirst. Von den anderen Bewohnern, meine ich. Wir sind eine ziemlich verschworene kleine Gemeinschaft.«

Und eine rasend neugierige, gesteht Veronika Dornbusch auf dem Rückweg zu ihrem Auto. Hendrike kann von Glück reden, wenn sie auch nur den heutigen Abend allein verbringen darf. Spätestens morgen wird sich das halbe Dorf unter irgendeinem Vorwand bei Käthe Tragelehns Nichte eingeschlichen haben. Na, sie hatte als Erstes den Fuß in der Tür, und den Vorsprung wird sie sich keinesfalls nehmen lassen. Nicht, bevor sie Käthes Geheimnisse entdeckt hat. Schon gar nicht von diesem albernen Schuknecht. Nicht, nachdem er ihre Bitte um Mithilfe bei ihren Nachforschungen so rüde abgelehnt hat!

Sie lenkt ihren Blick zum Amselhof. Ha, da sitzt der alte Brummbart ja wieder in seinem üblichen Fenster und macht Geieraugen. Sie schaut kurz auf die Armbanduhr. Viertel vor drei. Ist sonst nicht mehr seine Zeit. Sie kann sich denken, worauf er wartet. Darauf, dass sie verschwindet und er in Käthe Tragelehns Haus übernehmen kann. Das könnte dem so passen!

Veronika Dornbuschs Mund entspannt sich zu einem breiten Lächeln. Sie hebt die Hand und winkt Schuknecht eifrig zu. Schuknecht versteckt sich hinter einem dicken Buch. Wahrscheinlich dieser alberne Insektenatlas.

Zeit für einen Kaffee bei Jean-Luc und für eine zweite Runde Dampfgeplauder mit dem Herrn Oberstaatsanwalt außer Dienst, beschließt Veronika. Außerdem muss sie Jean-Lucs neueste Zipfelmützen probieren. Sein letzter Versuch war reichlich fade. Ihr schwebt da mehr etwas mit Marzipan vor. Auch wenn Jean-Luc Marzipan Ende August für »degoutant« hält.

So ein Quatsch! Marzipan kann man immer essen. Außerdem hält es sich lange, man kann es bemalen und wundervolle Zipfelmützen daraus machen. Oder sogar Zipfelmännchen! Und Zipfelweibchen! Zipfelwichtel sozusagen. Biblinghäuser Zipfelwichtel.

Genau. Das klingt wie ein Muss als Mitbringsel! Wenn Biblinghausen erst mal wieder in die Presse kommt – diesmal nur mit guten Nachrichten und nicht wegen einer Brandkatastrophe –, brauchen sie ortstypische Souvenirs. Und Veranstaltungen. Originelle Veranstaltungen wie den letztjährigen Hundeweihnachtsmarkt, den sie organisiert hat.

Apropos Hund!

Sie öffnet die Heckklappe ihres BMW und entlässt einen äußerst schlecht gelaunten Luther ins Freie. In den sonst so treuen Schäferhundaugen des Rottweilermischlings glitzert Missmut. Gut so. Mit einem schlecht gelaunten Luther an ihrer Seite kann Schuknecht ihr nie und nimmer ins Freie entkommen.

Auch nicht mit seinem albernen Schwert.

»Hallo, Livy«, grüßt sie beim Überqueren des Marktplatzes ein kleines barfüßiges Mädchen mit zerzaustem blonden Haar. »Heute mal als Elfe unterwegs?«

Das Mädchen schüttelt empört den Kopf und hüpft weiter. Seine grünen Kostümflügel klappen bei jedem Hüpfer auf und zu. Redet nicht mit jedem, die kleine Livy Schöpper. Dafür wiehert sie gelegentlich – wenn sie ihre Ponyphase hat und auf der Pferdeweide Grasen spielt. Irgendein bekloppter Kinderarzt hat ihr gelegentliches Verstummen als »temporären Mutismus« und als behandlungsbedürftig bezeichnet.

Veronika schüttelt unwillkürlich den Kopf. So ein Quatsch! Livy ist lediglich ein originelles Kind. Sie wäre ein hübsches Vorbild für einen Biblinghäuser Zipfelwichtel. Schließlich sind alle echten Biblinghäuser originell.

Sogar als Mörder.

Wer schlägt schon eine alte Klatschbase mit ihrer Ballebäuschenpfanne tot oder schubst einen eitlen Maulaffen wie Hammelfuß samt Golfschuhen in eine Güllegrube? Wenn sie damit an die Presse gehen könnte, wäre es sicher ein Hit.

Luther zerrt an seiner Leine und strebt den Schöpper-Gedenkbrunnen in der Platzmitte an. Er pinkelt gern zur Begleitung des plätschernden Wasserstrahls. Hat Käthe ihm beigebracht. Soll er mal.

Der Brunnen ist eine Scheußlichkeit sondergleichen, war aber leider nicht zu verhindern. Wenigstens hat Käthe dem dämlichen Schöpper das mit dem Kreisverkehr rund um den Brunnen verboten. Gegen den hatte sie wahrscheinlich auch was in der Hand. Wie so ziemlich gegen jeden im Dorf. Hach, wenn sie nur das Haus gründlich untersuchen dürfte! Na, das wird noch. Alles kommt zu dem, der warten kann.

Während sie darauf wartet, dass Luther ein Ende findet, formuliert Veronika Dornbuschs reger Geist ein paar Presseschlagzeilen.

»Die Ballebäuschenmorde« – klingt gar nicht schlecht. Leider versteht das jenseits von Wuppertal aber kein Mensch. Da hätte man Käthe schon mit einem Waffeleisen erschlagen müssen. »Der Waffelmörder von Biblinghausen« wäre allerdings zu lang, und mit Gülle und einem Toten namens Hammelfuß kann man marketingtechnisch ganz schlecht arbeiten. So viel hat sie bei ihren Tourismusseminaren gelernt.

Luther hat sein Geschäft erledigt, und Veronika Dornbusch kommt zu dem Schluss, dass sie die Morde doch nicht so gern in der Presse hätte. Biblinghausens Ruf hat schließlich fast dreißig Jahre gebraucht, um sich von dem letzten großen Unglücksfall zu erholen. So wie damals Radevormwald. Bei dem Namen dieses oberbergischen Örtchens haben die Deutschen jahrzehntelang nur an die entsetzliche Zugkollision auf der Wuppertalbahn gedacht. 46 Tote, davon 41 Kinder.

Schrecklich, wirklich schrecklich.

Sie steigt die kleine Treppe zum Amselhof hinauf.

Dagegen war die Brandkatastrophe von Biblinghausen beinahe ein Klacks. Nein, kein Klacks. Es gab sechs Tote. Drei davon Kinder. Oder waren es nur zwei? Ein kleines Mädchen ist ihres Wissens gerettet worden. Oder war es ein Junge? Muss sie mal im Internet nachschauen. Tut sie ungern, sehr ungern. Sie war immer froh, dass sie dieses Drama verpasst hat. Sie hatte damals genug mit ihrem eigenen Drama und der Fahndung nach Bommelbeck in Florida zu tun. Blöder Kerl!

Veronika Dornbusch zieht die Restauranttür auf.

»Lukas?«, ruft sie fragend in das fast leere Restaurant, während Luther plangemäß den Tisch von Schuknecht ansteuert. Knurrend.

»Lukas hält Mittagsschlaf«, antwortet die blonde Bedienung auf Veronika Dornbuschs Frage und faltet weiter Servietten.

»Wer ist Lukas?«, kommt eine scharfe Frage aus Schuknechts Nische.

Veronika Dornbusch wendet sich zu ihm um. »Jean-Luc natürlich! Guten Tag übrigens, Herr Oberstaatsanwalt. Nett, Sie zu sehen.«

»Warum nennen Sie Jean-Luc Lukas?«

»Ich halte nichts von seinem Franzosenquatsch. Wir sind hier in Biblinghausen. Oder legen Sie Wert darauf, französisch bedient zu werden?«

Schuknecht schüttelt verneinend den Kopf und erhebt sich, obwohl Luthers weiterknurrt. Und dann tut er etwas ganz Erstaunliches. Nein, so was! Er deutet eine Verbeugung an, macht eine einladende Geste in Richtung seines Tischs. »Liebe Frau Bommelbeck ...«

»Das können Sie weglassen. Ich meine, den Namen meines verstorbenen Exmanns. Das ›liebe Frau‹ kann bleiben.«

»Nun, äh, wie auch immer. Darf ich Sie auf einen Kaffee einladen?«

»Ja, und dazu hätte ich gerne eine Zipfelmütze.«

7.

Sie wird diesem Gondoliere sein schiefes Grinsen aus dem Gesicht reißen! Einen Gondoliere mit Zahnpasta-Lächeln und Cary-Grant-Kinn – Malcolms Kinn – kann sie im künftigen Kinderzimmer nicht ertragen. Schon gar nicht Hunderte davon, die ihr künftig alle beim Stillen zusehen würden.

Hendrike fährt die manikürten Krallen aus, gräbt sie in die Tapetenschicht. Mit einem Ratsch reißt sie dem Italo-Grinsemann das Hemd von der Brust, kratzt ihm die Augen aus, bricht sich einen Fingernagel ab, arbeitet mit einem rostigen Spachtel nach. Der wäre erledigt. Der Nächste bitte! Schwungvoll seift sie ungezählte Zwillingsbrüder des Gondoliere mit einem alten Backpinsel von Tante Käthe und Spülmittel ein. Die Sache beginnt langsam, Spaß zu machen. Richtig belebend, so ein wenig Zerstörung. Obwohl es gerade erst halb acht durch ist.

Als sie gestern Abend um acht ins Bett gegangen ist, war sie so müde, dass sie geglaubt hat, sie würde ihren ersten Sonntag in Biblinghausen durchschlafen. Vor allem, weil sie gestern Nachmittag noch eine Parade von spontanen Besuchern abnehmen musste. Halb Biblinghausen hat sich an ihrem Ankunftstag die Ehre gegeben. Die meisten waren mit Kuchen, neugierigen Fragen und noch neugierigeren Blicken bewaffnet. Nur dieser pensionierte Staatsanwalt hatte ein Tütchen sehr leckere Schokotrüffel dabei und den Anstand, nicht einfach ins Haus einzudringen. Ihn konnte sie mühelos abwimmeln. Höflich bis zuletzt hat er ihr sogar Hilfe beim Renovieren und Entmisten angeboten. »Ordnung ist eine meiner wenigen wirklichen

Leidenschaften«, hat er erklärt. »Zudem kenne ich mich ein wenig mit den Prinzipien des Fengshui aus. Lassen Sie es mich wissen, wenn Sie Unterstützung wünschen. Hier ist meine Karte.«

Wirklich höflich. Anders als Frau Dornbusch, die um sieben Uhr abends plötzlich wieder in der Küche gestanden hat, um ihr Bett zu machen. Auf der Suche nach Bettzeug hat sie dann das gesamte obere Stockwerk durchkämmt.

Hendrike hat Käthes Wäscheschrank schließlich in einem Vorratsraum hinter der Küche entdeckt und ihr Bett – am Rande völliger Erschöpfung – selbst gemacht.

Trotzdem waren elf Stunden Nachtruhe genug. Kurz vor sechs haben die vertrauten Morgengespenster ihr Tagwerk begonnen: Zukunftsangst, hässliche Erinnerungen an die letzte Nacht mit Malcolm, noch hässlichere an ihre Kindheit in Biblinghausen, Selbstvorwürfe. Das ganze Programm.

Dankenswerterweise haben Punkt sechs die Kirchenglocken gescheppert. So dissonant und ohrenbetäubend, dass die Sorgen sich vom Acker gemacht haben. Gegen solche Glocken kommen sinnlose Grübeleien nicht an.

Nach einer Tasse Kaffee, einer Tüte Zwieback mit Tante Käthes Erdbeermarmelade, etwas Kuchen und einem Glas Silberzwiebeln hat sie die unteren Räume inspiziert. Dort hat sich wenig bis nichts geändert. Neben der riesigen Küche finden sich hier Käthes altes Schlafzimmer, dazu Vorratsräume, eine zum Bad ausgebaute Abstellkammer und die »gute Stube«, die weder sie noch Heinzi als Kinder betreten durften. Außer an Weihnachten und Ostern.

Hendrike schüttelt den Kopf. »Stube« ist gut. Der anscheinend nach wie vor kaum benutzte – und kaum geputzte – Hauptraum im Erdgeschoss hat die Größe eines Ballsaals. Biblinghausens Marktplatz lag vor Urzeiten an einer Post- und

Handelsstraße nach Köln, und Käthes Haus war mal eine Kutsch- und Poststation, das Wohnzimmer ein Schankraum. Darum gibt es im oberen Stockwerk auch reichlich Gastzimmer. Zehn an der Zahl.

Hendrike hat die ersten vier inspiziert und dann aufgegeben. Alle Räume sind bis unter die Decke mit Kitsch, Krempel, Trödel und betagtem Mobiliar angefüllt, vom Nierentisch bis zum nachgemachten Rokokosessel.

In einem Zimmer hat Käthe eine Art »4711«-Schrein untergebracht: Vitrinenböden und Regale biegen sich unter Kölnisch-Wasser-Seifen, Eau de Cologne, Badeschaum und üppig verpackten Weihnachtspräsenten aus fast fünf Jahrzehnten.

Benutzt hat Käthe nichts davon.

Für Fiona Steventon – bei *Glamour Girls* für das Ressort »Schöner Wohnen« zuständig – wäre dieses Mausoleum des schlechten Geschmacks ein Paradies im Retrostyle. Hendrike nickt. Ja, Fiona wäre begeistert und wüsste sicher Rat, was man mit diesem Sammelsurium anstellen oder wo man es gewinnbringender verkaufen könnte als über eBay. Auch angesichts der Gondoliere-Tapete aus den frühen Sechzigern wäre Fiona in Schnappatmung ausgebrochen. Vor Begeisterung. Am liebsten würde Hendrike sie anrufen und hierher einladen. Ob Fiona käme? Sie war eine der wenigen Kolleginnen, mit denen sie sich gut verstanden hat. Keine missgünstige Modezicke auf Dauerdiät, sondern eine Farmerstochter aus Yorkshire. Ein gebürtiges Landei in London – ganz so wie sie. Noch dazu ein Landei der Größe XXL, eine üppige Frau mit einem Händchen für Inneneinrichtungen und ausgefallene Dekorationen.

Leider ist Hendrike viel zu selten mit Fiona in den Pub gegangen. Von Pyjamaabenden mit Mädchenfilmen und Chips auf dem Sofa ganz zu schweigen. Sie hat sich lieber das Schicksal einer Dauergeliebten gegönnt und das Telefon bewacht, immer in der Hoffnung auf heimliches Liebesgeflüster oder ein noch heimlicheres Treffen mit Malcolm. Außerdem war sie natürlich zur Geheimhaltung verpflichtet. Erst recht gegenüber einer Kollegin.

War sie bescheuert! Besser hätte sie sich um ein paar Freunde oder Freundinnen bemüht. Fiona hätte eine sein können, ist es aber nicht geworden.

Gut, es wird auch ohne Fiona und Freunde gehen. Was sie aus diesem Zimmer machen will, ist ohnehin klar: ein klassisches Babyzimmer mit Blümchentapete in Pastell, einem Figurenfries, Rüschenvorhängen, Wiege und Spieluhr. Ein Zimmer, wie sie es als Kind nie hatte. Fazit: Die Gondoliere müssen weg. Alle! Und was immer sich darunter verbirgt, wohl auch. Unter der soeben aufgeschlitzten Gondolierebrust leuchtet es goldenbarock.

»Jabadabadu!«, jubelt im Hintergrund Fred Feuerstein.

»Klappe. Dein Geschmack stammt aus der Steinzeit«, murmelt Hendrike. Etwas anderes als einen betagten Grundig-Fernseher zur Unterhaltung hat sie im Haus nicht auftreiben können. Immerhin funktioniert die alte Antenne noch.

Sie braucht Stimmen in diesem stillen Haus. Stimmen, die die Erinnerungen fernhalten, die in den unzähligen im Halbdunkel liegenden Zimmern, in vollgestopften Schränken, sogar in den Falten der Vorhänge auf sie lauern. Sie hat genug damit zu tun, ihre jüngste Vergangenheit zu vergessen. Das Davor muss warten. Am Besten bis in alle Ewigkeit.

Leider kann sie mit dem Grundig nur einen Kinderkanal empfangen. Zeichentrickfilme hoch und runter. Reichlich angestaubte Filme, passend zu dem TV-Modell, das den guten alten Namen »Fernsehempfänger« verdient. Sonntagmorgens ab sieben sind Trickfilmwiederholungen wahrscheinlich das übliche Programm, damit Eltern ausschlafen können, während sich ihr Nachwuchs die Augen eckig guckt.

Na, sie wird sich als alleinerziehende Mutter daran gewöhnen müssen.

»Jabadabadu!«

Hendrike muss lächeln. Könnte verdammt nett werden. Fred Feuerstein ist tröstlich, genau wie ihr uraltes, riesiges Bugs-Bunny-T-Shirt, das Tante Käthe aufgehoben und das sie zum Renovieren angezogen hat. Es erinnert Hendrike zwar unmissverständlich daran, wie dick sie als Teenager war, aber was soll's? Sie wird sich auch so an Oversize-Klamotten gewöhnen müssen.

Seit gestern Nacht steht felsenfest, dass sie das Baby, ihr Baby, bekommen wird. Sie wird es mit so viel Liebe empfangen und großziehen, wie in ihr steckt. Und die dürfte unermesslich sein, jetzt, wo Malcolm seinen Anspruch darauf verloren hat. Oder besser gesagt, ihn abgetreten hat. Nein, nicht einmal das! Er hat etwas viel Schlimmeres, viel Gemeineres getan, er hat … ihre Atmung setzt kurz aus … er hat sie einfach durch eine neue Geliebte ersetzt.

Bei ihr war er nach der Trennung von seiner Ehefrau nur untergeschlüpft – der Bequemlichkeit halber. Kaum zwei Monate hat er bei ihr gelebt. Lang genug, um eine neue Flamme zu finden, außerdem eher nebenher und absichtslos ein Kind zu zeugen und ihr sämtliche Ideen für den neuen Internetauftritt von *Glamour Girls* zu klauen. Wahrscheinlich hat er überhaupt nur noch mit ihr geschlafen, um sie über seine Absichten hinwegzutäuschen. Und sie Schaf hat nichts davon gemerkt! Hat sie nie. Malcolm ist nicht der erste Mann, der sie in so schäbiger Art und Weise benutzt und betrogen hat.

Ein Schluchzer drängt sich in ihre Kehle.

Schluss damit! Der Kerl ist keine Träne wert und schon gar

keine rote Nase. Jeder Gedanke an ihn ist Verschwendung. Sie wird sich hier in Biblinghausen einigeln, bis dieser Mann und der mit ihm verbundene Albtraum endgültig Vergangenheit sind. Irgendwann wird sie an ihn und ihre Londoner Zeit denken können, ohne dass sich ein Messer in ihr Herz bohrt. Irgendwann wird sie …

Verdammt, die Flucht in die Zukunft hilft jetzt auch nicht weiter! Sie kann nur einen Moment nach dem anderen meistern. Wie erklärt der Straßenkehrer Beppo in *Momo* so schön: »Man darf nie an die ganze Straße auf einmal denken. Man muss immer nur an den nächsten Schritt denken, an den nächsten Atemzug, an den nächsten Besenstrich.«

Und auf gar keinen Fall an Malcolm L. Rubin. Mist, jetzt hat sie es schon wieder getan!

»Aribba! Andale! Andale!« Speedy Gonzales, die schnellste Maus von Mexiko, übernimmt in Hendrikes Rücken das Programm: »Auf! Los! Los!«

Genau!

Hendrike macht schnell zwei weiteren Gondolieri den Garaus. Sie darf nur nicht dran denken, wie viele davon sie noch vor sich hat. Oder daran, was in den nächsten Tagen und Wochen vor ihr liegt. Unter anderem die Frage, wovon sie leben soll, wenn ihre Erlöse aus dem Verkauf ihrer Londoner Habe und ihre schmale Abfindung aufgebraucht sind. Hendrike tunkt den Kleisterpinsel in den Eimer Prilwasser.

Vierzig Minuten später ist die Wand rund ums Fenster frei von italienischen Bootsführern. Reste einer Stofftapete mit goldenen Ranken auf grünem Grund krallen sich allerdings nach wie vor in die Wand, darunter leuchtet es wiederum rosa, an anderer Stelle paddeln herzige Entenküken über einen Teich. Im Fernsehen übernimmt passenderweise Tweety das Programm. Mutlos lässt Hendrike den Kleisterpinsel sinken.

Zäher Schaum tropft zu Boden. Wie viele Tapetenschichten hat sie wohl noch vor sich? Hier und überall sonst im Haus.

Am besten sie macht es wie Tante Käthe und klebt neue Tapeten über dieses Elend. Von weißgekälkten, mit schwarzen Balken durchzogenen Fachwerkwänden wird sie sich in jedem Fall verabschieden müssen, wenn sie bis zur Niederkunft fertig werden will.

Hendrike tritt zurück, um ihr bisheriges Wirken zu begutachten.

Rechts, links und in ihrem Rücken staken sich noch immer Gondolieri durch ein Venedig voller Eisdielen und grinsen taubenfütternden Blondinen in Petticoats hinterher.

Fiona wäre wirklich hellauf begeistert. In der Rubrik *Objets trouvés* – Fundstücke – erklärt sie in *Glamour Girls* regelmäßig, wie man aus alten Möbeln mit viel Fantasie und wenig finanziellem Einsatz zauberhafte Designobjekte machen kann und hoffnungslosen Räumen ein einladendes Ambiente verleiht. Einladend, heimelig und gastfreundlich.

Gastfreundlich …

Moment mal! In Hendrikes Kopf beginnt sich eine Idee zu formen. Was wäre, wenn … Ihr Blick gleitet nachdenklich zum Fenster. Hier, vom ersten Stockwerk aus, und auf der Rückseite des Hauses hat man einen wundervollen Blick auf sanft gewellte Hügel, Pferdekoppeln, kleine Waldungen und einsame Höfe, die sich ins Grün schmiegen. Ein Ausblick, der zum Träumen und Verweilen einlädt. Das ist Landlust pur, und Landlust hat momentan Hochkonjunktur. Wohl deshalb, weil das wahre, ursprüngliche Landleben nicht mehr existiert.

In ihrem alten Zimmer nebenan hatte sie den gleichen Ausblick. Als Kind war dieser Blick in die Landschaft das Zuhause ihres Herzens. Alles da draußen schien ihr mit sechs, sieben, acht Jahren von Magie und wunderbaren Abenteuern erfüllt zu sein. Vor allem im Sommer. Sie erinnert sich an Heuwagenfahrten bei herangrollenden Gewittern, an das schleifende Geräusch, mit dem die Männer im Dorf die Sensen mit dem Wetzstein schärften, um gemeinsam die Hangwiesen von Biblinghausen zu mähen. Mit sausendem Geräusch, vor Tau und Tag, während die Kinder noch in den Betten lagen. Schon damals bearbeiteten die meisten Biblinghäuser ihre Obstwiesen, Weiden und Felder nur nebenher. Um acht Uhr morgens hatten sie in ihrem Betrieb, im Amt oder im Büro zu sein.

Ja, als Kind hat sie das Leben hier im Dorf geliebt. Trotz Tante Käthe. Na ja, manchmal auch wegen Tante Käthe. Auf eine sehr schräge Weise konnte sie durchaus liebevoll sein. Zu ihr und vor allem zu Heinzi. Der war ihr Ein und Alles.

Wo steckt der überhaupt? Hendrike sucht den Garten unter sich kurz nach Käthes Sohn ab. Da ist er. Heinzi lehnt – genau wie gestern Abend – wieder über dem Gatter, das Käthes Garten von einer Hangweide trennt. Hat er etwa die Nacht da draußen verbracht? Zuzutrauen wäre es ihm. Ob er sich heute endlich näher rantraut? An das Haus. Und an sie?

Da, er löst sich tatsächlich vom Zaun und hebt zögernd die Hand zu einer Art Gruß. Nur nicht in ihre Richtung. In typischem Heinzi-Gang – halb schlurfend, halb springend – macht er sich auf den Weg zur Auffahrt neben dem Haus. Jetzt verschwindet er aus ihrem Blickfeld. Die Kirchenglocken beginnen wieder zu scheppern. Acht Uhr. Ach ja, zwischen acht und neun, hat Frau Dornbusch gesagt, kommt der Pflegedienst, um Heinzi mit seinen Tabletten und einem Frühstück zu versorgen.

Nun, vielleicht kann sie später mit ihm reden.

Vielleicht kann sie ihm sogar irgendwie erklären, was damals vor mehr als zwanzig, nein!, beinahe dreißig Jahren in dieser verrückten Nacht passiert ist. Warum sie da war ... im Wald, und dass es nichts mit Todsünden zu tun hatte, dass sie nackt war, sondern mit ... Nein! Das muss und wird sie niemandem erklären. Schon gar nicht Heinzi.

Hendrike wendet sich abrupt vom Fenster ab, soll er doch am Gatter lehnen und hier heraufstieren, bis er tot umfällt. Was passiert ist, ist nicht mehr zu ändern. Außerdem könnte sie mit gleichem Recht eine Erklärung von Heinzi verlangen – dazu, was er damals beim brennenden Klinikheim zu suchen hatte. Sie würde allerdings kaum eine Antwort von ihm bekommen, höchstens unzusammenhängendes Gestammel. Genauso wie die Polizei damals oder die Feuerwehr. Ach nein, die Feuerwehr war ja erst sehr spät vor Ort. Zu spät. Was ein entscheidender Teil der Katastrophe war.

In ihrem Rücken beginnen sich Tom und Jerry zu prügeln. Unverkennbar.

»Rat mal, wer ich bin!«, piept einer von beiden mit süßem Kinderstimmchen.

Hendrike runzelt die Stirn. Das klingt nicht nach Tom oder Jerry. Das klingt nach ... Ungläubig dreht sie sich um.

8.

Eine zerzauste blonde Prinzessin mit verbeultem Goldkrönchen auf dem Kopf hat es sich auf dem Dielenboden und vor dem Fernseher bequem gemacht. Auf dem Rücken trägt sie Glitzerflügel, an den Füßen schwarz-gelb geringelte Janosch-Gummistiefel. Die Prinzessin ist kaum älter als fünf und zugegebenermaßen ziemlich originell.

»Rat mal, wer ich heute bin«, wiederholt die Kleine.

Ein weiterer ungebetener Besucher, denkt Hendrike ungeduldig. Wie lästig! Sie wird ihre Haustür abschließen müssen, da Klingeln oder Anklopfen in Biblinghausen außer Mode zu sein scheinen.

»Also, ich bin *keine* Prinzessin«, kommt es gedehnt von der Prinzessin, die keine ist. »Aber jetzt musst du selber draufkommen. Ich zähle bis hundert, und dann bist du dran. Eins, zwei, fünf, zwölf … Was kommt nochmal nach zwölf?«

»Dreizehn.« Himmel, das ist wirklich lästig! Hendrike will in Ruhe über ihre Zukunft nachdenken und ihre eben geborene Idee ausspinnen. Eine ziemlich elektrisierende Idee. Natürlich muss sie das Ganze erst einmal grob durchrechnen. Ob ihr Plan kreditwürdig wäre?

»Dreizehn ist doof. Die bringt Unglück. Lass ich weg. Achtzehn, dreiundzwanzig. HUNDERT! Jetzt darfste noch mal raten.«

»Ich … Ich habe keine Ahnung, wer du bist«, sagt Hendrike hastig und bekommt eine Ahnung davon, dass originelle Kinder auch anstrengende Kinder sein können.

Das Mädchen zieht einen Flunsch. »Dann sag doch Elfe! Sagen alle.«

»Elfe?«

»Falsch«, feixt die Nicht-Prinzessin, die auch keine Elfe ist. »Noch einmal. Guck mal auf die Stiefel.« Sie streckt ein mageres Beinchen vor und schüttelt es, bis der Stiefel abfällt. »Was ist denn gelb mit schwarzen Streifen?«

»Äh, ein Tiger?«

»Nee du, die tragen doch keine Kronen auf dem Kopf. Ich bin eine Bienenkönigin!«

»Schön. Sehr schön, aber ehrlich gesagt, würde ich noch lieber wissen, was du hier machst.«

»Dich besuchen, du Dumme! Meine Mama kommt auch gleich.«

Himmel, wann wird der Strom von Besuchern endlich abreißen?

»Und wer ist deine Mama?«

»Das ist eine große Überraschung für dich, hat sie gesagt. Darum backt sie extra Kuchen. Den mit Schokostücken. Aber nur aus der Packung, weil der schneller geht. Anderen kann sie gar nicht.«

Oje, nicht noch ein Kuchen!

»Gibst du mir davon dann was ab? Ich bin doch Besuch«, beginnt das Mädchen zu verhandeln.

Hendrike runzelt die Stirn. »Und wie heißt du? Besuch stellt sich nämlich gewöhnlich vor. Möglichst vor der Haustür. Klingeln tut er vorher auch.« Vielleicht keine schlechte Idee, sich schon mal im Erziehen zu üben.

»Ich bin Olivia. Weiß doch jeder. Aber in richtig bin ich Livy. Krieg ich jetzt Kuchen?«

Hendrike seufzt. »Hör zu, unten in der Küche steht jede Menge Kuchen. Nimm dir davon so viel, wie du magst, und dann geh bitte zu deiner Mama und sag ihr, ich habe heute keine Zeit für Besuche.« Sie hält den Kleisterpinsel hoch. »Ich muss renovieren.«

Livy legt den Kopf schief und kraust die Nase. »Du, da würde ich aber Farbe für nehmen, kein Schaum!«

»Das kommt noch«, sagt Hendrike und wendet sich wieder der Wand zu. »Unten gibt es auch Muffins mit Schokostreuseln.« Denen irgendwer anscheinend Zement beigemischt hat. Ungenießbar, das Zeug. Genau wie das entsetzliche Käsegebäck, das zwar köstlich aussah, an dem sie aber nur schnuppern musste, um Opfer einer Brechattacke zu werden. Eine tolle Idee, alte Backwaren unter dem Vorwand bei ihr abzuladen, es handele sich um Begrüßungsgeschenke. In Abwandlung einer lateinischen Spruchweisheit, könnte man sagen: »Fürchte die Biblinghäuser, erst recht, wenn sie Kuchen bringen.«

»Wo ist denn Luther?«, will die Nicht-Prinzessin wissen. »Wir gucken eigentlich immer zusammen.«

»Der Hund ist bei Frau Dornbusch.«

»Da gehört der aber nicht hin. Sondern zu dir.«

Hendrike seufzt. Und dieses Kind gehört nicht hierher, scheint das aber anders zu sehen. Es legt sich auf den Fußboden, als habe es vor, hier festzuwachsen. »Können wir umschalten?«, bettelt es. »Auf Kika kommt gleich *Kikaninchen*, das ist lustig.«

»Können wir nicht. Ich hab nur den einen Sender. Wie wäre es, wenn du nach Hause gehst und da guckst?«

»Geht nicht, mein Bruder und meine Schwester gucken schon stundenlang was anderes mit ganz viel Geschieße. Ich mag kein Geschieße.«

Hendrike wendet sich wieder der Tapete zu und klatscht Spülmittel auf einen Gondoliere, den sie übersehen hat.

Scheint ja eine tolle Familie zu sein, hockt den lieben langen Tag vor der Glotze.

Auf der Treppe werden Schritte laut. Zum Henker, wer ist das nun wieder? Hoffentlich die Mutter der Bienenkönigin. Hendrike macht sich mit Elan an die Arbeit. Vielleicht kapiert die Frau dann, dass sie momentan keine Zeit für Besuche, fremder Leuts Kinder und lästiges Geplauder hat.

»Hallo!«, ruft es vom Flur her. Mit Männerstimme. Hendrike erstarrt und umklammert mit einer Art Würgegriff den Kleisterpinsel.

»Wir sind hier!«, schreit Livy. »Und unten gibt es Kuchen. Bring mal welchen mit.«

Die Schritte nähern sich elastisch der Tür. Machen im Türrahmen halt. Kurzes Räuspern und dann: »Herzlich willkommen in Biblinghausen, Moppelchen.«

Das ist zu viel, eindeutig zu viel! Die Stimme, der Mann und vor allem das »Moppelchen«. Herumwirbeln und den Kleisterpinsel mit Schwung abfeuern sind eins.

Vergnügt quiekend verfolgt Livy die Flugbahn des Pinsels. Er beschreibt über ihrem Bauch einen eleganten Salto. Ebenfalls staunend geht der neue Besucher in die Hocke. Ein Fehler, denn dadurch erwischt ihn der schäumende Pinsel frontal am Kopf.

»Aber Moppelchen!«

»Verschwinde hier. Sofort!«, schreit Hendrike. »Verschwindet beide! Lasst mich allein. Lasst mich alle allein!«

»Der Satz gehört Greta Garbo, Schätzchen, ich dachte, du imitierst Audrey Hepburn. Übrigens recht gelungen. Vor allem die Frisur. Kompliment. Deine Augen allerdings sehen aus wie … wie grüne Gummibärchen oder Wackelpudding. Sind das Kontaktlinsen?«

Hendrike greift zum Spülwassereimer, fasst ihn mit einer

Hand unter dem Boden, kippt ihn leicht an und holt Schwung.

»Ich glaub, die will dich jetzt ganz nass machen!«, quietscht die Nicht-Prinzessin Livy.

»Ich hab schon geduscht«, sagt ihr Besucher. Er zieht Livy nach oben und verschwindet mit ihr, bevor der Wasserschwall sie treffen kann. Auf der Treppe brechen die Flüchtenden in Gelächter aus.

Sollen sie doch, sollen sie doch! Hendrike gibt dem Eimer einen Tritt. Hauptsache, dieser Idiot ist verschwunden. Verdammt, wenn sie gewusst hätte, dass Lukas wieder hier wohnt, hätte sie sich eine andere Zuflucht als Biblinghausen gesucht!

Was macht er hier? Ausgerechnet Lukas, der als Teenager nur ein Ziel kannte: weg aus Biblinghausen. Weit weg.

Unter ihr in der Küche hört sie Trippelschritte, dann fällt die Haustür ins Schloss. *Nichts wie hin und fest abschließen*, denkt Hendrike. Sie eilt zur Treppe, läuft hinab und dreht den Schlüssel um. Einmal, zweimal, dreimal. Kurz lehnt sie sich ans Holz und holt tief Luft. Es scheint so, als habe das Universum noch eine Rechnung mit ihr offen. Erst die Sache mit Malcolm und jetzt auch noch Lukas. Lukas! Wird sie sich denn nie aus dem Klammergriff der Vergangenheit befreien können?

Erschöpft schlurft sie in Richtung Küche. Da hilft nur noch Kuchen. Unmengen von Kuchen. Tja, davon hat sie genug. Und die Trüffel vom Staatsanwalt. Am Küchentisch, der sich seit gestern in ein Kuchenbuffet verwandelt hat, greift sie zu, mit beiden Händen, will wahllos losschlingen und stoppt sich im letzten Moment.

»Nein«, sagt Hendrike laut zu den Kuchen. »Ich werde euch nicht essen! Ich bin nicht mehr Moppelchen.«

Sie nickt, legt einen Muffin zurück, schenkt sich ein Glas Wasser ein und geht zum Fenster. Das wird sie sich nicht noch einmal antun. Sie hat nicht umsonst gelernt, ihre Fressgier zu bezähmen, sie wird sich nie mehr hemmungslos fett essen. Und ja, sie kann sogar schwanger sein und hübsch bleiben. Ihre derzeitige Figur wird sie nicht halten können, das ist klar, aber ganz aufgeben muss sie sich nicht. Nie mehr. Sie hat schließlich einen Plan.

Für das Haus, für das Kind und für sich.

Ihr Blick sucht den Garten und die Landschaft dahinter, die sie eben so wunderbar an die Kraft ihrer Kinderträume erinnert hat. Sie ist noch da. Die Landschaft.

Ihre Augen finden das Gatter zur Weide. Sieh an. Heinzi ist auch zurück. Lehnt wieder am Zaun. Hendrike stutzt. Nein, er hängt drüber, rudert mit den Armen und sieht bleich aus. Beinahe wie tot. Das Glas entgleitet ihr, geht klirrend zu Boden.

Sie schlägt die Hand vor den Mund. Oh Gott, da stimmt was nicht! Da stimmt etwas ganz und gar nicht! Sie reißt das Fenster auf, schwingt sich über die Fensterbank nach draußen. Mit nackten Füßen landet sie in einem Brennnesselbusch. Sie achtet nicht darauf, springt über ein Zwiebelbeet, rast über die Wiese zum Zaun.

Beim Näherkommen erkennt sie, dass Heinzis Gesicht tatsächlich blass wie ein Leichentuch ist. Sein Gesicht glänzt nass, sein Mund wirkt unnatürlich rot, aber er bewegt die Arme noch.

»Heinzi!«, schreit Hendrike. »Heinzi!«

Endlich ist sie bei ihm, kann die Arme um ihn schlingen, ihn aufrichten, ihm die Haare aus der schweißnassen Stirn streichen, ihn an sich drücken. Wie eine Schlenkerpuppe fühlt er sich an. Tränen schießen ihr in die Augen. »Was ist mit dir? Bitte, bitte sag was!«

»Hendri…, Hendrike…«, stammelt Heinzi. Aus seinem

Mund rinnt ein dünner Faden Speichel, gemischt mit rot Erbrochenem. Mit angstvoll aufgerissenen Augen schnappt er nach Luft.

»Alles wird gut, alles wird gut, Heinzi, hörst du?« Wenn sie doch nur aufhören könnte, so zu schluchzen. »Wo, wo sind deine Tabletten? Hast du deine Tabletten genommen?«

Helfen gegen das, was gerade mit Heinzi geschieht, überhaupt irgendwelche Tabletten?

»Atz …«, röchelt Heinzi und bäumt sich auf, gräbt die Hände in ihren Rücken, stemmt sich gegen den Tod, der bereits seine Künste an seinem Gesicht probiert. Alles Blut weicht aus seinen Wangen, die Haut beginnt grün zu schillern.

»Atz … Arzt.« Sein Ringen um Luft und Leben hindert ihn daran weiterzusprechen.

Oh Gott, er hat recht. Er hat recht! Was Heinzi braucht, ist keine in Tränen aufgelöste, völlig hilf- und kopflose Frau, der zudem gerade speiübel wird. Was er braucht, ist ein Arzt! Sofort. Sie muss einen Notarzt rufen. Nur wie?

Sie hat kein Handy dabei. Sie hat überhaupt kein funktionierendes Handy mehr, seit sie den Chip am Flughafen weggeworfen hat, und das Telefon in Tante Käthes Haus ist tot.

»Heinzi«, flüstert Hendrike mit bebender Stimme, »Heinzi, ich werde einen Arzt holen, hörst du mich? Ich hole ihn.«

Heinzis Augäpfel fallen nach hinten weg.

Hendrike schüttelt ihn sanft. »Heinzi, du darfst nicht sterben, hörst du? Bitte halt durch, halt durch! Du musst durchhalten.«

9.

Schuknecht wundert sich. Es ist ungewöhnlich voll heute Morgen im Amselhof. Dabei ist es gerade mal Viertel vor neun. Noch dazu ein Sonntag. Trotzdem sind bereits fünf, sechs Tische besetzt, und am original französischen Bistrotresen lehnt eine Schar Dörfler neben einer Gruppe abmarschbereiter Wandervögel. Natürlich strikt getrennt, so schnell wie im Rheinland verbrüdert man sich im Bergischen nicht an der Theke.

Man schlürft schweigend Café au Lait, knuspert Croissants, Brioches oder Apfeltaschen. Besser gesagt *Chaussons aux pommes*, also Apfelpantoffeln, wie Jean-Luc das klebrige Gebäck nennt.

Schuknecht runzelt die Stirn. Wie erstaunlich! Jean-Luc steht selbst hinter der Theke. Die Espressomaschine faucht, er schäumt zischend Milch auf. Normalerweise überlässt Jean-Luc die frühen Kunden seiner Blondine oder Aushilfskräften.

»Gehören Sie nicht in die Küche?«, fragt Schuknecht, als Jean-Luc sich umdreht und zwei Milchkaffees serviert.

»Mais oui«, bestätigt Jean-Luc missmutig. Er ist mal wieder als Franzose unterwegs, wahrscheinlich wegen der Wandertouristen. »Aber meine zweite Bedienung ist noch nicht da. Sehr ärgerlich, werde gleich in der Küche ordentlich Gas geben müssen. Nach der Kirche kommen die ersten Mittagsgäste. Auch eine *café*?«

Schuknecht nickt. »Au Lait«, sagt er widerwillig und stutzt.

»Kommen Sie gerade aus der Dusche, oder ist das Milchschaum in Ihrem Haar?«

»*Non*, das ist Spülschaum.« Ärgerlich wischt sich Jean-Luc mit einem Geschirrtuch über das Haupt und pfeffert das Tuch danach in einen unsichtbaren Wäschekorb unter der Theke. »Besser so?«

Schuknecht nickt. »Servieren Sie mir meinen Kaffee bitte an meinem Tisch. Dazu nehme ich ein Croissant und Ihre Pfirsich-Lavendel-Konfitüre.«

»Bon.«

Schuknecht strebt seine Tischnische an.

Oh, hallo, die ist ja besetzt!

Mit Frau Dornbusch. Nein, mit Veronika natürlich. Er hat beim gestrigen Gespräch mit ihr beschlossen, das Angebot anzunehmen und sie fortan beim Vornamen zu nennen. Allerdings nur in Kombination mit einem »Sie«. Distanzlose Duzerei ist ihm ein Gräuel.

Die neue Vertrautheit entspringt taktischen Erwägungen. An Veronika Dornbusch kommt man in Biblinghausen einfach nicht vorbei, wenn man Informationen wünscht. Nicht dass er bislang von ihr erfahren hätte, was er erfahren will. Oh nein! Er musste sich vielmehr einen krausen Vortrag über Tourismusmarketing und Biblinghäuser Zipfelwichtel anhören, aber das wird schon werden. Seinen Verhörmethoden ist auf Dauer niemand gewachsen.

Heute wird er versuchen, die Dame mit ihren eigenen Waffen zu schlagen. Mit sinnlosem Geschwätz. So lange, bis sie ermattet und sturmreif ist. Für seine Fragen.

Im Grunde beruht ja auch Tai-Chi – so man es als Kriegskunst anwendet – auf der Idee, die Kraft und Energie eines Gegners zu nutzen und gegen ihn zu wenden. Wem das gelingt, der ist praktisch unbesiegbar, weil er über doppelte

Kraft verfügt. Was in diesem Falle leider bedeutet, dass er doppelt so viel Unsinn wie Frau Dornbusch daherplappern muss.

»Oh, hallo Lothar! Auch so ein früher Wurm wie ich«, begrüßt ihn Veronika.

»Wie? Ach so, Sie meinen den frühen Vogel, der den Wurm fängt!«

»Nein, ich meinte den frühen Wurm. Der ist schließlich auch früh dran, wenn der Vogel früh ist, wahrscheinlich sogar noch früher, und Sie sind schließlich Insektenforscher, nicht wahr? Schon gefrühstückt? Was essen Würmer eigentlich genau?«

Täuscht er sich, oder blitzt da wieder so etwas wie Spottlust in ihren Augen? Unmöglich, diese Frau ist nun wirklich zu dumm, um sich klug zu stellen. Wird ein hartes Stück Arbeit sein, doppelt so viel Unsinn wie sie daherzureden.

»Ich habe um halb sechs gefrühstückt, so wie jeden Morgen. Zwei Eiweißomeletts mit Brunnenkresse und Lachs, obwohl man morgens auch ein wenig Kohlehydrate zu sich nehmen kann. Danach habe ich meine Schwertübungen praktiziert, und jetzt ist es Zeit für einen Kaffee und ein Vollkorncroissant. Ich nehme jeden Morgen um Punkt neun einen Kaffee und ein Croissant. Dazu wähle ich stets Jean-Lucs ausgezeichnete Pfirsich-Lavendel-Marmelade und …« Erschöpft hält er inne. Guter Gott ist das anstrengend! Er klingt so, als wolle er Loriots Tee-und-Gebäck-Szene im Matratzenladen parodieren. Was unmöglich ist. Außerdem fällt ihm kein Blödsinn mehr ein.

Trotzdem zeichnet sich ein Etappensieg ab. Veronika Dornbusch schweigt. Sie schweigt! Sitzt einfach da und starrt mit offenem Mund. Sie starrt allerdings nicht in seine Richtung, sondern aus dem Fenster.

»Meine Güte, da stimmt doch was nicht!«, ruft sie aus. »Was ist mit ihr los?«

»Mit wem?«

Er bekommt keine Antwort. Stattdessen schiebt sich Veronika unerwartet gelenkig hinter dem Tisch hervor und eilt auf den Ausgang zu. Sie erreicht die Restauranttür in dem Moment, als sie aufgestoßen wird. Von Hendrike Tragelehn.

Einer völlig aufgelösten Hendrike Tragelehn in einem unpassenden und albernen T-Shirt über nackten Beinen. Sie schreit verzweifelt nach einem Arzt. Die Gespräche der Gäste verstummen abrupt.

»Ich brauche sofort einen Arzt. Einen Notarzt! Jemand muss einen Notarzt rufen!«

»Hast du wieder mit Kleisterpinseln geworfen?«, kommt es von hinter dem Tresen und von Jean-Luc. »Das solltest du sein lassen. Am Ende bringst du noch jemanden um.«

Was zum Teufel meint der denn damit?, wundert sich Schuknecht.

»Verdammt!«, schreit Hendrike Tragelehn schrill und wischt sich mit einem Ärmel ihres T-Shirts Rotz und Wasser aus dem Gesicht. »Es geht um Heinzi. Er ... Er hängt wie tot über dem Zaun. Er hat sich erbrochen und kann kaum noch atmen und ...« Der Rest geht in Schluchzen unter.

Veronika Dornbusch packt Hendrike am Arm. »Oh Kindchen, wie schrecklich! Ausgerechnet heute ist unser Dr. Friedestrom zu Besuch bei seinem Vater in Düsseldorf!«

Jean-Luc ist hinter der Theke hervorgekommen. »Immer mit der Ruhe. Ich schau mal nach Heinzi!«

»Nein!«, schreit vor der Theke ein vierschrötiger Mann in Gummistiefeln, in dem Schuknecht einen örtlichen Milchbauern erkennt. »Dr. Meiswinkel kann das machen.« Der Mann sieht sich im Raum um, dann schreit er ein raumfüllendes »Jürgen, zieh ab, wir brauchen einen Doktor!« in Richtung Toilette.

»Hör mal, der Mann ist Tierarzt«, gibt Jean-Luc zu bedenken.

»Na und?«, wirft Veronika ein. »Menschen sind auch Tiere. Wir wurden hier jahrelang nur vom Tierarzt behandelt. Besonders bei Notfällen, und Dr. Meiswinkel ist einer der besten. Luthers Hüftprothese ist ein Meisterwerk. Oh, da bist du ja, Jürgen! Mit Heinzi stimmt was nicht. Wir müssen sofort zu ihm.«

Das Wir nehmen sämtliche Biblinghäuser persönlich. Sie drängen gesammelt zum Ausgang. Ein paar Wanderer folgen zögernd, aber merklich interessiert. Hendrike ist bereits verschwunden. Sie eilt wild gestikulierend mit Dr. Meiswinkel – einem Mann von der Größe eines Grizzlys und entsprechenden Pranken – und Veronika Dornbusch über den Marktplatz. Die Prozession der Dorfbewohner folgt.

Schuknecht erhebt sich seufzend. Hektisches Herumgerenne ist ihm so was von zuwider! Erst recht nach allem, was er heute Morgen schon erledigt hat! Gemessenen Schrittes strebt er durch das leere Lokal. Vom Tresen nimmt er sich ein Mini-Croissant und verspeist es eiliger, als ihm lieb ist, aber er muss sich an den Diätplan halten. Bis halb zehn will sein tägliches Croissant gegessen sein, damit er um zwölf ein Mittagessen zu sich nehmen kann. Er säubert sich die Finger mit einer Serviette.

Zu dumm, dass er auf den Kaffee wird verzichten müssen. Er ist keiner von diesen neumodischen Idioten, die mit Pappbechern voll Heißgetränken durch die Straßen eilen. Oder zu einer Leiche. Das wäre mehr als unangemessen. Und nun auf zu diesem Heinzi. Mal sehen, was da passiert ist.

10.

»Wo bleiben Sie denn so lange?«, empfängt eine grimmige Veronika Dornbusch Schuknecht hinter dem Fachwerkhaus. Die Wiese ist völlig zertrampelt, was in Schuknechts Augen nicht besonders schade ist. Sie gleicht ohnehin einer Unkrautplantage.

Veronika steht merkwürdigerweise und ganz gegen ihre Natur abseits von dem Pulk Menschen, der auf eine reglose Gestalt am Boden hinabstarrt. Neben der Gestalt knien die schluchzende Hendrike und der Tierarzt. Meiswinkel macht dem hinter Hendrike stehenden Jean-Luc ein Zeichen.

Der nickt, packt Hendrike bei den Schultern und zieht sie in die Höhe. Die junge Frau will ihn wegstoßen, rammt ihm einen Ellbogen in die Magengrube, weint immer hysterischer. Jean-Luc zuckt unter ihrem Stoß zusammen, wankt aber nicht.

Der Tierarzt schließt mit ruhiger, beinahe feierlicher Geste die Augen des Toten. Ein, zwei Umstehende schlagen stumm das Kreuz.

»Sollten wir nicht den Pfarrer holen?«, fragt der Milchbauer. »Ich meine, Heinzi ist … Heinzi war doch katholisch, und die legen doch Wert auf die letzte Ölung und den ganzen Zinnober. Käthe hätte es so gewollt.«

»Erst rufe ich den Notarzt«, entscheidet Dr. Meiswinkel und zieht ein Handy aus der Jackentasche.

»Warum? Glaubst du, der kann Tote zum Leben erwecken?«

Meiswinkel schüttelt den Kopf. »Sicher nicht, aber den Totenschein muss ein Humanmediziner ausstellen. Das darf ich nicht. Wäre mir in dem Fall auch viel zu heikel.«

»Wie meinste das denn?«, will der Milchbauer wissen.

»Damit meine ich, dass die Todesursache unklar, wenn nicht sogar unnatürlich ist.«

»Und was heißt das?«

Aus Hendrikes Kehle löst sich ein Schrei, stirbt ab, geht in erneutes Schluchzen über. Die junge Frau scheint zu wissen, was eine unklare und eine unnatürliche Todesursache voneinander unterscheidet. Auch für Schuknecht ist das natürlich keine Frage. »Unklar« steht für »Könnte ein Unfall gewesen sein oder ein ärztlicher Behandlungsfehler«. »Unnatürlich« setzt eins drauf. Ein Arzt, der vor diesem Wörtchen sein Kreuzchen auf dem Totenschein setzt, vermutet eine gewaltsame Todesursache: Suizid, einen Angriff, Totschlag oder Mord, kurz, einen Fall für Kripo, Staatsanwalt und Gerichtsmedizin.

Dieser Meiswinkel scheint ein guter, zumindest ein umsichtiger Arzt zu sein.

Jean-Luc reißt die wimmernde Hendrike zu sich herum, zieht ihren Kopf an seine Brust, hält ihn kurz mit beiden Händen fest und sagt fast schroff: »Komm weg hier.«

»Ich will nicht«, schluchzt sie. »Ich kann nicht.«

»Du kannst.« Er fasst sie bei der rechten Hand, zieht sie allem Widerstand zum Trotz in Richtung des Hauses. Hendrike wehrt sich mit Füßen und Boxhieben. Jean-Luc presst sie mit aller Härte an sich. In einer Art seltsamem Tanz erreichen sie den Hintereingang. Jean-Luc stößt die Tür mit dem Fuß auf, reißt Hendrike mit dramatischer Geste von den Füßen und trägt sie auf den Armen über die Schwelle. Sieht aus, als schleppe er ein Bündel Feuerholz.

Noch etwas fällt Schuknecht auf. Allen Kampfbewegungen Hendrikes zum Trotz wirkt die Körpersprache der beiden seltsam eingespielt, geradezu vertraut.

Höchst bemerkenswert!

»Ich hätte nicht gedacht, dass sie ihn noch so sehr liebt«, sagt neben ihm eine sehr ernste Veronika Dornbusch.

Verblüfft wendet Schuknecht ihr den Kopf zu. »Sie meinen Hendrike und Jean-Luc?«

»Nein, wie kommen Sie darauf?« Veronika zieht die Stirn kraus. »Ich meine selbstverständlich Heinzi. Er ist ... Er war Hendrikes Cousin. In der Kindheit waren sie wie Bruder und Schwester füreinander. Aber zuletzt haben sie sich als Teenager gesehen.« Sie macht eine kurze Pause. Dann schaut sie ihm direkt ins Gesicht. »Heinzi umzubringen ist das niederträchtigste und gemeinste Verbrechen, das ich mir denken kann.«

»Sie vermuten doch nicht etwa wieder einen Mord?«

»Nein, ich vermute keinen Mord.« Veronika macht eine kurze Pause, strafft den Rücken. »Ich weiß, dass es Mord war.«

Schuknecht horcht widerwillig auf.

Veronika Dornbuschs Stimme fehlt jeder Anflug von Torheit und Schrille. Tatsächlich hat sie sogar eine äußerst wohlklingende Altstimme, und in ihren blauen Augen blitzt Stahl. Bemerkenswert.

»Was macht Sie so sicher?«, will Schuknecht wissen.

»Das hier«, sagt Veronika und hält ihm eine leere Pommes-Schale aus Pappe mit Ketchupgeschmier unter die Nase.

Ungläubig starrt Schuknecht zunächst die Schale, dann Frau Dornbusch an. »Was soll das sein?«

»Die Mordwaffe, was sonst?«

»Eine Portion Pommes frites?«

Veronika Dornbusch nickt. »Oh ja. Sie lag direkt neben Heinzis Füßen, hinter dem Zaun. Und dazu noch eine Bananenschale.«

»Aha«, bemerkt Schuknecht spitz. »Darauf ist er dann wahrscheinlich ausgerutscht?«

Veronika Dornbusch schüttelt unwillig den Kopf. »Unterlassen Sie solch geschmacklose Scherze. Unser Mörder wird immer perfider. Zu perfide für meinen Geschmack. Es ist an der Zeit, ihm das Handwerk zu legen. Finden Sie nicht auch?«

»Ich weiß wirklich nicht, wovon Sie sprechen«, sagt Schuknecht.

»Tatsächlich nicht, Herr Oberstaatsanwalt?«

11.

Na endlich, das Wasser kocht. Zumindest dampft es kräftig, das sollte genügen. Ein Lächeln huscht über Veronika Dornbuschs Gesicht. Sie zieht hastig einen Topf von der Kochplatte. Wasser schwappt über, sie verbrüht sich die Finger.

»Aua! Verflixt noch eins!« Mit dem Kochen stand sie schon immer auf Kriegsfuß. Veronika beißt die Zähne zusammen. Unbedingt merken: Für die Teeküche hinter dem Laden einen Wasserkocher anschaffen! Die Topfmethode führt bei ihr immer wieder zu kleinen Verbrennungen.

Egal, sie muss flink weitermachen, bevor jemand in den Laden kommt. Veronika Dornbusch greift zu dem amtsgrauen DIN-A4-Umschlag, der heute Morgen für den Oberstaatsanwalt a.D. angekommen ist. Ein ziemlich dickes Ding, fühlt sich äußerst interessant an. Der Umschlag lag im Ablagepostsack, den der Briefbote immer gegen elf Uhr abholt, wenn er den zweiten Teil seiner Runde antritt, in dem auch Schuknechts Bungalow liegt.

Mit spitzen Fingern zieht sie den Umschlag langsam über den aufsteigenden Dampf. Einmal, zweimal, dreimal. So, das dürfte genügen. Mit einem spitzen Messer fährt sie unter die Verschlusslasche. Die Gummierung löst sich einwandfrei. Schon ist der Umschlag offen. Übung macht den Meister.

Verstohlen schaut Veronika ins Ladenlokal hinter sich. Da herrscht Friedhofsruhe. Dabei ist bei ihr an einem Samstagmorgen sonst die Hölle los, erst recht seit Heinzis Hinscheiden vor einer Woche. Aber draußen geht gerade ein Starkregen runter. Die Hitzeperiode hat ein abruptes Ende gefunden. Wahrscheinlich war's das mal wieder mit Sommer im Bergischen. Jetzt aber ran an die Lektüre.

Ach nein, erst die Handschuhe! Bei Post von einem Staatsanwalt an einen Staatsanwalt a. D. kann man nicht vorsichtig genug sein.

Sie legt den Umschlag beiseite, streift mit einem schnappenden Geräusch extradünne Putzhandschuhe über, dann zieht sie das Schreiben hervor. Es sind zwei, vier, nein, acht aneinandergeheftete Seiten mit Deckblatt und riesigem NRW-Wappen samt Pferdchen im blauen Stempel. Beigelegt ist eine handschriftliche Doppelkarte mit herzlichem Gruß und der Versicherung, man habe dem ehemaligen Kollegen Schuknecht gerne geholfen, bedauere aber, seine Ansicht bezüglich eines möglichen Gewaltverbrechens nicht teilen zu können.

Was soll das heißen?

Na, zumindest hat man schnell geholfen. Ein so ausführlicher Obduktionsbericht nur sechs Tage nach Heinzis plötzlichem Verscheiden spricht für die zuständige Kölner Staatsanwaltschaft. Ausnahmsweise. Und es spricht für Schuknechts nach wie vor existierende Kontakte dorthin.

Rasch überfliegt Veronika Dornknecht den Obduktionsbericht. Heinzis Krankengeschichte wird gewürdigt, vor allem die Niereninsuffizienz. Muss ja. Dass er nicht sehr helle war, kommt auch drin vor. Etwas zu ausführlich für Veronikas Geschmack. Dass Heinzi eine Seele von Mensch war, ein ganz Besonderer, das ist doch das Entscheidende.

Nun aber zur Todesursache.

Die Sache mit dem für Heinzi lebensgefährlichen Kalium wird erwähnt. Sehr gut. Dann folgt schrecklich geschraubtes Medizinerkauderwelsch. Das versteht doch kein Mensch! Aber hier, das kann sie sich übersetzen: Am Ende ist Heinzis

Kreislauf komplett zum Stillstand gekommen und damit sein Herz. Vorher muss ihm speiübel gewesen sein.

Hm, aha, tja, das hat sie sich in etwa so gedacht.

Ungeduldig überfliegt sie die nächste Seite. Mal sehen, wo endlich was zum Mageninhalt kommt. Da muss doch was kommen … Schuknecht wird seine Kollegen doch hoffentlich darauf angesetzt haben. Veronika Dornbusch beginnt, heftig zu blättern. Kann doch nicht sein, dass die das nicht genau überprüft haben, oder? Hach, diese verflixten Gummihandschuhe, damit kann man aber auch gar nicht blättern! Entschlossen zerrt sie sich die Dinger mit den Zähnen von den Händen. Sie blättert erneut, findet trotzdem nichts. Das darf doch nicht wahr sein! Schuknecht hat dem Notarzt ordentlich die Hölle heiß gemacht, damit der sein Kreuzchen bei »unnatürliche Todesursache« setzt, damit die Gerichtsmedizin dran ist. Und nicht etwa die klinische Pathologie eines normalen Krankenhauses.

Ah, hier, das muss es sein. Jetzt wird's spannend.

»Guten Morgen, Veronika! Veronika?«

Herrje, muss das so laut sein! Richtig zusammengezuckt ist sie und hat aus Versehen den Topf angestoßen. Wasser ist auf den Umschlag geschwappt, lässt den Wappenstempel zerfließen. Verdammt noch eins! Und ausgerechnet jetzt hat sie kein Tuch zur Hand. Rasch presst sie den Handrücken fest auf das Wasser, wischt es behutsam vom Deckblatt.

»Komme sofort!«, flötet sie, ohne sich umzudrehen. »Einen Moment!«

Sie schiebt den Bericht zurück in den Umschlag, wirft einen fahrigen Blick auf die Wanduhr über der Kochplatte. Beinahe halb elf.

Mist, gleich kommt der Postbote! Sie sollte den Umschlag besser sofort wieder zukleben. Schande aber auch. Das ist schrecklicher, als die Auflösung beim *Tatort* zu verpassen.

»Kann Livy sich schon mal eine Tüte Gummibärchen aufmachen?«, fragt es im Laden.

»Jaja, kein Problem«, antwortet Veronika, erneuert mit einem Klebestift die Umschlaggummierung, klebt den Brief säuberlich zu und lässt ihn in den Postsack gleiten. Jetzt noch schnell die Kette drum und abschließen. Fertig. Schwungvoll schiebt sie den Perlenvorhang der Teeküche beiseite und postiert sich mit breitem Lächeln hinter ihrer Ladentheke. »Hallo Sophie, was treibt dich bei diesem Sauwetter vor die Tür?«

»Livy braucht wieder Gummibärchen«, erklärt ihre Kundin und macht eine Kopfbewegung in Richtung ihrer Tochter, die in einen Drehständer mit Plüschtieren vertieft ist.

»Du hast doch gestern Abend erst zwei Tüten für sie gekauft«, bemerkt Veronika Dornbusch.

»Da sind keine grünen mehr drin. Die anderen mag Livy nicht«, seufzt Sophie. Sie seufzt sehr glaubwürdig, aber einer Veronika Dornbusch kann sie nichts vormachen. Um Gummibärchen geht es ihr sicher nicht. Sophie Schöpper kommt seit Heinzis Tod jeden Tag unter irgendeinem Vorwand her. Genau wie der Rest von Biblinghausen.

Zweimal musste Veronika in dieser Woche schon zum Discounter in Dabringhausen, um ihre Vorräte aufzufrischen, und bei den Zeitungen gibt es ausnahmsweise keine Remittenden. Sogar das *Geo spezial* über Kaiser Wilhelm II. ist weg. Schrecklicher Ladenhüter. Die Biblinghäuser lassen sich ihre Neugier was kosten.

»Krieg ich ein Beanie?«, bettelt Livy und deutet auf den Karussellständer voller Plüschtiere. Sie drängelt sich neben ihre Mutter. Sehen kann man sie nicht, weil sie nur knapp bis unter die Thekenkante reicht. »Nur noch eins, ehrlich, bitte!«

Cleveres Kind. Weiß die Gunst der Stunde zu nutzen.

»Livy, dein ganzes Bett ist voll von diesen blöden Stofftieren. Wenn wir noch eins kaufen, musst du auf dem Boden schlafen!«

»Mach ich«, beendet Livy flugs die Verhandlungen und ist schon wieder beim Plüschtierständer. Den hat Veronika Dornbusch heute Morgen ebenfalls frisch aufgefüllt. Die glubschäugigen Schmusetierchen sind ein Renner. Vor allem im Hause Schöpper.

»Erfinden die denn immer neue Viecher?«, erkundigt sich Sophie mit gerunzelter Stirn.

»Ich glaube, Kakerlaken fehlen noch im Programm. Dafür gibt es sämtliche Tiere neuerdings auch in Neonfarben. Und dazu die Premiumvariante mit Glitzeraugen.«

»Schaff die bloß nicht an! Ich hab an diese Firma schon ein Vermögen verschwendet!«

»Na, dann setz endlich Livys Opa Schöpper auf die Sache an, der kann sich doch sicher Wagenladungen voller Plüschtiere für seine Enkelschar leisten. Außerdem hat er eine Menge nachzuholen, findest du nicht?«

Sophie Schöppers Gesicht verschließt sich. »Was muss ich zahlen?« Sie fahndet in ihrer Jackentasche nach ihrer Geldbörse.

»Nichts, bevor Livy ihre Wahl getroffen hat.«

»Mach voran, Livy«, knurrt Sophie mit zusammengebissenen Zähnen und wechselt zum Plüschtierständer, den ihre kleine Tochter kreisen lässt.

Aha, kombiniert Veronika Dornbusch, aha! Offenbar ist nach wie vor kein Tauwetter im Hause Schöpper angesagt. Dieser aufgeblasene Schöpper Senior wird seiner Tochter wohl nie verzeihen, dass sie ihr Studium in den Wind geschossen hat, um einen Bauernsohn aus Biblinghausen zu heiraten. Dabei ist der Bauernsohn mittlerweile ein Topmanager im Landmaschinenmarketing und fliegt durch die halbe Welt, um Riesentraktoren zu verkaufen. Er könnte das halbe Dorf kaufen. So wie früher einmal Sophies Vater.

Ach, der Alte ist einfach ein Idiot ersten Ranges! War er schon immer. Wenn sie nur an den von ihm verfassten Werbespruch für den hiesigen Schützenverein denkt: »Schütze werden, Freunde treffen!«

Sophie hat sich wieder gefasst und kehrt zur Theke zurück. Ein typischer Fall von »Neugier siegt«. Das ist echt Biblinghausen.

»Sag mal, gibt es inzwischen was Neues? Ich meine wegen Heinzis Beerdigung? Wird doch langsam Zeit, dass wir für einen Kranz sammeln. Von Hendrike erfährt man ja leider gar nichts. Dabei gehört Heinzi doch zum Dorf. Wir alle wollen uns gebührend von ihm verabschieden.«

Geschickter Versuch, findet Veronika Dornbusch. Sophie war schon als Kind clever. Das freut sie, schließlich war sie ihre Lehrerin. Sophie hat sich ein paar Exklusivinformationen verdient.

»Ich bin mir sicher, dass die Staatsanwaltschaft Heinzis Leiche noch vor diesem Wochenende freigibt«, sagt Veronika. »Die Beerdigung könnte also am Montag stattfinden. Morgen, am Sonntag, geht ja nicht.«

»Du hast also was gehört?«

Veronika presst die rechte Hand auf ihre Brust und reißt die Augen zum Unschuldsblick auf: »Ich? Was gehört? Nein, das ist nur eine Vermutung. Wenn du für einen Kranz spenden willst, hier ist die Büchse.« Sie schiebt eine schwarz beklebte Kaffeedose über die Theke.

Sophie faltet einen Zwanzigeuroschein und steckt ihn hinein. So sind sie, die Biblinghäuser, freut sich Veronika. Für eine schöne Beerdigung rücken sie was raus. Die Büchse ist bald rappelvoll. Wird für mehrere Kränze reichen.

Als Sargträger haben sich auch schon ein Dutzend Kerle angeboten, unter anderem Jean-Luc und Dr. Friedestrom, der sich auf diese Weise bei Hendrike für seine Abwesenheit am Tag von Heinzis Tod entschuldigen will. Friedestrom hat sogar mehrfach versucht, sie zu besuchen. Ein Fall von spontaner Zuneigung. Kein Wunder, bei Hendrikes Aussehen. Veronika nickt unwillkürlich. Ja, die beiden wären ein recht hübsches Paar. Obwohl Friedestrom ein paar Jährchen jünger sein dürfte. Na, so etwas macht heutzutage ja nichts mehr, und Hendrike ist eine Sensation im Dorf. Dummerweise lässt sie Friedestrom nicht ran, äh, rein. Also ins Haus. Die lässt momentan keinen an sich ran. Mal sehen, wann Sophie nach ihr fragt.

»Weswegen ich noch hier bin ...« Sophie Schöpper packt das Portemonnaie wieder in die Jackentasche und vermeidet es, Veronika in die Augen zu schauen. »Hast du inzwischen mal was von unserer Hendrike gehört?«

Bingo!

»Ich war eben zufällig bei Käthes Haus«, fährt Sophie fort. »Hab geklopft und geklingelt. Hendrike macht die Tür noch immer nicht auf. Ich würde ihr gern ein wenig zur Seite stehen. Ich habe sogar extra einen Kuchen gebacken. Es ist doch nicht gut für Hendrike, dass sie sich so abkapselt. Vor allem, wenn sie auf Dauer in Biblinghausen bleiben will. Außerdem waren wir doch mal beste Freundinnen.«

Und gelegentlich beste Feindinnen, fügt Veronika Dornbusch in Gedanken hinzu. Sie erinnert sich gut an die zwei bildhübschen, cleveren kleinen Mädchen. Die eine war blond, die andere schwarz – ach nein, damals war Hendrike noch mausig braun –, und gemeinsam kämpften sie auf dem Pausenhof die Rangordnung aus und konkurrierten später um die Gunst der Jungs. Dabei hatte eindeutig Sophie die Nase vorn, als Hendrike in ihren frühen Teeniejahren ein wenig aus der Form geriet und darum immer in viel zu großen T-Shirts und mit gebeugten Schultern rumlief, um ihr Bäuchlein zu verstecken. Aber das ist Jahre her. Und schon damals wusste Veronika, dass sich, was sich hasst, im Grunde liebt, wenn auch in leicht verdrehter Art und Weise. Heute wären Sophie und Hendrike ideale beste Freundinnen.

Sie beendet ihren Ausflug in die Vergangenheit und nickt seufzend. »Du hast recht, Sophie. Trost und Ablenkung hat unsere Hendrike wirklich nötig. Ich darf nur hin und wieder zu ihr, um ihr Lebensmittel zu bringen. Reden will sie nicht. Wenigstens hat sie Luther als Gesellschaft.«

»Ob der ein Trost ist?« Sophie Schöpper verzieht die Stirn.

»Frag ich mich auch, aber sie wollte ihn unbedingt zu sich nehmen.« Immerhin hängt Hendrikes Erbe davon ab, aber das muss niemand wissen, findet Veronika. »Der Hund ist ja sozusagen der letzte Überlebende aus dem Haus Käthe Tragelehn«, sagt sie stattdessen. »Immerhin macht sie mit ihm täglich lange Spaziergänge.«

»Wohin?«

Veronika Dornbusch zuckt mit den Schultern. »Hierhin und dorthin. Manchmal leiht sie sich mein Auto, um Richtung Dhünntalsperre zu fahren. Wasser ist sehr heilsam für die Seele, meint Ingeborg.«

Sophie schürzt die Lippen. »Hm. Vielleicht könnte ich mal einen Ausritt in die Richtung unternehmen. Eine Begegnung herbeiführen, was meinst du?«

Veronika nickt. »Das ist eine ausgezeichnete Idee. Im Wald kann Hendrike dir und deinem Pferd schlecht ausweichen. Schon gar nicht einem ausladenden Pferd wie Hieronymus.« Sie späht zum Ladenfenster. Regen läuft in breiten Streifen über die Scheiben. »Es könnte allerdings nass werden.«

»Ach, das macht mir nichts. Morgen ist mein Göttergatte zugegen, der kann die Kinder übernehmen. Ich habe es satt, ständig die verheiratete, aber alleinerziehende Mutter zu spielen. Dann hätte ich also Zeit.«

»Sehr gut«, lobt Veronika Dornbusch.

Sophie nickt. »Ich könnte Hendrike zu irgendeiner Veranstaltung einladen. Als Ablenkung. Vor allem, wenn Montag tatsächlich Heinzis Beerdigung stattfindet. Nur nichts allzu Verschnarchtes. Lass mal überlegen. Hm, nächsten Mittwoch ist dieser Poetry-Slam in Dabringhausen. Anschließend gibt es Jean-Lucs Spezialcocktails. Extra stramm.«

»Tritt da nicht auch deine Älteste auf?«

»Genau.«

»Ich kann auch ein Gedicht«, mischt sich Livy ein. »Eine kleine Mickymaus zog sich mal die Hosen aus ...«

»Danke, Livy. Tante Veronika kennt das sicher schon.«

Veronika schenkt Livy ein Lächeln. »Ich würde mich trotzdem freuen, es in Dabringhausen von dir zu hören. Hach, da fällt mir ein: Ich wollte ja selbst ein Gedicht vortragen. Leider bin ich nicht dazu gekommen, es aufzuschreiben ... War irgendwas mit Falten und Kummer«, erinnert sie sich vage. »Na, macht nichts. Jugend vor, wie ich immer sage. Also, ich komme auf jeden Fall hin. Versprochen.«

»Tja, dann muss ich nur noch Hendrike erwischen.«

»Genau! Versuch doch mal den Pulvermühlenweg bei Maria in der Aue.«

»Den Weg zur Suchtklinik?« Sophie hebt erstaunt ihre hübsch geschwungenen Brauen. »Wie kommst du auf den?«

»Reine Intuition«, lügt Veronika Dornbusch. Die Wahrheit sollte man schließlich nur sagen, wenn die Gefahr besteht, beim Lügen erwischt zu werden. Das hat sie aus ihrem *Machiavelli für Frauen* gelernt. Die Wahrheit ist, dass sie die

Speicherfunktion ihres Navis aktiviert hat. Cleveres Ding. Und so verlässlich. Viermal hat Hendrike den Weg Richtung Maria in der Aue eingegeben. Tja, es ist ein bisschen umständlich, von Biblinghausen dorthin zu gelangen, und Hendrike hat offensichtlich mehrere Varianten ausprobieren wollen, um hinzukommen.

Die Frage ist nur: Warum will sie dorthin? Und was macht sie dort?

Geparkt hat sie jedenfalls jedes Mal auf dem Parkplatz des dortigen Hotels. Sicher nicht der herrlichen Aussicht wegen, sondern weil es dort einen günstigen Einstieg in den Pulvermühlenweg gibt.

Das Ziel kann kein Zufall sein.

Oder ist Hendrike doch dem schönen Friedestrom verfallen? Dessen Suchtklinik liegt wirklich ganz in der Nähe. Nein, da steckt etwas anderes dahinter, und Veronika Dornbusch dämmert allmählich, was das sein könnte. Etwas, das erstens Staatsanwalt Schuknechts Anwesenheit im Bungalow über der Talsperre erklären würde und zweitens die Morde in und um Biblinghausen. Nur wie das alles miteinander zusammenhängt, ist ihr noch unklar.

»Ich nehme die Fledermaus«, piept es knapp unterhalb der Theke. Eine nicht sehr saubere Mädchenhand schiebt ein lilafarbenes Plüschtier Richtung Kasse.

»Livy! Du hast schon eine lila Fledermaus.«

»Genau, und das ist ihr Zwillingsbruder, Mama. Der will nach Hause. Zu seiner Schwester.«

»Gute Wahl«, lobt Veronika. Schließlich muss sie auch ans Geschäft denken. Ihr Laden hat eine Renovierung nötig, und ihr Privatvermögen möchte sie dafür nicht anknabbern. Die Wände brauchen einen neuen Anstrich. Die Außenfassade ebenfalls. Möglichst, bevor der Tourismus in Biblinghausen in

Schwung kommt. »Macht mit den Gummibärchen 10 Euro und 95 Cent, kleine Prinzessin«, sagt sie an Livy gewandt.

»Ich bin keine doofe Prinzessin«, mault Livy.

»Sie ist eine Bienenkönigin«, seufzt ihre Mutter.

Livy nickt. »Wegen, um Opa zu ärgern«, sagt sie. »Der kommt morgen und hat eine Allogerie gegen Bienen, sagt Mama.«

»Opa hat eine *Allergie* gegen Bienenstiche«, korrigiert ihre Mutter.

»Du willst also deinen Opa ärgern«, fragt Veronika bei Livy nach und bemüht sich um eine sehr strenge Miene.

»Ja, weil den mag ich überhaupt gar nicht.«

Sophie verdreht die Augen. »Livy, du kennst ihn doch kaum!«

»Aber du! Und du kannst ihn nicht leiden, weil er sich von Oma gescheidet hat. Papa findet den auch voll doof, weil Opa ihn immer Vergaser nennt.«

»Es heißt *Versager*, Livy.«

»Sag ich doch.«

Kindermund, Kindermund, denkt Veronika. »Schöpper kommt mal wieder zu Besuch?«, hakt sie wie beiläufig bei Sophie nach.

Die schnaubt. »Tu nicht so unwissend, Veronika. Soweit ich weiß, hast du ihn doch eingeladen, oder? Wegen der EU-Gelder. Seit du deine Tourismusinitiative gestartet hast, kommt er häufiger her, als uns lieb ist. Vor allem, weil wir ihm unser Haus plötzlich auf einen Schlag abkaufen sollen. Achthunderttausend will er bar auf den Tisch.«

Die Ladenglocke geht und erspart Veronika Dornbusch eine Entgegnung. Sie kramt in der Kasse nach Wechselgeld.

»Oh, guten Morgen, Herr Schuknecht«, grüßt Sophie Schöpper den Neuzugang. »Ihre Schuhe sind ja völlig durchweicht. Wurden Sie vom Regen überrascht?«

»Danke der Nachfrage, verehrte Frau Schöpper, aber Regen ist im Bergischen Land schwerlich eine Überraschung. Ich alter Esel besitze lediglich keine Gummistiefel. Darum bin ich hier. Frau Dornbuschs Laden ist ja bekannt für sein reichhaltiges Angebot.«

Veronika Dornbusch hebt interessiert den Blick, während sie ein paar Münzen in die Wechselgeldschale legt. Der Mann trieft ja vor Nässe und Verbindlichkeit! Jetzt lupft er gar grüßend seinen schwarzen Al-Capone-Hut. Hat der einen Benimmkurs belegt? Wenn, dann sicher widerwillig. Sein Gesicht ähnelt einer zerknautschten Handtasche, aber – oh Wunder! – es entspannt sich. Schuknecht schenkt ihr die sparsame Version eines Strahlelächelns. Steht ihm gar nicht schlecht, so ein Lächeln.

»Guten Morgen, liebe Veronika. Gut geschlafen?«

Was will der von ihr?

12.

Der Kauf der Gummistiefel ist rasch erledigt. Was gibt es schon groß zu wählen zwischen quietschgelben Segler- oder jagdgrünen Bauernstiefeln? Beide sind für einen Mann von Welt und Geschmack völlig indiskutabel. Einen Mann wie ihn. Sei's drum. Die scheußlichen Dinger haben ihren Zweck bereits jetzt erfüllt.

Schuknecht nimmt dankend die Tüte entgegen, die ihm Veronika Dornbusch über die Theke reicht. Nanu, was ist denn das für ein riesiger blauer Fleck auf ihrer Hand? Neben der kleinen Brandblase. Hm.

»Wir hätten auch noch Regenhäute«, unterbricht Veronika Dornbusch seine Betrachtungen. »Ein wenig angestaubt, aber dafür in sehr modischen Neonfarben. Mit dem Preis würde ich ein wenig runtergehen. Weil Sie es sind.«

Schuknecht zuckt unter dem scheußlichen Wort »Regenhaut« zusammen. Ein Wort wie dieses gehört verboten.

»Nein, danke. Mein Burberry ist wasserabweisend imprägniert, und einen Schirm habe ich dabei.«

»Darf es denn sonst noch etwas sein? Wo Sie schon einmal hier sind.« Veronika Dornbusch schenkt ihm ihr strahlendstes Lächeln. »Vielleicht ein kleines Souvenir? Ich habe originelle handgetöpferte Marmeladendosen. Von Ingeborg, wissen Sie.«

Veronika Dornbusch deutet mit dem Finger auf ein Regal, das in wirrem Durcheinander mit scheußlichem Tonzeug bestückt ist. »Das wäre doch etwas für Ihr Pflaumenmus. In den Dosen verdirbt es nicht so leicht.«

Schuknecht ärgert sich. Diese rothaarige Katze scheint es zu genießen, ihn zu demütigen. Nichts, aber auch nichts in diesem Laden ist für ihn von geringstem Interesse.

Außer Veronika Dornbusch.

Und auch das bereitet ihm Magenschmerzen.

»Mama«, quengelt hinter ihm das kleine Mädchen beim Plüschtierstand. »Können wir jetzt gehen? Gleich kommt *Kikaninchen.*«

»Sofort, Livy«, lügt ihre Mutter und vertieft sich wieder in ein Strickmagazin. Schuknecht kneift die Augen zusammen, um den Titel zu entziffern. Muss eine uralte Weihnachtsausgabe sein. Vom Umschlag grinst ein Nikolaus.

Diese Biblinghäuser sind wirklich Gottes eigene Plage. Sie schrecken vor nichts zurück, um anderer Leute Gespräche zu belauschen. Na, da kann Frau Sophie Schöpper lange warten. Unter Zeugen wird er auf keinen Fall sagen, was er zu sagen hat. Umständlich verstaut er das Wechselgeld im Münzfach seines Portemonnaies. Er hat Zeit.

»Mama, ich will weg!«, quengelt die Kleine in seinem Rücken. Ha, wenigstens eine Verbündete scheint er zu haben. Er dreht sich kurz um und schenkt dem Mädchen ein Lächeln. Unter Livys Kapuze leuchtet eine Blechkrone.

»Oh, da haben wir ja eine kleine Prinzessin«, sagt er.

Das Mädchen sagt nichts. Stiert ihn nur grimmig an. Stiert so lange, bis Schuknecht den Blick abwendet. Respekt, die ist gut, die Kleine.

Dann sagt sie doch was. »Mama, den Mann da mag ich nicht.«

Wirklich hilfreich die Kleine, und in der Rolle des Kinderschrecks fühlt Schuknecht sich durchaus wohl. Er hält es da mit dem großen amerikanischen Komiker W. C. Fields: »Wer kleine Kinder und Hunde nicht mag, kann kein schlechter Mensch sein.«

»Ich will hier we-heg«, quengelt Livy weiter.

»Glei-heich«, trällert die Mutter und greift zu einer Häkelzeitschrift. Verdammt hartnäckiges Frauenzimmer. Na, bei den drei Kindern, die sie hat – oder waren es noch mehr? –, ist sie sicher froh, mal aus dem Haus zu sein.

Schuknecht tritt ebenfalls ans Zeitungsregal. Gott, ist das ein Durcheinander hier! Die Magazine müssten dringend mal entmistet und sortiert werden. Es zuckt ihm in den Fingern, das Motorradmagazin von einer Hobbyzeitschrift für Gobelinstickerei zu trennen. Er lässt es aber und vertieft sich in den *Spiegel* der letzten Woche. Halt nein, dieses Hitler-Cover ist ja von der vorletzten Woche! Also wirklich.

»Das ist hier keine Lesestube, Sophie«, meldet sich Veronika Dornbusch energisch zu Wort. »Du musst das Ding schon kaufen.«

Seltsam, ihn tadelt sie nicht.

Könnte es sein, dass Veronika ebenfalls seine Verbündete ist? Und versucht, den Laden von unerwünschten Lauschern zu leeren? Hat sie ihm auch etwas mitzuteilen, das nicht für alle Ohren bestimmt ist?

»Ich kauf das Heft ja«, murrt Sophie.

»Mama? Wenn du was kriegst, krieg ich dann noch einen Beanie?«, fragt ihre Tochter.

»Auf gar keinen Fall, Livy«, kommt es deutlich entnervt von der Mutter.

»Oder ein Tattoo wie Tante Veronika?«

»Kindchen«, wundert sich Frau Dornbusch, »ich habe doch gar keine Tattoos.«

»Doch, das mit dem Pferdchen, das hätte ich gern, so eins wie auf deiner ...«

»Livy, es reicht, wir gehen«, unterbricht ihre Mutter sie, stopft die Häkelzeitung zurück ins Regal, wechselt zum Plüschtierständer und nimmt das Kind fest bei der Hand. »Bis Morgen dann, Veronika«, sagt sie und zerrt ihre Livy aus dem Laden.

»Bis Morgen«, ruft Veronika Dornbusch fröhlich. »Ich wünsche dir einen schönen Ausritt nach Maria von der Aue!«

Rumms ist die Ladentür zu. Endlich.

Schuknecht wendet sich wieder der Theke zu. Räuspert sich. »Frau Dornbusch, ich denke, ich schulde Ihnen noch etwas.«

»Die Gummistiefel haben Sie bereits bezahlt.«

»Das weiß ich. Ich bin gekommen, um Ihnen eine Entschuldigung anzubieten. Dafür, dass ich Sie, nun ja, unterschätzt habe.«

»Ihre Entschuldigung ist angenommen«, sagt Veronika Dornbusch gnädig. »Eine Erklärung wäre mir allerdings lieber.«

Schuknecht lupft mit unbewegter Miene die Brauen. »Eine Erklärung wofür?«

Veronika nickt. »Darüber, was Sie nach Biblinghausen verschlagen hat und was Sie hier wirklich vorhaben. Kommen Sie mir jetzt nicht mit irgendwelchen Krabbelviechern oder Motten. Sie sind das Gegenteil von einem Naturfreund. Dafür habe ich einen Blick.«

Schuknecht überlegt kurz. »Für eine Erklärung ist es noch ein wenig zu früh. Ich bin lediglich gekommen, um Ihnen zu sagen, dass Sie recht hatten. Mit den Pommes frites. Und der Banane. Heute Morgen hat mich der Kölner Staatsanwalt angerufen, der die Untersuchung im Todesfall Heinrich Tragelehn leitet. Er hat mir das Ergebnis der Obduktion mitgeteilt. Ein Brief müsste bald folgen.«

»Ach, tatsächlich? So rasch. Erstaunlich.«

Ziemlich schlecht gespielt, ihre Überraschung. Sei's drum. »Der verstorbene Heinrich Tragelehn …«, beginnt er.

»Ach, nennen Sie ihn doch Heinzi, ›Heinrich‹ klingt so schrecklich fremd in meinen Ohren«, bittet ihn Veronika.

»Also gut. Heinzi ist in Folge eines Herzstillstandes nach einem dramatischen Kreislaufkollaps gestorben, ausgelöst durch das Versagen seiner vorgeschädigten Nieren. Er hat eine für ihn tödliche Dosis Kalium zu sich genommen …«

»… in Form von stark gesalzenen Pommes frites! Noch dazu mit Ketchup und dazu als Nachtisch eine Banane«, ergänzt Veronika Dornbusch. »Ha! Ich hab's doch gewusst!«

»In der Tat. Eine geradezu geniale Mordmethode – wenn es denn eine war. Erhöhte Kaliumwerte im Blut sind bei einer Obduktion normalerweise völlig unauffällig und nicht ungewöhnlich. Bei Eintritt des Todes tritt es aus den Organen aus. Wer außer Ihnen wusste noch, dass Heinzi keine stark kaliumhaltigen Lebensmittel zu sich nehmen durfte und dass ein Schale Pommes frites plus eine Banane ihn unweigerlich umbringen würden?«

Veronika Dornbusch macht eine wegwerfende Handbewegung. »Natürlich wusste das ganze Dorf darüber Bescheid.«

Schuknecht seufzt. Verfluchtes Biblinghausen.

»Käthe hat dafür gesorgt, dass niemand ihm je so etwas wie Pommes frites, Ketchup, Bananen oder Pflaumenkuchen angeboten hat«, fährt Veronika Dornbusch fort. »Der wäre für Heinzi nämlich auch tödlich gewesen. Aber die Pflaumenkuchenzeit fängt ja gerade erst an. Käthe hat sogar Listen mit den verbotenen Lebensmitteln verteilt.« Sie deutet mit dem Finger ihrer Rechten zur Ladentür. »Da, da hängt noch eine. Ich kann sie auswendig.«

Schuknecht seufzt erneut.

»Na, mit unserer Hilfe wird die Kripo sicher herausfinden, wer dem armen Kerl die Pommes und die Banane untergejubelt hat«, versucht Veronika Dornbusch, ihn zu trösten.

»Und wenn sie jeden Biblinghäuser einzeln ins Kreuzverhör nehmen müssen. Könnten Sie da übrigens dabei sein?«

Schuknecht schüttelt bedächtig den Kopf. »Die Kripo wird den Fall nicht weiter verfolgen. Die Staatsanwaltschaft hält die Untersuchungen für abgeschlossen.«

»Das darf doch nicht wahr sein!«, empört sich Veronika Dornbusch. »Die können doch einen so heimtückischen Mord nicht einfach zu den Akten legen!«

Schuknecht stellt die Tüte mit den Gummistiefeln ab, beginnt, im Laden auf und ab zu gehen, und rückt einige der ausgestellten Töpferwaren gerade. Lieber würde er sie wegschmeißen. Ordnung und klare Linien sind unverzichtbare Voraussetzungen für Geistesgegenwart. Von gerümpelfreien Räumen ganz zu schweigen. An all dem herrscht hier ein bedauerlicher Mangel. »Frau Dornbusch, wäre das Ganze mein Fall gewesen, hätte ich nicht anders entschieden.«

»Wie bitte? Sie haben doch eben selbst gesagt, dass ich recht hatte mit den Pommes frites und ...«

»Ja, das hatten Sie, und ich verneige mich aufrichtig vor Ihrer Beobachtungsgabe. Darum habe ich mich bei meinem Kollegen ja auch sehr für eine intensive Untersuchung eingesetzt. Aber das Entscheidende sind nicht die Pommes frites oder die Banane, sondern die Frage, wie beides in Heinzis Magen gekommen ist, und dafür gibt es nur eine vernünftige Erklärung: Er hat sie selbst gegessen.«

»Natürlich hat er sie gegessen, sonst wäre er nicht tot«, braust Veronika auf. »Irgendwer muss ihn dazu überredet haben. Heinzi war ein Kind, vertrauensselig und sehr leicht zu beeinflussen. Vor allem nach Käthes Tod. Wenn er jemanden mochte, hat er ihm vollauf vertraut.«

Schuknecht nickt und widmet sich mit ordnender Hand dem Zeitungsregal. Er trennt *Jagd und Hund* von einem Magazin für vegane Küche. »Gut möglich, dass es so gewesen ist, wie Sie annehmen, Veronika, aber leider ist das reine Spekulation. Für einen Staatsanwalt zählen nur Fakten, und die sprechen in Heinzis Fall gegen eine Fremdeinwirkung.«

Veronika Dornbusch stemmt empört die Hände in die Hüften: »Wieso denn das? Man braucht doch nur einen Funken Grips, um die richtigen Schlüsse zu ziehen.«

»Oder Ihre – mit Verlaub – recht blühende Fantasie, Veronika.«

»Wollen Sie damit sagen, ich bin nicht recht bei Trost?«

Schuknecht zögert den Bruchteil einer Sekunde – ein bisschen Rache für die Regenhäute und die Marmeladentöpfe von vorhin muss erlaubt sein –, dann sagt er: »Nein, ich denke, Ihre Überlegungen haben Hand und Fuß. Heinzi Tragelehn wurde meiner Ansicht nach tatsächlich ermordet.«

»Dann sagen Sie das Ihrem allerwertesten Kollegen aus Köln!«

»Das habe ich getan, Veronika. Ich habe mich sehr, sehr weit aus dem Fenster gelehnt, damit es überhaupt zu einer derart detaillierten Untersuchung der Todesursache kam.« Und dabei ist er ordentlich auf die Nase gefallen. Sein Ruf bei der Kölner Staatsanwaltschaft dürfte für geraume Zeit ruiniert sein. So wie 1984. Damals hat er sich schon einmal zu weit aus dem Fenster gelehnt. Einer Frau zuliebe. Seiner ersten Frau. Das ist ihm schlecht bekommen. Zum Teufel mit den Weibern!

»Das nennen Sie eine intensive Untersuchung?«, erregt sich Frau Dornbusch hinter ihrer Theke. »Die haben sich doch nicht einmal den Mageninhalt genau ange…« Sie bricht ab.

»Wie meinen?«, fragt Schuknecht freundlich nach. Betont freundlich. Fällt ihm nicht einmal schwer, freundlich zu sein. Das Gefühl, Veronika Dornbusch endlich mal ertappt zu haben, stimmt ihn sehr fröhlich.

»Ach nichts, nichts, ich nehme nur an, also …«, stammelt sie.

Er lässt es ihr durchgehen. Fürs Erste. Rache ist ein Gericht, das man kalt genießen sollte.

»Ich will Ihnen die Sache erklären«, sagt er. »Mein Kölner Kollege hatte ein aufschlussreiches Gespräch mit dem ambulanten Pflegedienst, der für Heinzis medizinische Betreuung zuständig war. Nach Aussagen mehrerer Pflegekräfte und seines behandelnden Arztes hat Heinzi in letzter Zeit öfter über die Stränge geschlagen. Die Pfleger haben mehrfach Kuchen und Knabbereien bei ihm gefunden, die das reinste Gift für ihn gewesen wären. Er hat sie nicht gegessen, aber anscheinend gehortet.«

»Die Sachen hat ihm jemand zugesteckt«, wirft Veronika Dornbusch ein.

Schuknecht lässt den Einwand nicht gelten. »In Heinzis Tiefkühltruhe fanden sich drei Beutel Backofenfritten, von denen er einen halben am vergangenen Sonntag im Ofen erwärmt hat. Die Reste fanden sich im Ofen, und in einer Schale lag ein Bündel Bananen.«

»Die haben sein Mörder oder seine Mörderin – Frauen können so was natürlich auch – in der Schale deponiert, und die Pommes haben sie für ihn zubereitet! Wir müssen nur herausfinden, wer am Sonntagmorgen bei ihm war. Dann haben wir den Mörder.«

»Heinzis Fingerabdrücke konnten auf den Tüten, dem Backpapier, auf der Ketchupflasche und an der Pommesschale eindeutig nachgewiesen werden, Veronika.«

»Aber das heißt doch nichts. Man hat ihn dazu verführt, dieses Zeug zu essen. Das ist ja das Widerwärtige«, protestiert sie mit zunehmend schriller Stimme.

Schuknecht sieht ihr das in diesem Fall nach. Der ganze

Sachverhalt ist in der Tat widerwärtig. Ein Totschlag im Affekt ist gegen ein so infames Tötungsdelikt ein geradezu moralischer Akt. Er nickt beschwichtigend. »Das sehe ich wie Sie. Aber leider war es nun einmal Heinzi selbst, der sich das Zeug zubereitet und in die Banane gebissen hat. Für Ihre These gibt es nicht den Hauch eines Indizes. Von einem Tatverdächtigen ganz zu schweigen.«

Veronika Dornbusch schlägt mit der flachen Hand auf den Tisch. »Und das lassen Sie sich bieten? Geben Sie mir die Nummer Ihres Kollegen, am besten die private! Ich will ihn sofort anrufen. Mir wird er schon zuhören.«

»Wohl kaum«, sagt Schuknecht trocken. »Seine Nummer haben Sie außerdem bereits. Zumindest die dienstliche. Es handelt sich um meinen Kollegen Dr. Enderlin, der mir zu meinem Erstaunen mitgeteilt hat, dass Sie bei der Staatsanwaltschaft Köln und der Kripo Wermelskirchen keine Unbekannte sind.«

Na, wenigstens hat Frau Dornbusch den Anstand zu erröten.

»In den vergangenen acht Monaten haben Sie – lassen Sie mich nachdenken – wie viele Morde gemeldet? SIEBEN! Über die Sie nicht nur die Polizei, sondern auch Dr. Enderlin jeweils persönlich informiert haben. Mehrfach. Sie haben sogar den EU-Abgeordneten Schöpper um Hilfe gebeten und ihn dazu veranlasst, mit einer Dienstaufsichtsbeschwerde zu drohen. Finden Sie das nicht selbst reichlich übertrieben?«

»Irgendwer muss doch dafür sorgen, dass dem Mörder endlich das Handwerk gelegt wird«, rebelliert Veronika Dornbusch. »Zugegeben, ich war mir nicht in allen Fällen hundertprozentig sicher, aber in einigen …« Ihre Stimme beginnt zu flattern.

»Frau Dornbusch«, unterbricht Schuknecht sie erbost und beugt sich über die Theke, um sie mit seinem eisernen Blick einzufangen. »Ihrer Anzeigefreude ist es zu verdanken, dass wir auf die freundliche Mitarbeit der Polizei werden verzichten müssen. Die Erwähnung Ihres Namens hat Dr. Enderlin endgültig davon überzeugt, dass Heinzis Tod auf keinen Fall auf Fremdverschulden zurückzuführen ist. Sie haben den Fall mit Ihrer penetranten Einmischung ruiniert und mich wie einen Trottel dastehen lassen!«

Mehr als das. Enderlin hat die Vermutung geäußert, dass er – Schuknecht – ein intimes Interesse an »Frau Dornbusch, unserem Bergischen Feuermelder« haben müsse. Anders konnte sich Enderlin die »geistige Verwirrung« Schuknechts nicht erklären. »Frauen waren schon immer Ihr Schwachpunkt, Schuknecht«, hat er hinzugefügt.

Enderlin hat sich aufgrund von Veronikas Einmischung sogar geweigert, ihm wichtige Akten über die Brandstifter von Biblinghausen zu kopieren, von denen Schuknecht sich wesentliche Informationen versprochen hat. Zu ärgerlich.

Veronika Dornbusch senkt den Blick. Ihre Zerknirschung ist nicht gespielt. Das sieht er, und das stimmt ihn milde. Ja, das tut es. Außerdem braucht er sie noch. Sie weiß etwas, auch wenn sie nicht weiß, was sie weiß, weil in ihrem Kopf dasselbe Durcheinander herrscht wie in ihrem Ladenlokal.

»Nun gut, jetzt kennen Sie die Sachlage«, sagt er. »Und ab sofort melden Sie keine Morde mehr bei der Kripo oder der Staatsanwaltschaft, sondern allenfalls bei mir! Verstanden?«

»Ja, aber ...«, beginnt Frau Dornbusch kleinlaut und bricht ab. Sieht aus wie ein Häufchen Elend. Passt nicht zu ihren roten Haaren oder ihrer kämpferischen Person, findet Schuknecht. Außerdem ist ihm eine kleinlaute Veronika Dornbusch kaum von Nutzen.

»Na, na«, sagt er großzügig. »Trösten Sie sich. Sie haben doch jetzt mich.«

Oh, das kam ihm jetzt unkontrolliert über die Lippen. Könnte sie falsch verstehen. »Was ich sagen will, ist: Wir sollten über eine Zusammenarbeit im Fall Heinzi Tragelehn nachdenken«, schiebt er schnell nach.

»Sie meinen, wir zwei, zusammen, als Team und *undercover*, sozusagen.« Veronika Dornbusch strahlt.

Schuknecht nickt. »Ja, meine ich. Und keine Lügen mehr.«

»Welche Lügen?«

»Veronika«, sagt er mahnend.

»Lothar«, äfft sie ihn nicht minder mahnend nach.

»Nun gut«, sagt Schuknecht. »Alles Weitere werden wir morgen Abend in meinem Bungalow besprechen. Bei einem kleinen Abendessen. Sagen wir, um sieben Uhr. Einverstanden?«

Veronika Dornbusch schenkt ihm einen blitzblauen, nahezu himmelblauen Blick. Einen Kinderunschuldsblick. Dann haucht sie: »Soll ich wieder Kuchen mitbringen?«

Ha, da ist sie wieder, diese verdammte Spottlust in ihren Augen!

Na, er kann das auch. »Nicht nötig, meine Liebe. Aber ich würde es begrüßen, wenn Sie sich vor dem Essen gründlich die Hände waschen.«

Treffer, versenkt!

Die Verblüffung in Veronikas blauen Augen, mit denen sie erst ihn und dann ihre Hände anschaut, ist unverkennbar echt. Flink lässt sie die Hände hinter dem Rücken verschwinden.

»Es wäre mir unangenehm, Sie wegen Brechens des Postgeheimnisses anzeigen zu müssen, meine Liebe«, sagt Schuknecht freundlich. »Der Abdruck des NRW-Wappens samt

Pferdchen auf Ihrer Hand und daneben eine Brandblase … Tja, das nenne ich klare Indizien. Damit ließe sich sogar ein Enderlin überzeugen. Also dann. Bis morgen.«

13.

Hendrike hebt den Kopf zum Himmel. Er ist schwer von Regen, der nicht fällt. Noch nicht. Der Wald dampft vor Feuchtigkeit, die sich wie eine Kapuze um ihren Kopf legt.

»Heute probieren wir mal einen ganz neuen Weg, was meinst du?«

Nichts natürlich. Luther ist schließlich ein Hund. Ein Hund mit sehr seelenvollen Augen. Sprechenden Augen. Der Blick dieser Augen verheißt nichts Gutes.

Der Hund hat wieder einmal keine Lust auf Ausflüge ins Unterholz. Schon gar nicht nach dem Regen von gestern Morgen. Er hasst verschlammten Grund. Es ist jeden Tag das Gleiche: Kaum öffnet sie die Heckklappe von Veronikas BMW auf dem Waldparkplatz bei Maria in der Aue, stemmt Luther die Pfoten in den Schutzteppich und weigert sich herauszuhopsen.

Beim ersten Mal hat er seine Gegenwehr noch mit grollendem Knurren und Gebell garniert, aber davon lässt sich Hendrike nicht mehr abschrecken oder täuschen. Luther ist ein alter Herr und in Wahrheit lammfromm. Gehfaul ist er außerdem. Sagenhaft gehfaul.

Hendrike seufzt. »Mit dir hab ich wirklich einen Fang gemacht.«

Veronika Dornbusch hat ihr von Waldausflügen mit Luther ganz abgeraten. »Im Wald bekommt man garantiert Krach mit ihm«, hat sie prophezeit. »Du glaubst nicht, was ich da schon mit ihm mitgemacht habe. Er bewegt sich lieber in überschaubarem Gelände. Am allerliebsten in Biblinghausen. Genauer gesagt, reicht ihm der Marktplatz. Er bewässert gern den Schöpper-Brunnen, wenn du weißt, was ich meine. Den Rest seiner Notdurft verrichtet er bevorzugt in Tante Käthes Tomatenbeet. Was den Tomaten seltsamerweise gut zu bekommen scheint. Na ja, Ingeborg meint, wenn man neben Tomaten einen toten Fisch eingräbt, mögen sie das auch. Das Beet liegt im hintersten Winkel des Gartens. In dieser Hinsicht ist Luther sehr rücksichtsvoll. Er braucht den Wald wirklich nicht.«

Aber Hendrike braucht ihn. In Käthes Haus hat sie manchmal Angst, ersticken zu müssen. An ihren Gefühlen. In den Garten kann sie auch nicht gehen, ohne dass es ihr das Herz zerreißt. Jeder Ort ist besser als der Garten, in dem Heinzi so qualvoll gestorben ist.

Auf dem Marktplatz läuft sie dagegen Gefahr, neue Beileidsbekundungen von Biblinghäuser Bürgern annehmen zu müssen. Davon wird sie morgen, am Montag, noch genug bekommen. Bei Heinzis Beerdigung.

Vorhin hat sie mit dem Bestattungsunternehmer am Telefon die Einzelheiten geklärt, und heute Abend wird sie in die Kirche und in den Amselhof müssen, um den Pfarrer zu treffen, die Sargträger auszuwählen und einen Leichenschmaus zu bestellen. Ganz Biblinghausen will Abschied von Heinzi nehmen. Ihn haben hier anscheinend wirklich alle geliebt. Nicht nur sie.

Hendrike schluckt einen Klumpen in ihrem Hals weg. Dass Heinzi seinen Herzstillstand durch den Verzehr von Pommes frites selbst verschuldet hat, wie ihr die Staatsanwaltschaft mitgeteilt hat, ist alles andere als eine Erleichterung. Was heißt in so einem Fall schon selbst verschuldet? Jemand hätte sich nach Käthes Tod liebevoll um Heinzi kümmern müssen. Und dieser Jemand ist sie. Unabhängig davon, dass das ohnehin in Käthes Testament steht. Was sie unerwartet gerührt hat.

Schließlich hat Tante Käthe sie als knapp Dreizehnjährige mit den Worten »Du kommst mir nie mehr ins Haus« vor die Tür gesetzt. Das war kurz nach dem Prozess um die schreckliche Brandkatastrophe. Das hässliche Wort »Hure« ist auch gefallen, ein scheußliches Wort und noch dazu unpassend. Völlig unpassend. Sie war einfach rasend verliebt, ehrlich und vollkommen unschuldig verliebt.

Zum ersten Mal.

Hendrike schluckt erneut.

Tante Käthe hatte Grund zur Wut. Damals hat Hendrike Heinzi schließlich zum ersten Mal im Stich gelassen, allein in Tante Käthes Haus, um in den Wald zu gehen und eine Party zu feiern. Mit beinahe tödlichen Folgen. Ein Wunder, dass Käthe ihr das anscheinend doch noch vergeben hat, zumindest im Testament.

Diesmal aber kann ihr niemand vergeben, am wenigsten sie selbst. *Nein, das kann ich nicht.* Hendrike schüttelt den Kopf und klinkt die Leine von Luthers Halsband los.

»Hopp, Hopp!«, scheucht sie ihn nach rechts auf einen Pfad, der sich im Dickicht des Walds verliert. Es könnte endlich der richtige sein, der Weg, den sie seit Tagen sucht. Ein Rückweg in ihre Vergangenheit. Zu dem Ort und an den Punkt, an dem ihr Leben vor dreißig Jahren erstmals völlig aus dem Ruder gelaufen ist.

Ein eigentlich idyllischer Ort. Wie einem Kinderbuch entsprungen.

Zögernd macht sie sich auf den Weg ins Unterholz.

Wenn sie die Bilder des schrecklichen Brandes ausblendet, tauchen vor ihrem inneren Auge eine von Vogelgezwitscher erfüllte Waldlichtung auf und das heruntergekommene Gebäudeensemble einer ehemaligen Hofschaft samt historischem Brunnen-, Back- und Waschhaus. Typische bergische Knusperhäuschen, errichtet aus Ziegeln, Fachwerk und gedeckt mit Schieferschindeln. Krumm und reichlich in die Jahre gekommen ist alles, vom Verfall bedroht, aber jahrzehntelang gut genug, um Teile einer Klinik für jugendliche Suchtabhängige zu beherbergen.

Hendrike zieht fröstelnd den Reißverschluss ihres Anoraks hoch, dabei geht es in ihrem Kopf gerade heiß her. Sehr heiß.

Flammen beginnen das Bild von Lichtung und Hofschaft zu umzüngeln, das Haupthaus fängt Feuer, schon schlagen meterhohe Flammen aus dem Dach. Flammen, die Hendrike mitunter noch in ihre Träume verfolgen. Genau wie der Geruch von Benzin, beißendem Qualm und Tod.

Das will sie ändern. Das muss sie ändern. Darum sucht sie diesen Ort, an dem ihre Kindheit unwiderruflich zu Ende ging. Im Volksmund heißt das: »Die Teufel an die Wand malen, um sie zu bannen.« Ja. Genau das wird sie tun. Entschlossen stapft sie weiter über moderndes Blattwerk. Sie wird die Dämonen ihrer Vergangenheit heraufbeschwören, sie aus dem Dunkel ans Licht zwingen. Wenn man wollte, könnte man ihre Spaziergänge in diesem Wald Konfrontationstherapie nennen. Oder sie als Crashkurs zum Thema »Aus Fehlern lernen« bezeichnen.

Eins steht für Hendrike felsenfest: Sie will ihrer Geschichte nicht mehr ausweichen, sondern sie ganz genau anschauen. Hier und jetzt. Das ist sie sich und ihrem Kind schuldig. Es soll später nicht unter den Verfehlungen und unbewältigten Gefühlen seiner Mutter leiden. Unklare Erinnerungen werfen lange Schatten, und Hendrike hat hinreichend Erfahrung mit einem Schattendasein – als ungeliebtes Kind, als Mauerblümchen, als mutmaßliche Komplizin eines Verbrechers, als mehrfach verschmähte Geliebte. Ihr Kind soll nichts davon wiederholen müssen, weil sie zu feige ist, Licht in ihre Vergangenheit zu bringen. Auf keinen Fall.

Himmel, sie wird melodramatisch. Besser, sie konzentriert sich aufs Naheliegende, die Suche nach dem richtigen Weg. Hier irgendwo muss er verlaufen, nicht weit entfernt von der Suchtklinik. An der ist sie eben vorbeigekommen. An der neuen Suchtklinik. Die alte ist schließlich zu großen Teilen abgebrannt. Was wohl aus der alten Hofschaft geworden ist? Ob man alles abgerissen hat? Wegweiser dorthin hat sie bislang keine entdeckt.

Ach verdammt! Hendrike zieht die Nase hoch. Sie kennt sich im riesigen Waldgebiet rund um die Talsperre einfach nicht mehr aus. Eine große Pfadfinderin war sie ohnehin nie, und Wanderkarten sind für sie so benutzerfreundlich und selbsterklärend wie Schnittmusterbögen. Also gar nicht.

Natürlich wäre es möglich, dass der gesuchte Weg nach dreißig Jahren überwachsen ist und dass auch die Waldhütte abgerissen wurde, die damals auf halber Strecke zur Hofschaft lag. Obwohl … Nein, das ist unwahrscheinlich. Die Hütte war für die Ewigkeit gebaut und 1984 eben erst eingeweiht worden. Von Schöpper, dem ehemaligen Herrn von Biblinghausen.

Tante Käthe hat Hendrike damals mit zum Einweihungsfest geschleift. Die Hütte war Teil eines größeren Projekts. Einer Ferienanlage oder so. Die ist ihres Wissens aber nie realisiert worden.

Frau Dornbusch könnte wissen, ob es die Hütte noch gibt und was aus der Hofschaft geworden ist. Aber die will sie nicht fragen. Sie will niemanden danach fragen. Auch nicht Lukas »Jean-Luc« Durant vom Amselhof, den besten Pfadfinder aller Zeiten. Und der großspurigste. Der Junge, der nach Gefahr roch und gefährlich war.

Brandgefährlich.

Hendrike biegt einen Holunderstrauch zur Seite. Ihre Gummistiefel versinken in Morast, von oben tropft es aus den Baumkronen. Nach wenigen Metern durch Dickicht und Gestrüpp erreicht sie Luther. Er steht winselnd vor einer riesigen Wasserlache, die den Pfad in einen Sumpf verwandelt.

»Oh bitte, Luther, da kommt man doch außen vorbei!«

Luther schaut sie aus sehr großen, sehr braunen und sehr melancholischen Hundeaugen an. Nie im Leben hat sie einen Hund gesehen, der derartig deprimiert auf Wälder reagiert. Ein pfeifendes Winseln entströmt seiner Kehle.

Der Kerl treibt sie noch in den Wahnsinn!

Nein, tut er nicht, gesteht sie sich ein. Im Gegenteil. Luther hält sie mit seinen Marotten und seinem seelenvollen Blick im Leben. Sie geht in die Hocke und legt ihm die Arme um den Hals. Der Hals riecht nicht gut. Der ganze Hund riecht nicht gut. Ist eben ein alter Hund. Noch dazu ein feuchter. Aber das macht nichts. Das macht gar nichts. Man kann auch in ein Fell weinen, das nach altem, nassem Hund riecht. Vor allem, wenn der nasse Hund jaulend miteinstimmt.

Hendrike drückt ihn fest, erhebt sich, zieht ein Taschentuch aus ihrer Regenjacke und schnaubt sich so laut die Nase, dass Luther verstummt.

»Du bist mir eine schöne Heulsuse, Freundchen!«

Freundchen? Jawohl. Luther ist ihr Freund. Der einzige, den sie hat. Das darf nicht wahr sein. Sie wird schon wieder melodramatisch. Luther legt den Kopf schief. Und rührselig wird sie auch. Luther schaut sie wie fragend an.

»Okay«, gesteht Hendrike, »*ich* bin die Heulsuse. Aber, hey, ich hab dafür eine Entschuldigung: Ich bin schwanger. Du nicht. Und jetzt komm, ich kann dich unmöglich über die Pfütze tragen.«

Sie quetscht sich in ein Gebüsch und an der Wasserlache vorbei, hält die Zweige zur Seite, bis Luther zögernd folgt. Der Pfad verengt sich weiter und geht steil bergan. Hendrike kommt leicht ins Keuchen. Sie ist nicht nur drauf und dran, ihre Figur zu verlieren, sondern auch ihre eiserne Fitness. Na, wenn schon!

Verdammt, sind sie damals auch einen so steilen Hang hinaufgekraxelt, um zu der Party zu kommen? Sie kann sich nicht erinnern. Damals hatte sie das Gefühl, den Weg entlang zu fliegen. Kein Wunder, damals hatte jemand etwas in die Cola gemischt. Selbst fabrizierten Sud aus Engelstrompeten, irgendeinen psychedelischen Pilz oder weiß der Kuckuck, was das war.

Sie weiß nur, wer ihr die gepanschte Cola angedreht hat.

Lukas D., genannt Lucky. Wer sonst. Er hatte sie zu dem nächtlichen Ausflug überredet, die Sause mit den Freaks von der Suchtklinik verabredet und das Picknick besorgt.

Na, endlich, sie hat den Anstieg bewältig. Luther folgt mit gesenktem Kopf und wankenden Schrittes. Hendrike stemmt die Hände auf die Knie, beugt sich leicht hechelnd vor, bis sie wieder tief und gleichmäßig atmen kann. Dann schaut sie sich um. Sie haben einen breiten, bewaldeten Höhenweg erreicht. Einen Weg, der keinerlei Erinnerungen in ihr weckt. Vor ihr steigt ein weiterer Hang an. Sie dreht sich um. Zwischen den Bäumen hinter ihr schimmert die Dhünntalsperre in Bleistiftgrau. Dunkle Wolken treiben über das Südufer und kündigen neuen Regen an.

Luther tut einen schwerfälligen Satz und macht neben ihr Platz.

»Was meinst du? Rechts oder links?« Hendrike späht den Weg in beiden Richtungen ab. Es sieht überall verdammt gleich aus: Matsch, feuchtes Laub, triefende Sträucher. Links kann man weiter gucken. Sehr weit.

Oh, oh, was da auf sie zukommt, gefällt ihr gar nicht: ein Pferd in schaukelndem Trab samt Reiterin mit golden leuchtendem Haar. Gefärbt natürlich, so hell leuchtet nur künstliches Blond. Pferd und Reiterin sind noch knapp dreihundert Meter von ihr und Luther entfernt.

Hendrike kann sich denken, wer die Reiterin ist: Sophie Schöpper. Sie hat in der letzten Woche mehrfach bei ihr geklingelt und geklopft und kleine Nachrichten hinterlassen, während Hendrike im oberen Stockwerk aus dem Fenster gelinst hat. Die Briefchen waren mit albernen Herzchen verziert. Verdammte Sophie.

Okay, zugegeben, die Herzchen sahen nach Livys Beitrag aus.

Trotzdem: Sophie will sie hier nicht begegnen. Der will sie genaugenommen nie mehr begegnen. Aber das wird sie wohl müssen, wenn sie in Biblinghausen sesshaft wird.

Aber nicht jetzt. Nicht hier.

»Komm«, zischt sie Luther zu. Sie nimmt den zweiten Hang in Angriff. Den kann Sophie mit dem Pferd nicht bewältigen. Die hohen Stämme der Buchen und Fichten stehen dicht an dicht und ragen aus einem Unterwuchs aus Farn und Dornengestrüpp empor. Seltsamerweise folgt Luther ihr willig ins Dickicht, überholt sie sogar.

Würde zu ihm passen, dass er sich vor Pferden ängstigt.

Sehr sympathisch, Hendrike fürchtet sie nämlich auch vor ihnen.

»Hendrike!«, ruft es hinter ihr. Das ist Sophie, sie hat es gewusst. »Hendrike, warte doch mal!«

Nein, wird sie nicht. Im Gegenteil legt sie einen Schritt zu. Luther auch. Hendrike hört das Pferd von unten schnauben. Reiser knacken unter ihren Füßen, sie sinkt in Schlammlöcher ein, rutscht über nasse Blätter, Zweige peitschen gegen ihre Knie.

Ein bisschen albern kommt sie sich zwar bei ihrer Flucht vor Sophie vor, aber ein winziges bisschen Spaß macht es auch. Es erinnert sie an die Fang-mich-doch-du-Eierloch-Spiele, die sie mit der kleinen Sophie mal gespielt hat. Sophie hat sie nie bekommen, denn Hendrike konnte als Kind schneller rennen. Wenigstens das. Sie wendet im Laufen kurz den Kopf.

Sophie macht weit unter ihr auf dem Weg Anstalten, vom Pferd abzusteigen.

Verbissen beschleunigt Hendrike ihre Schritte. Es geht noch tiefer in den Wald hinein. Richtige Wildnis hier. Sie muss sich durch Heckenrosengestrüpp zwängen, mannshohe Farnbüsche teilen, und irgendwo plätschert und gurgelt auch ein Wasserlauf. Sie strauchelt über eine Brombeerranke, meint, ein Keuchen zu hören, schaut sich erschrocken um.

Von Sophie keine Spur.

Jetzt fürchtet sie schon ihr eigenes Keuchen. Sie schließt den Mund und atmet durch die Nase weiter. Irgendwo neben oder hinter ihr keucht es immer noch. Nichts wie weg von hier.

Es geht erneut bergan, die Bewaldung lichtet sich allmählich.

Ha! Nur noch wenige Meter, dann ist sie über den Berg. Luther hat – welch Wunder! – die Kuppe bereits erreicht. Er sitzt allerdings da wie festgewachsen. Sieht aus, als weigere er sich einmal wieder, nur einen Zentimeter weiter zu gehen. Mit zwei, drei ausgreifenden Sätzen ist Hendrike bei ihm, ruft atemlos: »Weiter, lauf weiter!« Dann erst schaut sie, wohin das Weiter führt.

In letzter Sekunde und mit rudernden Armen kann sie ihren Lauf stoppen. Hui, das war kurz vor knapp! Vor ihr geht es jäh bergab. Erschreckend jäh. Hinter ihr knurrt warnend Luther.

Das hätte er ruhig eher machen können.

Hendrikes Blick gleitet den steilen Hang hinab. Er ist

nahezu baumfrei. Zahlreiche Stümpfe zeugen davon, dass hier massiv abgeholzt wurde. Darum ist der Hang so steil, es muss Kantenabbrüche gegeben haben, und zahllose Regenfälle haben das freigelegte Erdreich weggewaschen.

So einen Abstieg kann man nur quer zum Hang wagen oder auf dem Hintern. Oder, noch besser, gar nicht.

Etwa zweihundert Meter tiefer liegt ein kleiner, ihr unbekannter Talkessel. Ein ärmliches Gehöft und zusammengeschusterte Nebengebäude mit Wellblechdächern verstecken sich zwischen Haselnussstäuchern. Ziemlich trostlos, das Ganze. Vor einem Flachdachbau summt ein Bienenstock, daneben verfällt ein Hühnerstall, ringsum liegt jede Menge Sperrmüll.

Bis hinauf in den gegenüberliegenden Hang sichtet Hendrike alten Hausrat vom Sofa bis zu einer riesigen Doppelmatratze. Dazwischen liegen jede Menge alter Reifen. Beißender Rauchgeruch steigt ihr in die Nase.

Das Gehöft ist offensichtlich noch bewohnt.

Himmel, mit was heizen die da unten denn? Riecht nach …

Ihr Hirn kommt nicht mehr dazu, den Geruch zu bestimmen. Es hat von einer Sekunde auf die nächste damit zu tun, einen heftigen Stoß in den Rücken zu registrieren, akute Panikmeldungen auszusenden und Hendrike dazu zu bewegen, sich im Fallen die Hände erst über den Kopf und dann schützend vor den Unterleib zu halten.

Nicht, dass Hendrike irgendetwas von ihren Hirnaktivitäten bewusst mitbekommt. Ihr Denken scheint völlig abgekoppelt von ihren Empfindungen zu sein. Sie spürt nur eins: Todesangst. Gleichzeitig trudelt sie in einem Wirbel aus feuchten Blättern den Hang herab, rudert mit den Armen, stürzt, rollt mit wachsender Geschwindigkeit weiter, überschlägt sich begleitet von Luthers Gebell und findet keinen Halt.

Ein gefallener Baumriese rast direkt auf sie zu.

Luther jault auf.

Spitze Äste, schwarz wie der Tod, strecken sich ihr entgegen. Dann nichts mehr. Nur weiches Dunkel. Und Schweben. Seliges Schweben. In vollkommener Stille. Hinein in ein gleißendes Licht.

Das Licht nimmt ab.

Rapide.

Nein, das darf nicht sein. Soll nicht sein. Augen auf. Augen auf!, funkt ummantelt von stechenden Schmerzen ihr Hirn.

Du kannst mich mal, funkt eine andere Hirnregion zurück.

Die sucht das Licht.

Ein Licht, das man nur bei geschlossenen Lidern sieht.

Ewiges Licht.

14.

»Können Sie mich hören?«, dringt eine leicht atemlose Frage ins Dunkel. »Frau Tragelehn, hören Sie mich?«

Ja, Hendrike hört die Stimme. Will sie aber nicht. Sie will zurück zu dem magischen Licht.

Ihre Augen sehen das anders, öffnen sich mit flatternden Lidern.

»Frau Tragelehn, können Sie mich erkennen?«

Oh mein Gott, ja!

Sie muss im Himmel sein. So was. Engel sind tatsächlich männlich. Und blond. Gelockt. Sie haben sogar blaue Augen. Veilchenblaue, rührend sorgenvolle Augen. Oh, und dazu diese Hände! Wundervolle Hände, die sehr sanft nach ihrem rechten Handgelenk greifen.

»Wie geht's ihr?«, mischt sich ein anderer Engel ein. Ein hart keuchender Engel, dessen Stimme ihr entfernt bekannt vorkommt. Der gehört hier nicht hin. Nicht in den Himmel.

Hendrike reißt die Augen auf, um sich die Engel näher anzuschauen. Der Himmel besteht aus Wirbeln und Kreisen.

»Ihr Puls ist in Ordnung. Sie kommt zu sich. Gleich ist sie ganz da«, meint der blonde Engel. Und er hat recht. Leider ist sie nicht mehr im Himmel, sondern liegt auf merkwürdig modrig riechendem, weichem Grund, ihre Hände berühren rauen Stoff.

Hendrike versucht, den Kopf zu heben. Au. Geht nicht.

»Frau Tragelehn, wie viele Finger hebe ich gerade an?«

»Zwei.«

»Und jetzt?«

»Fünf«. Wundervolle Finger, lang und schmal. Pianistenfinger. Behutsam beginnen sie, ihren Körper abzutasten. Oh, so behutsam und kundig. Sie ziehen mit viel Zartgefühl den Reißverschluss ihrer Regenjacke auf.

»Wow, ist das Bugs Bunny auf dem Shirt? Den hab ich seit Ewigkeiten nicht mehr gesehen«, stellt der keuchende Engel fest.

Verdammt! Sie hätte etwas anderes anziehen sollen.

»In Ordnung«, sagt der wahre, der blonde Engel. »Sie haben Riesenglück gehabt, Frau Tragelehn. Die alte Matratze, die vor dem Baumstamm lag, hat Ihren Fall abgebremst. Sie sind mitten darauf gelandet und haben klugerweise die Knie angezogen. Ich werde Sie jetzt leicht anheben. Wenn Ihnen dabei schwindelig wird, geben Sie mir sofort ein Zeichen.«

Oh Gott, diese Arme, die sich von hinten um ihren Oberkörper legen, fühlen sich wunderbar an. So warm und kraftvoll. Sie könnte sich stundenlang in sie zurücklehnen und diesen Engel von unten anstarren. Was für Augen, was für ein Mund. Mit Lippen weich wie Sofakissen.

»Und? Ist was gebrochen oder alles noch dran?«, fragt der andere Engel schroff. Den hatte sie ganz vergessen. So spricht man nicht als Engel. Der ist kein Engel. Der ist ein doofer Störenfried.

»Soweit ich feststellen kann, ist alles in Ordnung. Was wir jetzt brauchen, ist eine Decke«, übernimmt wieder der richtige Engel. »Am besten tragen wir Frau Tragelehn vorsichtig nach unten ins Haus.«

»Ins ... äh ... Haus? Welches Haus?«, will der andere Engel wissen.

»Na, in den alten Hollerhof unten.«

»Oh, ach den. Ich würde eher deine Klinik vorschlagen.

Bietet sich doch an und ist unter medizinischen und hygienischen Gesichtspunkten die bessere Lösung. Mein Auto steht unten beim Hühnerstall. Ich fahr dich und Hendrike am besten direkt hin. Sind doch nur zehn Minuten.«

»Nichts da! Frau Tragelehn muss erst einmal ins Warme. Sie steht unter Schock. Danach muss sie in eine richtige Klinik. Röntgen und CT. Jetzt stell dich nicht so an. Was du da unten im Hollerhof treibst, ist längst kein Geheimnis mehr.«

»Ach, nein?«, fragt der Störenfried.

Wer ist dieser Depp?

Hendrike verdreht die Augen in seine Richtung. Ach du Scheiße! Was will denn der hier? Sie kneift die Augen wieder zu, damit er verschwindet.

»Jean-Luc, das halbe Dorf ist bei dir Kunde!«, schnauzt der blonde Engel. »Jeder kennt das Zeugs, das du und deine Russen zusammenbrauen!«

»Das ist kein Zeugs, sondern ...«

Hendrike schiebt sich – mit dem Rücken an die breite Brust ihres blonden Rettungsengels gelehnt – nach oben. Seine breite Brust bebt vor Zorn. Oder ist das nur sie? »Lukas!«, platzt sie erbost heraus. »Was machst du hier?«

»Dasselbe wie Friedestrom: ein gefallenes Mädchen retten. Die Matratze, die dich abgebremst hat, war übrigens mal meine. Tolle Qualität, leider etwas durchgelegen.«

»Verschwinde!« Sie versucht, sich von der dämlichen Matratze zu erheben.

»Ich denk nicht dran. Frauen in Not sind mein Spezialgebiet. Oh, und da kommt auch noch der große böse Wolf. Ich glaube, den trage ich besser den Rest des Hangs runter, sonst gibt es hier wirklich noch Tote.«

Der Wolf ist Luther. Ein zitternder Luther, der mit dem Mut der Verzweiflung und behutsamen Tapsern über sich selbst hinauszuwachsen scheint. Aus verschreckten Riesenaugen starrt er zu ihr herunter und jault erbarmungswürdig. Seine Hinterläufe beben, er schliddert auf einem Teppich aus nassen Blättern nach unten.

So ein Baby, denkt Hendrike gerührt.

Sie wird bleich.

Ihr Baby! Sie darf ihr Baby nicht verlieren.

Mit einem Ruck löst sie sich aus Friedestroms Armen, kommt taumelnd auf die Beine. »Ich... Ich muss in ein richtiges Krankenhaus«, sagt sie. »Ich will einen Ultraschall. Sofort!« Entschlossen marschiert sie los, bevor einer der Männer sie aufhalten kann.

»Das ist mein Moppelchen! Die haut nichts um«, lobt Lukas sie lauthals.

»Pass auf, dass ich dich nicht umhaue!«, schreit Hendrike vom Fuß des Abhangs und zupft sich wütend Blätter aus den Haaren.

»Das würdest du nie im Leben tun«, gibt Lukas zurück. »Du brauchst mich noch.«

Hendrike wendet kurz den Kopf zu ihm um. Lukas steht mit einer Hand an Luthers Halsband grinsend im Hang. Unverschämt grinsend und unverschämt gutaussehend. Was sonst. Sie starrt in sein zerknittertes Belmondo-Gesicht, in dem sie sich einmal zuhause gefühlt hat. So zuhause. Es ist inzwischen das Gesicht eines erwachsenen Mannes, aber sie erkennt immer noch den Jungen, der er einmal war.

Der Junge starrt zurück. Mitten in sie hinein. Bis auf den Grund. In Millisekunden fallen zehn, zwanzig, dreißig Jahre von ihr ab wie die Blätter eines Kalenders, und sie fühlt sich mit einem Schlag entsetzlich schutzlos. Wie nackt und ausgesetzt.

Tatsächlich fährt ihr ein Frösteln durch die Glieder, sie

wickelt schützend die Arme um ihren Oberkörper, durch ihren rechten Arm fährt ein stechender Schmerz. Hendrike spürt, dass sie sich nicht mehr lange auf den Beinen halten kann.

»Ich bin gleich bei Ihnen!«, ruft ihr Friedestrom mit der ruhigen Autorität des Arztes in der Stimme zu. Er erhebt sich und klopft sich Schmutz von den Hosenknien.

»Was ist passiert?«, schallt eine Frage von der Bergkuppe zu den beiden Männern und Hendrike herab. »Kann ich helfen?«

Hendrikes Blick gleitet mit einem Anflug von Panik den Hang hinauf. Oben auf dem Hügel steht Sophie. Ausgerechnet.

Hendrikes Herz rast so wild, als ob es fliehen wollte. Seit sie nach Biblinghausen zurückgekehrt ist, denkt sie verflucht oft, dass ihr Herz ihr zu entfliehen versucht.

»Ich brauche niemanden! Niemanden, hört ihr!«, schreit Hendrike mit einer Wut, die sie selbst überrascht. Es ist eine uralte Wut, die lange geschlummert und dabei ungeahnte Kräfte gesammelt hat.

In ihrem Nacken gehen haarfeine Nadelstiche nieder. Die Nadelstiche werden zu Tropfen. Sie schaut zum Himmel. Schon wieder Regen. Oh verdammt! Sie sieht sich suchend zwischen den Müllbergen rings um den Hollerhof um. »Wo zum Teufel steht dein Scheißauto, Lukas?«

»Ich sagte doch, du wirst mich noch brauchen!«

15.

Jean-Baptiste Lullys barocker *Türkenmarsch* schallt durch den Bungalow. Majestätische Musik mit strahlenden Barocktrompeten, schwungvollen Streichern, getrommelten Synkopen. Ein Marsch komponiert für Frankreichs Sonnenkönig. Oberstaatsanwalt Schuknecht dirigiert mit dem Kochlöffel mit und summt. Es kommt nicht oft vor, dass er summt, aber in diesem Fall sind ein wenig Heiterkeit und Vorfreude erlaubt.

Vorfreude auf seine Rinderlendchen im Honig-Sesam-Estragon-Mantel. Die Lendchen garen seit drei Stunden im Ofen. Bei 80 Grad. Die Niedrigtemperaturmethode ist die einzige Garantie für saftiges Fleisch und volles Aroma bei minimalem Fettzusatz. Wer kochen will, wirklich gut kochen, sollte sich nicht nur mit der Qualität von Fleisch, sondern auch mit den Gesetzen der Physik auskennen.

Und mit Musik.

Rinderlendchen und Lully sind eine exquisite Komposition. Vielleicht sollte er zum Essen auch den Lully auftragen? Quatsch: auflegen, natürlich. Veronika hat durchaus etwas Barockes an sich.

Allerdings nichts Majestätisches.

Schuknecht legt nachdenklich den Kochlöffel beiseite, greift zu einem japanischen Kasumi-Messer und beginnt, am Küchentisch stehend, Kartoffeln zu schälen. Besser ist wohl, er versucht es mit Bach. Musik von strenger Logik und Struktur. Das sind Qualitäten, die Veronikas sprunghaftem Denken zugutekommen könnten.

Musikalische Arabesken sind nichts für sie.

Und nun zum Wein.

Er selbst wird sich zu den Lendchen seinen Brunello gönnen. Für Veronika hat er einen halbtrockenen Trollinger mit Kirschnoten besorgt. Sie ist ja mehr eine Süße. Also, was den Wein anbelangt. Davon hat er sich nach einem Probeschluck von ihrem mitgebrachten Honiglikör überzeugt. Was für ein scheußliches Zeugs! Mit dem Trollinger wird er sie hoffentlich zu Besserem bekehren.

Sein Blick gleitet zur Küchenuhr. Gleich achtzehn Uhr. Ihm bleibt noch eine Stunde Zeit, um einen leichten Blattsalat mit Walnussessenz für sich und ein gehaltvolles Kartoffel-Parmesan-Püree mit gehobelten Trüffeln für Veronika zuzubereiten. Sie soll seinetwegen ja nicht auf Kohlehydrate verzichten. Dazu fehlt ihr sicher die gebotene Disziplin. Darum hat er ihr zu Ehren sogar Nachtisch eingeplant: ein Scheibchen Jahrgangs-Parmesan auf Apfelschnitzen für sich und eine *Tarte au chocolat* mit *Crème double* für Frau Dornknecht.

Quatsch, Dornbusch natürlich!

Er kontrolliert kurz den Saucenfond. Fast perfekt, ein Hauch Vanille fehlt noch. Schuknecht würzt nach. Dann wählt er einen Topf für das Püree, öffnet den Kühlschrank. Oh, keine Milch. Ausgesprochen ärgerlich. Na, da wird er rasch in die Vorratskammer neben der Garage müssen. Hoffentlich schmeckt Veronika später nicht heraus, dass er haltbare Milch verwenden musste.

Frau Dornbusch? Lächerlich! Eine Frau wie sie schmeckt so etwas nie im Leben. Ihre schlüssigen Gedanken zu Heinzis Tod sollten ihn nicht blind für ihre so bedauerlichen wie zahlreichen Schwächen machen. Bleibt zu hoffen, dass sie seine Lenden zu würdigen weiß. Also: die Rinderlendchen.

Schuknecht stellt den Topf ab und macht sich zu den Klängen von Lullys *Königsmarsch* auf den Weg zur Garage. Dort verwahrt er seine Notvorräte: Kerzen für den Fall, dass der Strom ausfällt, Konserven und Corned Beef für den Fall, dass die Tiefkühltruhe versagt, außerdem Haferflocken, H-Sahne und H-Milch. Lauter Dinge, die er hoffentlich nie im Leben brauchen wird.

Die Kerzen bringen ihn kurz zum Nachdenken. Ob er davon ein paar mitnehmen sollte? Seine beiden Exfrauen wussten eine weiche Beleuchtung zu schätzen. Kerzenlicht schmeichelt dem weiblichen Teint.

Er schüttelt unwillig den Kopf. Firlefanz! Er bereitet kein romantisches *Dinner à deux* vor, sondern ein Arbeitsessen. Frau Dornbusch soll ihm endlich klipp und klar auseinandersetzen, wer ihrer Ansicht nach in Biblinghausen bereits einem Mord zum Opfer gefallen sein soll. Sieben Opfer sind natürlich maßlos übertrieben. Aber neben Heinzi war ohne Zweifel auch Hammelfuß ein Mordopfer. Feuerwehrleiter Hammelfuß stand schließlich auf der Todesliste.

Eine zweite Flasche Trollinger könnte er mitnehmen. Nur zur Sicherheit. Falls Frau Dornbusch flunkert oder bockt, wird der Wein sie zum Reden bringen. Ungehemmt.

Schuknecht nickt und klemmt sich eine Flasche unter den Arm.

Pfeifend macht er sich auf den Rückweg in die Küche, stößt die Tür auf und erstarrt. Der Trollinger löst sich aus seiner Armbeuge. Die Flasche zerschellt auf den Küchenfliesen. Wieder spritzt es rot nach allen Seiten. Diesmal weiß Schuknecht sofort, dass kein Blut im Spiel ist.

»Frau Dornbusch! Was machen Sie hier?«, entfährt es ihm. Das kann ja wohl nicht wahr sein! Sie in seiner Küche – noch dazu mit den Fingern in seiner Soße. Ein unverzeihliches Verbrechen!

»Oh, hallo, Lothar«, antwortet sie gänzlich ungeniert und leckt sich den Soßenfinger ab. »Sie haben mein Klingeln nicht gehört. Kein Wunder bei dem Krach.« Sie drückt die Stopptaste des CD-Players. »Da bin ich durch die Terrassentür rein. Das Schloss taugt nichts! Sollten Sie dringend auswechseln lassen. Jean-Lucs Russen kennen sich mit so was aus. Gelernte Einbrecher bauen die besten Schlösser, sagt Jean-Luc immer. Womit er sicher recht hat. Die Soße schmeckt übrigens ein bisschen nach Vanillepudding. Außerdem fehlt ordentlich Salz!«

»Salz?« Das ist der Gipfel der Beleidigungen, aber nicht entscheidend. »Veronika! Ich habe Sie frühestens in einer Stunde erwartet! Ich lege Wert auf Pünktlichkeit in die eine und die andere Richtung. Wer zu früh kommt, der bestraft den Koch!«

»Jaja, aber ich dachte, angesichts der dramatischen Ereignisse von heute Nachmittag komme ich früher her. Außerdem liegt der Tatort ja praktisch gleich nebenan. Gehört das hier übrigens Ihnen? Ich meine mich zu erinnern, dass an Ihrem Schwertgriff so ein chinesischer Troddel hing, der in etwa dieses Farbe hatte.« Sie hält einige rote Seidenfäden hoch. »Ich habe sie in der Nähe des Tatorts gefunden. Genauer gesagt: auf dem Weg zu den Ruinen der alten Suchtklinik.«

Schuknecht greift nach den Fäden, betätigt das Pedal eines Mülleimers und lässt die Fäden darin verschwinden. »Welcher Tatort?«, fragt er scharf.

Veronika reißt ihre Augen weit auf. »Haben Sie es denn noch nicht gehört? Hendrike Tragelehn hatte einen Unfall. Das ist die offizielle Version. Aber es war natürlich ein Mordanschlag! Hinterrücks und voller Heimtücke.«

»Ein Mordanschlag?«

»Oh ja«, sagt Veronika Dornbusch fröhlich. »Diesmal bin ich mir vollkommen sicher.«

Obacht, jetzt ist Vorsicht angesagt, denkt Schuknecht, während Veronika unverdrossen weiterplaudert.

»Obwohl ich am Tatort direkt keine Beweise sichern konnte. Wie auch, bei all dem Müll, der beim Hollerhof rumliegt. Na ja, für Jean-Lucs alte Matratze sind wir natürlich alle dankbar! Obwohl er sie nicht im Wald hätte entsorgen dürfen. Das ist kriminell. Na, dafür hat er Hendrike sofort ins Krankenhaus gefahren.«

»Er hat Frau Tragelehn ins Krankenhaus gefahren?«, fragt Schuknecht. »Warum?«

»Weil er ein anständiger Kerl ist. Außerdem hängt er sehr an Hendrike. Die beiden haben als Teenager ständig zusammengehangen. Spuren vom Mörder sind am Abhang leider keine mehr zu finden. Inzwischen hat sich halb Biblinghausen beim Hollerhof umgeschaut. Sehr nachlässig von Sophie, dass sie die reitende Botin gespielt und im Dorf von Hendrikes Sturz erzählt hat. Aber sie hat das Ganze für einen simplen Unfall gehalten.«

»Herrgott noch mal, Frau Dornbusch! Bitte der Reihe nach. Von was für einem Unfall reden Sie?«

»Hab ich das noch nicht gesagt? So was. Also: Hendrike ist einen Hügel runtergestürzt. Einen halsbrecherischen Hügel. Holterdiepolter. Pardauz. Apropos! Wo verstecken Sie Ihre Putzlappen und Aufnehmer? Wir sollten die Scherben und den Rotwein aufwischen, bevor er in die Flurdielen einsickert.«

»Unter der Spüle«, sagt Schuknecht ganz erschöpft, greift sich einen Küchenstuhl und muss sich setzen.

»Hendrike Tragelehn«, sagt er nachdenklich und beginnt die restlichen Kartoffeln zu schälen, während Veronika Dornbusch unter der Spüle nach den Putzlappen sucht. Er nickt fast unmerklich. »Hm, das ergibt Sinn. Ja, ein Anschlag auf sie passt ins Bild. Und auch zu dem Täter … aber jetzt mal eins nach dem anderen: Was genau ist geschehen? Wieso soll ihr Sturz die Folge eines Angriffs gewesen sein? Und wer könnte sie, wenn überhaupt, ihrer Meinung nach angegriffen haben?«

Veronika kniet sich mit dem Aufnehmer vor die Rotweinlache, schüttelt den Putzlappen auseinander und beginnt zu wischen. »Tja, leider kann sich Hendrike nur vage erinnern. Sie war mit Luther auf dem Pulvermühlenweg spazieren. Also eher auf einem kleinen Trampelpfad, der davon abzweigt. Kennt nicht jeder. Ist eine Abkürzung zum Hollerhof. Ziemlich steil. Oben auf einer Bergkuppe ist sie plötzlich abgestürzt. War ein ziemlicher Schock. Vor allem angesichts ihrer besonderen Umstände. Aber Gott sei Dank scheinen beide unbeschadet davongekommen zu sein. Sonst wäre Hendrike kaum so erleichtert, obwohl ihr angeknackster Ellbogen höllisch wehtut. Ich glaube –«

»Welche beiden? Welche Umstände«, fragt Schuknecht ungeduldig und schwingt sein Kasumi-Messer in der Luft, um Frau Dornbusch auch symbolisch das Wort abzuschneiden.

»Äh … oh, ich meinte Luther. Dem ist auch nichts passiert.«

»Und was meinten Sie mit Frau Tragelehns besonderen Umständen?«, will Schuknecht wissen.

»Au, verdammt, ich glaube, ich habe mich an einer Scherbe geschnitten! Haben Sie ein Pflaster?« Veronika Dornbusch schüttelt die Hand aus und steckt kurz den rechten Daumen in den Mund. »Igitt, um diesen Wein ist es nicht schade. Viel zu süß!«

Schuknecht öffnet eine Tischschublade, kramt nach Pflaster und Schere und eilt zu Veronika Dornbusch. »Lassen Sie mal sehen. Hm. Ich kann keine Schnittwunde entdecken.«

Sein Gast hält den rotverfärbten Daumen hoch. »Ach, ist das kein Blut?«

»Nein, Wein.« Und keinesfalls ein zu süßer Wein! Entnervt kehrt Schuknecht zu seinem Küchenstuhl zurück. Er packt das Pflaster zurück in eine Erste-Hilfe-Box, greift zum Trüffelhobel und prüft dessen Schärfe.

»Na, dann habe ich mich wohl getäuscht«, sagt Frau Dornbusch munter. »Um auf Hendrikes Sturz zurückzukommen: Sie glaubt, dass jemand sie mit Absicht den Hang hinabgestoßen hat.« Veronika Dornbusch senkt die Stimme zu einem Flüstern. »Das ist übrigens eine Exklusivinformation!«

Schuknecht hebt alarmiert den Blick. »Soll das heißen, dass nur Sie das Ganze für einen Anschlag halten?«

»Ich, Hendrike und der Mörder«, sagt Veronika fröhlich.

»Und warum hat Frau Tragelehn dann nicht die Polizei eingeschaltet?«

Veronika Dornbusch schweigt und runzelt verdrossen die Stirn.

Ha, erwischt!, lobt sich Schuknecht.

»Ich glaube«, beginnt Veronika zögernd, »sie will den Täter selber zur Strecke bringen. Sie glaubt zu wissen, wer sie gestoßen hat. Ein gefährliches Unterfangen, ohne Zweifel. Aber so ist sie. Hat sich immer schon für sich gehalten, nie auf andere gezählt. Konnte sie ja auch nicht. Ihre Eltern waren eine Katastrophe. Und ihre Tante Käthe größtenteils auch. Hendrike war ein einsames Kind. Hat sich nie jemandem anvertraut. Außer Jean-Luc vielleicht. Und Heinzi. Der konnte ja nichts weitererzählen.«

»Warum hat sie dann ausgerechnet Ihnen von dem angeblichen Stoß berichtet?« Und somit der größten Dorftratsche von Biblinghausen.

»Hat sie ja gar nicht«, antwortet Veronika Dornbusch

triumphierend. »Ich bin ganz allein darauf gekommen.« Sie tippt sich mit dem Zeigefinger an die rechte Schläfe. »Köpfchen muss man haben.«

Schuknecht stöhnt. Er kann nicht anders. »Frau Dornbusch, wie kommen Sie darauf, dass Hendrike Tragelehn den Abhang hinuntergestoßen wurde?«

»Na, weil sie Sophie Schöpper heute Abend auf keinen Fall bei sich haben wollte. Auf gar keinen Fall! Richtig giftig ist Hendrike geworden. Dabei hat Sophie sich im Krankenhaus sehr herzlich und glaubwürdig als Gesellschaft bei ihr angeboten, solange ich hier bei Ihnen sein muss, also sein darf! Allein im Krankenhaus zu sein ist schrecklich deprimierend. Und angesichts der besonderen Umstände wäre Sophie wirklich die ideale Gesellschaft für Hendrike. Als Mutter von drei Kindern kennt sie sich mit so was schließlich aus ...«

»Mit Mordanschlägen?«

»Äh, nein.« Veronika Dornbusch zögert kurz. »Mit Fürsorglichkeit. Sophie ist sehr fürsorglich. Darum glaube ich auch keine Sekunde, dass sie Hendrike einen Hügel hinabstoßen würde. Wozu sollte sie das tun? Selbst, wenn sie wirklich direkt hinter Hendrike den Hügel hinaufgelaufen sein sollte.«

»Das heißt, Sophie Schöpper war zu derselben Zeit im Wald und auf dem Pulvermühlenweg wie Hendrike Tragelehn?«

»Ja. Genau wie Sophie und ich es gestern geplant haben. Wissen Sie, wir wollen dafür sorgen, dass Hendrike von Heinzis Tod abgelenkt wird. Der scheint sie schrecklich mitzunehmen. Darum ist Sophie heute Morgen los, um sie zu dem Lyrikwettbewerb in Dabringhausen einzuladen, obwohl Hieronymus kürzlich einen bösen Abszess hatte und noch geschont werden muss.«

Schuknecht stöhnt erneut: »Und wer ist jetzt dieser Hieronymus?«

»Das Pferd natürlich.« Veronika Dornbusch hebt schnuppernd die Nase. »Sagen Sie mal, was riecht hier eigentlich so komisch? Irgendwie nach gebrannten Mandeln, besser gesagt nach verbrannten Mandeln ...«

Schuknecht springt auf, fuchtelt mit dem Trüffelhobel in der Luft herum. »Meine Lenden verbrennen!«

Er rast zum Herd.

»Ihre Lenden brennen?«, fragt hinter ihm eine erstaunte Veronika Dornbusch. Und wenn er sich nicht sehr verhört hat, kichert sie sogar. Unverschämtheit!

Schuknecht reißt die Ofentür auf. Dunkler Qualm wabert in die Küche. Frau Dornbusch wedelt ihn mit dem Putzlappen weg, wobei sie großzügig Rotweintropfen und Flaschensplitter in der Küche verteilt.

»Das kann doch nicht wahr sein!«, ruft Schuknecht schrill. »Meine Lenden sind verkohlt!«

»Ich würde sogar sagen: Die sind vollkommen verdorrt«, wirft Veronika Dornbusch wenig hilfreich ein.

Schuknecht knallt die Ofentür zu, um den ausweichenden Qualm zu stoppen, und will den Schalter zurückdrehen. Ihm entfährt ein empörter Schrei: »220 Grad! Das kann doch nicht sein. Wer hat denn den Schalter ver...« Er dreht sich langsam um und wirft seinem Gast einen vernichtenden Blick zu.

Veronika Dornbusch weicht mit zur Abwehr erhobenen Händen zurück. »Ich habe den Herd nur höher gestellt, damit es schneller geht. Ich meine, ich habe ordentlich Hunger, wissen Sie! Detektivarbeit ist anstrengend, und wenn ich nichts im Magen habe, kann ich nicht klar denken. Wir haben übrigens einen recht guten Pizzalieferdienst hier. Hasims Bruder betreibt ihn.«

»Dafür«, sagt Schuknecht langsam und nähert sich seiner

Kontrahentin mit vorgestrecktem Trüffelhobel. »Dafür könnte ich Sie umbringen!«

»Damit«, sagt Frau Dornbusch kühl und deutet auf den Trüffelhobel, »könnten Sie mich höchsten zu Tode schälen. Sehr umständlich. Und was Ihr albernes Schwert angeht ...« Sie stockt, schließt kurz den Mund, reißt dafür die Augen auf. »Aber natürlich! Jetzt hab ich es. Deshalb sind Sie hier!«

Schuknecht erstarrt und lässt den Trüffelhobel sinken. »Wie bitte?«

»Na, um zu morden.«

»Was?«

»Aber ja, das würde einiges erklären. Unter anderem ihr albernes Schwert. Handelt es sich um ein richtiges Henkersschwert? Egal, mir wäre ein ortsfremder Mörder jedenfalls lieber als ein ortsansässiger. Für ein Dorf ist ein Mörder aus den eigenen Reihen immer eine Katastrophe, verstehen Sie? Schließlich sind eine Menge Biblinghäuser miteinander verwandt oder verheiratet oder verschwippschwägert. Jedenfalls irgendwie verbandelt. Ein Mörder reißt hier immer eine ganze Sippe mit in den Abgrund! Und in diesem Fall –«

»Frau Dornbusch! Sie haben anscheinend vergessen, dass ich ein Mann der Justiz bin!«

»Keineswegs, Herr Oberstaatsanwalt, keineswegs. Das ist ja das Entscheidende. Das und die Rolle, die sie damals im Prozess um die jugendlichen Brandstifter von Biblinghausen gespielt haben. Keine rühmliche, wenn man Ihrem Vorgesetzten Glauben schenkt.«

Alle Achtung, stutzt Schuknecht, dieses blinde Huhn hat wieder mal ein Korn gefunden. »Sie wissen Bescheid? Seit wann? Woher?«

»Ich habe Internet, mein Lieber! Wie heißt es so schön: ›Powerfrau dank EDV!‹ Die Recherche war etwas mühselig, weil es 1984 ja praktisch keine Computer gab, die irgendwas gespeichert haben. Außer bei der NASA vielleicht. Aber dann habe ich in einem Online-Zeitungsarchiv doch noch eine pdf-Datei mit einem Artikel über Sie und den Prozess entdeckt. Ziemlich reißerisch für meinen Geschmack, aber durchaus informativ. Tja, und der Brief von dem Kölner Bewährungshelfer an Sie war natürlich auch recht aufschlussreich. Es hat allerdings ein Weilchen gedauert, bis ich zwei und zwei zusammengezählt habe.«

»Eins und eins! Verflucht noch mal! Es heißt ›eins und eins zusammenzählen!‹«, brüllt Schuknecht. Er wirft den Trüffelhobel ins Spülbecken und zerrt unter Zuhilfenahme eines Geschirrtuchs seine Rinderlendchen aus dem Ofen.

Frau Dornbusch nickt energisch. »Da sehen Sie es. So was passiert mir auch immer, wenn ich Hunger habe! Mein Gehirn ist dann abgelenkt oder macht sich selbstständig. Die Nummer vom Pizzaservice ist nämlich 22 22. Kann ich mal Ihr Telefon benutzen? Sie sehen auch so aus, als könnten Sie zur Abwechslung mal ein paar Kohlehydrate gebrauchen. Ich kann Ihnen die Pizza Hawaii wärmstens empfehlen. Man kann sie auch mit Thunfisch und Ananas statt mit Schinken bekommen. Oder möchten Sie lieber Nudeln? Spaghetti Carbonara sind sehr gehaltvoll. Sie müssen doch was auf den Rippen haben, wenn Sie unseren Übeltäter – oder unsere Übeltäterin – endlich einen Kopf kürzer machen wollen. Und ich denke, das sollte möglichst bald geschehen.«

16.

Die Abendmesse ist gelesen, der Pfarrer breitet feierlich die Arme aus. Während er den Segen spricht, sieht er aus wie ein Abbild des Gekreuzigten – sieht man davon ab, dass er erzürnt die Stirn furcht. Kein Wunder. Mit infernalischem Scheppern schwingen sich die Glocken von St. Andreas zum Schlussgeläut ein. Neben der Renovierung des Glockenstuhls wäre ein Austausch des betagten Geläutes oder die Erneuerung der Aufhängung eindeutig vonnöten gewesen, denkt Hendrike erschaudernd.

Die Gemeinde springt aus den Bänken und verlässt fluchtartig den Kirchenraum. Den Lippen ihres Hirten entschlüpft mit Blick zum Glockenstuhl ein unheiliger Fluch. Hendrike kann seine Worte unter dem ohrenbetäubenden Krach nicht verstehen, aber die Miene des Pfarrers spricht Bände.

Außerdem hält er sich jetzt die Ohren zu.

Tante Käthes klingendes Vermächtnis ist in der Tat ein grauenhafter Missgriff – oder späte Rache? An Biblinghausen? Gar an Gott? Wer weiß. Tante Käthe war kein Gegner zu groß. Vielleicht war ihr Vermächtnis an die Kirche auch nur einer ihrer schrägen Scherze. Bestimmt hat sie gewusst, wie schräg und schrill die alten Glocken vor ihrem jahrzehntelangen Stillstand klangen.

Hendrike steht die dröhnende Klangabfolge tapfer durch. Ihr Kopf ebenfalls. Er ist in Ordnung. Und dem Himmel sei Dank – auch ihr werdendes Kind hat bei dem Sturz am Morgen keinen Schaden genommen. Darum hat sie sich vor zwei

Stunden selbst aus dem Krankenhaus in Wermelskirchen entlassen. Die Ärzte hätten sie gern für die Nacht dabehalten, aber das ist Unsinn. Morgen ist schließlich Heinzis Beerdigung, und sie musste doch mit dem Pfarrer die Trauerrede besprechen.

Sie hat sich in der Klinik genau durchchecken lassen, eine Gynäkologin konsultiert und ein Ultraschallbild des werdenden Lebens gesehen.

Viel gab es darauf noch nicht zu sehen. Das Ganze erinnerte an die verwackelte Aufnahme eines Graupelschauers mit einem winzigen, aber schon strukturierten hellen Wölkchen, das sich an den unteren Bildrand schmiegt. Sie ist jetzt in der elften Schwangerschaftswoche. Der untersuchenden Ärztin zufolge ist das helle Wölkchen ihr Nachwuchs. Ein Lebewesen von der Größe einer kleinen Pflaume, das bereits ein Gesicht besitzen soll, klar definierte, winzige Finger und ebenso winzige Füße. Es wiegt etwa fünf Gramm, meinte die Ärztin außerdem.

Was Hendrike egal ist.

Diese fünf Gramm Leben sind mit Gold nicht aufzuwiegen. Sie haben jetzt außerdem einen Kosenamen. Wölkchen, was sonst.

»In der zwanzigsten Woche können wir das Geschlecht bestimmen«, hat die junge Ärztin versprochen. Aber Hendrike will es gar nicht wissen. Sie wird nehmen, was kommt. Wölkchen haben kein Geschlecht. Brauchen sie nicht. Sie sind so oder so perfekt, ein Wunder. Hauptsache, das Kind ist gesund. Und sie selbst ist gesund genug, um es sicher auszutragen.

Einzig ihr rechter Ellbogen hat beim Fallen eine haarfeine Fraktur davongetragen. Er steckt in einem blauen Kunststoffverband, ist mit einer Schiene fixiert und schmerzt momentan höllisch. Hendrike will des Kindes wegen keine Schmerztabletten nehmen.

Körperlicher Schmerz ist ihr sogar willkommen, sein Stechen, Ziehen und Pochen erstickt nämlich die maßlose Traurigkeit, die vorhin bei der Besprechung von Heinzis Beerdigung in ihr aufgeschossen ist und nach einem Nistplatz in ihrem Brustraum sucht. Sie will nicht von diesem Kummer überwältigt werden. Kummer macht einsam. Er befleckt alles, was er berührt. Sie presst sich die Fäuste in die Augenhöhlen und reibt hart.

Die Glocken verklingen. Der Pfarrer eilt mit großen Schritten durch den schmalen Mittelgang auf ihre Bank zu.

»Frau Tragelehn, ich verspreche Ihnen, dass die Glocken von St. Andreas bei Heinzis Trauergottesdienst schweigen werden. Mir wäre lieb, sie schwiegen auf immer. Nun, ich habe da etwas arrangiert, um die Sache zu klären.« Er unterbricht sich. »Diesen Lärm hat niemand verdient, den man zur letzten Ruhe bettet. Auch kein Täufling und kein Brautpaar. Ich werde gleich mit meinem evangelischen Amtskollegen sprechen. Wir sind auf ein Bier im Amselhof verabredet. Soll er seine Glocken morgen auf Heinzis letztem Weg läuten lassen. Die evangelischen Glocken von Biblinghausen sind weitaus melodiöser.«

Er seufzt. »Leider.«

Hendrike nickt dankend und will sich erheben. »Sie müssen jetzt hier abschließen, oder?«

»Nein, das macht später der Bestatter. Ich habe ihm die Schlüssel gegeben, weil er den Sarg schon heute Abend aufbahren und den Blumenschmuck arrangieren will. Sie können ruhig noch ein wenig bleiben, wenn Sie möchten.« Der Pfarrer räuspert sich kurz. »Hier stört Sie niemand beim Abschiednehmen. Morgen auf unserem Friedhof wird ja halb Biblinghausen dabei sein. Ziemlicher Auftrieb.«

»Danke«, sagt Hendrike. Der Mann besitzt Einfühlungsvermögen.

Der Pfarrer nickt freundlich. »Diese Kirche hat etwas sehr Tröstliches. Anders als die verflixten Glocken … Ich meine, wir sind Ihrer Tante dankbar für Ihre großzügige Spende, aber …«

»Die Glocken sind wirklich eine Zumutung«, beeilt sich Hendrike, dem freundlichen Mann zu versichern.

»Nun ja, wie auch immer. Nehmen Sie sich so viel Zeit, wie Sie brauchen. Heinzi wird uns allen fehlen.« Er verabschiedet sich mit einem Händedruck.

Hendrike nimmt wieder in der Bank Platz. Diese Kirche ist tatsächlich ein tröstlicher Ort und Biblinghausens Schmuckstück. Auch wenn sie dafür als Teenager keinen Blick hatte. Schon gar nicht mit Tante Käthe an ihrer Seite. Heute ist das anders.

St. Andreas gehört zu den berühmten »bonten Kerken« – den bunten Kirchen, die eigentlich im Oberbergischen Land beheimatet sind. Wie sich dieses Exemplar nach Biblinghausen verirrt und die hiesige Reformation überstanden hat, weiß niemand so recht. Es muss ein paar äußerst sture Biblinghäuser Katholiken gegeben haben. So wie Tante Käthe.

Die kleine dreischiffige Basilika ist weiß getüncht und mit bunten Malereien geschmückt, die aus dem Mittelalter stammen. Ein Jedes hat hier seinen Platz: Engel, Flötenspieler, heilige Jungfrauen, Weise aus aller Herren Länder genau wie Narren in Gestalt von Affen oder tumben Dorfjungen.

Hendrike wendet rasch den Blick ab. Erleichtert findet sie den Teufel im Deckengewölbe, Tante Käthes erklärtes Lieblingsbild. Eine Prozession aus sündhaften Bauern und Mägden, Pfaffen und Lehnsherren, Rittern und Edelfrauen spaziert Satan in den weit aufgerissenen Schlund. Flammen züngeln ihnen entgegen. Auf dem Weg in die ewige Verdammnis werfen die Sünder Ackergerät, Münzen und Geldbeutel von sich. Das nutzt Ihnen aber nichts mehr, sie sind verdammt in alle Ewigkeit.

Mit halbem Ohr hört Hendrike, wie sich die Kirchentür knarrend öffnet und wie sie wieder zufällt. Das wird das Bestattungsunternehmen sein. Sie schließt kurz die Augen, um sich für den Anblick von Heinzis Sarg zu wappnen. Sie öffnet sie wieder. Dafür kann man sich nicht wappnen, da muss man einfach durch und schauen, wie es einem damit geht. Mit dem Tod.

Sie wendet langsam den Kopf. Ihr Herz verkrampft, wird starr wie Eis und entspannt sich sogleich wieder. Fehlalarm!

Wärme schießt in den pumpenden Muskel ein. Das ist eindeutig kein Bestatter, der mit leisem Pfeifen, federndem Gang und einem Werkzeugkasten in der linken Hand den Mittelgang entlangschlendert. Mit der rechten Hand lässt er einen Hammer Saltos in der Luft schlagen, fängt ihn geschickt auf, wirbelt ihn erneut nach oben.

Hendrikes Herz setzt einen Schlag aus, als die Gestalt in das bunte Licht eines Kirchenfensters eintaucht.

Vor Schreck, vor Wut, vor … Hendrike weiß es nicht. Will es nicht wissen. Für einen Moment trifft ihr Blick den des späten Besuchers.

Diese Begegnung verheißt Unheil.

17.

»Der Mörder hat Ihnen einen Brief geschrieben, in dem er seine Taten angekündigt hat?« Veronika Dornbusch ist fassungslos. Davon hat sie wirklich nichts gewusst. Rein gar nichts.

Schuknecht nickt. »Ja. Er hat mich hierher eingeladen, als Zeuge dafür, dass ein Justizirrtum nach dreißig Jahren endlich gesühnt wird.«

»Unglaublich. Darauf wäre ich nie im Leben gekommen. Zu ärgerlich, wo ich doch extra eine Postfiliale führe, um auf dem Laufenden zu sein! Na ja, von dem Brief konnte ich natürlich nichts wissen. Ich nehme an, der hat Sie in Hamburg erreicht?«

Schuknecht nickt erneut. »Vor einem halben Jahr. Darum bin ich hergezogen.«

Veronika Dornbusch wischt sich mit einer Papierserviette Pizzasoße aus den Mundwinkeln und greift sich ein neues Stück aus dem Pappkarton. Lecker.

»Was stand denn genau drin in dem Brief?«, fragt sie und beißt herzhaft zu.

Schuknecht klappt seinen Pizzakarton auf und starrt mit einer Mischung aus Ekel und Faszination auf seine Thunfischpizza mit doppelt Käse. Den doppelten Käse hat sie extra für ihn bestellt. Thunfisch allein macht doch niemanden satt.

»Die schwimmt ja in Öl«, sagt Schuknecht entsetzt. Er klappt den Karton zu, nimmt einen Schluck Rotwein. »Diese kulinarische Katastrophe dürfte ungefähr zweitausend Kalorien haben!«

»Wenn das mal reicht«, sagt Veronika munter kauend. »So, und jetzt raus damit: Was stand in dem Brief?«

»Nicht viel«, erwidert Schuknecht zögernd. »Nur etwas in dem Sinne, dass der Schreiber ...«

»... oder die Schreiberin«, wirft Veronika ein. »Frauen können so was auch, und was anonyme Briefe angeht, sind wir Meisterklasse.«

»Frau Dornbusch, bitte benutzen Sie Ihren Mund ausnahmsweise nur zum Essen, wenn Sie mehr von mir erfahren möchten.«

Gott, kann der streng gucken!

»Okay, okay«, Veronika wedelt beruhigend mit den Händen. »Essen Sie Ihre Pizza nicht? Könnte ich dann ...«

»Bedienen Sie sich.« Schuknecht schiebt ihr seinen Karton unter die Nase. »Zurück zum Brief. Jemand will – ich zitiere – ›in Biblinghausen für Gerechtigkeit sorgen, weil die Staatsanwaltschaft im Fall der Brandstifter von Biblinghausen 1984 das Gegenteil getan hat‹.«

»Interessant. Und stimmt das?«, hakt Veronika nach.

Schuknecht runzelt die Stirn. »Man hat mich von dem Fall frühzeitig abgezogen, wie Sie vielleicht wissen.«

Veronika schüttelt den Kopf. Nein, davon stand nichts in dem Artikel, den sie gestern Nacht entdeckt hat. »Ich habe nur gelesen, dass Sie kurz vor Prozessbeginn ein paar ziemlich unkluge Interviews gegeben haben, in denen Sie Zweifel an der Schuld der angeklagten Jugendlichen, an der Arbeit der Kripo und an den Beweisen Ihres direkten Vorgesetzten andeuteten. Hat Ihrem Chef wohl nicht gefallen, oder?«

»Staatsanwälte sind mitunter eitle Mimosen.«

»Ach, tatsächlich?« Diesen Einwurf kann sie sich nicht verkneifen. Schuknecht übergeht ihn.

»Meine Einlassungen vor der Presse haben meinem Vorgesetzten überhaupt nicht gefallen. Im Nachhinein muss ich sagen: zu Recht. Die Interviews waren ein klassischer Fall von Nestbeschmutzung. Es war ein dummer Versuch von mir. Ich wollte ihm meine Ansicht mit dem Holzhammer eintrichtern«, entgegnet Schuknecht.

»Und damit haben Sie sich dann eine Strafversetzung eingehandelt?«, fragt Veronika.

»Unsinn. So läuft das nicht. Ich erhielt lediglich eine Art Redeverbot und wurde von dem Fall abgezogen. Ein halbes Jahr nach der Sache habe ich selbst um meine Versetzung in eine andere Abteilung nachgesucht. Später bin ich an die Universität gewechselt. Mir wurde klar, dass ich kein Mann für die juristische Praxis bin.«

Hm, wenn das mal alles so stimmt. Veronika runzelt die Stirn. Irgendetwas Entscheidendes verschweigt dieser Mann noch. Mal sehen, ob ein paar Komplimente den lieben Lothar in Geständnislaune versetzen. »Wenn Sie Zweifel an der Schuld der Jugendlichen hatten, war es ein sehr nobler Versuch, die Anklage schon im Vorfeld auseinanderzunehmen. Hochanständig, geradezu heroisch«, sagt sie. »Sie haben dafür eine Menge aufs Spiel gesetzt.«

»Nein, mein Verhalten war kopflos und kontraproduktiv. Ich habe mich hinreißen lassen. Ich hatte keinerlei Beweise für die Unschuld der Beklagten, es war lediglich eine vage Ahnung, die einen der Jugendlichen betraf.« Er nimmt sich gedankenverloren ein Stück Pizza. »Es gab private Gründe für mein unverzeihlich kopfloses Verhalten.«

Oho. Das wird ja immer interessanter, findet Veronika Dornbusch. Jetzt beißt er sogar in die Pizza.

»Also mit Ahnungen und Eingebungen habe ich persönlich ja immer die besten Erfahrungen gemacht«, sagt sie freundlich und schiebt den Pizzakarton näher an Schuknecht heran.

Kaum zu glauben, der nimmt ein zweites Stück.

»Erzählen Sie doch mal, was Sie damals ins Stutzen gebracht hat«, fordert sie ihn mit einladendem Lächeln auf. »Gab es andere Verdächtige?«

Schuknecht schüttelt kauend den Kopf. »Nein, gab es nicht. Der Fall sprach eindeutig gegen die Beklagten. Sie hatten schon zuvor an verschiedenen Stellen im Umkreis des Klinikgeländes gezündelt, Aussichtsbänke und Grillhütten angesteckt. Die Beweiskette war überaus schlüssig. Darüber hinaus hat in der letzten Brandnacht keiner von ihnen den geringsten Versuch unternommen, die Polizei oder die Feuerwehr zu verständigen, nachdem sie den Brand der alten Hofschaft entdeckt hatten.«

Veronika schüttelt unwillig den Kopf. »Das will nichts heißen. Damals gab es noch keine Handys, und diese Nebengebäude lagen mitten im Wald. Weit ab vom eigentlichen Haupthaus oder irgendeiner Telefonzelle. Statt nach einem Telefon zu suchen, haben einige Jugendliche doch außerdem versucht zu helfen. Sie konnten immerhin Heinzi und ein Kind aus dem brennenden Haupthaus rausholen. Ich glaube, ein kleines Mädchen. Oder war es ein Junge? Egal, sie haben jedenfalls ihr Bestes gegeben.«

Schuknecht seufzt. »Wenn ich doch nur Zugang zu den Akten bekäme, um alles noch einmal genau nachzulesen! Zu ärgerlich, dass Sie mit Ihren überstürzten und unklugen Mordanzeigen Enderlins Hilfsbereitschaft überstrapaziert haben.«

Der Käse zieht Fäden zwischen seinen Fingern und seinem Mund.

»Igitt!«, ruft Schuknecht entsetzt aus und lässt die Pizza fallen. »Habe ich das gerade etwa gegessen?«

»Ja, und es hat Ihnen geschmeckt. Heißer Käse ist ungemein tröstlich.«

»Unfug!« Schuknecht wischt sich energisch die Finger ab und greift zu seinem Rotweinglas.

Verdammt, jetzt ist er ihr entwischt! Da bleibt nur der direkte Weg. »Was hatten Sie 1984 denn für Gründe, sich wider besseres Wissen für die Brandstifter einzusetzen?«

»Private«, wehrt Schuknecht schroff ab. »Entscheidend ist, dass ich den Beschuldigten mit meinen Vorabinterviews einen Bärendienst erwiesen habe. Mit schwerwiegenden Folgen für sie.«

»Oh, verstehe«, sagt Veronika. »Sie denken sicher an den Tod dieses einen Täters, dieses Jungens namens ...«

»Felix Herrnhof. Er hat sich kurz nach Prozessende in der Jugendstrafanstalt erhängt. Im Abschiedsbrief hat er seine Unschuld eindringlich beteuert. Er war gerade mal siebzehn!«

»Zwei weitere Täter sind mittlerweile auch tot, oder? Sie sind nach der Haftstrafe hoffnungslos abgerutscht. Unrettbar verloren. Einer hat sich mit einem geklauten Auto stockbetrunken zu Tode gefahren, der andere ist an irgendwelchen Drogen gestorben. Dabei war er dank unserer Suchtklinik vorher wieder sauber, hatte eine Lehre angefangen und eine fabelhafte Prognose. Meines Wissens haben also nur zwei der damals Beklagten überlebt.«

Schuknecht nickt, hält inne, furcht die Stirn. »Woher wissen Sie das denn schon wieder ... Ach, ich vergaß: Sie haben ja den Brief von Naumann gelesen.«

»Macht Ihnen ziemlich zu schaffen, der Tod dieser Brandstifter.«

»Dieser Kinder! Es waren Kinder, die man als Bestien abgestempelt und erbarmungslos vorverurteilt hat«, ergänzt Schuknecht mit einer Heftigkeit, die Veronika Dornbusch erstaunt und erfreut.

Ja, es freut sie, dass dieser Mann endlich einmal Emotionen

zeigt, die Interesse an seinen Mitmenschen verraten und – wenn sie sich nicht täuscht – Mitgefühl. Mitgefühl für die Jugendlichen, die Biblinghausen und der Rest der Welt am liebsten gelyncht hätten. Wobei sich mancher Biblinghäuser sicher klammheimlich gefreut hat, dass dank der Brandtragödie das Aus für die Suchtklinik von Biblinghausen diskutiert wurde. Die Klinik war so manchem ein Dorn im Auge, und ihre endgültige Schließung schien kurz bevorzustehen.

Sie streckt ihre Hand aus und legt sie über die von Schuknecht. Es klebt immer noch Käse an seinen Fingern. Macht nichts. »Ich verstehe Sie gut«, sagt sie. »Ich habe ein paar Artikel über die angeblichen ›Bestien von Biblinghausen‹ gefunden. Weiß der Teufel, wie die Jungs diese schreckliche Hetzkampagne gegen sich erlebt haben. Volkes Seele kochte. Ein Wunder, dass die Biblinghäuser damals nicht mit Pechfackeln und Galgenstricken zur alten Suchtklinik gezogen sind, um die letzten Insassen zu lynchen. Die haben einigen der jungen Patienten regelrecht aufgelauert, um sie im Wald zu vermöbeln. Dass es dabei Verletzte gab, war den Zeitungen kaum eine Randnotiz wert.«

»In der Tat«, sagt Schuknecht.

Er zieht seine Hand unter der ihren hervor und schenkt sich Wein nach. Seine Hand zittert ein wenig. Ganz sicher nicht, weil er Alkoholiker ist.

Warum dann?, fragt sich Veronika Dornbusch. »Sie sind ein leidenschaftlicher Freund von Gerechtigkeit, oder?«

Schuknecht schüttelt den Kopf und verzieht angewidert den Mund. »Das ist Unfug!«

Wie ist das zu verstehen?

Er erklärt es, ohne dass sie nachfragen muss: »Ich kann mit dem Begriff Gerechtigkeit nichts anfangen, Veronika. Er ist unscharf, viel zu gefühlslastig, von Zeiten und Moden abhängig. Jeder Mensch versteht darunter etwas anderes. Juristen machen da keine Ausnahme. Mir aber geht es um die universelle Ordnung. Die natürliche Ordnung der Dinge ist das oberste Gesetz! Mit der voreiligen Verurteilung dieser jungen Menschen ist sie empfindlich gestört worden. Mit Folgen, die wir heute zu spüren bekommen. Das wiederum ist das Naturgesetz von Ursache und Wirkung.«

Veronika seufzt und legt nachdenklich den rechten Zeigefinger an die Nasenspitze. »Kommen wir auf den Brief an Sie zurück. Sie glauben also, dass jemand die Verurteilung der angeblichen Brandstifter sühnen will?«

Schuknecht schaut sie prüfend an. »Daran dürfte kaum ein Zweifel bestehen. Zumal der Mörder mir mit dem Brief eine Liste seiner geplanten Opfer geschickt hat. Eine vorläufige Liste, wie er angemerkt hat. Die bislang Genannten sind damals allesamt als Hauptzeugen der Anklage aufgetreten. Etwa Hammelfuß in seiner Funktion als Leiter der ehrenamtlichen Feuerwehr.«

»Ach, wie interessant! Stand Hendrike auch auf der Liste?«

»Ja, und sie war ebenfalls Zeugin der Anklage«, sagt Schuknecht. »Eine Hauptzeugin.«

»Wer steht denn noch so auf dieser Liste?«

»Im Moment noch ein einziger Name.«

»Und wie lautet der? Wir müssen den Betreffenden doch warnen!«

»Unnötig, er weiß Bescheid.«

»Wer: Er?«

»Das möchte ich Ihnen vorläufig nicht sagen.«

»Warum?«

»Weil Sie, Frau Dornbusch, nicht immer Herrin Ihres Redeflusses sind, um es vorsichtig auszudrücken.«

»Wenn ich will, kann ich schweigen wie ein Grab.« Veronika presst die Lippen zum Beweis fest aufeinander.

Schuknecht ebenfalls.

Mist!

Dann muss sie sich wohl aufs Raten verlegen. Oh, Moment, da fällt ihr etwas anderes ein. »Sie müssen sich irren!«, sagt sie bestimmt. »Heinzi kann unmöglich auf der Liste gestanden haben!«

»Doch, doch, er steht darauf. Er galt natürlich als nicht zurechnungsfähig, wurde aber versuchsweise vernommen. Nicht vor Gericht, nur bei der Kripo. Er galt kurzfristig sogar als dringend tatverdächtig. Schließlich befand er sich in dem brennenden Haus, wo er nichts zu suchen hatte. Einzig seine Mutter Käthe Tragelehn passt nicht ins Bild. Weshalb ich mich schwertue, bei ihrem Tod an einen Mord zu glauben.«

»Es war Mord«, beharrt Veronika verstimmt. »Sie muss etwas gewusst haben, was dem Täter hätte gefährlich werden können. Käthe hat ihr Leben lang hier gelebt, sie hat jede Neuigkeit aufgesogen wie ein vertrockneter Schwamm und hatte ein Elefantengedächtnis. Ich wette, sie hat den Täter bei irgendetwas Verdächtigem beobachtet, oder sie hat ihn erkannt!«

Schuknecht streicht sich mit den Fingern seiner Rechten nachdenklich über den Mund. »Hm. Das wäre eine Möglichkeit. Schließlich dürfte sie ihn tagtäglich von ihrem Fenster aus gesehen haben.«

»Welchem Fenster?«

»Einem der Fenster ihres Hauses, die direkt auf den Marktplatz hinausgehen und auf …«

»… den Amselhof«, ergänzt Veronika verblüfft. »Meinen Sie etwa …« Sie schüttelt den Kopf. Schuknechts Schlussfolgerung gefällt ihr nicht. Überhaupt nicht.

»Weiter! Ihr Scharfsinn ist erstaunlich«, drängt Schuknecht.

»Sie meinen unseren Lukas Dreissler?«

»Der sich inzwischen Jean-Luc Durant nennt, 1984 zu den Mitangeklagten zählte und der bei Weitem intelligenteste Bursche von allen war. Ich habe ihn nicht wiedererkannt, obwohl ich sein Jugendfoto natürlich aus den Prozessakten kannte. Er hat sich stark verändert. Dieses Belmondo-Gesicht hat wenig Jugendliches, aber seit ich seinen richtigen Namen erfahren habe, weiß ich Bescheid.«

»Woher haben Sie seinen richtigen Namen denn?«

»Von Ihnen. Erinnern Sie sich nicht? Am Morgen von Hendrikes Ankunft sind Sie in den Amselhof gekommen und haben nach einem Lukas gerufen. Das war ein wichtiger Hinweis. Vor allem, nachdem Jean-Luc – wir wollen ihn der Einfachheit halber weiter so nennen – mir verraten hatte, dass er in Wermelskirchen geboren wurde.«

Veronika ist bestürzt. »Verflixt, ich hatte Lukas, also Jean-Luc versprochen, ihn nicht zu verraten! Er will hier doch ganz neu anfangen. Sein Amselhof ist eine solche Bereicherung für unser Dorf.«

»Sie haben mit Ihrem Patzer der Sache gedient, das sollte Sie trösten«, entgegnet Schuknecht. »Felix Herrnhof, der sich später in seiner Zelle erhängt hat, war übrigens Jean-Lucs bester Freund. Was Jean-Luc ein Motiv gibt. Er hat in Briefen an Felix und an meinen Vorgesetzten nach dem Prozess Rache geschworen. Damit scheint er es ernst gemeint zu haben.«

»Jean-Luc ein Mörder? Nein, das kann ich nicht glauben!«, protestiert Veronika. »Das will ich nicht glauben. Er war immer ein so aufgewecktes Kind. Ein kleiner Kämpfer, wissen Sie? Ich mag kleine Kämpfer. Er hatte einen sehr schwierigen Vater, und die Mutter, nun ja, sie war so ein geborenes Opferlamm. Eigentlich eine tödliche Kombination für Kinder, aber Jean-Luc hat sich nicht unterkriegen lassen – nicht von seinem prügelnden Vater und nicht von dem Prozess damals. Verdammt, es gefällt mir überhaupt nicht, dass er der Mörder sein soll!«

»Mir gefällt es auch nicht, schließlich werde ich auf seine vorzüglichen Kochkünste verzichten müssen, falls es uns gelingt, Beweise für seine Taten zu finden«, erwidert Schuknecht. »So, und nun sollten wir einen kleinen Verdauungsspaziergang unternehmen. Zum Hollerhof.«

Veronika runzelt die Stirn. »Wieso das? Ich habe dort alles gründlich abgesucht. Und nur Ihre komischen Seidenfäden gefunden.« Sie wirft ihm einen scharfen Blick zu. »Warum lagen die eigentlich da herum?«

Schuknecht erhebt sich bedächtig. »Ich mache auf der Lichtung der alten Hofschaft gelegentlich meine Tai-Chi-Übungen.«

»Wenn Sie gerade mal nicht nach dem Kiefernprachtkäfer suchen, nehme ich an«, wirft Veronika spitz ein.

Schuknecht übergeht die Anspielung. »Ich nutze gern die Holzenergie des Waldes. Das Element Holz steht im Fengshui für Selbstvertrauen, erfolgreiche Planung und Handlungsimpulse. Jetzt kommen Sie schon, ich möchte die Bewohner des Hollerhofs befragen.«

»Jean-Lucs Russen? Wozu?«

Schuknecht verdreht die Augen. »Das ist doch wohl eindeutig. Ich will wissen, ob Jean-Luc heute Morgen auf der Spitze der Hügelkuppe stand oder ob er Hendrike aus dem Hollerhof zu Hilfe geeilt ist, wie Sie anzunehmen scheinen. Diese Russen müssen es wissen. Ach, übrigens, was treiben die eigentlich da unten in dem Haus? Und warum nennen Sie die Männer ›Jean-Lucs Russen‹?«

»Sie brennen Wodka und destillieren Obstbrände für ihn. Es sind Künstler auf diesem Gebiet. Einer hat sogar ein Diplom dafür. Hat Jean-Luc Ihnen noch nie seinen fabelhaften *Framboise* oder diesen einmaligen Birnengeist spendiert?«

»Nein«, entgegnet Schuknecht steif.

Oh, jetzt sieht er gekränkt aus. Schwer gekränkt.

Schuknecht verschwindet in seinem Wohnzimmer.

»Ja, hm, also ... Das ist wirklich ein Verbrechen!«, ruft Veronika ihm hinterher. »Ich meine, das war äußerst nachlässig von Jean-Luc, wo Sie doch sein Stammgast sind.«

»Waren, meine Liebe, ich *war* sein Stammgast«, sagt Schuknecht, als er wieder in der Küche auftaucht. »Ich pflege nicht bei potenziellen Mördern zu speisen.«

»Was wollen Sie denn mit dem Schwert?«

»Ich möchte gewappnet sein«, sagt Schuknecht. »Falls es ungemütlich wird.«

»Diese Russen sind ungemein freundliche Menschen«, entrüstet sich Veronika.

»Mag sein, aber unser Mörder ist es nicht.«

»Haben Sie etwa Angst vor Jean-Luc?«

»Mit meinem Darn Jian in der Hand ist mir diese Emotion fremd, Frau Dornbusch.«

18.

Jean-Lucs Augen gleiten im Dämmerlicht der Kirche über Hendrikes Körper, bleiben an ihrem geschienten Arm hängen, fahren zurück in ihr Gesicht, verweilen dort, während er anerkennend nickt. »Ich wusste immer, dass in dir eine seltene Schönheit steckt! Es freut mich, dass du das auch erkannt hast. Die grünen Kontaktlinsen sind allerdings übertrieben. Deine echte Augenfarbe ist hübscher, weniger aufdringlich, dafür geheimnisvoller. Deine Augen habe ich immer besonders gern gemocht. Du solltest dazu stehen.«

Wie bitte?

Hat er das gerade wirklich gesagt?

Sie will keine Komplimente. Nicht von Lukas Dreissler.

Gott, wie sie diesen Kerl hasst! Immer noch. Aus tausend Gründen. Aus guten Gründen. Mit Lukas hat alles angefangen. Nein, nicht alles. Nur ihre Biografie als sehnsüchtiges, gefühlsblindes, peinliches Moppelchen, als ewig hungrige Verliererin in Sachen Liebe.

Lukas ist – war – für sie nicht irgendein Junge, sondern *der* Junge. Diesem Kerl gehören auf immer all ihre kostbaren ersten Male. Lauter Meilensteine einer schmerzhaften, verstörenden Jugend: die erste Verliebtheit, der erste Kuss und ein bisschen mehr, die erste Ahnung von Freiheit, der erste Rausch, der erste heimliche Nachtausflug, weg von Tante Käthe. Lukas hat ihr vor Jahren eine vage Hoffnung darauf vermittelt, dass Glück möglich sein könnte. Sogar für sie ... ach was!

Lukas gehört auch ihr erster herzbrechender Liebeskummer. Der, von dem man meint, man könne ihn unmöglich überleben. *The first cut is the deepest*, um Cat Stevens zu zitieren.

Aber das war längst nicht alles.

Als absolute Krönung hat sie ihm ihren ersten und bislang einzigen Auftritt in einem Strafprozess um Mord oder Totschlag in fünf, nein sechs!, Fällen zu verdanken. Die Frau, die bei dem Brand in den Nebengebäuden der alten Suchtklinik umkam, war schließlich schwanger.

Ihr Unterleib zieht sich zusammen. Sie musste als Zeugin der Anklage aussagen, galt kurzfristig sogar als Mitverdächtige, später als heimtückische, rachsüchtige Denunziantin. Das hat sie Lukas Dreisslers Anwalt zu verdanken, der sie nach allen Regeln der Kunst auseinandergenommen, vor aller Welt bis auf die Knochen blamiert und ihr das Herz aus dem Leib gerissen hat, um öffentlich darauf herumzutrampeln. So wie zuvor Lukas.

Der sie noch immer anstarrt.

Rasch wendet Hendrike den Kopf ab. Hin zum Altar. Sie kniet sich auf die Betbank, faltet die Hände. Eine Trauernde im Gebet darf niemand ansprechen. Nicht einmal Lukas Dreissler wird das wagen.

Irrtum.

»Wie geht's deinem Ellbogen?«, fragt er, während er sich in der Bank hinter ihrer niederlässt. Er schafft es sogar, einen Ton milder Besorgnis zu imitieren. In ihrem Rücken knarrt das Holz ihrer Banklehne. Wahrscheinlich hat er seine Füße daraufgelegt. Dieser Mann hat vor nichts und niemandem Respekt. Schon gar nicht vor ihr. Ein leises Scheppern verrät, dass er den Werkzeugkasten absetzt.

Was hat er mit einem Werkzeugkasten in einer Kirche zu suchen? Egal, egal, egal! Hendrike bemüht sich inbrünstig um innere Einkehr. Sie wird sich doch an eines der Gebete erinnern, die Tante Käthe ihr als Kind eingetrichtert hat. Zumindest an das Vaterunser.

Vater unser, der du bist ..., murmelt Tante Käthes Stimme in ihrem Kopf. Bei *Vergib uns unsere Schuld* bleibt sie hängen. Hendrike ebenfalls. Wie geht es ab da weiter?

Leider gar nicht.

Stattdessen fällt Hendrike nur noch *Komm, Herr Jesu, sei unser Gast, und segne, was du uns bescheret hast* ein. Ein Tischgebet. Himmel! Kaum sieht sie Lukas, setzt ihr Verstand aus, und Minuten später denkt sie ans Essen. An üppig gedeckte Tafeln im Stil von Käthe Tragelehn. An Kaffeetafeln mit Bergen von Waffeln, Milchreis mit Zimtzucker, heißen Kirschen, Schwarzbrot, Sahnequark, Bauernschinken, samtiger Leberwurst, Schwarzbrot.

Ihr Magen knurrt. Sie drückt rasch die Hand dagegen. Jetzt gluckert es auch noch.

»Ist dir schlecht? Musst du wieder ins Krankenhaus?«, fragt Lukas. Er klingt ein wenig alarmiert. Gleichzeitig scheint er im Werkzeugkasten zu kramen.

»Verschwinde, ich bete!«, zischt Hendrike, ohne sich umzudrehen.

»Oh, aha. Na, kann ja nie schaden. Dann werde ich das auch mal tun. Irgendwelche speziellen Wünsche für Heinzi? War ein prima Kerl. Alles in allem. Für den Rest konnte er nichts.«

Hendrike kommt nach oben und dreht sich hasserfüllt um. Dieser Kerl hat die Dreistigkeit besessen, sich ebenfalls hinzuknien. Er schlägt sogar ein Kreuz.

Mit dem Hammer in der Hand.

»Mit dem Tod eines Menschen treibt man keine blöden Scherze, Lukas!«, empört sich Hendrike. »Und auch nicht mit Gebeten. Leg diesen verfluchten Hammer weg!«

Er tut es. Widerwillig. »Ich scherze nicht, *ma chère*, ich bin hier ehrenamtlicher Küster und katholisch.«

»Seit wann denn das?«

»Seit wann schon? Seit meiner Taufe natürlich. Meine Mutter war, wie du weißt, Belgierin mit französischen Wurzeln und streng gläubig. Nicht ganz so gläubig wie deine werte Tante, aber immerhin.«

»Ach, und darum nennst du dich neuerdings Jean-Luc?«

»*Oui*, denn das ist mein Taufname. Jean-Luc Durant.«

»Durant? Du hast immer Dreissler geheißen, nicht Durant! Was soll das?«

»Durant ist der Familienname meiner Mutter. Sie hat ihn nach dem Tod meines Vaters wieder angenommen. Genau wie ich. Ich hätte diesem Arschloch auch liebend gern seinen Anteil an meinem Genpool zurückgegeben, aber Gene sind leider vom Umtausch ausgeschlossen. Der eingedeutschte Lukas war ohnehin nur ein Zugeständnis meiner Mutter an ihn. Nach unserer Rückkehr nach *la belle Belgique* hat *Maman* sich eines Besseren besonnen. Es würde mich übrigens freuen, wenn du mich künftig ebenfalls Jean-Luc nennst. Vergiss den albernen Lukas.«

Hendrikes Mund wird zu einem bitteren Strich. »Fällt mir nicht schwer, dich zu vergessen. Egal, unter welchem Namen: Jean-Luc, Lukas und nicht zu vergessen dein Spitzname Lucky. Aber nur, wenn du dir das blöde Moppelchen abgewöhnst.«

»Abgemacht. Wir beide fangen also noch einmal ganz von vorne an?«

Nur das nicht, denkt Hendrike.

»Schließlich verbindet uns eine Menge.«

»Tatsächlich?« Hendrike hebt erzürnt die Brauen.

»Natürlich. Wir haben doch beide Erfahrungen damit, von

den eigenen Eltern als lästiger Störenfried betrachtet zu werden. Oder von den lieben Nachbarn als Schwerverbrecher.«

»Ach ja? Ich fühle mich in Biblinghausen sehr willkommen«, erwidert Hendrike und dreht sich rasch wieder zum Altar.

»Schön für dich. Ich bin in Biblinghausen nicht immer so höflich behandelt worden, wie ich es mir gewünscht oder verdient hätte.«

Du spielst also noch immer das Unschuldslamm, denkt Hendrike halb verblüfft und halb genervt, sagt es aber nicht. Es wundert sie noch heute, dass das Gericht diesen Kerl hat laufen lassen. Als Einzigen der Angeklagten.

Ausgerechnet ihn, den schlimmsten von allen!

Sie kennt die Wahrheit, auch wenn er sie nach wie vor verweigert. Und das verdammt gekonnt. Mit einer kalt lodernden Flamme gerechten Zorns in seinen grauen Eiswürfelaugen. Widerwärtig! Dem hätte ein wenig von Tante Käthes Moralerziehung gutgetan. »Keine Peitsche schneidet so scharf wie der Hieb der Schuld«, hat sie immer gesagt. Lukas »Jean-Luc« Lucky ist gegen Peitschenhiebe des Gewissens jedoch immun. Dieser abgefeimte Lügner! Und Mörder. Selbst, dass er Heinzi vor dem Flammentod gerettet hat, wiegt seine Schuld nicht auf. Nicht in ihren Augen.

Hendrikes Blick fährt zum Teufel im Gewölbe empor. *In deinen auch nicht, oder?*

»Ich muss gehen, es ist spät«, sagt sie hastig und schiebt sich aus der Kirchenbank.

Jean-Luc schnellt elastisch wie ein Springteufel in die Höhe. »Wolltest du nicht noch etwas mit mir besprechen?«

»Ich wüsste nicht, was.« Hendrike eilt auf die Kirchentür zu.

»Na, den Leichenschmaus im Amselhof!«, ruft Jean-Luc ihr

hinterher. Seine Stimme hallt von den Kirchenwänden wider. »Was soll ich vorbereiten? Welche Getränke möchtest du? Es kommen sicher an die siebzig Gäste. Sogar unser lieber alter Gemeinderat Schöpper hat sich angesagt. Kommt anscheinend extra aus Brüssel.«

»Mach irgendwas. Du wirst schon wissen, was in Biblinghausen ankommt.«

»*Oui*, das weiß ich«, antwortet Jean-Luc. »Ich würde mich trotzdem gern einmal ausführlich mit dir unterhalten. Nicht übers Essen, sondern über alte Zeiten. Es gibt da einige spannende Themen zwischen uns. Wir sollten sie endlich klären. Findest du nicht?«

Hendrikes Hand legt sich auf die Klinke der Kirchentür. Sie spürt ihre Anspannung in jedem Knöchel ihrer Finger.

»Ich weiß nicht, wovon du sprichst«, lügt sie, während ihr dummes, unbelehrbares Herz sie bei der Tür verharren lässt.

»Oh, ich denke an dies und das«, sagt Jean-Luc. »Wir haben eine Menge zusammen erlebt.«

Zu viel, eindeutig zu viel. Und nur das Falsche. »Ich bin keine Freundin sentimentaler Rückbesinnung«, sagt Hendrike schnell und drückt entschlossen die schwere Klinke. Mordsschwere Klinke. Ist ja auch aus Bronze. Außerdem ist ihr der geschiente Arm im Weg.

»Bon«, stimmt Jean-Luc zu. »Geht mir genauso. Erinnerungen halten schrecklich auf. Man kann darin feststecken wie in Treibsand. Darum würde ich auch lieber über unsere Zukunft sprechen.«

Hendrike lässt die Klinke fahren. Sie spürt, dass sie erbleicht, dreht sich ungläubig um, kann nicht anders, muss nachfragen. »Unsere Zukunft?«

Sein unverschämtes Grinsen hat er nicht verlernt. Es gab eine Zeit, in der sie dieses Grinsen für quasi gottgleich gehalten hat. Genau wie die feinen Härchen auf seinen Ohrläppchen, die verwegene Krümmung seiner Nase, sogar seine schiefen Zähne. Aber vor allem dieses Lächeln, das sich verlockend über seinem Gesicht ausbreiten konnte wie ein frisch aufgeschlagenes Spiegelei in der Pfanne. Na prima, sie schaut diesen Kerl nur ein paar Sekunden an und hat schon wieder nur eins im Kopf: Essen.

Anders als Lukas Jean-Luc, der ist anscheinend noch immer mit ihrer gemeinsamen Zukunft beschäftigt.

Das ist grotesk.

»Als Geschäftspartner, *ma chère*«, erklärt er. »Ich denke, dass du Käthes Haus bald veräußern möchtest, oder? Was willst du schon mit einer lästigen Immobilie in einem Kaff wie Biblinghausen? London ruft! Deine Karriere. Vielleicht auch ein Mann und *l'amour*?« Er macht eine kurze theatralische Pause und ein fragendes Gesicht.

Hendrike schweigt.

»Ah, ich sehe«, fährt Jean-Luc fort. »Kein Mann. Wie merkwürdig. Bei deinem Aussehen. Hier hast du bereits die Hälfte der männlichen Dorfbewohner in Aufruhr versetzt, sogar den scheuen Friedestrom. Womit du einen nicht unerheblichen Teil der weiblichen Bevölkerung in ewige Todfeindinnen verwandelt hast. Dafür besitzt du Talent. Ganz wie deine Tante Käthe früher. Die war auch ein ziemlicher Feger, bevor sie sich in einen bigotten alten Besen verwandelt hat, nicht wahr? Sie wäre sicher stolz auf dich. Ihr großzügiges Testament beweist, dass sie trotz allem, was damals passiert ist, große Stücke auf dich gehalten hat.«

Hendrike schließt gequält die Augen. »Wovon sprichst du Idiot eigentlich?«

»Von deinem Erbe natürlich! Ich bin bereit, dir einen sehr guten Preis für das Haus zu zahlen. Ich würde sogar sagen, ich biete einen exorbitant guten Preis. Schließlich waren wir einmal Freunde. Sogar mehr als das.«

Er macht eine bedeutungsvolle Pause, die Hendrike ignoriert.

»Bis du dem Ganzen ein pikantes Ende gesetzt hast«, fährt Jean-Luc mit einer Stimme fort, die zu seinen Eiswürfelaugen passt. Sie klirrt. »Schwamm drüber, ich kann vergeben und vergessen. Wie wäre es mit einem Glas Champagner auf eine neue, bessere Zukunft für uns? Komm mit in den Amselhof. Du wirst es nicht bereuen.«

Hendrike greift wieder zur Klinke, umklammert sie. Wenn sie sich jetzt nicht festhält, wird sie in die Luft gehen wie das legendäre HB-Männchen.

»Wie kommst du darauf«, sagt sie und lässt sich Zeit für jedes Wort, jede Silbe, »dass ich Tante Käthes Haus verkaufen möchte?«

Sie dreht sich langsam zu ihm um.

Jean-Luc hat seine Kirchenbank verlassen, steht im Mittelgang, umstrahlt von buntgefärbten Sonnenstrahlen, und lächelt wie ein drittklassiger TV-Koch, der in einer Dauerwerbesendung Pfannenwender an Hausfrauen verscherbeln will. Er redet auch so. »Ah, meine Liebe, was sollte eine Frau von Klasse, Welt und deinem Aussehen schon mit einem alten, verfallenen Fachwerkhaus im Bergischen Land anfangen? Deine Welt ist London, Harvey Nichols, Liberty, Harrod's, der Sloane Square. Darauf wirst du doch nicht verzichten wollen.«

»Du irrst dich«, unterbricht Hendrike ihn scharf. »Meine Welt ist von nun an Biblinghausen und meine Pension. Du warst derjenige, der immer von hier weg wollte. Ganz egal, wie. Ich nicht. Ich wäre gerne bei Tante Käthe und Heinzi geblieben.«

»Welche Pension?«, fragt Jean-Luc und wirkt völlig verblüfft.

In etwa so verblüfft, wie Hendrike sich gerade fühlt.

Oh ja, sie hat sich soeben selbst überrascht.

Das fühlt sich erstaunlich gut an.

»Ich spreche von meiner geplanten Pension«, sagt sie. »Vom ›Kutscherhaus‹. Das war Tante Käthes Haus schließlich einmal.«

Die Pension war bis eben nicht mehr als eine vage Idee, eine Spinnerei, ein Traum, der durch Heinzis Tod völlig in den Hintergrund gedrängt worden war. Jetzt ist die Idee offiziell in der Welt. Hendrike reckt das Kinn. Mit einem Mal meint sie es ernst damit. Verdammt ernst. Ihr Kind braucht ein Zuhause, sie selbst braucht ein Zuhause. Und der einzige Ort auf dieser Welt, der diese Bezeichnung zumindest in Ansätzen einmal verdient hat, ist für sie Biblinghausen. Biblinghausen war nicht nur ihre persönliche kleine Hölle.

»Du kannst hier keine Pension eröffnen«, wirft Jean-Luc mit mühsam unterdrückter Wut ein.

»Ich wüsste nicht, wer mir das verbieten kann.«

Jean-Luc findet zu seinem Grinsen zurück. »Zum Beispiel deine Finanzen.«

Ganz ruhig bleiben, bleib ruhig, befiehlt sich Hendrike. »Was weißt du schon über meine Finanzen!«

»Genug. Wenn ich Veronika richtig verstanden habe, bist du derzeit arbeitslos. Fristlos gekündigt. Am Ende. Anders wäre deine Anwesenheit hier wohl kaum zu erklären. Du hasst Biblinghausen.«

Verfluchte Veronika! Sie wird sich künftig hüten, dieser Klatschzentrale auf zwei Beinen etwas anzuvertrauen. Es sei denn, es handelt sich um Gerüchte, die sie gern verbreitet wissen will.

»Ich habe Ersparnisse«, erwidert Hendrike so würdevoll und kühl wie möglich. »Ich werde das Kutscherhaus in sechs Monaten eröffnen«, setzt sie entschlossen hinzu. »Das Haus hat großes Potenzial und steckt voller kurioser Möbel und Sammlerstücke. Allein der ehemalige Schankraum ist Gold wert.«

Jean-Luc schüttelt energisch den Kopf. »Du hast nicht die geringste Ahnung vom Gastgewerbe, oder?«

»Das kann man sich erarbeiten. Wie heißt es so schön? ›Wer nichts wird, wird Wirt.‹ Sieht man doch an dir.«

»Ah, ich verstehe, du willst den Preis hochtreiben.«

»Keineswegs.« Hendrike redet sich in Fahrt. »Ich werde übrigens auch Frühstück servieren. Vielleicht sogar preiswerte Mittagsgerichte und auf jeden Fall Abendessen. Kost für hungrige Wanderer mit viel Appetit. Veronika glaubt, dass Biblinghausen das Zeug zu einem Geheimtipp für großstadtmüde Touristen hat. Ich glaube das auch.«

Lukas tut ihr den Gefallen, ehrlich entsetzt auszusehen. »Das kannst du nicht tun«, murmelt er. »Ich brauche das Haus. Bitte, überleg es dir noch mal. Ich gehe mit dem Preis rauf. Deutlich. Oder ich miete es. Dann hast du ein dauerhaft sicheres Einkommen. Was hältst du davon?« Er setzt einen Bettelblick auf, der Luther Konkurrenz machen könnte.

Hendrike bewältigt die Klinke und stößt die Kirchentür auf. »*À bientôt*, Lukas, *pardon*, Jean-Luc!«

Gut gemacht, lobt sie sich, während sie in den kleinen Kirchhof und die wärmende Abendsonne hinaustritt. Besser kann es nicht mehr werden.

Aber schlimmer.

»Hendrike«, hält Jean-Lucs Stimme aus dem Kircheninneren sie zurück. Eine Stimme aus Waffenstahl, durch den Hall im Gewölbe machtvoll verstärkt. »Ich erinnere dich ungern daran, aber du schuldest mir was.«

Hendrike wendet sich kurz um. »Ich wüsste nicht, was«, sagt sie wegwerfend.

Jean-Luc ist mit wenigen Schritten bei ihr im Kirchhof. Schaut auf sie hinab. Groß war er auch schon immer, verdammt groß. Und bedrohlich. Seine Augen sind jetzt schwarz vor Zorn. »Zum Beispiel den Rest meiner Jugend, meinen besten Freund, und wenn es nicht zu altmodisch klänge, würde ich hinzufügen: meine Ehre! Aber lassen wir das. Eine Erklärung für das, was du mir vor dreißig Jahren angetan hast, würde mir fürs Erste genügen.«

Hendrike öffnet fassungslos den Mund, schüttelt den Kopf, weicht vor ihm zurück. »Was ich dir angetan habe? Ich? Dir?«

Jean-Luc nickt knapp.

»Das ist mit Abstand das Unverfrorenste und Dümmste, was du je von dir gegeben hast, Lukas. Ausgerechnet du! Hast du dich je gefragt, was du mir und meiner Familie angetan hast? Deinetwegen ist Heinzi damals fast ums Leben gekommen. Deinetwegen hat meine Tante mich rausgeworfen. Mit dreizehn Jahren. Meine Eltern haben mich danach in lauter beschissene Internate gesteckt. Ich war für sie eine Aussätzige. Dank dir! Dein Anwalt hat mich vor Gericht dastehen lassen wie ein hinterhältiges, drogensüchtiges, notgeiles Flittchen, wie eine, eine …« Nein, »Hure« sagt sie jetzt nicht. Das war albern und ist es noch und wird es auf immer bleiben.

Tonlos fährt sie fort. »Dieses miese Schwein hat sogar angedeutet, dass Heinzi und ich bei der Brandstiftung mit von der Partie waren. Wem bitte wurde hier die Jugend versaut? Wäre ich damals nicht mit dir in den Wald gegangen, sondern bei Heinzi geblieben, wäre das alles nie passiert. Ich hätte dir niemals vertrauen dürfen, niemals …«

Verdammt, gleich geht ihre Stimme in die Knie, sie zittert

bereits vernehmlich. Hendrike will sich umdrehen, sie muss hier weg, aber Jean-Luc fasst sie bei ihrem gesunden Arm, reißt sie zu sich herum.

»Warum hast du damals vor Gericht gegen mich ausgesagt? War es wegen Heinzi? Warum wolltest du mich ins Gefängnis bringen? Hat deine Tante dich dazu gezwungen?« Seine Augen bohren sich in die ihren. Sie versucht verzweifelt, seine Hand abzuschütteln.

Jean-Luc hält sie mit eisernem Griff.

»Nein!«, schreit Hendrike und schnappt nach Luft. »Ich habe ausgesagt, weil du ein Mörder bist«, platzt es aus ihr heraus.

»Das bin ich nicht!«, schreit Jean-Luc und stößt ihren Arm so heftig von sich weg, dass Hendrike nach hinten taumelt. Gegen einen Grabstein. Ausgerechnet. In ihrem geschienten Arm blitzt Schmerz auf, wie ein Stromschlag fährt er durch ihren Körper. Gegen ihren flammenden Zorn kommt er trotzdem nicht an.

»Mir kannst du nichts vormachen«, zischt sie. »Ich habe dich und deine verdammte Clique mit eigenen Augen durch die brennenden Gebäude rennen sehen.«

»Herrgott noch mal! Wir haben versucht, ein paar von den Leuten aus dem verdammten Haus rauszuholen. Unter anderem Heinzi!«

»Wie nobel.« Hendrike schnaubt.

»Verdammt, ich hab ihn da rausgeholt. Für dich! Und ich hatte eins von den Kindern auf dem Arm. Du hast mir selbst geholfen, es wiederzubeleben.«

»Ein Kind, dem ihr vorher das Haus über dem Kopf angezündet habt. Ihr habt ein Feuer gelegt, bei dem sein Vater, seine schwangere Mutter und seine beiden Geschwister umgekommen sind! Erstickt, verbrannt, verkohlt bis zur Unkenntlichkeit. Erinnerst du dich noch an den Geruch? Dir verdanke ich, dass ich mit dreizehn Jahren den Gestank von Tod kennengelernt habe und ihn nie mehr vergessen werde. Nie mehr!«

Jean-Lucs Kopf zuckt zurück. Er erstarrt. Für einen Moment schaut er sie stumm und mit wachsender Verachtung an.

Was fällt dem ein, sie zu verachten?

Jetzt nickt er. »Ich habe mich immer gefragt, ob du mir so etwas tatsächlich zutrauen würdest«, sagt Jean-Luc langsam. »Ich habe geglaubt, dass du alles nur wegen Heinzi und deiner verrückten Tante getan hast, aber du glaubst das wirklich. Oder? Du glaubst, dass ich unschuldige Menschen töten könnte!«

Er schließt kurz die Augen. »Mein Gott, und ich habe gedacht, du wärst anders. Wenigstens du.« Den letzten Satz spuckt er ihr geradezu vor die Füße.

Hendrike tastet hinter sich nach Halt, erwischt das bemooste Haupt eines Grabsteins. »Ich glaube nicht, dass du ein Mörder bist.« Sie macht eine Pause, weidet sich an seiner Verblüffung. »Ich weiß es!«

»Du *weißt* es?« Jean-Luc lacht trocken auf. »Du weißt gar nichts. Du bist doch erst bei dem Haus aufgetaucht, als es lichterloh brannte und der Dachstuhl bereits einkrachte. Genau wie ich. Die Jungs aus der Klinik waren auch nicht viel eher da.«

»Das sagst du! Das Gericht hat es anders gesehen.«

»Man hat sie reingelegt, begreif es endlich. Man hat uns alle reingelegt.«

»Ach ja? Und was ist mit der Turnhalle der Klinik, die zwei Wochen vorher in Flammen aufgegangen ist? Und mit der Grillhütte? Man hat Spritzbestecke, die Mütze von Felix und zig andere Beweise in den verkohlten Trümmern gefunden.«

»Verdächtig viele Spuren, findest du nicht? Welche Trottel würden derartig viele Beweise hinterlassen?«

»Durchgeknallte Junkies und andere Drogenfreaks!«

Jean-Luc schüttelt den Kopf. »Es war keiner von den Jungs. Hendrike, wir haben keins der Gebäude angesteckt. Auch nicht die alte Hofschaft. Die schon gar nicht. Meine Kumpel waren an diesem Abend viel zu weggetreten, um auch nur ein Streichholz anzureißen. Vom sachgemäßen Ausbringen eines Brandbeschleunigers ganz zu schweigen. Irgendwer hat ihnen kistenweise Cola mit einer Scheißdroge darin untergejubelt. Uns allen. Und außerdem: Warum hätten sie diese unbewohnte Bruchbude anzünden sollen?«

»Sie war nicht unbewohnt!«

»Nein, war sie nicht. Aber sie war wegen der geplanten Sanierung abgesperrt.«

»Und damit prima geeignet für ein bisschen Zündelei.«

»Hendrike, du spinnst, wir wollten an dem Abend nur feiern und abhängen.«

»Der Richter hat anders geurteilt«, unterbricht ihn Hendrike kalt.

»Der Richter war ein Arschloch. Genau wie die verdammten Journalisten, die Bullen und die Staatsanwälte. Der Prozess war eine Farce, die Urteile standen lange vorher fest. Die haben nicht mal verhindert, dass unsere Fotos vor dem Prozess in den Zeitungen abgebildet wurden. Als ›Bestien von Biblinghausen‹. Ohne Blendbalken.«

»Diese Arschlöcher haben dich immerhin freigesprochen, und in der Presse bist du als Retter gefeiert worden«, kontert Hendrike hasserfüllt.

Jean-Luc schnaubt. »Es war ein Freispruch zweiter Klasse. Aus Mangel an Beweisen. Meine Kumpel hatten weniger Glück. Vor allem Felix. Ist eben Pech, wenn man bereits eine

Drogenkarriere und ein paar andere Dummheiten hinter sich und Biblinghausen und den Rest der Welt gegen sich hat. Wenn mein Anwalt dich nicht auseinandergenommen und Sophie mir kein Alibi gegeben hätte, wäre ich ebenfalls dran gewesen.«

Hendrike wirft den Kopf in den Nacken. »Dann danke Gott, und sei zufrieden. Ich würde meine Aussage jederzeit wiederholen, weil ich weiß, was für ein mieser, niederträchtiger Lügner du bist. Das hast du mir an diesem Abend bereits auf eine Art und Weise bewiesen, die kaum misszuverstehen war.«

Schon gar nicht, wenn man zum ersten Mal in seinem Leben verliebt ist und das Gleiche vom anderen denkt. Denken muss. Schließlich hat Lukas Himmel und Hölle in Bewegung gesetzt, um sie an diesem Abend erst in den Wald zu locken und dann weg von der Party in die Waldhütte, um mit ihr allein zu sein, wie er behauptet hat. Und das waren sie auch. Für den allerersten Kuss ihres Lebens, aber ganz sicher nicht seinen allerersten Kuss. Dazu war der Kuss zu gut, zu überzeugend, zu umwerfend. Genau wie alles andere, was folgte.

Es war ein grausamer Akt der Täuschung.

Kaum zwanzig Minuten später hat Lukas ihr drastisch vor Augen geführt, was für ein mieser, gewissenloser Verräter er sein kann. Vor einem johlenden Publikum. Einer seiner Kumpel hat sogar Fotos davon geschossen. Mit Sophie Schöppers Polaroid-Kamera.

Gut, das Ganze hatte nicht die Dimension von Stephen Kings *Carrie*. Das weiß Hendrike selbst. Immerhin ist sie nicht von einem abgefeimten Arschloch zum Highschool-Ball eingeladen worden, um in einem weißen Kleid mit einem Eimer Schweineblut übergossen zu werden, aber was Lukas ihr angetan hat, war nicht minder demütigend. Vor allem, weil sie anstelle eines Ballkleides nichts trug.

Rein gar nichts.

Das war auf der Polaroid-Aufnahme von ihr deutlich zu sehen. Von aller Welt. Sogar im Gerichtssaal, wo das Foto als Beweisstück diente. Auch in einigen Boulevardzeitungen wurde es gezeigt. Lediglich ihre Augen und ihre Scham waren mit Blendbalken versehen. Sie, das Moppelchen, stand nackt im Wald und musste mit ansehen, wie und in wen Lukas tatsächlich verliebt war. Genau wie Heinzi und ein betrunkenes, bekifftes oder sonst wie zugedröhntes Publikum. Es mag ja sein, dass Lukas ein Publikum in dieser Größenordnung nicht eingeplant hatte oder das Foto, aber er hätte damit rechnen können. Und Lucky-Arschloch-Lukas hätte sie davor beschützen müssen. Davor und vor allem, was folgte.

Jean-Lucs Augen verengen sich zu Schlitzen. Er stößt einen leisen Pfiff aus. »Oh, verstehe, es ist wegen der Sache mit Sophie, nicht wahr? Was hast du davon überhaupt mitbekommen?«

»Alles!«

»Was alles? Na los, antworte mir.«

Nein. Auf keinen Fall. Sie hat schon viel zu viel gesagt, ist zu tief in ihre Erinnerungen abgetaucht und hat viel zu viel von dem gefühlt, was sie nie mehr fühlen will. So viel zum Thema, den Teufel an die Wand malen.

»Hendrike, warum hast du mich damals nicht gefragt, was zwischen mir und Sophie an dem Abend passiert ist? Warum hast du nie auf die Briefe geantwortet, die ich dir hinterher geschrieben habe?«

»Welche Briefe?«

»Dutzende! Und dazu die ganzen verdammten Kassetten, die ich dir aufgenommen habe.«

»Kassetten?«

»Jacques Brel! Gesungen von Klaus Hoffmann. Sämtliche

Schmachtballaden hoch und runter. Deine erklärten Lieblingslieder. Sag bloß, du hast sie dir nie angehört?«

»Nein, habe ich nicht!«, schreit Hendrike.

Weil es keine Kassetten gab. Oder gab es die etwa doch? Besser nicht. Schmachtballaden von Jacques Brel und Klaus Hoffmann hätten sie in ihrer damaligen Situation umgebracht. Eine einzige Zeile von *Ne me quitte pas* würde heute noch genügen, um sie in ein heulendes Jammerbündel zu verwandeln.

»Reden statt Rache wäre eine gute Alternative gewesen, Schätzchen«, stößt Jean-Luc verächtlich hervor.

»Du kannst mich mal! Mir reicht, was ich mit eigenen Augen gesehen habe.«

»Aha, du hast davon in etwa so viel mitbekommen wie von meiner angeblichen Brandstiftung. Also nichts!«

»Du kotzt mich an!« Hendrike stößt sich von dem Grabstein ab, rennt los. Ihr geschienter Arm schlägt schmerzhaft gegen ihre Rippen. Zur Hölle damit! Ein paar Schritte weiter muss sie einem offenen Grab ausweichen. Das wird Heinzis Grab sein.

Ein Schluchzer stiehlt sich von wer weiß woher in ihre Kehle. Sie schlägt einen Bogen, ihre Füße prallen auf Buckelpflaster. Endlich passiert sie die schmiedeeiserne Kirchhofpforte, läuft auf die abschüssige Straße, achtet nicht auf die Flüche, die Jean-Luc ihr hinterherschickt, presst den Ellbogen fest gegen ihren Körper.

Keuchend und mit zusammengebissenen Zähnen erreicht sie wenige Minuten später den Marktplatz. Am Schöpper-Brunnen in der Platzmitte schaut sie sich zum ersten Mal um. Die Straße hinter ihr ist leer. Der Asphalt glänzt im Abendlicht.

Sie schöpft Wasser aus der Brunnenschale, spritzt es sich ins Gesicht. Ihr Blick fliegt noch einmal zurück, die Kirchstraße hinauf. Jean-Luc scheint ihr tatsächlich nicht zu folgen. Besser so. Besser für ihn.

Sie hätte kein Problem damit, ihn hier mitten auf dem Marktplatz und vor ganz Biblinghausen noch einmal als das zu entlarven, was er ist. Ein feiger Brandstifter. Ein Betrüger. Ein Lügner. Das in jedem Fall. Darin kann sie sich nicht täuschen. Ganz egal, was er behauptet.

Sie überzeugt sich ein weiteres Mal, ob Jean-Luc auf dem Kirchhof zurückgeblieben ist. Muss er wohl. So wichtig ist ihm seine Verteidigung also nicht.

Und sein Lokal anscheinend auch nicht. Sie dreht den Kopf kurz zum Amselhof. Nicht viel los heute Abend. Nur zwei Fenstertische sind besetzt. An einem sitzen der katholische Pfarrer und ein weiterer Mann mittleren Alters. Muss sein evangelischer Amtsbruder sein. Beide sind in ein lebhaftes Gespräch vertieft. Am anderen Tisch serviert eine Blondine einem einzelnen Gast eine Flasche Wasser und einen Salat. Oh, das ist ja der junge Friedestrom. Er schaut auf und lächelt strahlend, macht eine einladende Geste, deutet auf den Stuhl ihm gegenüber.

Rasch schüttelt Hendrike den Kopf. Friedestrom verzieht bedauernd den Mund, will den harmlosen Flirtversuch verlängern. Einen Moment ist Hendrike versucht hineinzugehen. Ein wenig Ablenkung täte ihr wirklich gut.

Nein, nicht heute, entscheidet sie. Nicht nach dieser beschissenen Begegnung mit ihrer Vergangenheit. Und schon gar nicht am Tag vor Heinzis Beerdigung. Sie wird den Abend ruhig und allein verbringen.

Sie löst sich von dem Brunnen. Ja, beschließt Hendrike, sie wird in Stille Abschied nehmen, ganz wie vorhin vom Pfarrer empfohlen. Vielleicht kann sie später noch einmal in die Kirche schlüpfen, um an Heinzis Sarg …

Ein Auto hupt sie energisch zur Seite. Hendrike springt auf

den schmalen Bürgersteig vor Tante Käthes Haus. Verärgert schaut sie einer schwarzen Luxuslimousine mit belgischem Kennzeichen hinterher, die mit reichlich überhöhter Geschwindigkeit davonbraust. Angeber!

Moment mal, Belgien? Das kann nur der alte Schöpper sein. Das Auto nimmt Kurs auf Sophies Domizil am Ende der Dorfstraße: eine historische Fabrikantenvilla mit viel zu vielen Türmchen und Schieferschindeln. Ein Zeugnis für die Großmannssucht der Schöpper-Sippe, genau wie der dämliche Brunnen.

Sie stapft die Auffahrt hoch, kramt nach dem Türschlüssel.

Im Haus schlägt Luther an.

»Schon gut, ich bin's!«, ruft Hendrike ihm entgegen. Das Drohgebell geht in freudiges Gewinsel über. Hendrike muss schlucken. Dieser Hund ist unfassbar rührend.

Oh verdammt, da steht ja schon wieder ein Kuchen vor der Tür! Sie bückt sich. Ein durchweichter Zettel ist unter den Griff der Tortenhaube geklemmt. Sie stutzt kurz. Wieso ist der durchweicht? Hat es noch einmal geregnet, während sie in der Kirche war? Sie linst in den blauen Abendhimmel. Keine Wolke in Sicht. Hm, Hauptsache es regnet morgen während der Beerdigung nicht. Sie zieht den feuchten Zettel heraus, entfaltet ihn. Die Botschaft ist knapp. Herzchen fehlen diesmal.

Wir müssen reden. Bald.
Sophie

»Du kannst mich mal«, knurrt Hendrike. Sie schließt die Tür auf und schiebt den Kuchen mit dem Fuß in den Windfang.

Luther trabt ihr auf seinen Riesenpfoten entgegen, stoppt vor dem Kuchen ab und beschnuppert ihn begeistert.

»Kuchen ist nichts für dich, Luther!«

Riesiger Hundeseufzer. Bettelblick.

»Okay«, murmelt Hendrike völlig erschöpft. »Morgen früh kriegst du ein Stück! Aber nur ein klitzekleines, sonst wirst du blind und fett.«

Sie jedenfalls wird von diesem Kuchen nichts essen. Nicht von einem Kuchen, den Sophie Schöpper ihr vor die Tür gestellt hat. Sie lupft den Deckel. Obwohl der Kuchen verdammt verlockend aussieht. Sie mag Kirschkuchen mit Sahne.

Wölkchen anscheinend auch, wie das Knurren ihres Magens verrät.

19.

Der Kirchhof von St. Andreas platzt aus allen Nähten. Halb Biblinghausen gibt Heinzi das letzte Geleit. Wirklich eine beachtliche Prozession, die dem Sarg aus der Kirche folgt. Geschultert haben ihn sechs Männer aus dem Dorf. Darunter Friedestrom und Jean-Luc. Der Weg zum Grab ist kurz. Heinzi wird Aussicht auf das Kirchenportal haben.

Eine seltene Ehre, die sicher Käthe Tragelehns großzügigem Vermächtnis zu verdanken ist. Von dem bekommt man heute allerdings seltsamerweise nichts zu hören. Der Kirchturm von St. Andreas schweigt. Stattdessen läuten am anderen Ende des Dorfes die Glocken der evangelischen Kirche.

Das ist merkwürdig, aber durchaus erfreulich, findet Schuknecht. Schließlich ist er ein Freund musikalischen Wohlklangs. Gerade heute wären ihm Misstöne unerträglich, weil ihm gewaltig der Schädel brummt und sein Lendenwirbelbereich hart wie ein Brett und äußerst bewegungsempfindlich ist.

Die Anstrengungen der vergangenen Nacht fordern ihren Tribut. Er ist nicht mehr der Jüngste, auch wenn er sein Schwert durchaus schwungvoll zu führen weiß. Oh ja, sehr schwungvoll und sehr präzise. Sein Tai-Chi-Lehrer wäre zufrieden mit ihm. Sein Rücken spricht eine andere Sprache. Der verlangt nach Mozart, dem Sofa und einem Heizkissen.

Oh, ah, nun lassen die Träger den Sarg in die Erde hinab. Der Pfarrer hebt zum »Erde zu Erde, Staub zu Staub« an, sprengt Weihwasser, die Trauergemeinde reiht sich hinter einem Hügelchen Graberde auf, in dem eine zierliche Schaufel steckt.

Schuknecht zieht sich tiefer in den Schatten einer Eibe zurück, um die Gesichter der Anwesenden zu studieren. Trauer überwiegt in den meisten Mienen. Feierlicher Ernst und rote Augen.

Man kann diesem Abschied eine gewisse Würde nicht absprechen, und die kollektive Trauer scheint auch Hendrike Tragelehn Halt zu geben. Sie steht sehr aufrecht am offenen Grab, unterdrückt ein Händezittern, als der Pfarrer ihr als Erster die Grabschaufel übergibt, und sticht entschlossen in den Hügel. Erde pladdert auf den Sargdeckel.

Kurz verweilt Hendrike vor der Grube, bückt sich, zupft mit ihrer gesunden Hand eine weiße Rose aus einem bereitstehenden Bukett und wirft sie hinein. Dann tritt sie zurück, um anderen Gelegenheit zum feierlichen Abschied zu geben.

Schuknecht sucht die Reihe der Wartenden nach bekannten Gesichtern ab. Es sind einige darunter, die er kennt. Die meisten interessieren ihn nicht. Er ist hier, um Ausschau zu halten nach …

»Wo ist Veronika?«, fragt jemand hinter ihm.

Schuknecht dreht sich seinem Rücken zuliebe möglichst bedächtig, aber – zugegeben – ein wenig erschrocken um. »Ah, guten Morgen Jean-Luc.«

Der Wirt vom Amselhof steht unmittelbar hinter ihm. Kann sich verdammt gut anschleichen, der Bursche. Verdächtig gut.

»War Veronika nicht gestern Abend bei Ihnen zum Essen eingeladen?«, fragt Jean-Luc unter Umgehung einer Begrüßung.

»Äh, ja, ja. Das war sie in der Tat«, stottert Schuknecht. »Sagen Sie mal, müssen Sie nicht zurück in die Küche? Wegen des Leichenschmauses?«

Jean-Luc winkt ab. »Den habe ich gestern Abend vorbereitet. Kalte Fleischplatten, Käse, Brot und Bier. Die Biblinghäuser haben einen unkomplizierten Geschmack, und Hendrike soll bei der Sache nicht arm werden. Also, wo ist Veronika? Ich muss sie dringend sprechen.«

Oho, warum das denn?, fragt sich Schuknecht. Interessant.

Und bedenklich. Veronika Dornbusch ist nämlich nicht zu sprechen. Für niemanden.

»Ich befürchte, unsere gemeinsame Freundin leidet an einer kleinen Magenverstimmung«, sagt er. »Sie musste sich gestern sehr plötzlich von mir verabschieden.«

Jean-Luc hebt erstaunt die Brauen. »Haben Sie sie mit Ihrem Essen vergiftet?«

»Ich muss doch sehr bitten!« Schuknecht muss sich zusammenreißen, um nicht die Beherrschung zu verlieren. »Das ist ein ziemlich makabrer Scherz, Herr Durant – oder soll ich Dreissler sagen!«

Jean-Luc atmet heftig aus. »Ah, Sie wissen es also auch schon. Hat Veronika mal wieder geplaudert? Sie hatte mir zugesagt, das zu unterlassen. Na, egal, dann wäre das zwischen uns schon mal geklärt. Nennen Sie mich, wie Sie wollen. Und jetzt möchte ich wissen, wo Veronika steckt. Trotz einer Magenverstimmung wäre sie die Letzte, die sich dieses Begräbnis entgehen ließe.«

»Ich bin nicht Frau Dornbuschs Gouvernante!«

»Ich habe heute Morgen bei ihr geklingelt. Sie hat nicht geöffnet. Seither mache ich mir ein wenig Sorgen.«

»Das ist nett, aber sicher unnötig«, sagt Schuknecht abweisend.

»Sie sehen übrigens selbst recht mitgenommen aus. Ziemlich bleich. Leiden Sie ebenfalls unter Übelkeit? Gab es Fisch zum Abendessen?«

»Nein, Pizza.«

»Von Hasims Bruder? Hm, die ist gewöhnlich recht anständig. Für eine Pizza.«

»Nun, sie war etwas mächtig«, erwidert Schuknecht, der froh ist, vom Thema Veronika ablenken zu können. »Ich denke, ich werde nachher beim Leichenschmaus ein kleines Verdauungsschnäpschen nehmen. Sie sollen hervorragende Brände haben, wie man mir versichert hat. Vor allem für Stammgäste.«

»Aber nicht für Staatsanwälte«, antwortet Jean-Luc und dreht sich abrupt um.

»Eine Frage noch«, hält Schuknecht ihn zurück. »Der Mann in Schwarz, ist das Gemeinderat Schöpper?«

Jean-Luc wendet den Kopf. »Hier tragen so gut wie alle Männer Schwarz, Herr Oberstaatsanwalt. Die Frauen übrigens auch. Das ist auf Beerdigungen üblich.«

Schuknecht macht eine – wie er hofft – unauffällige Kopfbewegung in Richtung von Sophie. »Ich meine den Mann hinter der jungen Frau Schöpper. Ist das ihr Vater?«

Jean-Luc nickt. »Ja, das ist der alte Schöpper. Warum?«

»Nun, wir haben uns beim Kauf meines Hauses leider nie persönlich kennengelernt. Ich würde ihn gern einmal zu mir einladen.«

»Zum Essen? Wie Veronika? Dann sollte ich ihn vielleicht besser warnen.«

»Hören Sie mit diesen dummen Scherzen auf!«

»Gern, mir fällt auch keiner mehr ein. Ich werde mich jetzt mal um die kalten Platten kümmern. Und keine Bange: Pizzahäppchen sind nicht drauf.«

Der Kerl ist wirklich eine Zumutung, findet Schuknecht, auch wenn er wie ein junger Gott kocht. Na, Hauptsache, er ist weg. Zeit, sich mit Schöpper bekannt zu machen. Er löst sich aus dem Schatten des Baumes und geht gemessenen Schrittes auf den alten Herrn zu.

Eleganter Anzug, den er da trägt. Sehr feines Tuch, wenn er auch etwas verschossen ist und die Hosen leicht verbeult wirken. Na, Schöpper wird sich ohnehin bald einen neuen leisten müssen. Livy, die kleine Bienenkönigin, steht nämlich summend hinter ihm und verunstaltet den angejahrten Anzug mit etwas, das nach lila Klebstoff mit Glitzerstaub aussieht. Den bekommt selbst die beste Reinigung nicht heraus. Das scheint auch Livys Großvater zu ahnen, als er die Bescherung entdeckt.

»Was machst du jetzt schon wieder!«, rüffelt er seine Enkelin. »Sophie!«, ruft er nach der Mutter. »Sophie, halt mir dein unmögliches Blag vom Leib!«

Livy bricht in wenig glaubhafte Tränen aus. Ihre Mutter greift nach ihrer Hand und zieht sie stumm vom Großvater weg, der sich erleichtert einem Grüppchen Dörfler zuwendet, die offenbar etwas mit ihm zu besprechen haben.

»Eine Heinzistraße für Biblinghausen ... hm«, sagt Schöpper, als Schuknecht an seine Seite tritt. »Das ist eine ausgezeichnete Idee. Allerdings wäre das Genehmigungsverfahren recht aufwendig. Wie wäre es, wenn ihr euch auf einen Heinzipfad beschränkt. Ein Straßenschild könnt ihr überall anfertigen lassen. Wisst ihr was, ich spendiere das Schild sogar! Und ihr stellt es neben dem Feldweg bei Käthe Tragelehns Haus auf. Da fragt niemand groß nach. Und ich komme zur Einweihung. Will mich hier ohnehin wieder öfter blicken lassen. Heinzi hat mir immer viel bedeutet ... äh, wie uns allen.«

Seine Gesprächspartner gucken zweifelnd und verabschieden sich.

»Herr Schöpper, darf ich mich vorstellen?«

Der alte Herr dreht sich zu Schuknecht um. Schöpper ist wie Schuknecht selbst ein Mann um die siebzig, trägt aber die Spuren eines Politikerlebens, in dem das Kulinarische stets ein wesentlicher Teil der Entscheidungsfindung gewesen sein muss. Er ist ohne Zweifel übergewichtig, und die schlaffe, über den Wangenknochen grobporige und rotgeäderte Haut verrät den Freund hochprozentiger Getränke. Und die Schuppen auf seinen Anzugschultern einen Hang zu gewissen Nachlässigkeiten bei der Körperpflege. So viel Schuppen bei so wenig Haaren.

Schöpper setzt ein seifiges Lächeln auf, besinnt sich dann aber, dass er Gast einer Beerdigung ist und wählt eine staatstragende Betroffenheitsmiene. »Guten Tag, Herr ... Gehören Sie auch zu Heinzis Freunden? Tja, dann mein herzliches Beileid!«

Schuknecht muss ein Stirnrunzeln unterdrücken. Der Mann scheint gar nicht zu merken, was für eine selten dumme Satzkombination ihm gerade gelungen ist.

»Sind Sie vielleicht ein entfernter Verwandter?«, macht der alte Herr unbekümmert weiter.

»Nein, nein, keineswegs. Ich bin Lothar E. Schuknecht, der Käufer Ihres Bungalows. Ich wollte die Gelegenheit nutzen, um mich einmal persönlich bei Ihnen vorzustellen. Wir hatten ja nie das Vergnügen.«

»Ah, angenehm. Und gefällt Ihnen das Haus? Alles zu Ihrer Zufriedenheit? Es wurden damals nur die allerbesten Baumaterialien verwendet. Echte Profiarbeit. Ich hatte als Mitglied des Bauausschusses immer gute Kontakte zu den hiesigen Firmen. Ist mir sehr schwergefallen, mich von dem Anwesen zu trennen, der Garten war mein eigenes Werk. Ah, es geht nichts über Gartenarbeit. So entspannend. Wenn ich könnte, würde ich noch immer dort leben. Die Lage ist unbezahlbar.«

»Da haben Sie zweifelsohne recht«, bestätigt Schuknecht spitz und in Gedanken an die völlig überzogene Kaufsumme, die er gezahlt hat. Sein spitzer Unterton entgeht Herrn

Schöpper. Typisch Politiker. Kein Ohr für feine Zwischentöne.

»Herr Schöpper, ich würde Sie gerne für heute Nachmittag auf einen Kaffee in den Bungalow einladen, damit Sie sehen, was ich aus dem Haus und vor allem aus Ihrem Garten gemacht habe«, sagt er.

»Nun, das ist eine reizende Idee, aber leider kaum einzurichten«, windet sich der alte Schöpper und schaut sich demonstrativ nach Gesprächspartnern um, die ihn von diesem Gespräch erlösen könnten. »Oh, hallo, Dr. Friedestrom«, grüßt er über Schuknechts Kopf hinweg den jungen Arzt. »Na, führen Sie Fachgespräche mit Kollege Meiswinkel? Ich habe übrigens gute Nachrichten wegen der neuen Schweinepestrichtlinien für Sie, Meiswinkel.«

Schuknecht lässt sich nicht abwimmeln und vertritt dem Politiker den Weg zu den Ärzten. »Bleiben Sie länger im Dorf?«, fragt er.

»Wo denken Sie hin! Ich muss spätestens Donnerstag zurück in Brüssel sein«, sagt Schöpper entsprechend geschäftig. »Auch wenn es immer wieder angezweifelt wird: Man hat als EU-Politiker reichlich zu tun. Wenn Sie mich bitte entschuldigen würden. Ich möchte gerne einige alte Bekannte begrüßen und danach zur Trauerfeier in den Amselhof.« Er reckt den Hals. »Sophie, warte bitte auf mich!«, ruft er erneut über Schuknechts Kopf hinweg und versucht, den lästigen Fragesteller beiseitezuschieben.

Nicht mit mir, denkt Schuknecht grimmig. »Ich kann Sie auch im Haus Ihrer Tochter aufsuchen«, schlägt er vor.

Schöppers Gesicht verschließt sich abrupt. »Ich logiere nicht bei meiner Tochter.«

Aha, scheint keine traute Familie zu sein, merkt sich Schuknecht. »Verstehe«, sagt er laut. »Dann schlage ich vor, dass wir unser Gespräch verlegen. Morgen, am Dienstag, kann ich leider nicht. Habe einen Termin in Köln. Sagen wir also Mittwochnachmittag. Ich erwarte Sie gegen zwei.«

Schöppers Miene verfinstert sich. »Da bin ich bereits vergeben, tut mir leid.«

»Dann nehmen wir den Donnerstag.«

»Verehrter Herr Schuknecht, da muss ich wirklich nach Brüssel zurück. Mir bleibt in meiner Position bedauerlich wenig Zeit für private Plaudereien.«

»Das geht mir ähnlich«, wirft Schuknecht ungerührt ein. »Wir müssen auch nicht sonderlich privat werden. Genau genommen möchte ich mit Ihnen nur über die Brandstifter von Biblinghausen sprechen.«

Schöpper weicht zurück und verliert die Herrschaft über sein Mienenspiel. »Warum denn das?«

Schuknecht hat selten einen so völlig verblüfften Politiker gesehen. »Eine gemeinsame Freundin – Frau Dornbusch-Bommelbeck – hat mit gesagt, dass Sie sich in dem Fall sehr gut auskennen«, setzt er an. »Und da ich selber einmal kurz mit der Sache betraut war …«

Schöppers Augen verengen sich zu Schlitzen. »Sie waren mit dem Fall betraut? Wie habe ich das zu verstehen? Ach ja, richtig, Sie sind ja ein Staatsanwalt a. D.! Merkwürdig nur, dass ich mich an den Namen Schuknecht in diesem Zusammenhang überhaupt nicht erinnern kann. Dabei war ich an jedem Prozesstag zugegen!«

Und genau das, denkt Schuknecht, *macht Sie zu einem wichtigen, wenn auch unangenehmen Gesprächspartner.* »Ihr Gedächtnis trügt Sie nicht«, gibt er zur Antwort. »Ich war, wie erwähnt, nur kurz in die Untersuchungen involviert. Am damaligen Prozess habe ich nicht in persona teilgenommen.«

»Und warum wollen Sie diese überaus bedauerliche Angelegenheit plötzlich wieder aufwühlen? Ganz Biblinghausen ist froh, dass diese unfassliche Katastrophe nach dreißig Jahren endlich in Vergessenheit geraten ist.«

»Sind Sie sich da sicher?« Schuknecht bedenkt Schöpper mit einem scharfen Blick. Scharf wie eine Chilischote.

Und richtig: Auf der Stirn des Mannes setzt Schweißproduktion ein.

»Wie meinen Sie das?«, stottert Schöpper.

»Das werde ich Ihnen erklären. Mittwochmittag, gegen dreizehn Uhr. Im Bungalow. Dann können Sie am Donnerstag nach Brüssel zurück. Bitte seien Sie pünktlich. Ich habe ebenfalls wichtige Termine. Gleichgültig, was man so über Pensionäre behauptet: Wir sind sehr geschäftige Menschen.«

20.

Erstaunlich, absolut erstaunlich, wie einfach es ist, in ein Haus einzubrechen! Selbst wenn eine Tür mit zwei Schlössern gesichert ist. Nun ja, es sind zugegebenermaßen ziemlich unzulängliche Schlösser. Trotzdem: Jean-Lucs Russen vom Hollerhof sind einmalig, wenn es darum geht, Wege und Methoden zu finden, um Schlösser zu knacken.

Veronika Dornbusch steckt die nachgemachten Schlüssel, die Sergej ihr heute Morgen vor Sonnenaufgang vorbeigebracht hat, wieder in die Tasche. Noch in der Nacht hat er die Abdrücke von den Schlössern angefertigt, zu denen sie gehören, und dann fleißig einen passenden Schlüsselbart zurechtgefeilt und -gefräst. Ein wirklich talentierter junger Mann. Er ist irgendwann einmal Kunstschmied gewesen, sagt er. Das muss vor seinen Jahren beim Bolschoi-Ballett und als Schiffskoch auf einer russischen Kabeljaufangflotte gewesen sein.

Eine Schande, dass solche Multitalente in ihrer Heimat kaum Karrierechancen bekommen! Na, ihr sind die Russen vom Hollerhof hier mehr als willkommen. Man kann nur hoffen, dass Jean-Luc bald genug Geld umsetzt, um sie offiziell in seiner Küche anstellen zu können. Vor allem Sergej, dessen Piroggen ein Gedicht sind, wie sogar Schuknecht gestern zugeben musste.

Während die Glocken der evangelischen Kirche zum Trauergeläut für Heinzi ansetzen, drückt Veronika leise die Tür zu Käthe Tragelehns Küche auf. Beerdigungen sind in Biblinghausen wirklich eine ideale Einbruchszeit. Kein Mensch ist zuhause, alle sind auf dem Friedhof.

Sie steckt dennoch sehr vorsichtig den Kopf in die Küche und tastet den Raum mit den Augen ab, bevor sie ihn betritt. Niemand da, nicht einmal Luther. Hat Sophie den etwa mit zur Beerdigung genommen?

So was. Die Gute ist tatsächlich völlig vernarrt in den Hund. Da hätte sie sich das teure Steak, das als kleines Bestechungsgeschenk für Luther in ihrem Batikbeutel liegt, sparen können. Ihr Blick fällt auf eine Tortenhaube und die dazugehörige Tortenplatte. Beides liegt sauber abgeschleckt auf dem Boden. Das muss Luther gewesen sein.

Veronika Dornbusch liest das Plastikgeschirr vom Boden auf, legt es in die Spüle und lässt heißes Wasser darüberlaufen. Man sollte diesem Hund seinen Kuchenhunger dringend abgewöhnen. Schließlich muss er noch ein Weilchen durchhalten, damit Hendrike das Haus behalten darf.

Und jetzt an die Arbeit. Bis auf eine Kommode hat sie die Küche bereits an Hendrikes Ankunftstag untersucht. Die Kommode ist rasch erledigt und entpuppt sich als Aufbewahrungsort für Einmachgummis und Käthe Tragelehns Leibwäsche. So was bewahrt man doch nicht in der Küche auf! Die Gute muss zum Ende hin wirklich verwirrt gewesen sein.

Kopfschüttelnd schleicht Veronika Dornbusch in den Flur. Wo soll sie weitermachen? Am besten in der oberen Etage. Den ehemaligen Schankraum im Parterre – Käthes selten genutztes Paradezimmer – hebt sie sich für zuletzt auf. Aus dem Untergeschoss kann sie leichter entkommen, falls Hendrike vor dem Leichenschmaus kurz hereinschneien sollte. Zur Not kann sie sogar aus einem Fenster klettern.

Veronika Dornbusch steigt die knarrende Treppe hinauf. Oben angekommen fühlt sie sich leicht schwindelig. Was nicht an der Treppe liegt. Sondern am Wodka. Nein, auch nicht am Wodka – der war wie immer erstklassig –, aber sie hat gestern Abend einfach zu viel davon getrunken. Nicht ganz so viel wie Schuknecht, aber doch eine ordentliche Menge. Nicht Sergej und seine Freunde waren am Ende stramm wie tausend Russen, sondern der Oberstaatsanwalt a. D. und sie.

Na, der Brummschädel hat sich bezahlt gemacht. In mehrfacher Hinsicht. Erstens, weil sie jetzt die wunderbaren Schlüssel zu Käthes Haus und Geheimnissen hat, und zweitens, weil die Unschuld von Jean-Luc nun bewiesen ist.

Zumindest in ihren Augen. Schuknecht will ihn noch nicht von der Liste der Verdächtigen streichen, aber wenigstens ist seine Überzeugung, dass Jean-Luc nach Biblinghausen zurückgekehrt ist, um seinen toten Freund Felix zu rächen, ins Wanken geraten.

Veronika Dornbusch wendet sich nach links und öffnet eine Tür. Ah, hier muss Hendrike bereits mit Renovierungsarbeiten begonnen haben. Die Wand beim Fenster ist von Tapete befreit und in zartem Taubenblau gestrichen. Man riecht die Farbe noch. Sie passt ausgezeichnet zu der alten Gondoliere-Tapete, die die anderen Wände ziert.

Veronika nickt, das ist hübsch geworden, geradezu heiter. Hendrike hat dem Raum mit einer Tütenlampe, einem Cocktailsessel und einem Nierentisch den alten Charme zurückgegeben. Sie zieht die Tür wieder zu, weil der Raum ansonsten leer ist, und schreitet zur nächsten Tür. Oho, was ist denn das für ein Zimmer? Ah! Das muss Käthes geheimer Kosmetiksalon sein. Auf mehreren Regalen türmen sich Seifen, Parfümflakons, Deos, Schminkartikel und Badeschaum. Alles unbenutzt. Der Duft von Kölnisch Wasser sticht dennoch ziemlich penetrant hervor.

Vor allem, wenn man einen Brummschädel hat.

Rasch öffnet Veronika ein Fenster, das auf den Garten hinausgeht, und atmet ein paarmal tief ein und aus. Herrlich, dieser leicht herbe Geruch von Herbst, der bereits in der Luft liegt! Sie wendet sich wieder den Regalen zu und beginnt systematisch, die Seifenpäckchen auszuräumen. Könnte ja sein, dass die gute Käthe dahinter etwas versteckt hat.

Gott, sind das viele Seifenpäckchen!

Und lauter uralte Sorten: Banner (»Bannt Körpergeruch«), Fa (»Mit der Frische der Limonen«) und Lux (»Die Seife der Stars«) in sämtlichen Pastelltönen. Hatte sie früher auch mal, weil sie aussehen wollte wie Senta Berger, die dafür Werbung gemacht hat. Die Kessler-Zwillinge auch, aber wie die wollte sie nie aussehen.

Es ist eine nervtötende Arbeit, diese ganzen Seifen aus- und wieder einzuräumen. Einbrecherei ist anstrengender, als sie gedacht hätte. Und der Geruch eine Zumutung. Da würde Schuknecht – nein Lothar natürlich, sie haben doch Bruderschaft getrunken, oder? – ihr sicher recht geben. Ob es ihm heute besser geht als ihr? Wahrscheinlich.

Er hat nämlich nicht nur Schnaps getrunken, sondern auch ausgiebig getanzt. Hossa, und wie! Dabei dürfte er einiges an Alkohol direkt ausgeschwitzt haben.

Sie stapelt grinsend und kopfschüttelnd Seifen zurück ins Regal. So was aber auch, wer hätte gedacht, dass dieser Mann derart beweglich ist! Und so trinkfest. Lothar ist ein komplexerer Charakter als angenommen. Ein echter Partylöwe. Ist das am Ende ein Fest geworden! Auch wenn es bei ihrem Besuch im Hollerhof zunächst nicht danach aussah.

Sergej und seine Freunde waren alles andere als erfreut, als Schuknecht mit seinem Schwert in ihre Küche marschiert ist, wo sie gerade mit der diffizilen Destillation von Zwetschenschnaps befasst waren. In einer komplizierten Gerätschaft aus

Dampfbrennkolben, Scheidetrichter, Schläuchen und einem gewaltigen Auffangballon brodelte es kräftig. Ein benebelnder Duft, angesiedelt zwischen dem stechenden Geruch von Klebstoff und muffigem Fusel, erfüllte die Küche. Veronika kennt diesen Geruch noch aus ihrer Kindheit – auch ihr Vater hat wie so mancher bergische Landwirt schwarzgebrannt. Daher weiß sie auch, dass es nur den wahren Meistern ihres Fachs gelingt, aus der vergorenen Obstmaische am Ende einen Obstbrand allerersten Qualität herauszudestillieren. Dazu braucht es Fingerspitzengefühl, Geduld und einen abgeschiedenen Ort.

Kein Wunder, dass Jean-Lucs Russen allergisch auf den ungebetenen Besuch eines ehemaligen Oberstaatsanwalts reagiert haben. Ihre Mienen verfinsterten sich vollkommen, als Schuknecht sie mit Fragen über Jean-Luc zu bombardieren begann.

Wo er sich am Morgen und zum Zeitpunkt von Hendrikes Sturz aufgehalten habe, wollte er wissen. Ob Jean-Luc im Wald gewesen sei, auf der Hügelkuppe, also direkt hinter Hendrike und so weiter und so weiter. Schuknecht kann ein richtiger Wadenbeißer sein, wenn es ums Verhören geht. Die Russen haben dennoch geschwiegen wie Tiefseefische. Erst recht, nachdem Schuknecht die Themen Aufenthaltsgesetze und illegales Schnapsbrennen angeschnitten hat.

An dieser Stelle hatte Veronika gar keine andere Wahl, als sich einzumischen und einen größeren Wodkakauf zu tätigen. Zwanzig Euro pro Flasche sind für Schwarzgebrannten zwar ein stolzer Preis, aber nicht zu viel verlangt. Bei der Qualität. Nach vier, fünf Gläschen für jeden Anwesenden und ein wenig Geplauder ihrerseits entspannte sich die Atmosphäre fühlbar. Genau wie Schuknecht, der sich sehr für russische Musik und Tänze zu erwärmen begann. Das war, nachdem sie Sergej, den ehemaligen Bolschoi-Tänzer, gefragt hatte, ob er den berühmten Kasatschok beherrsche.

»Frau Dornbusch«, hat Schuknecht sie ermahnt. »Das ist doch ein ganz furchtbares Klischee! Nicht alle Russen sind Kosaken, tanzen Kasatschok oder singen wie Ivan Rebroff!«

»Kein Wunder, Ivan Rebroff war ja auch kein Russe, sondern Berliner«, hat sie ihn belehrt.

Sergej hat sich trotzdem Schuknechts Schwert geschnappt und bewiesen, dass er sehr wohl wie ein Kosake tanzen kann, samt Hockschritten und Spagatsprüngen. Sogar mit Schwert. Schuknechts Schwert. Eine wirklich beeindruckende Vorstellung, die seine Freunde mit feurigem Akkordeon und rhythmischem Klatschen begleitet haben.

»Und jetzt du, Deduschka«, hat Sergej »Großväterchen« Schuknecht hernach herausgefordert und ihm das Schwert vor die Brust gestoßen. Dem Himmel sei Dank mit dem Griff voran, nicht mit der Spitze. Dieser Moment war ein bisschen heikel. Sergejs Augen glitzerten gefährlich, als wolle er Schuknecht zum Duell fordern. Männer eben! Wie die Kinder.

Schuknecht hat das Schwert mit einem martialischen Schrei an sich gerissen und ist in einer Art und Weise damit durch den Raum gewirbelt und gefegt, dass Veronika angst und bange wurde.

Die Russen waren von der Derwisch-Einlage restlos begeistert. Das Eis war gebrochen, und nach der dritten Flasche Wodka haben sie alles über Jean-Luc erzählt, was Schuknecht und Veronika zu wissen wünschten. Und noch ein bisschen mehr. Irgendwann artete das Ganze in eine Schwärmerei über ihren großartigen Freund Jean-Luc aus, der Hendrikes Sturz vom Fenster der Küche aus beobachtet habe, sofort zu ihrer Rettung herausgeflitzt sei, um wenig später äußerst alarmiert ins Haus zurückzukehren und per Handy Dr. Friedestrom aus der nahen Suchtklinik herbeizurufen. Danach soll Jean-Luc neben der mehr oder minder bewusstlosen Hendrike im

Hügel gekauert, beständig auf sie eingeredet und ihre Stirn gestreichelt haben, bis Friedestrom eingetroffen ist.

Sergej hat tausend Eide geschworen, dass Jean-Luc vor Hendrikes Sturz nicht eine Sekunde im Wald gewesen ist. Er sei viel zu vertieft in die Pelmeni-Kochstunde gewesen, die Sergej ihm gerade gab.

Und damit ist der Fall wieder völlig offen. Schuknechts Zweifel an Jean-Lucs Unschuld sind in Veronikas Augen völliger Quatsch. Jedermann hätte Hendrike auf dem Höhenweg über dem Hollerhof auflauern können. Der Weg ist beliebt, weil er auf der einen Seite herrliche Aussichten auf die Dhünntalsperre gewährt und auf der anderen an einigen alten Mühlen vorbeiführt.

Am Ende des denkwürdigen Abends durften Schuknecht und sie sogar noch die Pelmeni probieren. Sergej hat sie ihnen in einer wunderbaren Rinderbrühe und mit frisch gehobelten Meerrettichspänen serviert. Wirklich exzellent. Sie könnte jetzt gut eine Portion davon vertragen. Seifenstapeln macht hungrig. Leider wird sie mit dem Essen bis zum Leichenschmaus warten müssen.

Jetzt aber voran!

Veronika Dornbusch räumt einen weiteren Regalboden frei. Das muss Käthes Badeschaumabteilung sein. Seit wann hat sie diese ganzen Flaschen nur gehortet?

Sie entdeckt Badedas (»Das Bade-As«), Litamin (»Sanft umhüllt dich weißer Schaum«) und Fenjala-Präsentpackungen. Ein Großteil stammt aus den späten Sechziger- und frühen Siebzigerjahren des vorigen Jahrhunderts. Unglaublich.

Hat Käthe die alle gekauft? Oder waren es Liebesgaben von Verehrern? Das könnte hinkommen. Ende der Sechziger und mit Anfang dreißig war Käthe ein ziemlich kesses Früchtchen und noch keine katholische Fundamentalistin. Sie war so kess, dass sie unverheiratet schwanger wurde. Mit Heinzi. Es wäre wirklich interessant zu wissen, von wem. Hm. Es muss ein Freak gewesen sein, der Kölnisch Wasser, Tosca und Mouson Lavendel für den Gipfel der Parfümkreationen gehalten haben muss.

Oh, was ist denn das?

Mal was anderes als Seife und Badeschaum. Eine Pralinenkiste aus Blech. Von Sarotti. Hoffentlich hat Käthe die Schokolade darin nicht auch vierzig Jahre lang aufgehoben. Veronika Dornbusch ruckelt am Deckel, bis er endlich aufspringt.

Nein, das ist keine Schokolade. Das sieht endlich nach was Interessantem aus. Das sind ja ...

Ein Röcheln, Schnauben und würgende Laute lassen Veronika erschrocken herumfahren. Die Geräusche kommen aus dem Flur und direkt auf das Seifenzimmer zu. Verdammt! Wer oder was ist das? Das Schnauben kommt immer näher. Klingt ja bestialisch.

Allerdings nach einer Bestie, die kurz vorm letzten Schnaufer steht.

Guter Gott! Die Pralinenkiste entgleitet Veronika Dornbuschs Händen. Sie schlägt entsetzt die Hand vor den Mund, kommt rasch auf die Füße, läuft auf den Flur. Luther steht schwankend und torkelnd vor ihr, seine Augen sind schwarz, die Pupillen riesengroß vor Angst. Todesangst. Aus seinem Maul trieft Schaum, seine Flanken zittern. Er stößt ein erbarmungswürdiges Fiepen aus, dann fällt er zur Seite, bleibt reglos liegen.

Der Anblick ist herzzerreißend. Dieser arme Kerl muss sich mit letzter Kraft hierhin geschleppt haben. Aus dem Zimmer neben dem Gondoliere-Raum. Hendrikes Schlafzimmer! Spuren von erbrochener Galle und wasserdünnem Schleim kennzeichnen seinen Weg. Etwas anderes gibt sein Magen anscheinend nicht mehr her.

Veronika fällt neben Luther auf die Knie. Sie streichelt seinen Kopf, seine Flanken, seinen hart angespannten Bauch. Sie fühlt, dass sein Körper bereits unterkühlt ist, dass seine Lebenswärme entweicht. Sein Atem geht nur noch schwach. Sie kämpft mit den Tränen.

Mit zitternden Händen fischt sie ihr Handy aus der Hosentasche. Sie muss Dr. Meiswinkel erreichen, sofort. Sie drückt ein paar Tasten. Wartet.

»Geh ran, geh ran, geh ran!«, flüstert sie und wendet den Blick vom keuchenden Luther ab. Na, endlich! Meiswinkels Stimme. Nein, Mist, das ist nur die Mailbox! Wieso hat er als Tierarzt die Mailbox an? Spinnt der? Nein, natürlich nicht! Meiswinkel wird noch auf Heinzis Beerdigung sein.

Veronika tätschelt Luthers Kopf. »Ich hole Hilfe, Süßer. Halte durch! Für Hendrike. Hörst du? Du musst! Sie hat dich so schrecklich gern.« Außerdem hängt ihre Zukunft vom Überleben dieses Hundes ab. Ihre Zukunft und die ihres ungeborenen Kindes.

Verfluchte Käthe Tragelehn!

21.

Lange hält sie das nicht mehr aus. Die endlosen Reden, die Beileidsbekundungen, einige linkisch, einige tränenreich, andere bemüht tapfer, wieder andere salbungsvoll. Das sind die schlimmsten. Zu ihnen gehört die vom alten Schöpper, der ihr tief betroffen in die Augen schaut, von einem »tragischen Verlust für ganz Biblinghausen« spricht und dann zu einer raumfüllenden Ansprache über Heinzis »besondere Begabungen« und »sein kindlich unverdorbenes Gemüt« ansetzt.

Idiot.

Die Trauergemeinde tröpfelt auseinander, drängt zu Jean-Lucs Theke oder den im Hintergrund des Restaurants aufgebauten Buffettischen. Selbst der Pfarrer verdreht die Augen und tritt die Flucht zur Toilette an. Hendrike ist froh, als Livy auftaucht, um ihren Opa mit Gesumm zu umrunden und mit der Spitze eines Regenschirms in den Allerwertesten zu pieken.

»Du verdammtes Gör!«, schimpft Schöpper. »Lästig wie eine Pferdebremse.«

»Nee, du Dummer, ich bin keine Bremse, sondern eine Bienenkönigin«, korrigiert Livy und hebt den Regenschirm. »Das ist mein Stachel, und du musst tot umfallen. Wegen deiner Allogorie. Pieks. Ich hab dich gerade gestochen!«

»Sophie!«, schreit Schöpper quer durch den Raum. »Sophie! Hol dein ungezogenes Kind sofort hier weg.«

Livy summt eine weitere Runde. Schöpper schüttelt sie ab und bahnt sich auf der Suche nach seiner Tochter einen Weg durch die Menge. Seine Enkelin summt derweil kurz auf Hendrike zu und grinst sie spitzbübisch an. »Soll ich noch welche von dir wegstechen?«, fragt sie.

Hendrike versucht sich an einem tadelnden Stirnrunzeln und scheitert. Erleichtert über die Erlösung von Schöpper schaut sie sich nach einem Sitzplatz um. Solange sie mitten im Restaurant herumsteht, kann sie den zahllosen Trauergästen und deren Beileidsbekundungen nicht entkommen. So gut sie auch gemeint sein mögen – Hendrike führen sie vor Augen, wie einsam sie ist. Keinem der Anwesenden fühlt sie sich nahe genug, um mit ihm ein aufrichtiges Gespräch über Heinzi zu führen. Am liebsten würde sie sich nach Hause stehlen und in ihr Bett verkriechen. Sich eines von Tante Käthes voluminösen Plumeaus über den Kopf ziehen, die Augen fest zumachen und die ganze Welt ausschließen aus ihrem Kummer. Abgesehen von Luther, der es sich zur Gewohnheit gemacht hat, neben ihrem Bett zu schlafen und manchmal auch darin, wenn sie nicht da ist oder zu müde, um ihn hinauszuwerfen.

Aber sie kann hier noch nicht weg. Ein Leichenschmaus scheint in Biblinghausen eine ausufernde Festivität zu sein. Und ein willkommener Anlass, sich mit stoischer Disziplin vollaufen zu lassen.

Jean-Luc stellt hinter der Theke gerade einen Weltrekord im beidhändigen Bierzapfen auf. Erste Schnapstabletts machen die Runde: deftiger Korn aus Rösrath, in Biblinghausen auch kurz Kipperchen genannt.

Hendrike lehnt dankend ab. Ein Königreich für ein stilles Eckchen, in das sie sich zurückziehen könnte! Sie spürt eine sanfte Berührung an ihrem gesunden Ellbogen.

»Da hinten beim Fenster ist ein kleiner Tisch frei«, flüstert eine freundliche Stimme hinter ihr.

Sie wendet den Kopf.

Friedestrom! Der Mann ist wirklich ein Engel. Sie schenkt ihm ein wackliges Lächeln. Er nickt beruhigend und macht eine Kopfbewegung in Richtung des Tisches, schiebt ein Grüppchen plaudernder Gäste beiseite und geleitet Hendrike zum Fenster.

Aufatmend nimmt sie Platz.

»Möchten Sie etwas trinken?«, erkundigt sich Friedestrom.

»Ein Kaffee wäre gut«, seufzt Hendrike. »Ich nehme an, das hier kann noch Stunden dauern.«

»Möglich.« Friedestrom will sich auf den Weg zur Theke machen.

»Halt, nein, keinen Kaffee«, besinnt sich Hendrike. Sie ist schließlich schwanger und hat Koffein vom Ernährungsplan gestrichen. »Ich hätte gern ein Wasser, bitte. Ohne Kohlensäure.« Sicher ist sicher. Wer weiß, wie sich Kohlensäure auf das werdende Leben auswirkt. Vor ihrem inneren Auge taucht ein nussgroßer Embryo auf, der im Aufruhr der Kohlensäure auf und ab hüpft und sich auflöst wie eine Kopfschmerztablette.

»Gern«, sagt Friedestrom und kehrt wenig später mit einer Flasche und zwei Gläsern zum Tisch zurück. Er zögert kurz. »Möchten Sie lieber allein sein, oder kann ich mich zu Ihnen setzen?«

Hendrike macht eine einladende Kopfbewegung. Friedestrom ist ihr als Gesprächspartner angenehm. Sehr angenehm. Er wird sie nicht mit endlosen Heinzi-Anekdoten oder Plänen für den Heinziweg quälen, er kannte ihn schließlich kaum. Außerdem besitzt der junge Arzt Feingefühl. Das beweist seine nächste Frage, die nichts mit der Beerdigung zu tun hat.

»Geht es Ihrem Arm besser?«

»Er tut manchmal höllisch weh. Und nachts ist es verdammt umständlich, mit der Schiene zu schlafen«, gesteht Hendrike.

Friedestrom hebt erstaunt die Brauen. »Warum nehmen Sie kein Schmerzmittel? Hat man Ihnen in der Klinik nichts mitgegeben? Ellbogenfrakturen tun verdammt weh. Ich werde Ihnen nachher etwas vorbeibringen oder eine kleine Spritze setzen, wenn Sie möchten. Sie sollten keine Schmerzen haben, das stört den Heilungsprozess.«

Hendrike schüttelt energisch den Kopf. »Keine Schmerzmittel, auf keinen Fall, ich bin doch ...« Sie bricht ab. So gut kennt sie Friedestrom nicht, um ihm von der Schwangerschaft zu erzählen. Selbst wenn er Arzt ist. Außerdem ist er nicht nur Arzt, sondern auch ein äußerst attraktiver Mann.

Friedestrom schaut sie freundlich, aber forschend an. »Verstehe«, sagt er schlicht. Er senkt die Stimme. »Darum also die Gynäkologin gestern? Ich hoffe, sie hatte nur gute Nachrichten.«

Hendrike schießt das Blut ins Gesicht.

»Ist alles in Ordnung mit dem Kind?«

Verdammt, Friedestrom weiß es. Und er kann angemessen besorgt aussehen, ohne aufdringlich zu wirken. Nun ja, der Mann ist Mediziner, die müssen so was können. Betroffen gucken, ohne es zu sein.

»Das frage ich nicht nur als Arzt«, sagt Friedestrom sanft und sehr leise. »Es ...« Er unterbricht sich, scheint mit sich zu ringen, setzt neu an. »Sie interessieren mich wirklich.« Wie erleichtert atmet er aus und errötet.

»Kann ich Ihnen noch etwas bringen?«, meldet sich neben ihm forsch Jean-Lucs blonde Bedienung zu Wort.

»Nein, nein danke«, ergreift Hendrike das Wort, weil Friedestrom nach seinem Geständnis verwirrt verstummt ist. Die Kellnerin nickt kurz und wechselt zu einem anderen Tisch.

Friedestrom beugt sich näher zu Hendrike hin. »Verzeihen Sie, wahrscheinlich war das nicht der richtige Zeitpunkt, um so etwas zu sagen, aber als ich Sie vorhin so allein und verloren am Grab habe stehen sehen, dachte ich, Sie bräuchten vielleicht jemanden, mit dem Sie offen reden können. Natürlich ganz unverbindlich … Außerdem stehe ich unter Schweigepflicht.« Er bricht wieder ab. »Ach verdammt! Vergessen Sie am besten alles, was ich gerade gesagt habe. Ich bin ein verflixter Trottel in solchen Dingen.«

»Nein, nein, das sind Sie nicht«, beeilt sich Hendrike ihm zu versichern. »Im Gegenteil.«

Dieser Mann und ein Trottel? Im Leben nicht.

Für einen winzigen Moment ist sie versucht, sich Dr. Friedestrom anzuvertrauen. Es wäre eine Erleichterung, endlich mit jemandem über diese Schwangerschaft zu sprechen. Mit jemandem, der nichts über ihre Vergangenheit weiß. Dem sie sich sozusagen ganz neu erklären und von ihrer allerbesten Seite zeigen könnte. Außerdem ist Friedestrom ein Mann vom Fach, ein Arzt, der sie beruhigen könnte und überdies anziehend aussieht. Selbst wenn er unsicher ist. Nein, gerade, wenn er unsicher ist. Keine Frage, Friedestrom interessiert sie ebenfalls.

»Möchtet ihr etwas essen?«, unterbricht Jean-Luc Hendrikes Überlegungen.

Verdammt, woher ist der mit einem Mal aufgetaucht? Muss der kein Bier zapfen? Steht der schon lange hier?

»Nein danke«, sagt Hendrike abweisend.

»Ich habe schon gegessen«, ergänzt Friedestrom ebenfalls abweisend. Erfreulich abweisend, findet Hendrike. Der Mann hat echtes Feingefühl.

Anders als Jean-Luc, der so tut, als sei Friedestrom gar nicht vorhanden. »Hendrike, du musst etwas essen«, beharrt er. »Soll ich dir einen Teller zurechtmachen? Ein wenig Roastbeef vielleicht? Dazu meine Estragon-Remoulade? Oder magst du keine Remoulade? Sie ist mit rohen Eiern zubereitet. Rohe Eier sind natürlich nicht jedermanns Sache.«

»Ich will nichts essen«, erwidert Hendrike mit deutlich erhobener Stimme.

Jean-Luc zuckt mit den Schultern. »Ich lasse dir trotzdem was bringen. Du musst gesund und bei Kräften bleiben.«

»Was soll das heißen?«, entgegnet Hendrike erzürnt. Was hat der Kerl von ihrer Unterhaltung mit Friedestrom mitbekommen? Am Ende sogar von dem Kind? Oh, verdammt! Er hat sie doch gestern ins Krankenhaus gebracht – hat er am Ende gesehen, dass sie auch bei einer Gynäkologin war? Faselt er darum was von rohen Eiern, die nicht jedermanns Sache sind? Rohe Eier sind in der Schwangerschaft schließlich tabu.

»Ich bin bei Kräften«, setzt sie wütend nach.

»Du siehst aber nicht danach aus«, bescheidet sie Jean-Luc. »Sag mal, weißt du eigentlich, wo Veronika steckt? Ich habe sie auf der Beerdigung nicht gesehen. Was mich verwundert hat.«

Hendrike runzelt die Brauen, sie hat das ebenfalls verwundert, aber sie hatte bislang kaum Zeit, darüber nachzudenken. »Ich habe keine Ahnung, wo Veronika steckt.«

»Da kommt sie«, wirft Friedestrom ein und deutet aus dem Fenster auf den Marktplatz. »Scheint es mächtig eilig zu haben.«

In der Tat. Veronika Dornbusch läuft mit gehetztem Blick auf den Amselhof zu. Sie ist mit einem Jogginganzug bekleidet, ihre Frisur befindet sich im letzten Stadium der Auflösung.

»Hm«, macht Jean-Luc. »Immerhin trägt sie Schwarz. Was allerdings die zweizipfelige Mütze auf ihrem Kopf soll, wird sie uns erklären müssen.«

»Das ist keine Mütze«, wirft Hendrike maßlos verwundert ein. »Das ist eine schwarze Strumpfhose.«

»Will sie eine Bank überfallen?«, fragt Friedestrom nicht minder verdattert.

»Keine schlechte Idee, jetzt, wo Biblinghausen *en entière* im Amselhof ist«, scherzt Jean-Luc und bahnt sich einen Weg zum Eingang, durch den im selben Moment Veronika Dornbusch ins Lokal stürzt, um wild gestikulierend auf Oberstaatsanwalt Schuknecht einzureden, der seit geraumer Zeit mit der ihm eigenen Leichenbittermiene bei der Tür ausharrt.

Hendrike erbleicht.

In etwa so aufgelöst wie Veronika jetzt, ist sie vor einer Woche in den Amselhof gestürmt. Heinzis wegen. Sie schnappt nach Luft, will sich von ihrem Stuhl erheben. Friedestrom hält sie zurück, indem er seine Hand auf ihre Linke legt.

»Bleiben Sie lieber sitzen«, sagt er leise. »Jean-Luc hat recht, Sie sehen tatsächlich blass aus.«

»Aber ich muss wissen, was mit Veronika los ist!«, protestiert Hendrike.

Friedestrom schüttelt bedächtig den Kopf. »Mit unserer Veronika ist doch immer irgendetwas los. Wir werden es noch früh genug erfahren. Genau wie der Rest des Dorfes. Sie müssen sich ausruhen.«

Hendrike schüttelt seine Hand ab.

»Frau Tragelehn, das ist eine Anordnung!«, sagt Friedestrom entschieden. »Eine ärztliche Anordnung.« Er schenkt ihr einen eindringlichen Blick aus seinen veilchenblauen Augen, der Hendrike für einen Moment aus der Fassung bringt.

»Bitte«, setzt Friedestrom hinterher. »Ich werde Sie nachher nach Hause bringen und mich dann erkundigen, was Veronika diesmal umtreibt. Versprochen! Mir erzählt Frau Dornbusch alles. Okay?«

Hendrike reckt unsicher den Kopf. Verflixt, sie muss gerade etwas Entscheidendes verpasst haben. Veronika ist wieder verschwunden. Genau wie Jean-Luc. Ihr Kopf fährt zum Fenster herum. Der Marktplatz ist leer.

»Wo sind die beiden hin?«, fragt sie und macht erneut Anstalten, sich zu erheben.

Diesmal ist es Schuknecht, der sie daran hindert. Er macht die steife Andeutung einer Verbeugung. »Meine liebe Frau Tragelehn, ich bin noch gar nicht dazu gekommen, Ihnen mein Beileid auszusprechen«, sagt er und weiß sichtlich nicht weiter.

Hendrike bedenkt ihn mit einem feindseligen Blick. Sie will keine Beileidsbezeugungen mehr. Keine einzige. Schon gar nicht von Menschen, die nichts mit Heinzi oder ihrem Leben zu tun haben. »Was wollte Veronika von Ihnen?«, fragt sie.

Schuknecht geht nicht darauf ein. »Heinzi war Ihr Cousin, nicht wahr?«, macht er ungerührt weiter. Er legt seine Stirn in Falten und starrt in unbekannte Ferne. »Ach nein, so kann das nicht stimmen. Käthe Tragelehn war ja ihre Großtante, wenn ich richtig informiert bin. Also muss Heinzi als deren Sohn dann wohl ihr Großcousin sein, oder irre ich mich?«

Was soll dieser alberne Smalltalk? Was will dieser unmögliche Mann von ihr? Hendrike furcht verärgert die Stirn.

»Reichlich kompliziert, manche Verwandtschaftsbeziehungen, finden Sie nicht auch, Friedestrom?«, wendet sich Schuknecht an den jungen Arzt.

Zu Hendrikes Verblüffung nickt Friedestrom. »Sehr kompliziert, in der Tat. Meine Familie ist allerdings recht überschaubar: Vater, Mutter, Kind. Das war's. Daher kenne ich mich mit so was kaum aus. Aber Verwandtschaftsgrade spielen ohnehin eine untergeordnete Rolle, entscheidend ist die Beziehung, die man zu einem Verwandten hat, ob sie intensiv und einzigartig ist oder war.« Er streift Hendrike mit einem kurzen

Blick, aus dem echte Anteilnahme spricht. Sie erwidert seinen Blick mit einem Anflug von Dankbarkeit.

Schuknecht zieht einen Stuhl heran und setzt sich neben ihn. »Ja, da haben Sie sicher recht. Sagen Sie mal, wie steht es zwischen Großcousins eigentlich mit dem gemeinsamen Genmaterial?«

Hendrikes Verblüffung wächst. Die beiden Männer beginnen eine völlig absurde Unterhaltung über Verwandtschaftsbeziehungen und Genpools. Zu allem Überfluss steuert jetzt auch noch Sophie Schöpper die Tischnische an. Hendrike hat keine Chance zur Flucht. Schuknechts Stuhl versperrt ihr den Weg.

Sophie quetscht sich an Schuknechts Stuhl vorbei ganz dicht an sie heran, beugt sich zu ihr hinab und streicht sich eine blonde Haarsträhne hinters Ohr. Aus den Augenwinkeln wirft sie einen verstohlenen Blick auf Schuknecht und Friedestrom, die sich die Köpfe in Sachen Erbgut heiß reden. »Hendrike«, wispert Sophie ihr ins Ohr. »Es tut mir so leid, was passiert ist. Alles. Wir waren doch mal Freundinnen. Bitte, lass uns endlich reden.«

»Worüber? Über Heinzis Tod oder meinen Unfall?«, zischt Hendrike zurück.

»Du glaubst also, dass es ein Unfall war?«, fragt Sophie flüsternd zurück.

Hendrike hebt den Kopf und schenkt ihr einen Blick, als wolle sie sie erdolchen. »Nicht eine Sekunde lang!«

»Ich auch nicht!«, gibt Sophie aufgeregt zurück. »Ich auch nicht.«

»Tja, du musst es schließlich wissen, du hintertriebenes Miststück.«

Sophie fährt entsetzt zurück, öffnet den Mund, schüttelt stumm den Kopf.

Gute Vorstellung, findet Hendrike. Als Schauspielerin war Sophie ihr schon bei den alljährlichen Krippenspielen in der Grundschule voraus. Darum durfte sie auch immer die Jungfrau Maria spielen. Ausgerechnet Sophie! Scheint ganz so, als habe die kleine Livy alias Bienenkönigin das Talent zur Verstellung von ihrer Mutter geerbt. Wenn auch nicht deren Heimtücke.

Nein, das ganz sicher nicht.

»Was, was willst du damit sagen?«, stammelt Sophie endlich fassungslos.

»Hendrike« mischt sich Jean-Lucs Stimme forsch in den geflüsterten Dialog.

Sie reißt den Kopf hoch. Wo kommt der jetzt wieder her?

»Ich muss dir etwas sagen«, fährt Jean-Luc fort. Nicht ganz so forsch, wie er angefangen hat. Er fährt sich mit der Hand übers Kinn, reibt sich seine blauschwarzen Bartstoppeln. »Es geht um Luther.«

»Um Luther?« Nichts kann Hendrike länger auf ihrem Stuhl festhalten. Weder Schuknechts eiserner Griff nach ihrer linken Hand noch Friedestroms alarmierter Blick oder Sophies betroffener. Hendrike springt auf, ihr Stuhl fällt krachend nach hinten. »Was ist mit Luther?«, schreit sie und bringt das gesamte Lokal zum Verstummen. »Was ist mit Luther?«

22.

Schuknecht tritt nachdrücklich aufs Gaspedal. Der BMW beschleunigt so blitzartig wie ansatzlos. Dieses Auto ist ein schändlich obszöner Luxus.

Und ein fahrbarer Männertraum.

Extrem rasant und extrem vergnüglich, findet Schuknecht. Der bullig wirkende Allradbolide ist die motorisierte Entsprechung eines Sumo-Ringers. Diese japanischen Kampfklötze können sich ebenso überraschend wendig und schnell bewegen wie die 2,4 Tonnen Blech, die er im Morgenlicht über eine Alleestraße chauffiert. Fürwahr, das ist Freude am Fahren.

Er lächelt verzückt, lässt es aber schnell wieder bleiben. Ein Blick in den Rückspiegel hat ihm gerade das Gesicht eines grenzdebil grinsenden Senioren gezeigt. Sein Gesicht.

Seufzend nimmt Schuknecht den Fuß vom Gas, bevor das Geländecoupé von der Fahrbahndecke abhebt. Das mit dem Männertraum wird er gegenüber Veronika Dornbusch niemals erwähnen, schließlich gehört der schnurrende Riese ihr und damit einer Frau. Was für eine bedauerliche Verschwendung! Die kriminell vertrauensselige oder verdammt schusselige Veronika schließt dieses technische Wunderwerk zum Preis einer kleinen Eigentumswohnung über Nacht nicht einmal ab! Wie er beim Abholen des Wagens feststellen musste, stand das Ding offen und unbewacht direkt neben ihrem verwaisten Laden. Zur gefälligen Bedienung. Unfassbar! Als Zugabe hat Veronika ein teures Handy in die Freisprechanlage gesteckt, ohne es abzuschalten.

Zugegeben: Veronikas Vertrauensseligkeit in Bezug auf ihre Besitztümer hat ihre guten Seiten. »Holen Sie sich mein Auto morgen früh für Ihre Fahrt nach Köln ab. Mit Bus und Bahn dauert das sonst von Biblinghausen aus Stunden«, hat sie ihm ihren Luxuswagen gestern Abend nach dem dramatischen Nachmittag in Meiswinkels Tierarztpraxis aufgedrängt. Ein unwiderstehliches Angebot, zumal sein treuer Volvo nach einundzwanzig Jahren den Geist aufgegeben und Schuknecht bislang die Muße zu einem Autokauf gefehlt hat. »Sie müssen schnell wieder zurück sein«, meinte Veronika noch. »Wir werden Hendrike ab sofort rund um die Uhr bewachen. Einen weiteren Mordanschlag überlebt sie vielleicht nicht!«

Das wäre denkbar. Trotzdem. Nicht einmal der zweite Mordversuch an Hendrike Tragelehn rechtfertigt in Schuknechts Augen Veronikas Nachlässigkeit und einen unverschlossenen BMW. Zumal der Mordversuch doch gescheitert ist. Dank Luthers Verfressenheit.

Schuknecht rümpft die Nase. Die Folgen dieser Verfressenheit haben in Veronikas Auto olfaktorische Spuren hinterlassen. Der ganze Innenraum riecht nach betagtem, todkrankem Hund. Nach einem Hund, der auf der gestrigen Rennfahrt zu Meiswinkels Arztpraxis nichts mehr bei sich behalten konnte. Weder oben noch unten herum.

Veronika hat zwar all seine Hinterlassenschaften weggeputzt – ein unverzeihlicher Fehler in Hinsicht auf die Beweissicherung –, aber es müffelt noch immer durchdringend. Dagegen kann weder ein am Spiegel baumelnder Wunderbaum noch Veronikas Räucherversuch mit Weihrauch etwas ausrichten. Im Gegenteil. Die Geruchsmischung aus Vanille, Weihrauch und Erbrochenem ist abscheulich.

Schuknecht tippt auf den elektrischen Fensterheber und saugt die einströmende Luft ein. Herrje, hätten Veronika und

Jean-Luc nicht dessen lächerliche Kastenente als Hundeambulanz missbrauchen können?

»Ich passe ab jetzt auf dich auf«, verspricht Schuknecht dem lederbezogene Armaturenbrett und tätschelt es, während der BMW geschmeidig wie auf Schienen in eine Rechtskurve gleitet.

Ein Ortsschild kündigt Bremen an. Ein bergisches Bremen, das aus einer Hand voll Häusern besteht und in einer Feld-Wald-und-Wiesenkulisse vor sich hinträumt. Genau wie die von Morgendunst überschleierten Pferdekoppeln und ein Wellenmeer aus grünen Hügeln.

Sieht fast toskanisch aus.

Ach was, jetzt ist keine Zeit für Bilderbuchlandschaften!, ruft sich Schuknecht zur Ordnung. Dafür ist die Lage zu ernst. Wie Veronika glaubt auch er, dass allein Luthers Kuchengier seinem Frauchen das Leben gerettet hat. Doktor Meiswinkel ist überzeugt, dass der Hund ein tödliches Gift zu sich genommen haben muss. Der Arzt ahnt freilich nicht, dass das Gift im Kuchen steckte und vermutlich für Hendrike gedacht war.

Für wen sonst?

»Das war sicher Rattengift. Kommt leider öfter vor auf dem Land. Das Zeug liegt in jedem zweiten Stall rum«, hat Meiswinkel wenig beeindruckt verkündet, nachdem halb Biblinghausen Hendrike gestern zu seiner Praxis gefolgt ist, um zu erfahren, wie es um Luther steht. Meiswinkel hatte dem Hund bereits eine Brechmittelspritze verabreicht und ihn intravenös mit einem Kreislaufmedikament und Vitamin K1 versorgt, um innere Blutungen zu verhindern.

Hendrike ist in die Praxis gestürzt, um gemeinsam mit Jean-Luc und Veronika an Luthers Krankenliege zu wachen und Pfötchen zu halten. Nur gut, dass ein Hund gleich vier davon hat.

Meiswinkel musste derweil eine Art improvisierter Pressekonferenz im Hof vor seinen Behandlungsräumen geben. Die Biblinghäuser machen offensichtlich gern das Beste aus jedem Unglücksfall.

»Wahrscheinlich war es ein Kombinationspräparat aus Cumarin, das die Blutgerinnung hemmt, und aus dem Nervengift Bromethalin«, hat Meiswinkel doziert. »Das lähmt Herz und Lunge. Gott sei Dank muss Luther auf einen Satz eine derartig riesige Menge von dem Zeug gefressen haben, dass er sofort brechen musste. Jean-Luc hat ihm zudem vorbildlich Erste Hilfe geleistet. Normalerweise zeigen sich die Symptome erst nach drei bis fünf Tagen. Die Vergiftung setzt schleichend ein, und dann kommt jede Hilfe zu spät. Hoffen wir, dass wir Luther durchbringen. So merkwürdig das klingen mag: Die Überdosis Gift könnte seine Rettung sein.«

Überdosis! Schuknecht schnaubt verächtlich.

Von wegen Überdosis.

Die Dosis war für einen Menschen berechnet, der ein, maximal zwei Stück Kuchen zu sich nimmt, und nicht für einen altersschwachen Hund, der eine komplette Sahnetorte mit einem Happs verschlingt.

Leider ist das Rattengift – so es sich in den Resten, die der Hund in der Tierarztpraxis noch von sich geben konnte, nachweisen lässt – keine aussagekräftige Spur. Wie Meiswinkel ganz richtig angemerkt hat, ist es in ländlichen Gegenden ebenso leicht zugänglich wie Zuckerstreuer in Cafés. Und Hendrike einen Kuchen vor die Tür stellen kann praktisch jedermann. Solche Gesten sind hier üblich

Schuknecht furcht die Stirn.

Ihm gefällt dieser Anschlag überhaupt nicht. Er passt nicht ins Bild. Die Sache ist verglichen mit den sorgfältig vertuschten Morden an Heinzi und Hammelfuß zu grob und zu offensichtlich. Hätte Hendrike Tragelehn das Gift zu sich genommen, wäre es ohne Zweifel zu einer genauen gerichtlichen Untersuchung gekommen und …

Ein Hupen von hinten lenkt ihn von seinen Überlegungen ab. Im Rückspiegel erkennt er einen Drängler. Mit hektisch auf- und abblendenden Scheinwerfern funkt er Schuknecht ein »Aus dem Weg« zu.

Unverschämtheit!

Oh. Na ja, vielleicht nicht wirklich unverschämt, stellt Schuknecht mit Blick auf den silbern gefassten Tachometer fest. Er ist mit achtunddreißig Stundenkilometern unterwegs. Traktorgeschwindigkeit. Die Schallisolierung des Cockpits lässt einen das Gefühl für Geschwindigkeiten verlieren. Ausgesprochen peinlich. Erst recht mit einem Auto wie diesem.

Schuknecht gibt energisch Gas, ohne Rücksicht auf ein Warnschild zu nehmen, das eine scharfe Links-rechts-Kurvenkombination ankündigt. Die Tachonadel schnellt in Sekundenbruchteilen auf siebzig Stundenkilometer hoch. Ein bisschen sportlich für eine Haarnadelkurve. Er legt sich unwillkürlich selbst nach links, um den Wagen in der Kurve stabil zu halten. Angeblich soll das Hinterachsendifferenzial des Geländecoupés auch bei verfrühtem Gasgeben in Kurven dafür sorgen, dass dieser Männertraum spurstabil bleibt.

Es stimmt offenbar, freut sich Schuknecht, während der Wagen die fast rechtwinklige Kurve vor einem Reitergestüt meistert und die sich anschließende Rechtskurve ebenso sicher nimmt. Zwar schafft er diese Formel-1-Kombination nur unter Zuhilfenahme der Gegenspur, aber bestimmt sah das gekonnt aus.

Unglaublich sicher dieses Auto! Schuknecht richtet sich im Sitz auf – und duckt sich in derselben Sekunde einem Reflex und einem kurzen, harten Knallgeräusch folgend weg. So tief wie möglich. Irgendwie muss er sich schützen.

Vor einer herumpeitschenden Pistolenkugel.

Eine Kugel? War das tatsächlich eine Kugel?

Das kann nicht sein. Aus den Augenwinkeln späht Schuknecht in Richtung Windschutzscheibe. Die ist intakt.

Ein erneuter Knall, hell, scharf, metallisch, lässt ihn den rechten Arm vors Gesicht reißen. Mit rasendem Puls, dem Fuß auf der Suche nach der Bremse und der linken Hand am Steuer versucht er, das Auto unter Kontrolle zu halten, während im Sekundentakt weitere Schüsse auf ihn zu peitschen.

Der BMW reißt ihm aus, schlingert wie betrunken auf die Gegenspur, wieder zurück, hält pfeilgerade auf einen Baum zu. In letzter Sekunde gelingt es Schuknecht, das Lenkrad unter Kontrolle und den BMW zurück auf Spur zu bringen.

Im gleichen Augenblick setzt eine Maschinengewehrgarbe ein. Das erbarmungslos rhythmische Tak-tak-tak-tak ist unverkennbar. Der anschwellende Gefechtslärm kommt direkt aus dem Armaturenbrett.

Zum Teufel: Was ist das? Ein Auto kann nicht schießen! Ist das der Motor? Fliegt ihm gleich der BMW um die Ohren?

Mit zusammengebissenen Zähnen gelingt es Schuknecht unter Ausnutzung der Stotterbremse, das Tempo zu drosseln. Bei anhaltendem Gefechtslärm steuert er das Geländecoupé an den Fahrbahnrand und bringt es glücklich zum Stehen. Schuknecht kuppelt aus und taucht flugs in den Fußraum ab, tastet mit verdrehtem Arm und zitternder Hand nach dem Türöffner.

Nichts wie raus hier!

Bedrohlich wabernde Musik setzt ein.

Musik? Musik!

Der Klangteppich unterlegt eine nuschelnde Reibeisenstimme. Erinnert ein wenig an Robert de Niro. Nein, das ist Brando. Das ist Marlon Brando. Alias der Pate. Also Brandos Synchronsprecher natürlich. »Geh an dein Handy, Hundesohn!«, raunt er. »Du wirst jetzt telefonieren.«

Das soll wohl ein Scherz sein.

Schuknecht schnellt empört hoch, stößt sich den Kopf am Lenkrad, windet sich fluchend zurück in Sitzposition. Ein blitzender, brennender Schmerz streift seine Lendenwirbelsäule. Verdammt! Die Ursache dieses Schmerzes und die Stelle sind ihm wohlbekannt. Sie liegt mitten im Hexenschussgebiet.

Gleich wird das richtig wehtun, und er wird sich nur noch im gebeugten Gang eines Neandertalers fortbewegen können. Oder überhaupt nicht. Schon gar nicht bis Köln. Nicht einmal im Auto.

Schuknecht hebt vorsichtig den Kopf. Draußen fährt hupend der Drängler vorbei und lässt den rechten Zeigefinger neben seiner Schläfe rotieren.

Erneut peitschen Schüsse durchs Cockpit. Diesmal duckt Schuknecht sich nicht weg. Kann er auch nicht mit dem Rücken.

»Nimm ab!«, befiehlt Brando mit bedrohlich wachsender Lautstärke.

Schuknechts Blick ortet die Richtung, aus der Schüsse und Stimme kommen. Sie kommen tatsächlich aus dem Armaturenbrett, genauer gesagt aus der Freisprechanlage, noch präziser: aus Veronika Dornbuschs Handy und zwei serienmäßig eingebauten Autolautsprechern, die von einem 205-Watt-Verstärker befeuert werden. So steht es im BMW-Manual, das Schuknecht noch vor Fahrtantritt studiert hat.

Dieses dreimal verfluchte Teufelsweib!

Das Display blinkt in der Halterung und feuert schon wieder Schüsse ab. Nein, keine Schüsse, das sollen jetzt wohl Handgranaten sein.

Wütend und mit zusammengebissenen Zähnen richtet sich Schuknecht etwas höher im Sitz auf. Er drückt die Empfangstaste.

»Luther lebt!«, schreit ihm das Handy entgegen, bevor er seinem Zorn Luft machen kann. »Er lebt, er lebt, er lebt!«

»Und ich wäre um ein Haar gestorben, Frau Dornbusch!«, donnert Schuknecht in voller Lautstärke zurück. Es wundert ihn selbst, wie laut er werden kann.

»Aber mein lieber Lothar«, flötet das Handy, »hatten wir uns bei den Russen nicht auf Veronika und das Du geeinigt?«

»Was fällt Ihnen ein, mich derart zu erschrecken!«, zürnt Schuknecht alles andere als besänftigt. Sein drohender Hexenschuss schreit nach Wärmesalbe, Senfpflaster und Schmerztabletten. Nichts davon wird er inmitten dieser Walachei auf die Schnelle besorgen können. Irgendjemand muss ihm etwas davon vorbeibringen, dann wäre sein Rücken noch zu retten. Aber ausgerechnet Veronika um Hilfe zu bitten ist unter seiner Würde.

»Wieso erschrecken?«, tönt es ahnungslos aus den Lautsprechern. »Das ist doch eine sehr gute Nachricht. Luther hat die Konstitution eines Ochsen! Wir haben ihn gerade nach Hause gebracht. Er hat sogar schon gefressen. Gedünstetes Schabefleisch von Jean-Luc. Heute Abend will er ihm Pansen bringen. Hendrike ist ü-ber-glücklich. Und, wie kommen Sie voran?«

»Überhaupt nicht!«, schreit Schuknecht. »Ihr Handy hat bei voller Fahrt auf mich geschossen. Noch dazu in einer lebensgefährlichen Kurve! Ich hätte beinahe einen Herzanfall erlitten.« Und das nach mehr als fünfzehn herzbeschwerdefreien Jahren. Dass er so lange symptomfrei ist, liegt wohl daran, dass er vor exakt fünfzehn Jahren zum letzten Mal geschieden wurde. Seither herrschte paradiesische Ruhe in seinem Leben. Frauen, vor allem Veronika, sollte er meiden wie die Pest! Sonst bringen sie ihn tatsächlich noch um.

Veronika Dornbusch schweigt kurz. »Ach so, jetzt verstehe ich. Sie meinen den Klingelton meines Handys. Tut mir leid. Damit wollte ich Ihnen eine Freude machen. Er passt doch hervorragend zu unserer kriminalistischen Tätigkeit. Und die Lautsprecher meines BMW sind fantastisch, oder? Sehr knackige Bässe.« Ihre dünner werdende Stimme zeugt von einsetzender Verunsicherung. Sie holt hörbar Luft. »Wenn Sie bei dem Handy auf ›Menü‹ drücken, können Sie sich natürlich einen anderen Ton aussuchen. Es gibt auch *Freude schöner Götterfunken*. Vielleicht versöhnt Sie das mit dem ... äh ... kleinen Zwischenfall. Und heute Abend gehen wir bei Jean-Luc essen. Ich zahle, ja?«

»Auf gar keinen Fall.« Schuknecht presst die Lippen aufeinander.

»Oh, okay, Sie wollen zahlen?«

»Nein, zum Teufel. Ich will nicht mit Ihnen essen gehen.« Wird er auch wohl kaum können, wenn sein Rücken nicht rasch Hilfe bekommt.

Aus der Leitung dringt ein Räuspern zu Schuknecht. »Haben Sie Ihren Bewährungshelfer schon getroffen?«, fragt Veronika. »Diesen Laumann?«

»Naumann und nein!«

»Wenn Sie schon mal in Köln sind, könnten Sie dann nicht auch Enderlin aufsuchen?«

»Nein!«

»Aber Sie müssen Enderlin von dem Mordanschlag auf Luther erzählen. Meiswinkel glaubt, dass er genug Proben von Luthers Erbrochenem hat, um eine Laboranalyse machen zu lassen. Wir haben also Beweise und einen neutralen Zeugen für den Giftanschlag. Genaugenommen haben wir Dutzende

Zeugen. Biblinghausen nimmt an Luthers Missgeschick regen Anteil!«

»Ich werde Enderlin auf gar keinen Fall von einem potenziellen Mordanschlag auf einen Hund berichten«, schnauzt Schuknecht. »Noch dazu mit einer Sahnetorte. Er glaubt bereits jetzt, dass ich einen Dachschaden habe.«

»Na gut, dann machen Sie jetzt aber mal voran. Wir brauchen Sie hier. Wann will übrigens Schöpper zu Ihnen kommen?«

»Morgen um eins«, knurrt Schuknecht.

»Gut, ich werde da sein. Diesmal pünktlich«, flötet Veronika Dornbusch. »Soll ich Kuchen mitbringen? Ach nein, lieber nicht. Mit Kuchen haben wir bislang lauter bedauerliche Erfahrungen gemacht.«

Diese Person treibt ihn noch in den Wahnsinn! Schuknecht pumpt seine Lungen mit Luft auf. »Sie werden auf gar keinen Fall bei meinem Treffen mit Schöpper dabei sein«, zischt er ins Armaturenbrett. »Ich will ...«

Was er will, wird Veronika Dornbusch nicht mehr erfahren. Sie hat aufgelegt, wie das Verlöschen des Displays verrät.

23.

Der Herr Staatsanwalt a. D. ist heute mal wieder als Spaßbremse unterwegs, denkt Veronika Dornbusch verschnupft. Ein paar harmlose Schüsse in Dolby Surround Stereo, und dieser Derwischtänzer will einen Herzinfarkt kriegen. Das ist doch lächerlich. Sie beißt sich nachdenklich auf die Lippen.

Oder doch nicht?

Waren das am Ende Herzpillen, die Lothar sich letztens hat per Post schicken lassen? Die in den altmodischen Gläschen? Ob der Mann tatsächlich Probleme mit der Pumpe hat? Dann hätten die Schüsse ihn wohl wirklich zu Tode erschrecken können.

Ihr eigenes Herz klopft plötzlich rasend schnell.

Ach was, beruhigt sie es und sich, Lothar sieht doch enorm krekel aus für sein Alter. Und fit wie ein Turnschuh ist er. Das hat ihr sein Schwerttanz bei den Russen eindrucksvoll vor Augen geführt.

Andererseits … man weiß ja nie.

Herrje, ob sie ihn nochmal anrufen soll, um nachzufragen und sich zu entschuldigen? Nein, lieber nicht. Sonst knallen ihm ja wieder Schüsse um die Ohren. Seufzend steckt sie ihr Zweithandy weg. Wie man es macht, macht man es verkehrt.

So jetzt aber voran. Sie muss zurück ins Haus, um in Käthe Tragelehns Kosmetikmuseum nach der Pralinendose zu suchen, die sie in der Aufregung um Luther dort hat liegen lassen.

Veronika Dornbusch quert ein Wiesenstück. Der Inhalt sah

nach vielversprechender Beute aus. Bei den Briefen handelte es sich eindeutig um Liebesgeflüster. Leider anonym. Jedenfalls konnte sie auf die Schnelle keine Unterschrift entdecken, aber aus dem Inhalt ließe sich vielleicht erschließen, wer mal Käthes Liebhaber und der Vater von Heinzi war. Die Schrift kam ihr vage bekannt vor. Aber das heißt nicht viel. Als Dorflehrerin hat sie in ihrem Leben eine Menge Handschriften zu Gesicht bekommen. Von den Kindern und von den Eltern, die Entschuldigungen verfasst und Klassenarbeiten abgezeichnet haben.

Außerdem lag in der Dose eine Art Landkarte. Sah amtlich aus. Vielleicht das Katasterblatt von Käthes Grundstück? Vielleicht sogar mit irgendeiner Markierung? Etwa ein Geheimversteck von Käthes Erpressungsmaterial und/oder Geld? Ein erwartungsfrohes Lächeln huscht über Veronikas Gesicht.

Nur gut, dass Hendrike über die Aufregung um den Hund nicht groß nachgefragt hat, wie sie gestern in das Haus hineingekommen ist. Ihr hat Veronikas eilig zusammengeschusterte Erklärung gereicht, sie habe Luther auf dem Weg zu Heinzis Beerdigung winseln hören und die Hintertür sei nicht verschlossen gewesen.

Veronika drückt die Hintertür zu Käthes Küche auf. Hendrike kauert immer noch neben Luther und seinem Fressnapf. Sie spricht in Babysprache auf den Rekonvaleszenten ein.

Dem Hund scheint das ausnehmend gut zu gefallen. »Gutschigutschi« und »mein Engelsschätzchen« hat Käthe sicher nie zu ihm gesagt. Jetzt darf er sich in Liebkosungen baden, wird umarmt, gekrault und sogar geküsst. Auf die Nase. Igitt, das ist nun wirklich übertrieben! Hendrike braucht endlich einen echten Kerl für derartiges Geturtel und Geschmuse, und zwar am besten noch vor ihrer Niederkunft, damit sie das Kind nicht mit diesem Übermaß an Zuneigung erdrückt.

Veronika lächelt versonnen. Na, ein Mann wird sich finden lassen, wenn das elende Morden in Biblinghausen erst vorbei ist. Friedestrom scheint durchaus an ihr interessiert zu sein. Sehr interessiert. Er hat die völlig aufgelöste Hendrike gestern zu Meiswinkel begleitet, ihr später noch ihr Kontaktlinsenmittel und eine Zahnbürste vorbeigebracht und sich ausführlich bei Meiswinkel nach Luthers Überlebenschancen erkundigt.

Und dann wäre da natürlich Jean-Luc. Definitiv. Wer einem sterbenden Hund freiwillig eine Mund-zu-Mund-Beatmung gibt, muss dafür Gründe haben. Bessere Gründe als fehlgeleitete Tierliebe. Jean-Luc ist über sich hinausgewachsen, um Luther das Leben zu retten. Nach der Beatmung hat er diesen Koloss noch allein die Treppe hinuntergewuchtet und durch die Küche zum Hinterausgang getragen, wo sie in ihrem BMW wartete. Und dann ist er zurück in den Amselhof geeilt.

»Ich muss das Hendrike schonend beibringen«, hat er gesagt. »Sie hat schon genug Mist hier erlebt.«

Wenn das keine Liebe ist! Ja, könnte hinkommen, zumal Jean-Lucs Blondine ebenfalls amouröse Abzweige nimmt. Zu Aussichtsbänken an der Dhünntalsperre. Das hat Veronika damals durchs Fernglas schließlich ganz genau gesehen. Der Weg zu Jean-Lucs Herz dürfte also frei sein oder demnächst werden.

Genug geschwärmt.

Mord kommt vor Liebe.

Veronika wedelt mit der Hand, um sich bemerkbar zu machen. »Hendrike, ich gehe mal nach oben und mache dir das Bett.«

Hendrike hebt kurz den Kopf, während sie Luther wie besessen den Rücken krault. »Mein Bett? Wieso denn das?«

»Na, weil du die ganze Nacht bei Luther gewacht hast. Du

musst dich ausruhen, Kindchen. Das sagt auch Dr. Friedestrom. Schon allein wegen deines Arms.« Von der Schwangerschaft mal ganz zu schweigen! Heute Nacht in Meiswinkels Praxis musste Hendrike mehrfach auf die Toilette. Veronika tippt auf erhöhten Harndrang oder Brechattacken. Schwangersein scheint wirklich Schwerstarbeit zu sein. »Während du schläfst, koche ich etwas Leckeres und räume auf«, sagt sie. »Nein, ich bestelle lieber etwas von Jean-Luc. Oder wir nehmen eine Pizza von Hasims Bruder. Das geht am schnellsten.«

Hendrike schüttelt heftig den Kopf. »Ich werde auf keinen Fall schlafen. Ich bleibe hier unten bei Luther, aber Sie sollten sich ausruhen. Sie waren schließlich die ganze Zeit dabei.«

Veronika schürzt überlegend die Lippen. »Okay, ja, das geht auch. Also, dann lege ich mich oben mal ein Viertelstündchen hin.« Länger dürfte sie kaum brauchen, um die Pralinendose zu holen und unauffällig in ihrer Tasche im Eingang zu verstauen.

Hendrike runzelt die Stirn. »Sie wollen sich in mein Bett legen?«

»Wo denkst du hin!« Veronika reißt die Augen weit auf. »Ich mache mir natürlich ein Gästebett zurecht. Zimmer genug gibt es ja, und deine Tante Käthe hat einen gut bestückten Wäscheschrank.«

Hendrike hält im Lutherkraulen inne. Der Hund quittiert es mit Protestwinseln. »Ich dachte eher an Ihr eigenes Bett, Frau Dornbusch.«

»Mein Bett? Kommt gar nicht in Frage«, protestiert Veronika. »Ich lasse dich doch in so einer bedrohlichen Situation nicht allein!«

»Bedrohlich?«, fragt Hendrike scharf nach.

»Höchst bedrohlich, würde ich meinen«, erwidert Veronika.

»Zwei Anschläge auf dein Leben in zwei Tagen! Wir wollen es dem Mörder nicht wieder so einfach machen, oder?«

»Welchem Mörder?«

»Das ist doch wohl klar«, ergänzt eine Stimme von der Hintertür her. »Irgendwer will dir hier ans Leder, Hendrike.«

Hendrike dreht empört den Kopf zur offenen Tür. »Was willst du hier? Ich habe dich nicht eingeladen!«

Oh, oh, denkt Veronika, wenn Blicke töten könnten, wäre Sophie Schöpper jetzt mausetot. »Ich habe Sophie eingeladen«, wirft sie betont munter ein, stellt sich schützend neben Sophie und fährt im Tempo eines Schnellfeuergewehres fort. »Ich habe Sophie hierher bestellt, damit sie von elf bis achtzehn Uhr auf dich aufpassen kann. In dieser Zeit habe ich leider anderweitige Verpflichtungen. Ich muss den Laden öffnen. Schon wegen der Post. Außerdem kommt der Zigarettenlieferant, und ihr habt euch doch sicher eine Menge zu erzäh...«

»Auf mich muss niemand aufpassen!«, wirft Hendrike ein, ohne ihren Killerblick von Sophie abzuziehen.

»Doch, muss man«, erwidert Sophie Schöpper nicht minder scharf.

Ganz wie früher, die beiden, denkt Veronika verzückt.

Sophie lässt die Tür hinter sich ins Schloss fallen und tritt sich die Reitstiefel auf einer Schmutzfangmatte ab.

»Verschwinde hier. Sofort!«, giftet Hendrike und legt schützend ihren gesunden Arm um Luther, der freudig mit dem Schwanz klopft.

Sophie schüttelt den Kopf. »Nein. Wir werden uns endlich unterhalten. Über deinen Unfall beim Hollerhof und ...«

»Das war kein Unfall!«, brüllt Hendrike.

»Ich habe dir bereits gestern gesagt, dass ich das genauso sehe«, kontert kaum weniger laut Sophie, »denn ...«

»Du hast versucht, mich den Hang hinabzustoßen!«, blafft

Hendrike. »Ich hab deine Hand deutlich im Rücken gespürt. Ich hätte dabei draufgehen können!« Wie zum Beweis hebt sie ihren geschienten Arm. »Und was du Luther angetan hast …«

»Verflucht noch mal, spinnst du jetzt total?«, schreit Sophie außer sich. »Wie kommst du auf so einen Bockmist? Ich habe dich weder einen Hang hinabgestoßen, noch Luther irgendetwas angetan!«

»Doch, du hast mir einen Kirschkuchen mit Rattengift vor die Tür gestellt. Dumm für dich, dass nicht ich davon gegessen habe, sondern mein Hund.«

»Dem Himmel sei Dank war es Luther«, wagt Veronika einen Einwurf.

»Wie bitte?« Sophie schnappt nach Luft und tritt tiefer in die Küche. Mit zornfunkelnden Augen starrt sie auf Hendrike hinab. »Ich habe dir keinen Kuchen vor die Tür gestellt! Schon gar keinen Kuchen mit Rattengift.«

»Ach, nein? Wo hast du es denn dann hineingetan?« Hendrike wirft angriffslustig den Kopf in den Nacken. »Dein Zettel steckte doch in der Tortenhaube. Mit deinem Lieblingsmantra: ›Wir müssen reden.‹« Sie erhebt sich. Um ihren Mund zuckt es kurz. »Oder willst du das auch abstreiten?« Sie stützt mit ihrer linken Hand ihren geschienten Arm.

Scheint noch immer sehr wehzutun, folgert Veronika.

Sophie nickt und schüttelt sofort danach den Kopf. »Einen Zettel habe ich dir tatsächlich hinterlassen, aber keine Torte. Nach deinem Sturz am Sonntagmorgen habe ich die Nachricht draußen an die Tür geheftet. Da stand noch kein Kuchen da.«

»Wann warst du genau hier?«, fragt Veronika rasch und tritt zwischen die beiden jungen Frauen.

»Das muss gegen drei gewesen sein. Es fing gerade wieder an zu regnen«, erwidert Sophie. »Jean-Luc kann das bezeugen.

Er hat mich gesehen. Ich glaube, er kam eben aus dem Krankenhaus zurück. Ich wollte Hendrike unbedingt sagen, was ich im Wald beobachtet habe.«

»Dann muss der Überbringer der Torte Sophies Zettel später an den Kuchen geheftet haben«, schlussfolgert Veronika.

Hendrike stößt sie zur Seite. »Was willst du denn im Wald gesehen haben außer meinem Rücken?«, herrscht sie Sophie Schöpper an.

»Na, diesen Mann, der durchs Gebüsch stürzte, als ich versucht habe, dir auf den Hügel vor dem Hollerhof zu folgen. Ich habe ihn für dich gehalten, darum bin ich dem Geräusch gefolgt.«

»Da war ein Mann im Gebüsch?«, fragt Veronika. »War es wirklich ein Mann? Oder könnte es auch eine Frau gewesen sein?«

Sophie runzelt die Stirn. »Weiß nicht. Ich nehme an, dass es ein Mann war. Jedenfalls war es eine Gestalt in dunklen Hosen. Jemand, der verdammt schnell rennen und gut Haken schlagen konnte. Für mich war er oder sie zu sportlich. Ich habe ihn nicht einholen können. Als ich dann Luther aus der Ferne auf dem Hügel hab jaulen hören, bin ich zurück. Tja, und oben über dem Hollerhof angekommen, habe ich dann gesehen, was passiert war.«

»Du lügst«, zischt Hendrike. »Genau wie damals vor Ger...« Sie bricht ab.

»Nein, ich sage die Wahrheit«, verteidigt sich Sophie.

»Klar, und die Erde ist eine Scheibe, und im Mond wohnt ein Mann.« Hendrike stößt verächtlich Luft aus.

»Verdammt, begreif es doch endlich: Nicht ich, sondern ein Unbekannter hat es anscheinend auf dich abgesehen! Vielleicht rennt ein Irrer in unseren Wäldern herum. Wir müssen den Kerl dingfest machen, bevor Schlimmeres passiert.«

»Der Kerl könnte aber auch eine Frau gewesen sein?«, fragt Veronika erneut.

»Genau, nämlich Sophie«, ergänzt Hendrike störrisch.

So kommen sie hier nicht weiter, entscheidet Veronika Dornbusch. »Nein, Kindchen, Sophie war das sicher nicht. Sie und ich haben am Tag vorher verabredet, dass sie dich im Wald abfängt. Und das hätte sie doch nicht mit mir besprochen, wenn sie geplant hätte, dich hinterrücks anzugreifen. Genauso wenig würde sie eine Gifttorte mit einem Zettel samt Unterschrift schmücken! Sie ist doch ein kluges Mädchen. Genau wie du.«

»Sophie sollte mich im Wald *abfangen*?«, hakt Hendrike perplex nach. »Weshalb denn das?«

»Um dich einzuladen, dich aus deinem Schneckenhaus herauszulocken«, erklärt Sophie. »Veronika und ich haben uns Sorgen um dich gemacht.« Sie schluckt. »Wegen Heinzis Tod. Hat dich ziemlich mitgenommen, oder? Es hat uns alle mitgenommen. Ausgerechnet Heinzi.«

»Ach ja?«, fragt Hendrike unversöhnlich nach.

»Ja! Wir wollten dir beistehen. Mehr steckt nicht dahinter. Wie kommst du überhaupt auf die schwachsinnige Idee, dass ich etwas gegen dich habe oder dir was antun will? Oder Luther.«

»Das würde ich auch gerne wissen«, mischt sich Veronika ein und setzt eine erwartungsvolle Miene auf. »Ihr zwei wart doch einmal gut befreundet. Sehr gut. Als Kinder. Nicht immer, aber meistens.« Und Freund-Feindschaften sind ihrer Erfahrung nach besonders haltbar. Aus Freund-Feindschaften lernt man außerdem mehr als aus bloßen Freundschaften. Überhaupt sind Feinde für die persönliche Entwicklung so wichtig wie Freunde. Feinde haben einen ungetrübten Blick für die eigenen Fehler und Schwachstellen. Freunde gehen meist darüber hinweg oder reden sie schön.

Hendrike schweigt.

»Kann es sein, dass du seit deinem Sturz an Wahnvorstellungen leidest?«, fragt Sophie nicht ganz ungiftig.

Hendrike schweigt weiter, furcht aber die Stirn.

»Hey, ich habe wirklich nichts damit zu tun«, setzt Sophie in ruhigerem Ton fort. »Aber möglicherweise dieser Kerl im Gebüsch. So wie der Fersengeld gegeben hat, wollte er mir offensichtlich entkommen. Zunächst habe ich deinen Sturz ja für einen Unfall gehalten, aber später sind mir Zweifel gekommen. Darum habe ich dir den Zettel an die Tür geheftet.«

Hendrike schweigt immer noch.

»Und was war das überhaupt für ein Kuchen vor deiner Tür?«, will Sophie wissen.

»Ein ganz wunderbarer Kirschkuchen, sehr hübsch verziert«, beschreibt ihn Veronika.

»Dann kann er unmöglich von mir stammen«, fährt Sophie fort. »Ich mache höchstens mal einen Rührkuchen aus der Packung. Den mögen meine Kinder am liebsten. Mehr bringe ich nicht zuwege. Schon gar keine Verzierungen.«

»Das kann ich bestätigen«, nickt Veronika. »Sophie ist eine ebenso bescheidene Bäckerin wie ich. Wenn ich nur an ihre Muffins für den Hundeweihnachtsmarkt denke! Nicht mal Luther wollte die haben. Aber dieser Kirschkuchen, der sah ziemlich aufwendig aus, beinahe wie von Konditor Wild aus Wermelskirchen mit all der hübschen Schoko-Dekoration und den Sahnekringeln. So etwas bekommen nur echte Könner hin.« Könner wie Meisterkonditoren oder … Veronika will sich den spontanen Gedanken am liebsten verbieten, aber es gelingt ihr nicht. *Könner wie Jean-Luc*, vollendet ihr Gehirn den Satz. Ach, herrje, die Idee gefällt ihr gar nicht. Ganz und gar nicht.

Sophie wirbelt zu ihr herum. »Sag mal, woher weißt du

eigentlich so genau, wie der Kuchen ausgesehen hat?«, fragt sie mit bohrendem Blick.

Mist! Mist! Mist! Jetzt hat sie sich verplappert.

»Äh, na ja, bevor ich Luther gestern gefunden habe, lagen noch Reste davon hier in der Küche. Die ich leider weggewischt habe. Staatsanwalt Schuknecht ist darüber sehr betrübt, weil es doch Beweismittel waren. Jedenfalls waren es lecker aussehende Reste. Mit mehreren Schichten Biskuit. Nach Packung sah der Kuchen wahrlich nicht aus. Was dich, wie erwähnt, entlastet, Sophie.« Aber leider nicht Jean-Luc.

Hendrike geht stumm zur Spüle, stellt den Wasserhahn an, füllt ein Glas, trinkt in großen Schlucken.

»Trug der Mann beziehungsweise die Frau im Wald schwarze, leicht lummelige Hosen wie von einem Pyjama?«, will Veronika inzwischen von Sophie wissen. Man muss schließlich in alle Richtungen ermitteln.

Sophie zieht nachdenklich die Stirn kraus, zuckt mit den Schultern. »Das konnte ich auf die Schnelle nicht erkennen.«

»Das dürfte auch schwierig gewesen sein«, bemerkt von der Spüle aus Hendrike, »weil da niemand war. Außer dir.«

Ein leichtes Beben in ihrer Stimme und die erhöhte Tonlage verraten Veronika, dass Hendrike an dem zu zweifeln beginnt, was sie sagt. Eine Stimme geht immer leicht nach oben, wenn jemand lügt oder unsicher ist. Und anschauen will Hendrike auch niemanden. Was ein weiteres Indiz für Verunsicherung ist. Das weiß Veronika aus ihren Jahren als Grundschullehrerin.

Sophie scheint Hendrikes Wanken ebenfalls zu bemerken. Sie schlendert zum Küchentisch und nimmt Platz. Mit deutlich entspannterer Miene als zuvor. »Mensch Hendrike! Jetzt komm endlich runter. So, wie du mich attackierst, könnte man meinen, dass du mich mit Wonne einen Hügel hinabstoßen würdest!«

Stimmt, gibt Veronika ihr im Stillen recht. Stimmt sogar auffallend.

»Warum? Was habe ich dir getan?«, fragt Sophie.

Beide Frauen starren gespannt Hendrikes Rücken an.

»Das weißt du genau«, kommt es tonlos von ihr. Sie beginnt Käthes blitzblanke Spüle mit einem Tuch zu polieren.

Sophie schaut fragend Veronika an, Veronika schaut fragend zurück. Beide zucken stumm mit den Schultern, schütteln simultan den Kopf.

»Ganz ehrlich«, sagt Sophie, »ich weiß es nicht. Wir haben uns doch nicht mehr gesehen seit … seit … Warte mal … Das muss im Sommer 1984 gewesen sein, als …« Sie bricht unvermittelt ab, wird ein wenig blass um die Nase. »Du heilige Scheiße! Bist du etwa immer noch sauer wegen der Party damals im Wald? Ich glaub es nicht! Ich glaub es einfach nicht. Wir waren Teenies damals und dumm wie Dosenbrot. Außerdem hatten wir ordentlich einen im Tee.«

Hendrike poliert die Spüle auf Hochglanz. Es sieht fast aus, als wolle sie Löcher in den Stahl reiben. »Dank Lukas' Spezialcola!«

»Nein, die kam nicht von Lukas«, widerspricht Sophie. »Das Zeug haben die Jungs von der Suchtklinik rangeschleppt! Das weiß ich genau. Ich hab tragen geholfen. Sie hatten das Zeug in einem alten Brunnenschacht beim Klinikwohnheim gelagert und haben irgendwas von einem schwer geheimen Spender gelabert. Nehme an, die meinten einen örtlichen Dealer.«

»Ganz bestimmt sogar«, stimmt Hendrike zu. »Das Zeug stammte unter Garantie von Lucky.«

»Wer ist Lucky?«, fragt Veronika verwirrt.

»Lukas oder, wenn Ihnen das lieber ist, Biblinghausens Sternekoch Jean-Luc«, klärt Hendrike sie in abfälligem Ton auf.

»Hat der damals schon Wodka gebrannt?« Veronika wundert sich immer mehr. »Mit Cola?«

Die beiden Frauen übergehen ihren Einwurf. Es scheint ganz so, als wollten sie zumindest in diesem Punkt weiterhin zusammenhalten und ihr Geheimnis wahren.

Sophies Stimme wird weich. »Hendrike, soll ich dir erzählen, was damals wirklich los war? Zwischen mir und Lucky, ich meine Jean-Luc.«

Veronika stutzt. Jean-Luc und Sophie Schöpper? Waren die mal ein Paar? So was aber auch! Das hat sie bislang nicht gewusst. Nein, was sie durch ihre Zeit in Florida alles so verpasst hat.

»Da war gar nichts, hörst du«, sagt Sophie nun in leicht flehendem Ton. »Nicht mehr. Lukas hat eine Woche vor der Party mit mir Schluss gemacht.« Kurze Pause. »Deinetwegen, wie mir an dem Abend klar geworden ist.«

»Ha! Ha!«

»Hey, das war nicht zu übersehen. Na ja, und meinetwegen hat er auch Schluss gemacht. Wir haben einfach nicht gepasst. Außerdem wollte ich nicht so weit gehen, wie er gerne … Na ja, ich hab mir zumindest eingeredet, dass es daran lag, dass ich nicht mit ihm schlafen wollte.«

Hendrike verlangsamt ihre Putzbewegungen, presst ihren geschienten Arm an die Brust. Dahin, wo ihr Herz sitzt, vermutet Veronika, und ein Schmerz, der nichts mit einem angeknacksten Ellbogen zu tun hat.

»Spiel nicht die Unschuld. Ich habe euch gesehen«, presst Hendrike mühsam hervor. »Ich habe euch deutlich gesehen! Ihr habt euch geküsst, und du schienst zu allem bereit zu sein, dabei hatte er gerade mit mir … Ach, Scheiße, ich will darüber nicht reden.«

»Aber ich«, sagt Sophie. »Hör zu, nicht wir haben uns

geküsst, sondern ich habe Lukas geküsst. Und ja, ich habe an dem Abend versucht, ihn mit allen Mitteln zu verführen. Ich wollte ihn zurück. Keine andere sollte ihn haben, schon gar nicht du. Wenn es dich tröstet: Ich hatte nicht den Hauch einer Chance.«

»Das sah aber ganz anders aus«, murmelt Hendrike. »Und vor Gericht hast du Lukas die ganze Zeit über deinen ›Freund‹ genannt.«

»Weil er mein Freund war und übrigens immer noch ist. Im völlig harmlosen Sinn, okay?«

»Hast du ihm darum ein falsches Alibi gegeben?«

Sophie richtet sich erzürnt auf. »Spinnst du? Das war kein falsches Alibi! Lukas und ich waren zusammen, als die Hofschaft bereits gebrannt haben muss. Ich bin dann mit ihm hingelaufen. Hinter Heinzi her, der völlig verstört durchs Unterholz torkelte und ständig ›Sünde!, Sünde!‹ brüllte. Der hatte bestimmt heimlich von der Cola getrunken.«

Nein, wie interessant! Veronika muss an sich halten, um nicht direkt weitere Fragen zu stellen. Mit den Worten »Sünde, Sünde!« hat Heinzi Hendrike doch auch am Tag ihrer Ankunft in Biblinghausen begrüßt. Und sehr verschreckt. Was steckt da nur hinter? Mehr als gepanschte Cola, das ist ja wohl klar.

»Mensch, Hendrike!« Sophie ergreift erneut das Wort. »Wir sind doch erwachsene Frauen. Ich habe einen Mann und eine Familie, und ich liebe sie alle sehr. Meistens jedenfalls. Lukas ist Urgeschichte, Steinzeit. Findest du nicht, wir sollten endlich Frieden schließen? Das Ganze war rückblickend betrachtet doch blöder Teeniescheiß.«

»Nicht für mich«, begehrt Hendrike heftig auf. Zu heftig findet Veronika Dornbusch. Ein bisschen Bäumchen-wechsel-dich-Wirrwarr gehört in Sachen Teenieliebe doch dazu, und Hendrike ist kein Teenager mehr.

Das findet Sophie offensichtlich auch. »Hendrike, jetzt mach doch nicht so ein Drama aus dem bisschen Knutscherei ...«

»Es war keine harmlose Knutscherei! Verdammt, begreif das endlich! Es war das Ende meiner Kindheit, und ich war ... ach, egal.«

»Du warst was?«

»Darüber will ich nicht reden.« Hendrike wendet sich ab. »Für die Menschen, die damals verbrannt sind, war unsere Party in jedem Fall alles andere als harmloser Teeniescheiß.«

»Aber der Brand hatte doch nichts mit uns beiden oder der doofen Sache mit Lucky zu tun.« Sophie wirft Hendrikes Rücken einen halb verblüfften, halb bittenden Blick zu.

»Ach nein«, knurrt Hendrike den Fliesenspiegel über der Spüle an. »Dann denk doch mal an den Prozess in Köln.«

»Sorry, okay, das war hart. Wie Lukas' Rechtsanwalt dich auseinandergepflückt hat, dazu dieses Nacktfoto von dir, das tat mir total leid. Vor allem, weil deine Tante so alles über euch rausbekommen und dich rausgeworfen hat. Ehrlich, ich wollte dich mit meiner Aussage nicht vorführen! Aber ich musste die Wahrheit sagen, sonst wäre Lukas glatt im Knast gelandet.«

»Wo er hingehörte!«

»Unsinn, er kann das Gebäude nicht angesteckt haben.«

Hendrike pfeffert das Tuch in die Spüle und stützt sich mit der gesunden Hand auf dem Rand ab. »Bist du dir da wirklich so sicher?«

»Vollkommen sicher. Jetzt mal ehrlich: Traust du Lukas so was echt zu?«

Hendrike nickt grimmig. »Ja. Das traue ich ihm zu. Und wenn er das Feuer nicht selbst gelegt hat, hat er seine Kumpel eben dazu überredet. Ich nehme an, den Brandbeschleuniger hat er auch selbst gemixt. In so was war er doch immer groß.«

Sophie schüttelt den Kopf. »Nein. Das passt hinten und vorne nicht. Mensch, überleg mal! Lukas ist der Kerl, der Heinzi gerettet und dieses Kleinkind aus dem brennenden Haus geholt hat. Dabei hätte er draufgehen können. Du solltest ihm dankbar sein.«

Gespanntes Schweigen legt sich über die Küche.

Langsam, sehr langsam dreht sich Hendrike zu Sophie um. Scheint, als sei sie zu Friedensverhandlungen bereit.

Wäre auch an der Zeit, denkt Veronika. Die Partygeschichte klingt in ihren Ohren nach typischem Teeniedrama. Bis auf die furchtbare Brandkatastrophe im Anschluss, aber die hatte nun wirklich nichts mit pubertären Liebeswirren zu tun. Besser, sie lässt die Mädchen mal alleine, damit sie den Rest unter sich klären. Sie muss nun wirklich die Pralinendose sichern. Auf leisen Sohlen schleicht sie zu der Tür, die von der Küche ins Vorderhaus führt. Sie drückt die Klinke millimeterweise nach unten.

»Ich werde Lukas nie im Leben für irgendetwas dankbar sein. Das ist unmöglich«, hört sie Hendrike noch sagen, bevor sie die Küchentür leise hinter sich ins Schloss zieht.

Die ersten Treppenstufen nimmt sie noch auf Zehenspitzen, dann beschleunigt sie und ist in null Komma nichts in Käthes Kosmetikmuseum. Die Tür steht einen Spalt weit offen. Rasch schlüpft sie ins Zimmer. Gute Güte, da stehen noch immer ein paar von den Seifentürmen, die sie gestern gestapelt hat. Andere sind umgekippt. Wie hat sie es nur geschafft, so ein Durcheinander zu veranstalten? Egal, aufräumen kann sie später.

Wo war noch einmal das Regal, das sie zuletzt untersucht hat?

Da, beim Fenster ist es. Das mit den Badedas-Flaschen. Ihre Augen suchen den schokoladenbraunen Spannteppich davor ab und finden – nichts. Veronika steigt über einen Seifenstapel und schreitet die nächste Regalfront ab. Wieder nichts.

Zehn Minuten lang irrt sie durch die Regalreihen, schiebt Seifen und Präsentpäckchen darin zur Seite. Dabei ist sie sich sicher, dass sie die Pralinendose auf dem Boden hat stehen lassen.

Die Dose bleibt unauffindbar.

Verflixt und zugenäht. Jemand muss sie beiseitegeschafft haben.

Aber wer?

Hendrike kann es nicht gewesen sein. Die war die ganze Nacht über mit ihr bei Meiswinkel und hat sich seit ihrer Rückkehr nicht aus der Küche und von Luther wegbewegt.

Bleibt nur Käthes Mörder.

Natürlich! Oder ihre Mörderin.

Auf den oder die es in der Pralinendose mutmaßlich Hinweise gab.

Zum Kuckuck, warum hat sie die Dose nicht direkt mitgenommen? Sie gräbt in ihrer Hosentasche nach dem Handy. Das muss sie Schuknecht sofort berichten. Vielleicht hat er eine Idee, wer der Dosenklauer war. Schließlich hat er Hendrike gestern Mittag auf der Suche nach ihr und Luther zu Käthes Haus begleitet. Genau wie sämtliche Gäste der Trauerfeier, also wie immer halb Biblinghausen. Der erfreuliche Gemeinschaftsgeist in diesem Dorf kann einem mitunter gehörig auf den Geist gehen.

Veronika tippt die Nummer ins Handy und führt es ans Ohr.

24.

Oh nein, nicht schon wieder!

Durch den Altarraum des Altenberger Doms peitscht ein Schuss.

Schuknecht, eben noch in Glasmalereien des himmlischen Jerusalem versunken, sucht Halt an der Wange einer Kirchenbank. Hektisch klopft er Jacken- und Hosentaschen nach dem ballernden Smartphone ab. Wo hat er das dusselige Ding nur hingesteckt? Es muss zum Schweigen gebracht werden, bevor es aus allen Rohren feuert.

In der Bank, neben der Schuknecht steht, hebt Bewährungshelfer André Naumann seine linke Braue. Kaum einen Millimeter lupft er sie. Bei Naumann genügt das, um Missbilligung zu bekunden. Wer schwere Jungs betreut, tut gut daran, sich ein Mienenspiel zuzulegen, das unbedingte Souveränität und Gelassenheit ausstrahlt – vor allem, wenn er wie die Sanftmut in Person aussieht und derart lange Haare wie Naumann trägt. Mit Mitte fünfzig. Seine grauweiße Matte könnte Knastbrüder zu dem Fehlschluss verleiten, Naumann gehöre zur Spezies der notorisch guten Menschen, mit denen sich Schlitten fahren lässt. Sein besonnenes Pokerface verhindert derartige Irrtümer.

Schuknecht pflegt normalerweise ein ähnlich genügsames Mienenspiel. Dank des schießwütigen Handys entgleist es ihm völlig.

»Die Schüsse kommen aus Ihrer rechten Hosentasche«, bemerkt Naumann trocken und eindeutig überlegen, weil

Schuknecht sich mit explodierender Hose und dank Veronika Dornbusch mal wieder zum Volltrottel macht.

»Dieses verdammte Frauenzimmer!«, zischt Schuknecht, zerrt das Handy hervor, hält es mit gestrecktem Armen von sich weg und tippt auf den ihm unverständlichen Symbolen des Touchscreens herum.

»Darf ich?«, fragt der sitzende Naumann und streckt seine Rechte flach aus. Schuknecht lässt das Handy hineinfallen, Naumann bringt es zum Schweigen.

»Danke«, seufzt Schuknecht, der froh darüber ist, dass nur Naumann Ohrenzeuge geworden ist. Die wenigen anderen Kirchenbesucher – ein Touristengrüppchen in einer Seitenkapelle – lauschen per Kopfhörer der Audioführung.

»Ich hätte nie gedacht, dass Sie sich mal ein Handy anschaffen«, bemerkt Naumann und erhebt sich aus der Bank. »Noch dazu mit so einem Klingelton. Sie halten Computer und Handys doch für Teufelszeug.«

Schuknecht nickt. »In der Tat. Sie entbehren jedweder Eleganz. Vor allem dieses Handy. Es gehört auch nicht mir, sondern meiner Freun…, einer Bekannten«, korrigiert er sich verärgert.

»Dem verdammten Frauenzimmer?« Naumann hebt seine bemerkenswerten Brauen um einen halben Millimeter.

Schuknecht zieht es vor, die fragenden Brauen zu ignorieren.

Naumann forscht weiter: »Enderlin hat angedeutet, Sie hätten in Biblinghausen eine bedenkliche Damenbekanntschaft gemacht, die sich bei ihm nicht beliebt gemacht hat.«

»Enderlin ist ein Trottel«, murmelt Schuknecht vergrätzt. Und privat eine Plaudertasche. Nur leider nicht beruflich. Hoffentlich kann Naumann ihm heute mehr über das verraten, was in den alten Brandstifterakten steht. Vor allem über Jean-Luc Durant.

»Wollen wir draußen ein paar Meter gehen, um uns über den Fall Biblinghausen zu unterhalten?«, fragt der Bewährungshelfer. »Oder macht Ihr Rücken das noch nicht mit?«

»Doch, doch. Bewegung tut ihm gut, und dank Ihrer raschen Hilfe scheint der Hexenschuss abgewendet zu sein«, versichert Schuknecht. Er hat Naumann aus dessen Kölner Büro herbeitelefoniert. Wenigstens dafür war Veronikas dämliches Smartphone nützlich. Naumann hat sich hilfsbereit wie immer, denn das ist er als gebürtiger Pfarrerssohn, auf den Weg gemacht, um ihn bei Veronikas BMW aufzusammeln und zu einer Apotheke im nahen Örtchen Odenthal zu chauffieren.

In einem Café vor dem benachbarten Altenberger Dom konnte sich Schuknecht dann auf der Toilette mit Pflaster, Salbe und Tabletten versorgen. Gebückter Schleichgang und Schneckentempo sind abgewendet. Beim Tai Chi wird er freilich eine Weile lang Maß halten müssen und sich auf leichtes Chi Gong ohne Schwert beschränken.

Der Preis für Naumanns Nächstenliebe ist die Dombesichtigung. Naumann schätzt meditative Momente, Schuknecht eher die ausgewogene Architektur der Zisterzienser, in der er Elemente des Zen verwirklicht findet. Die himmelstürmende Altenberger Kathedrale scheint mehr aus Licht und Luft als von Stein gebaut und muss nicht mit prunkendem Gold und albernen Mätzchen von baulichen Patzern ablenken. Es gibt keine.

Die Männer queren das Buckelpflaster des Kirchvorplatzes, halten auf einen barocken Torbogen gegenüber dem Dom zu und passieren eine kleine Brücke über die Dhünn.

Naumann macht eine Kopfbewegung nach links. »Ein Stück weiter können wir hinter einer Unterführung in einen Wanderweg einsteigen. Wenn ich schon mal in der Gegend bin, würde ich gern ein bisschen Luft schnappen.«

Herrje, das hat Schuknecht ganz vergessen: Der Mann stammt von hier, ist ein fanatischer Wandervogel, pilgert seines Wissens nach sogar und trägt momentan entsprechendes Schuhwerk.

Schuknecht inspiziert verstohlen seine eigenen rahmengenähten Straight-tip-Oxfords. Reine Stadtschuhe sind das, die haben auf Schlammpfaden nichts verloren. Er auch nicht. »Handelt es sich um einen Waldweg?«, erkundigt er sich.

Naumann nickt.

»Ansteigend?«

Wieder nickt Naumann. »Aber nur gemächlich. Eine leichte Strecke mitten durch herrlichen Mischwald.«

Klingt feucht.

»Tut mir leid. Steigungen kann ich meinem Rücken noch nicht zumuten«, lügt Schuknecht und fasst sich ins Kreuz. »Rechter Hand sieht es doch ganz manierlich aus. Ich meine flach.« Außerdem halbwegs befestigt und trocken.

»Rechts geht es in den Märchenwald«, bemerkt Naumann. Die Andeutung eines Schmunzelns huscht über sein markantes Gesicht. »Ich war erst kürzlich mit meiner sechsjährigen Tochter da. Ihr hat es gefallen.«

»Dann dürfte die Strecke ja kinderleicht sein«, erwidert Schuknecht und schlägt rasch den Spazierweg ein. Rechter Hand gurgelt die Dhünn. Dank der Regenfälle vom Wochenende ist sie vom dürren Bach zum Flüsschen angeschwollen.

»Also, was genau wollen Sie von mir wissen?«, fragt Naumann nach wenigen Schritten.

Schuknecht kommt ohne Umschweife zur Sache. »Hat Enderlin Ihnen Einsicht in die alten Gerichtsakten gewährt?«

»Nein, er hat dafür keinen Anlass gesehen. Der Fall Biblinghausen sei exakt dreißig Jahre her und abgeschlossen, meint er. Übrigens lässt er Sie herzlich grüßen und bittet Sie darum, keine weiteren Unterhändler in der Sache vorbeizuschicken. Vor allem keine weiblichen mit roten Haaren. Ich nehme an, damit meint er Ihr verdammtes Frauenzimmer.«

Schuknecht gibt einen verärgerten Laut von sich und kickt mit Schwung ein Steinchen in die Dhünn. Autsch. Das sollte er seinem Rücken zuliebe lassen.

»Sie müssen Enderlins Weigerung nicht persönlich nehmen«, fährt Naumann gelassen fort. »Mit den Akten im Fall Biblinghausen ist unter seinem Vorgänger anscheinend Schindluder getrieben worden. Darum bewacht er sie mit Argusaugen. Sie liegen in seiner Schreibtischschublade unter Verschluss.«

Schuknecht stoppt abrupt. »Schindluder? Was soll das heißen?«

Naumann zögert kurz. »Enderlin hat mir gesteckt, dass eine ehemalige Aushilfssekretärin die Akten vor anderthalb Jahren entwendet hat, um sie dem Reporter eines Boulevardmagazins zur Verfügung zu stellen.«

»Gegen Cash«, schlussfolgert Schuknecht, stößt die Hände in die Hosentaschen und geht mit gesenktem Haupt weiter.

»Ist anzunehmen«, sagt Naumann. »Oder sie hatte ein gewisses erotisches Interesse an dem Aktenkäufer. Glaubt Enderlin.«

»Die Unterstellung erotischer Interessen scheint ein Steckenpferd von ihm zu sein«, ärgert sich Schuknecht. »Wie auch immer. Die Dame wäre nicht der erste käufliche Tippgeber aus Juristenkreisen. Die Angelegenheit ist trotzdem kein Grund, Ihnen oder mir die Akteneinsicht zu verweigern. Ich will die Unterlagen weder verkaufen, noch bin ich Sensationsreporter.«

»Das war der Käufer der Kopien auch nicht«, sagt Naumann langsam.

Schuknecht reißt den Kopf hoch. »Wie bitte?«

»Die angebliche Serie zum dreißigsten Jahrestag der Brandstiftung ist nicht geplant. Auf Nachfragen der Staatsanwaltschaft bei der Magazinredaktion kam heraus, dass man dort niemanden auf die Sache angesetzt hat. Weder einen Redakteur noch irgendeinen freien Mitarbeiter.«

Schuknecht massiert nachdenklich sein Kinn. »Interessant. Weiß man, wer dieser Aktenkäufer war?«

Naumann schüttelt bedauernd den Kopf. »Nein. Es könnte natürlich ein Journalist gewesen sein, der lediglich eine falsche Redaktion angegeben hat. Und ganz sicher einen falschen Namen.«

»Der wie lautete?«

Naumann verzieht den Mund. »Ziemlich lächerlicher Deckname: Gabriel Schwertengel.«

»Alias Engel Gabriel«, übersetzt Schuknecht kopfschüttelnd. »Gottes Engel fürs Grobe in Sachen Gerechtigkeit, bewaffnet mit Flammenschwert und Speer, wirft keinen Schatten, hinterlässt keine Fußspuren, braucht keinen Schlaf. In der Tat, das ist hochgradig lächerlich. Und den Namen hat diese Sekretärin geschluckt?«

»Es scheint so«, erwidert Naumann. »Es war eine Austauschstudentin, Ausländerin, hat sich bei dem Namen wahrscheinlich nicht viel gedacht.«

»Hat man sie nicht etwas eingehender nach diesem Erzengel der Journaille befragt?« Er hätte das getan. Mit Vergnügen. Gegrillt hätte er die!

»Enderlin meinte, der Kontakt zwischen dem Käufer und der Sekretärin sei dünn bemessen gewesen. Sie will ihn nur ein einziges Mal in einer Tiefgarage getroffen haben und konnte ihn lediglich als charmant, glaubwürdig und gut bei Kasse beschreiben.«

»Das war alles?«

»Man hat die Sekretärin damals natürlich entlassen.«

»Keine Anzeige?«, zürnt Schuknecht.

»Die junge Frau war nur eine studentische Aushilfe, man wollte ihr nicht die gesamte Zukunft verbauen.«

»Und die eigene Abteilung nicht in schlechtes Licht rücken. Schon gar nicht im Fall Biblinghausen.«

Naumann nickt. »Das dürfte so hinkommen. Jedenfalls war der Vorfall damit erledigt, und die Akten gerieten wieder in Vergessenheit. Bis zu den Anrufen Ihrer ... äh ... Freundin?«

»Bekannten! Sie ist nur eine Bekannte, und auch das erst seit Kurzem.« Schuknecht gestikuliert abwehrend mit den Händen.

»Aufgrund der Anrufe dieser Frau hat Enderlin sämtliche Unterlagen zum Fall Biblinghausen an sich genommen und in seinem Schreibtisch endgelagert. Zumal bald der Jahrestag ansteht. Wie Ihnen sicher gegenwärtig ist, jährt sich die Brandstiftung am kommenden Mittwoch, also übermorgen, zum dreißigsten Mal.«

Schuknecht nickt knapp.

»Elende Schlamperei«, seufzt er dann und meint den Aktenverkauf. Immerhin ist der aber auch eine höchst interessante Spur. Fragt sich nur, zu wem sie führt.

»Fest steht, dass an die Akten niemand herankommt, der dazu nicht befugt ist«, stellt Naumann abschließend fest. »Ich kann Ihnen lediglich etwas über den Werdegang der vier verurteilten und von mir betreuten Jugendlichen erzählen. Im Rahmen des Erlaubten, versteht sich.«

»Das haben Sie bereits in Ihrem Brief getan«, murmelt Schuknecht missmutig.

»Exakt. Darum hat mich Ihre Bitte um ein persönliches Gespräch ein wenig verwundert.« Er wirft Schuknecht einen prüfenden Blick zu. »Warum interessiert Sie der Fall nach all den Jahren plötzlich wieder so sehr?«

»Ich wohne jetzt in Biblinghausen.«

»Nicht ganz zufällig, nehme ich an«, hakt Naumann nach.

»Nein, nicht zufällig«, bescheidet ihm Schuknecht. »Ich führe Unerledigtes gern zu Ende, und als Pensionär habe ich die Zeit dazu.«

Mehr muss Naumann nicht wissen.

Will er aber.

»Möchten Sie mit mir vielleicht über Felix' Selbstmord im Gefängnis sprechen? Oder über die Mutter? Inzwischen ist viel Zeit vergangen, und Felix war immerhin ...«

Schuknecht schneidet ihm das Wort ab. »Nein, darüber will ich nicht sprechen«, sagt er barsch und beschleunigt seine Schritte. Zugegeben, das ist albern, niemand kann vor der Vergangenheit wegrennen, schon gar nicht vor der eigenen, aber Felix ist ein Thema für sich. Und dessen Mutter erst recht.

Halt, nein! Eine Frage hat er in Zusammenhang mit Felix doch. Er wendet sich zu Naumann um. »Erinnern Sie sich noch an den genauen Wortlaut des Briefes, den man nach Felix' Selbstmord in dessen Zelle gefunden hat?«

»Sie meinen seinen Abschiedsbrief?«, hakt Naumann verdutzt nach. »Den dürften Sie besser kennen als ich. Er war doch an Sie gerichtet.«

»Ich meine nicht den Abschiedsbrief«, sagt Schuknecht abwehrend. Herrje, den kennt er auswendig. Und wird ihn sein Lebtag nicht vergessen, auch wenn er sich immer wieder darum bemüht hat. »Ich meine den Brief, den Jean-Luc Durant Felix ins Gefängnis geschickt hat.«

Naumann hebt ratlos die Hände. »Jean-Luc Durant? Der Name ist mir fremd. Wer soll das sein?«

»Der Knabe hieß damals Dreissler, Lukas Dreissler, hat später den Namen seiner belgischen Mutter angenommen. Er war Mitglied der Jugendclique, die vor Gericht stand. Die verurteilten Brandstifter aus der Klinik waren seine Kumpel, Felix sein bester Freund. Lukas stand kurzfristig selbst unter Verdacht, bei der Sache mitgemischt zu haben, wurde aber freigesprochen. Er hatte ein Alibi.«

Naumann scheint zu dämmern, wen er meint. »Ach so, *den* Lukas meinen Sie. Eindrucksvoller Junge. Hat Kinder aus dem brennenden Haus gerettet, oder?«

»Soweit ich weiß, ein kleines Mädchen und einen Jugendlichen aus dem Dorf. Heinzi Tragelehn«, bestätigt Schuknecht.

»Richtig, an den Namen erinnere ich mich noch. Erstaunlich, dass Sie ihn nach so langer Zeit behalten haben«, wundert sich Naumann und setzt seine Brauen wieder als Fragezeichen ein.

»Meine Bekannte aus Biblinghausen hat mir beim Erinnern auf die Sprünge geholfen. Nur darum ist sie überhaupt meine Bekannte! Sie weiß – entgegen Enderlins Ansichten – sehr gut Bescheid über alle Belange des Dorfes.«

Naumann schluckt die Erklärung. Zumindest gibt er sich den Anschein. »Ich erinnere mich an den Brief von diesem Lukas«, sagt er. »Er hat Felix beschworen, die Gefängnisjahre durchzuhalten, hat ihm versichert, dass er an ihn glaube, und am Ende in kryptischer Manier geschworen, für Gerechtigkeit zu sorgen.«

Schuknecht nickt. »Ganz wie ein Erzengel Gabriel.«

»Nein, mehr wie ein hilfloser und empfindsamer Teenager, der den Helden markiert. Ein hilfloser Helfer.«

Schuknecht macht eine wegwerfende Handbewegung. »Lukas Dreissler hat nach Felix' Tod seine Rachegelüste gegenüber meinem Vorgesetzten in weit drastischerer Weise ausgedrückt. Er hat ihm Vergeltung für das Fehlurteil und die Folgen angedroht.«

»Aber nicht unter dem kindischen Alias Gabriel Engel«, wirft Naumann ein.

»Was haben Sie von dieser Drohung damals gehalten?«

Naumann zuckt mit den Schultern. »Strafverfolgung ist nicht mein Metier. Ihr damaliger Chef hat die Sache jedenfalls nicht ernst genommen oder verfolgt. Zu Recht, wie mir scheint. Er ist vor fast zwanzig Jahren pensioniert worden und vor zwei Jahren friedlich im Bett verschieden. Mit stolzen 83 Jahren, wie Sie wissen dürften.«

Natürlich weiß Schuknecht das. Schließlich ist er darum selbst auf der Mordliste gelandet: als Nachrücker sozusagen, als stellvertretendes Opfer. Und genau das will er nicht werden. Leider hat der Mörder bei Hammelfuß, Heinzi und vielleicht auch Käthe Tragelehn bislang erstaunliches Talent in Sachen Sühnemorde bewiesen. »Können Sie mir etwas über den weiteren Lebensverlauf von Lukas Dreissler sagen?«, hakt er nach.

Zum ersten Mal senkt Naumann die Brauen, statt sie zu lüften. Es sieht fast so aus, als lauere er auf etwas. So klingt auch seine Gegenfrage. »Worauf zielt diese Frage ab? Der Junge wurde freigesprochen.«

»Vielleicht war das ein Fehler«, sagt Schuknecht mit hölzerner Miene. So hölzern, dass Naumann ganz bestimmt keine Schlüsse daraus ziehen kann. Zumal Schuknecht seine Augenbrauen hervorragend unter Kontrolle zu halten weiß.

25.

Mord und Totschlag beleben das Geschäft. Eindeutig.

In Veronika Dornbuschs Laden hat den gesamten Vormittag über Hochbetrieb geherrscht. Von Wirtschaftskrise keine Spur, freut sie sich. Selbst die spontane Erhöhung der Coffee-to-go-Preise auf zwei Euro hat ihr Kundenstrom klaglos hingenommen. Die Muffins vom Vortag sind auch alle weg. Sogar aus Emminghausen kamen Kunden. Es spricht sich offenbar langsam herum, dass in Biblinghausen was los ist und wilde Kerle durch den Wald laufen.

Ob sie ab morgen pro Kaffee zweifünfzig verlangen kann? Veronika Dornbusch schiebt nachdenklich die Kassenschublade zu und verstaut die Kassette mit den Münzrollen unter dem Tresen.

Warum eigentlich nicht! An Zeitungen und Zigaretten verdient sie kaum, und zum Kaffee serviert sie exklusive Klatschnachrichten. Sie ist besser als Google, und ohne ihren Klatsch wäre Biblinghausen praktisch nicht lebensfähig. Das hat der Nachmittag bewiesen. Sie hatte keine Chance zu schließen, weil ständig wer mit Hundekuchen, Bachs Notfalltropfen, Brechmittelrezepten und Fragen zu Luthers Befinden aufgetaucht ist. Vielleicht hängt sie morgen ein Gesundheitsbulletin ins Fenster.

Nebenher hat sie außerdem Kummerkasten gespielt – Ingeborgs Bauchtanzgruppe durchlebt eine Sinnkrise –, und sie hat Detektivarbeit zum Wohle des Dorfes erledigt.

Da sind zweifünfzig pro Kaffee wahrlich nicht zu viel verlangt. Mit spitzem Zeigefinger wischt Veronika Dornbusch eine Staubspur von der Thekenkante. Mit höheren Umsätzen könnte sie einen Arbeitsplatz schaffen, etwa eine Putzfrau engagieren. Und der geplante Ausbau des Ladens zur Tourismuszentrale käme am Ende ebenfalls Biblinghausen zugute. Veronika nickt entschieden. Damit ist die Erhöhung des Kaffeepreises beschlossene Sache.

Aber jetzt Schluss für heute. Es ist zwanzig nach sechs. Sie hat noch eine Verabredung mit Schuknecht. Der alte Brummbart hat sich nach seinem offenbar ergebnislosen Treffen mit dem Bewährungshelfer eines Besseren besonnen und dem Essen im Amselhof zugestimmt. Herr Oberstaatsanwalt a. D. will von ihr alles über Schöpper senior erfahren, bevor er ihn morgen Nachmittag trifft.

Sie sind sich darüber einig, dass Schöpper eine wichtige Auskunftsquelle ist. Schließlich war er zur Zeit der Brandtragödie noch erster Gemeinderat von Biblinghausen und beim Prozess täglich anwesend.

Ihre verschwundene Pralinendose hat Schuknecht leider überhaupt nicht interessiert, weil er Käthe nach wie vor nicht für ein richtiges oder wichtiges Mordopfer hält. Wer Heinzis Vater war, will er auch nicht wissen, weil erotischer Dorftratsch unter seiner Würde ist.

Banause!

Dafür scheint er Jean-Luc noch immer oder wieder auf dem Kieker zu haben. Warum, das will sie ihm heute Abend endgültig aus der Nase ziehen.

Jean-Luc als Mordverdächtiger passt ihr noch immer nicht. Erstens mag sie diesen Schlawiner, und zweitens sind er und sein Amselhof als Besuchermagnet unverzichtbar. Biblinghausen braucht Qualitätstourismus und nicht noch mehr Motorradhorden, Pfadfinder oder Volkshochschulwandergruppen.

Die einen trinken nur Dosenbier vom Discounter, und die anderen bringen selbstgeschmierte Butterbrote mit.

Veronika schultert ihre Handtasche, nimmt den Ladenschlüssel vom Haken neben der Tür, öffnet sie und prallt mit einem Mann in schwarzer Kochjacke zusammen.

Wenn man vom Teufel spricht.

»Oh, *pardon*, machst du schon Feierabend?«, fragt Jean-Luc atemlos.

»Hatte ich vor. Gibt's was Dringendes?«

Etwa Fragen über Hendrike?, setzt sie im Geiste fort. Schließlich war dieser Tunichtgut in Teenietagen ja mal dicke mit ihr, wie sie seit heute Morgen weiß. Sie mustert ihn forschend. Jean-Luc schaut weg. Wie aufschlussreich. Entweder er geniert sich für irgendwas, oder er will ihr etwas verheimlichen.

»Würdest du mir noch ein Päckchen Zigaretten verkaufen?«, fragt er.

Na, wenn das keine faule Ausrede ist. »Du hast doch einen Automaten im Restaurant«, staunt Veronika.

»Klemmt mal wieder. Außerdem ist meine Marke nicht drin. Gitanes ohne, die breite Packung, bitte.«

»Aber nur ausnahmsweise. Ich bin keine Tankstelle.« Sie kehrt hinter ihre Theke zurück, legt die Tasche ab und zieht ein Päckchen aus dem Regal. »Dein Automatenbefüller kann dir die Marke mitliefern, dann hast du sie immer im Haus.«

»Lass mal«, brummt Jean-Luc. »Dann rauche ich am Ende Kette. Deine üblichen Ladenöffnungszeiten schonen meine Gesundheit.«

»Und? Ist das alles?«, will Veronika wissen. Langsam könnte Jean-Luc zur Sache kommen. Sie will Schuknecht nicht schon wieder warten lassen.

Der Wirt legt ein paar Münzen in die Wechselgeldschale und

greift nach dem blauen Päckchen, will es aufreißen und stutzt. »Das sind die Falschen.«

»Unsinn. Die nimmst du immer! Das sind Gitanes«, protestiert Veronika.

»Ich will aber keine, auf denen was von Impotenz und Zeugungsunfähigkeit steht, okay? Wäre ein gefundenes Fressen für meine Küchenbrigade. Gib mir welche mit Lungenkrebs. Das ist eine Krankheit, die sie akzeptieren.«

Männer!

Veronika dreht sich wieder zum Regal um. »Lungenkrebs hab ich leider nicht. Tut es auch die Herzinfarktwarnung?«, fragt sie. »Ist ebenfalls eine typische Männerkrankheit. Beim Lungenkrebs holen wir Frauen inzwischen auf.«

»Ist mir recht.«

Jean-Luc steckt sein Wechselgeld ein, macht aber keine Anstalten zu gehen. »Frag deinen Lieferanten mal, ob er die Dinger direkt aus Frankreich beziehen kann. *Fumer tue* versteht hier kein Schwein, und es klingt eleganter als ›Rauchen tötet‹.«

»Apropos Herzinfarkt.« Veronika nutzt die Gelegenheit für ein wenig Detektivarbeit in eigener Sache. »Weißt du, ob unser lieber Schuknecht Probleme mit seinem Herzen hat?«

Jean-Luc schaut überrascht von einem Motorradmagazin auf. »Solltest du das nicht am besten wissen? Du und unser lieber Schuknecht hattet doch kürzlich ein Rendezvous. Meine Russen hatten den Eindruck, dass ihr euch beim Wodkatrinken nähergekommen seid. Sehr nahe.« Jean-Luc legt eine Sekundenpause ein. »Nachdem ihr sie gründlich über mich ausgehorcht habt.«

Veronika senkt rasch den Blick.

Jean-Luc fährt fort. »Die Jungs waren schwer gerührt von euch. Du kennst sie ja: sehen aus wie Panzerschränke und sind total sentimentale Hunde.«

»Wenn ich etwas über Schuknechts Herz wüsste, würde ich nicht fragen«, gibt Veronika spitz zurück. »Jean-Luc, ich mache mir tatsächlich ein wenig Sorgen um ... Lothar.« Den »Lothar« haucht sie so dahin, als löse der Name verschämte Zärtlichkeit in ihr aus. Jean-Lucs Belmondo-Falten entknittern sich. Er ist nämlich selbst ein Panzerschrank mit Herz. Darum hat sie ihn ja so gern.

»Scheint ganz so, als hätten meine Russen recht«, triumphiert Jean-Luc.

Veronika schweigt kurz, dann geht sie zum Frontalangriff über. »Nun sag schon: Hat Schuknecht mal etwas von gesundheitlichen Problemen erwähnt?«

Jean-Lucs Lächeln verlöscht. Er schüttelt abweisend den Kopf. »Männer tauschen sich nicht über Herzprobleme aus.«

Wie wahr! Wie wahr!

»Nimmt er vor seinen Mahlzeiten bei dir Tabletten ein?«, forscht Veronika weiter. »Und wenn ja, welche?«

»Veronika, ich stehe vor seinen Mahlzeiten in der Küche, sonst bekäme er keine. Am besten, du fragst ihn nachher selbst. Du hast doch seinen Nischentisch für euch reservieren lassen, oder?«

»Ja, habe ich.«

»Gut, er steht bereits an der Theke und nippt Espresso. Einen doppelten. Ist ziemlich schlecht für ein angeschlagenes Herz, würde ich vermuten. Ich glaube, er hat es mehr im Kreuz, steif wie der dasteht.«

»Er steht schon an der Bar?« Veronika reißt ihre Tasche an sich, greift nach dem Ladenschlüssel und stürmt hinter der Theke hervor. »Himmel, dann muss ich mich beeilen. Er hasst Unpünktlichkeit!«

»Gemach, Veronika, der Tisch ist doch erst für sieben Uhr gebucht.«

»Ja, aber ich muss vorher zu Hendrike. Und zu Luther. Einen Brief vorbeibringen. Aus London, stell dir vor!«

»Luther bekommt Post aus London?« Jean-Luc grinst breit.

»Quatsch, Hendrike natürlich.«

»Und? Was stand drin?«

Veronika reckt tadelnd das Haupt. »Jean-Luc! Willst du damit andeuten, dass ich fremder Leuts Post öffne?«

Sie bemüht sich um einen passend empörten Gesichtsausdruck. Die Empörung fällt ihr leicht. Sie hat sich sehr darüber aufgeregt, wie fest der blöde Umschlag verklebt ist. Englische Rechtsanwälte verstehen mehr von ihrem Handwerk und von Klebstoff als Hollerbeck aus Wermelskirchen.

»Spiel nicht die Unschuld vom Lande«, entgegnet Jean-Luc. »Meine Rechnungen kommen auffallend oft mit nachträglich aufgeklebtem Tesafilm an.«

Veronika stemmt die Hände in die Hüften: »Ist das der Dank dafür, dass ich deine unsachgemäß verschlossene Post neu versiegele? Zu deiner eigenen Sicherheit. Stell dir vor, ein Konkurrent würde etwas von deinen Kreditpro... deinen Geldangelegenheiten erfahren.«

»Welche Konkurrenz?«

Hoppla, Jean-Lucs Stimme hat plötzlich einen scharfen Unterton. So, als fürchte er tatsächlich Mitbewerber. Was hat das wieder zu bedeuten?

»Ich denke an Hasim«, reagiert Veronika rasch. »Nicht zu vergessen der Pizzadienst seines Bruders. Der Laden brummt. Die Pizza Hawaii mit doppelt Käse und Thunfisch ist ein Renner. Sie hat sogar Schuknecht geschmeckt.«

Jean-Lucs verzieht angewidert das Gesicht. »Hasim und sein Bruder sind keine Konkurrenz für mich!«

»Trotzdem gehen deine Bankauszüge sie nichts an«, beeilt sich Veronika, ihm zu versichern. Dabei guckt sie sehr streng.

Ganz wie früher im Rechenunterricht. »Das Briefgeheimnis ist ein Grundpfeiler unserer freiheitlichen Demokratie! Wir haben schon genug Ärger mit Amerikas Computerspionen.«

»Die NSA könnte von dir noch eine Menge lernen.«

»Und du brauchst Nachhilfe im Benehmen!«

Veronika eilt zur Ladentür, öffnet sie mit Schwung und tritt auf den Bürgersteig hinaus. »So, jetzt aber raus aus meinem Laden!«

Jean-Luc folgt ihr unschlüssig, kratzt sich am Kinn.

»Du hast deine Zigaretten vergessen«, flötet Veronika. Erwischt! Wusste sie doch, dass er nicht deswegen bei ihr war.

Jean-Luc eilt zurück ins Geschäft, klaubt das Päckchen von der Theke und verlässt hastig den Laden. Draußen reißt er die Folie auf und klopft sich demonstrativ eine Zigarette aus der Packung, steckt sie aber nicht in den Mund.

Veronika schließt hinter ihm ab, dreht den Schlüssel zweimal um. »Ist noch was?«

Jetzt wird es spannend.

»Wie geht es denn Hendrike inzwischen so?«, brummelt Jean-Luc und sieht verlegen bis missmutig aus. »Ich hoffe, gut. Ich meine, das waren ziemlich harte Tage für sie.«

»Komm mit und frag sie selbst«, schlägt Veronika vor.

Jean-Luc zwirbelt die Zigarette zwischen Daumen und Zeigefinger. Gleich ist die hin. Der ganze Tabak rieselt auf die Straße.

»Das hab ich gerade eben versucht«, stößt er endlich hervor.

»Und?«

Jean-Lucs Gesicht legt sich in tiefe Mopsfalten. »Sophie hat mir mit den Worten ›Verschwinde, du Arschloch!‹ die Tür von Käthes Haus vor der Nase zugeschlagen«, stößt er hervor. »Weißt du, was dahintersteckt?«

Oh ja, freut sich Veronika, obwohl der bedröppelte Jean-Luc ihr ein wenig leid tut. Sie kann sich in der Tat denken, warum Sophie den Wachhund spielt: wegen der verrutschten Teenieparty im Wald damals. Der gemeinsame Ausflug in die Vergangenheit scheint für die beiden Frauen ein ausgesprochen versöhnliches Ende gefunden zu haben. Schön, wenn alte Freundinnen wieder zueinanderfinden.

Allerdings nicht für Jean-Luc. Dessen Gesicht ist ein betrübtes Fragezeichen.

»Ich habe keine Ahnung, warum Sophie das getan hat«, lügt Veronika. »Hast du Sophie oder Hendrike irgendwas angetan?«

»Nicht, dass ich wüsste«, behauptet Jean-Luc kühn. Etwas zu kühn. Er senkt verlegen den Blick. »Na ja. Es gab da mal gewisse Missverständnisse«, murmelt er zerknirscht. »Die mir leidtun, okay?«

Man muss diesen Kerl einfach gern haben!

»Mir auch«, sagt Veronika freundlich. »Mein Lieber, wie wäre es mit einem kleinen Deal? Du findest heraus, ob Schuknecht Herzprobleme hat, damit ich auf ihn aufpassen kann, dafür erzähle ich dir im Gegenzug, wie es Hendrike geht.«

»Und was in dem Brief aus London steht«, verlangt Jean-Luc.

Veronika horcht auf. »Warum willst du das wissen?«

Jean-Luc wirft die zerbröselte Zigarette in den Rinnstein. »Könnte doch sein, dass sie nach England zurückgeht. Würde mich interessieren, was sie für Pläne hat.«

»Warum?«

»Nur so. Als alter Freund. Es wäre nett, wenn Hendrike in der Gegend bliebe.«

»Das kann unmöglich der einzige Grund für deine Neugier sein.« Veronika sagt es ihm auf den Kopf zu und fordert: »Jetzt rück endlich damit heraus. Was willst du von Hendrike? Komm schon, ich finde es ja doch heraus.«

Jean-Luc ringt sichtlich mit sich. »Okay, du hast gewonnen«, sagt er schließlich. »Es geht mir nicht nur um Hendrike. Ich interessiere mich für Käthes Haus. Ich brauche endlich Übernachtungsmöglichkeiten und würde ihr einen fairen Preis zahlen. Weit über dem Marktwert. Weil ich sie mag. Wirklich mag.«

»Das würde dir nichts nutzen!«

»Meine Güte, hasst sie mich wirklich so sehr? Ich hätte verflucht noch mal mehr Gründe, sie zu hassen, und habe ihr trotzdem längst vergeben.«

Das ist ihr Lukas! Ganz ihr Schüler, freut sich Veronika. Sein moralischer Kompass zeigt nicht immer nach Norden, aber sein Herz hat er am richtigen Fleck. »Mein Lieber, Hendrike kann das Haus nicht verkaufen«, sagt sie.

»Warum nicht?«

»Weil das Haus Luther gehört. Sozusagen.«

»Wie bitte?«

Veronika seufzt. »Hendrike bekommt das Haus erst überschrieben, wenn Luther in ihrer Obhut zwei Jahre unbeschadet überlebt hat. Sollte das nicht der Fall sein, erben es der Tierschutzverein und die Kirche.«

»Ach du heilige Scheiße!«

»Du sagst es. Versuch, es positiv zu sehen. Du hast jetzt zwei Jahre lang Gelegenheit, Hendrike zu beweisen, dass sie keinen Grund hat, dich zu hassen, und dann, wer weiß ... Sie ist eine sehr attraktive Frau. Und sehr allein.« In Veronikas Kopf läuten bereits leise Hochzeitsglocken. Allerdings nicht die von St. Andreas. Aber eine Heirat wäre natürlich die beste Lösung von allem und für alles. »Na, was ist? Möchtest du immer noch wissen, ob Hendrike nach London zurückgeht oder ob sie bleibt?«

Jean-Luc schaut kurz auf.

»Ein deutliches Ja wäre mir willkommen«, mahnt Veronika.

»Ich muss zurück in den Amselhof. *Full house* heute Abend.« Er steckt das Zigarettenpäckchen in die Brusttasche seiner Kochjacke, dreht sich abrupt um und geht mit strammen Schritten die Straße hinab, verfällt in Laufschritt, erhöht kurz vor dem Marktplatz auf Sprinttempo.

Alle Achtung, verflucht gut zu Fuß, der Junge! Es dürfte schwer werden, den einzuholen, wenn er richtig Gas gibt.

Noch etwas fällt Veronika auf: Jean-Luc trägt dunkle Hosen.

Nun ja, beschwichtigt sie sich selbst, *er trägt immer dunkle Hosen. Die bringen seinen hübschen Hintern zur Geltung.*

Der Mann im Gebüsch trug laut Sophie auch schwarze Hosen, meldet sich eine Gegenstimme in ihr zu Wort. Eine Stimme, die verdächtig nach Schuknecht klingt.

Himmel, der Oberstaatsanwalt hat ihr einen hübschen Floh ins Ohr gesetzt! Das fehlt ihr noch. Sie hat genug damit zu tun, ihren eigenen Verstand im Zaum zu halten. Sie braucht keine fremden Stimmen oder fremde Gedanken im Kopf. Schon gar keine, die an Verdächtigungen festhalten, die nach Jean-Lucs Beichte erledigt sind. Erledigt sein sollten. Findet ihr Herz.

Man kann einem Menschen nur vor die Stirn schauen, nicht dahinter, entgegnet ihr Verstand.

Oder ist das wieder nur Schuknecht?

Der Mann hat ein bemerkenswertes Talent, sie völlig durcheinanderzubringen. Dabei ist das eigentlich ihr Talent. Schuknecht soll sich gefälligst mit seinem eigenen dürren Verstand begnügen.

Verstimmt macht sich Veronika auf den Weg zu Käthe Tragelehns Haus. Hoffentlich öffnet Hendrike den Brief aus London in ihrer Gegenwart. Der ist per Air Mail und Expresskurier versandt worden und sah mächtig wichtig aus.

Die Adresse der Kanzlei hat sie gegoogelt. Es muss eine vornehme Sozietät sein, denn sie hat ihren Sitz in einer der berühmten *Inns of Court* mitten in Londons City. In den ehrwürdigen Kanzleihöfen residieren seit dem Mittelalter nur die allerbesten Rechtsverdreher.

Was können so vornehme Anwälte von Hendrike wollen?

26.

»*Voilà*, ein Gruß aus der Küche!« Jean-Luc stellt schwungvoll einen Teller vor Schuknecht ab, wirft sein Küchentuch über die Schulter und mimt den Annonceur: »Ungestopfte Gänseleberpaté auf Holunder-Cassis-Jus mit karamellisierten Pistazien an warmer Brioche und Perlen von bretonischer Meersalzbutter.« Er zwinkert verschwörerisch. »Kleiner Magentrost für Sie. Veronika verspätet sich mal wieder. Vielleicht einen Champagner dazu? Als Auftakt? Bringt den Kreislauf in Schwung, fördert die Herztätigkeit. Wenn man das will.«

Schuknecht setzt stirnrunzelnd seine Espressotasse ab und starrt den Teller an. Nie und nimmer ist das ein Küchengruß. Das ist eine veritable Vorspeise. Mit viel zu vielen Kalorien. Noch dazu den völlig verkehrten. »Was soll das, Jean-Luc? Ich esse keine Leberpastete. Zu fett. Und dazu auch noch süße Weißmehl-Brioche!«

»Die ist frisch gebacken und harmoniert prachtvoll mit dem Aroma der Gänseleber«, insistiert Jean-Luc.

»Mag sein, aber Sie kennen meine Regel: kein Zucker und keine Kohlehydrate nach vierzehn Uhr. Es ist bereits sieben. Wollen Sie mich umbringen?«

Der Wirt kehrt mit betrübter Miene die Handflächen nach oben. »*Mon dieu*, Schuknecht! Vergessen Sie mir zuliebe einmal die Regeln! *Bon?*«

Schuknecht ärgert sich. Jean-Luc gibt mal wieder *Monsieur Le Tartare*, den frischen Franzosen. Dabei weiß der Kerl ganz genau, dass er das nicht leiden kann. Auch jetzt kommt Jean-

Lucs Entgegnung mit vollends übertriebenem *accent* daher. Er erinnert Schuknecht an Ratatouille, die kochende Ratte.

»Ein Feinschmecker – *un gourmet véritable* – muss von sämtlichen Regeln abweichen können!«, doziert der Koch. »Er muss etwas wagen, um die Kreativität der Küche würdigen zu können. Diese Pastete ist exquisit. Sie ist ... Mir fehlen die Worte dafür.«

»Freut mich zu hören«, brummelt Schuknecht.

Jean-Luc ist noch nicht fertig. »Und was meinen Sie mit ›umbringen‹? Ein wenig Fett kann Ihnen doch nicht schaden. Sie sind gesund, *n'est-ce pas?* Keine Probleme mit den Leberwerten? Oder dem Herzen? Das wäre natürlich etwas anderes. Ich kann beim Kochen auf ihre Herzkranzgefäße Rücksicht nehmen, wenn Sie möchten.«

Schuknecht schiebt das angebliche Amuse-Bouche energisch von sich weg. »Haben Sie zu viel Pernod getrunken, oder was ist mit Ihnen los?«, zischt er warnend. Es muss schließlich nicht das gesamte Lokal mitbekommen, wie Jean-Luc sich und damit ihn zu einer Schießbudenfigur macht. Er nickt in Richtung der voll besetzten Tische. »Wie es aussieht, haben Sie auch ohne dieses Affentheater genug zu tun. Verschwinden Sie in Ihre Küche und markieren Sie da den frischen Franzosen – nur bitte nicht vor mir.«

Knurrend sammelt Jean-Luc den Teller ein und ist weg. Schuknecht ordert bei der blonden Bedienung eine Flasche Perrier, lehnt einen Stuhl und anderweitige Sitzgelegenheiten ab und konsultiert seine Armbanduhr. Gleich halb acht. Veronika Dornbusch ist eine wandelnde Strapaze für seine Nerven.

Er würde heute Abend gerne früh in den Bungalow zurückkehren. Sein Rücken schreit nach einem Wärmekissen, Mozart und Kakao. Außerdem will er in Ruhe über das nachdenken, was Naumann ihm heute Morgen noch über Jean-Luc mitteilen konnte. Ein ganz unbeschriebenes Blatt war der als Jugendlicher nämlich keineswegs. Heftige Familienprobleme gab es auch. Der Vater scheint ein heftiger Trinker gewesen zu sein, der seiner Frau gegenüber gelegentlich handgreiflich geworden sein soll. Davon hat ihm in Biblinghausen natürlich niemand etwas gesagt. Solche Dinge werden gern totgeschwiegen. Zumal die Mutter nie Anzeige erstattet hat.

Schuknecht reibt sich den schmerzenden Rücken. Egal, ein Schlitzohr und Geheimniskrämer ist Jean-Luc in jedem Fall. Was sollten die Fragen über sein Herz und seinen Gesundheitszustand? Höchst rätselhaft. Und beunruhigend, vor allem angesichts der Liste des Racheengels von Biblinghausen. Und dann wäre da noch die Sache mit den heimlich kopierten Gerichtsakten. Wer war die Sekretärin, die damit angeblich rumgepfuscht hat? Und warum hat sie das getan? Das könnte eine entscheidende Frage sein. Schuknecht nickt fast unmerklich. Ja, eine äußerst entscheidende Frage.

Es könnte natürlich auch sein, dass es gar keinen anonymen Käufer gab, sondern dass die junge Dame selbst sich für den Inhalt interessiert hat. Wie sagt Veronika immer so schön?

Frauen können so was auch.

Wenn er wenigstens herausfände, wie alt die junge Dame zum Zeitpunkt des Aktenklaus war. Das Alter wäre immerhin ein grober Anhaltspunkt dafür, wer sie ist. Er hat da eine vage Vermutung. Eine abenteuerliche Vermutung. Ihr Name wäre freilich noch mehr von Nutzen, falls sie ihren richtigen verwendet hat. Dank Jean-Luc weiß er ja nun, dass es in dieser Hinsicht immer eine Reihe von Möglichkeiten gibt.

Naumann hat versprochen, sich um die Daten der jungen Dame zu kümmern und außerdem bei einem Kollegen in Belgien nachzuhören, ob ein Jean-Luc Durant dort in irgendeiner

Weise aktenkundig geworden ist. Alles auf dem kleinen Dienstweg und an Enderlin vorbei, versteht sich.

»Guten Abend, Herr Schuknecht«, reißt ihn von hinten eine Stimme aus den Gedanken. »Auch wieder hier?«

Schuknecht dreht sich seinem Rücken zuliebe in gemächlichem Tempo um. »Guten Abend, Dr. Friedestrom.«

»Und Professor Friedestrom«, ergänzt der junge Arzt. Er wendet sich zum Eingang. »Darf ich Ihnen meinen Vater vorstellen? Sie haben sicher schon von ihm gehört. Er ist eine Koryphäe der modernen Herzklappenforschung, früher Universitätsklinik Düsseldorf. Gelegentlich operiert er noch.«

Natürlich hat Schuknecht von ihm gehört. Welcher Herzpatient hat das nicht? Er richtet seine Augen auf den hochgewachsenen, grauhaarigen Herrn, der hinter Friedestrom Junior in den Amselhof tritt, und ist enttäuscht.

Desinteressiert bis überheblich nimmt Professor Friedestrom das Lokal in Augenschein. Sieht so aus, als wolle er sagen: »Habe schon Besseres gesehen.«

»Vater, das ist Oberstaatsanwalt Lothar E. Schuknecht«, beeilt sich Friedestrom Junior zu sagen. »Er ist kürzlich aus Hamburg hergezogen. Du siehst, Biblinghausen kommt in Mode. Es ist wirklich kein Kuhkaff oder das Ende der Welt.«

Friedestrom Senior nickt sparsam bis abweisend in Schuknechts Richtung.

Oho, das kann Schuknecht auch. Er nickt nicht minder sparsam zurück. Scheint sehr von sich eingenommen zu sein, dieser Herr Professor. Ein unangenehmer Mensch. Dünkelhafte, selbstverliebte Professoren erkennt Schuknecht auf Anhieb. Schließlich war er selbst mal einer.

Wie bitte?

Er lauscht bestürzt seinem letzten Gedanken nach. Und korrigiert ihn flugs. Selbstverständlich erkennt er dünkelhafte, eitle, selbstverliebte Professoren nur deshalb auf den ersten Blick, weil er am Hamburger Lehrstuhl für Rechtsethik ständig mit Kollegen dieses Kalibers zu tun hatte.

»Sie müssen uns entschuldigen«, bemerkt der junge Friedestrom betreten. Es ist ihm offenbar peinlich, dass sein Vater die Zähne nicht einmal für ein wenig Smalltalk auseinander bekommt. »Wir sollten unseren Tisch einnehmen, bevor Jean-Luc ihn anderweitig vergibt. Ist ja mächtig was los heute.«

Schuknecht nickt. »Heinzis Trauerfeier scheint eine gute Werbung für den Amselhof gewesen zu sein. Dazu der mysteriöse Giftanschlag auf Luther. Plötzlich entdeckt Biblinghausen die Freuden der Haute Cuisine.«

Die Augen des alten Friedestroms weiten sich kurz vor Verblüffung, dann verengen sie sich zu entrüsteten Schlitzen. »Ein Toter als Reklame? Das meinen Sie doch nicht ernst!«

Gute Güte, ist der Mann empfindsam!

»Nur ein Scherz«, erläutert Schuknecht rasch.

»Und was meinen Sie mit einem Giftanschlag auf Luther?«, fragt der Professor mit erzürnter Miene nach.

»Vater, Herr Schuknecht scherzt nur«, bemüht sich Friedestrom Junior, die angespannte Atmosphäre aufzulösen. »Zu deiner Information: Luther ist ein Hund, der versehentlich Rattengift gefressen hat.«

»Seltsame Scherze. Und seltsame Hundenamen. Könnten wir jetzt essen?«, drängt sein Vater unwirsch. »Ich habe einiges mit dir zu bereden, Friedhelm. Einiges!«

Es klingt fast so, als erwarte den jungen Friedestrom eine Strafpredigt von Gottvater persönlich, findet Schuknecht. Friedhelm heißt der Junior also. Friedhelm Friedestrom. Ein bedauernswerter Knabe. Kein Wunder, dass der sich nie mit seinem Vornamen vorstellt und häufig ein wenig scheu und gehemmt wirkt, vor allem im Umgang mit der Damenwelt, obwohl die ihm doch zu Füßen liegt. Vor allem in Person von Jean-Lucs blonder Bedienung, die treu wie ein Hundewelpe hinter den Herren Friedestrom herhechelt, um die Speisekarten zu apportieren.

Kopfschüttelnd verfolgt Schuknecht den steifen Abgang von Vater und Sohn. Zwischen den beiden herrscht eine extrem eckige Körpersprache. Fußball haben die bestimmt nie miteinander gespielt, und zu Weihnachten gab es für Klein-Friedhelm statt einer Modelleisenbahn wahrscheinlich jedes Jahr die Neuauflage des klinischen Wörterbuchs *Pschyrembel*.

Er will sich eben wieder zur Theke umdrehen, als die Tür zum Amselhof erneut aufgerissen wird.

Abendluft und würziger Vanilleduft hüllen ihn ein wie eine Wattewolke. Die Wolke betört ihn gegen seinen Willen. Sie reißt ihn in ferne Zeiten zurück. Verdammt verlässlich, sein Cortex. Die Geruchsareale seiner Großhirnrinde waren immer sehr verlässlich, wenn es ums Erinnern geht. Das ist kein einfacher Vanilleduft, sondern Shalimar von Guerlain – animalisch, süß, rauchig und ein wenig schmutzig. Zibetähnlich wie eine in die Jahre gekommene Raubkatze. Ausnehmend hypnotischer Duft. Er erinnert ihn verlässlich an Irene, seine erste Frau. Eine gewaltige Dummheit, das Ganze. Eine *amour fou*, für die er heute noch büßt.

Schuknechts Nase nimmt Witterung auf. Das Parfüm scheint frisch aufgesprüht zu sein, verrät sie ihm. Leider in so rauen Mengen, dass die Raubtiernote die schüchtern floralen Botschaften von Iris und Rose unangenehm dominiert.

Es gibt nur eine Person, die es mit einem edel nuancierten Parfümklassiker derart übertreiben würde. Noch dazu in einem Sternerestaurant, in dem allein die Küchendüfte zählen sollten.

Macht die Dornbusch so was eigentlich mit Absicht oder aus schlichter Dummheit?

»Hallo Lothar, tut mir leid, dass ich zu spät bin«, umzwitschert und umduftet sie ihn sogleich. »Ich wollte mich vor dem Essen rasch noch umziehen. Schrecklich, dieser Ladenmief.«

Schuknecht verliert die Herrschaft über seine Kinnlade.

Außer Parfüm trägt Frau Dornbusch ein kleines Schwarzes, das bei ihr figurbedingt recht groß ausfällt. Nur nicht oben herum. Gute Güte, war für den Ausschnitt kein Stoff mehr übrig? Man weiß gar nicht, wo man hinsehen soll, ohne anzüglich zu wirken. Zu Veronikas gelegentlichen feministischen Anflügen passt dieser Ausschnitt in keinem Fall.

»Machen Sie den Mund zu, Lothar! Oder haben Sie noch nie eine Dame im Cocktailkleid gesehen?«, raunt sie und angelt sich einen Barhocker.

»Frau Dornbusch, wir hatten ein Arbeitsessen verabredet«, bemüht sich Schuknecht um die Wiederherstellung seiner Würde.

»Ich weiß, aber später ist hier noch flämisch-bretonischer Musikabend. Wie jeden Dienstag.«

Schuknecht schwant Schreckliches. »Und das heißt?«

»Ab elf Uhr spielt eine Band aus Emminghausen. Eigentlich ist ihre Spezialität schottisch-irische Folklore, aber flämische und bretonische Volkslieder können die sicher auch. Ist ja irgendwie alles eins. Außer, dass in schottischen Liedern immer junge Männer in fürchterlichen Kriegen umkommen. *Braveheart* und so, Sie wissen schon. In der bretonischen Musik geht es lustiger zu. Ingeborg spielt heute Didgeridoo dazu. Ihre Bauchtanzgruppe befindet sich nämlich in einer Sinnkrise und …«

»Frau Dornbusch! Können wir bitte zur Sache kommen, bevor dieser bretonische Rummel losgeht?«

Veronika Dornbusch nimmt mit einer überraschend eleganten Bewegung auf ihrem Barhocker Platz. »Das ist kein Krach!«, sagt sie. »Und tanzen kann man dazu hervorragend. Haben Sie zufällig Ihr Schwert dabei?« Sie zwinkert ihm zu und ordert bei der Blondine zwei Gläser Wodka. »Hausmarke, bitte!«

»Ich bleibe bei Wasser«, lehnt Schuknecht ab.

»Wir haben heute aber besonders schlechte Laune!«

»Wie es um Ihre Laune steht, vermag ich nicht zu beurteilen. Ich habe berechtigte Gründe für meine gedämpfte Stimmung.«

»Ach ja? Welche denn?«, fragt Veronika unbekümmert.

Schuknecht setzt eine indignierte Pause. »Schon vergessen? Ihr Auto hat mich heute fast erschossen!«

»Jetzt seien Sie nicht so mürrisch«, verlangt Veronika. »Setzen Sie sich erst mal.« Sie klopft auf den Barhocker neben sich.

»Nein danke, ich ziehe es vor zu stehen.«

Schuknechts Rücken verlangt nach der Vertikalen und Frau Dornbuschs Aufdringlichkeit in Verbindung mit ihrem parfümierten Ausschnitt nach mindestens einem Barhocker Abstand. Sein Cortex hat – umgangssprachlich ausgedrückt – nämlich gerade einen Knall. Sein Hirn denkt überhaupt nicht an ein Arbeitsessen, sondern inhaliert Shalimar. Es produziert sogar Bilder von Veronika beim Bauchtanz, weil die Zibetnoten jetzt dem weichen, cremigen, naschwerkartigen Schlussakkord des Duftes weichen.

»Sollen wir direkt an unseren Tisch wechseln?«, schlägt Veronika vor, die von alldem zum Glück nichts zu ahnen scheint.

»Nein, den Tisch habe ich storniert. Wir nehmen unser Essen heute an der Theke ein«, übernimmt Schuknecht die Führung.

»An der Theke? Warum denn das?«

»Der Oberstaatsanwalt hat Rücken!«, wirft Jean-Luc ein, der gerade mit einer Platte Austern auf Eis aus der Küche kommt. »Ich bringe euch gleich die Karte. Die Gänseleber, die du so magst, ist leider aus, Veronika. Irgendein undankbarer Gast hat die letzte Portion zurückgehen lassen.«

Veronika ist entsetzt. »Was für ein Banause war denn das?«

»Ein Banause, der Todesangst vor tierischen Fetten und Kohlehydraten hat.«

Schuknecht wirft ihm einen entrüsteten Blick zu. Jean-Luc antwortet mit einem gehässigen Grinsen.

Rachsüchtiger Kerl!

»Sie haben Rückenschmerzen, Lothar?« Veronika Dornbusch beginnt, in ihrer Handtasche zu kramen. »Warum sagen Sie das nicht gleich? Lendenwirbelbereich, nehme ich an? Ingeborg hat mir dagegen mal homöopathische Globulis gegeben. Die haben Wunder gewirkt. *Byronia alba*, weiße Zaunrübe. Hilft bei Hexenschuss. Vor allem, wenn der Betroffene verdrießlich, mürrisch und abweisend reagiert. Wo stecken die nur?«

Schuknecht greift verzweifelt nach seinem Wasserglas. Als Krankenschwester ist Veronika eine Fehlbesetzung, vor allem mit diesem Ausschnitt und Shalimar. Nicht auszudenken, was für alternative Hexenkräuter sie noch im Angebot hat. »Keine Globuli«, sagt er bestimmt. »Hören Sie? Keine Globuli und kein anderer Hokuspokus!«

Veronika schaut von ihrer Tasche auf, die im Übrigen dringend entmistet gehört, wie Schuknecht mit einem Blick feststellt. »Wie Sie meinen«, sagt sie bedauernd, »aber die helfen wirklich, und man muss auch keinerlei Befürchtungen haben, dass sie gefährliche Wechselwirkungen mit anderen Medikamenten entwickeln. Sie könnten Ihre Herzpillen und Ingeborgs Globuli getrost zusammen einnehmen.«

Jetzt reicht's.

Schuknecht stellt mit einem Knall sein Wasserglas ab. »Welche Herzpillen?«

Veronika antwortet mit einem Unschuldsblick. »Na, die Pillen, die Sie sich immer per Post schicken lassen. In äußerst zerbrechlichen Gläsern. Am besten fragen wir gleich mal den jungen Friedestrom, ob der die Ihnen nicht auch besorgen kann. Dann brauchen Sie die nur noch in der Suchtklinik abzuholen. Sie sollten wegen Ihrer Rückenprobleme ohnehin gleich morgen bei ihm vorbeischauen. Ist doch praktisch bei Ihnen um die Ecke. Wie heißt das Präparat denn?«

Zwei eintretende Gäste unterbinden Schuknechts gebotenen Wutanfall.

Veronika hebt grüßend die Hand. »Hallo, Herr Schöpper! Was macht Brüssel? Ist der Euro noch zu retten, oder sind wir alle pleite? Und was machen meine Fördergelder für die Tourismusinitiative?«

Schuknecht setzt zu einer rückenschonenden Drehung an, um Schöpper Senior in Augenschein zu nehmen.

»Gott zum Gruße, liebe Veronika, habe leider gar keine Zeit für einen Plausch. Wir sehen uns.« Schöpper ist verschwunden, bevor Schuknecht sich umgedreht hat.

»Ungehobelt wie immer«, murmelt Veronika. »Bin gespannt, wen der hier treffen will. Oh, schauen Sie nur: Jean-Luc hat ihm unseren Tisch gegeben. Schande aber auch, für Schöpper hätte ich den nicht aufgegeben.«

Schuknecht nimmt einen Schluck Wasser und räuspert sich. »Womit wir beim Thema wären.«

»Dem verschenkten Tisch?«

»Nein, Schöpper. Welche Rolle hat er zum Zeitpunkt des Brandes in diesem Dorf gespielt?«

»Die gleiche wie immer: aufgeblasener Popanz«, sagt Veronika. »Haben Sie gesehen, wie der gerade in den Raum reingegrüßt hat? Mit Winke-Winke-Händchen im Stil der Queen. Spielt immer noch den König von Biblinghausen.«

»Und, ist er das?«

»Er hat sich stets strebend darum bemüht.«

Veronika ordert mehr Wodka und beginnt zu erzählen.

27.

Hendrike und Sophie sitzen immer noch am Küchentisch.

Es gab viel zu beichten und noch mehr zu bereden. In dieser Hinsicht ähnelt ihre Beziehung bereits einer Frauenfreundschaft. Die Pizzakartons und die Plastiksalatschüsseln mit den Überresten einer Mahlzeit vor ihnen runden das Bild ab. Genau wie die leere Flasche Gratisprosecco, von der Hendrike allerdings keinen Tropfen getrunken hat.

»Und jetzt sag mal«, beendet Sophie eine kurze Gesprächspause. »Was hat dich von meiner Unschuld überzeugt, na?«

Hendrike seufzt. »Dein Zettel war feucht.«

Sophie kraust ratlos die Stirn. »Hä?«

»Der letzte Zettel, auf dem du verlangt hast, dass wir miteinander reden, war feucht. Die Tortenhaube, auf der er lag, aber nicht.«

»Ich versteh nicht, was du meinst.«

»Das ist doch ganz einfach«, erklärt Hendrike. »Tortenhaube und Zettel gehörten ganz offensichtlich nicht zueinander. Du hast den Zettel an meiner Haustür hinterlassen, als Regen einsetzte. Der Zettel wurde ordentlich nass und war noch immer feucht, als ich ihn gefunden habe. Die Tortenhaube, auf der er steckte, war hingegen staubtrocken und warm vom Abendsonnenschein. Fazit: Der Zettel wurde viel früher abgegeben, der Kuchen kam später dazu. Womit bewiesen ist, dass du kein Rattengift vor meiner Tür deponiert hast.«

»Wow, du klingst wie Sherlock Holmes.«

Hendrike seufzt. »Danke. Außerdem hattest du recht: Die

Partysache war ziemlicher Teeniescheiß.« Zumindest, wenn man von den drastischen Folgen für sie selbst absieht. Aber von diesen Folgen kann Sophie nichts wissen, und sie hat sie auch nicht zu verantworten. Nicht einmal Lukas weiß etwas davon.

Vielleicht hätte er es gerne gewusst. Möglicherweise – wenn Hendrike seinem Auftritt in der Kirche am Abend vor Heinzis Beerdigung Glauben schenken darf. Ob er damals wirklich versucht hat, Kontakt mit ihr aufzunehmen? Nach dem Brand? Vor dem Prozess? Via Brief und Musikkassetten? *Lauter Schmachtballaden hoch und runter. Von Jaques Brel*, hört sie Jean-Luc sagen.

Wäre es möglich, dass Tante Käthe die Botschaften damals abgefangen hat? Gut möglich. Oh ja, das ist sogar sehr gut möglich.

Hendrikes Herz zieht sich zusammen, sitzt wie eine hart geballte Faust in ihrer Brust. Das schmerzt. Es schmerzt so sehr, dass sie die Luft anhalten und die Zähne aufeinanderbeißen muss, um nicht laut loszuschreien.

»Sag mal, stört es dich, wenn ich kurz zu mir rüberflitze und nach meiner Bienenkönigin schaue?«, fragt Sophie in die neuerliche Gesprächspause hinein. »Unsere Zugehfrau macht gleich Feierabend, und Livy allein zuhause ist eine Katastrophe.« Sophie verdreht mit einem schiefen Lächeln die Augen.

Hendrike atmet erleichtert aus. Sie ist dankbar dafür, dass Sophie sie in die Gegenwart und ihre Küche zurückgeholt hat.

»Meine Großen kommen erst um acht von den Proben zum Poetry-Slam in Dabringhausen zurück«, fährt Sophie fort. »Kommst du übrigens hin?«

»Wann ist der denn?«

»Morgen. Ich muss schon nachmittags da sein, um beim

Aufbau und der Generalprobe zu helfen. Ich kann's dir echt empfehlen, wenn du auf peinliche Lyrik, peinliche Pubertierende und ihre noch peinlicheren Eltern stehst.« Sie grinst. »Im Ernst, das ist für hiesige Verhältnisse eine ziemlich hippe Veranstaltung, und als Entschädigung für die gereimten Katastrophen gibt es später eine Cocktailbar. Nach drei, vier Gläsern hältst du unsere jugendlichen Dichter für Goethes Erben. Jean-Lucs Russen mixen stramme Sachen.«

Von denen wird Hendrike selbstverständlich nichts kosten, aber das kann Sophie nicht wissen. Soll sie auch nicht. Noch nicht. Trotz ihrer ansatzweise geklärten Vergangenheit befindet sich ihre Freundschaft allenfalls im Embryonalstadium – wenn man von einer Freundschaft überhaupt schon sprechen kann. Dennoch hat Sophie eine zweite Chance verdient, findet Hendrike. Erst recht nach all den Scheußlichkeiten, die sie Sophie unterstellt und die diese mit Engelsgeduld und lauter Hilfsangeboten beantwortet hat.

Im Grunde hat sie selbst keine zweite Chance bei Sophie verdient, gesteht sich Hendrike ein. Und schon gar keine so teuren Geschenke wie das neue Handy, das auf dem Küchentisch liegt.

Am Nachmittag hat Sophie ihren Sohn mit dem Bus nach Wermelskirchen geschickt, um Hendrike ein Smartphone zu besorgen. Für Notfälle. Anschließend hat sie sämtliche Biblinghäuser Telefonnummern ins Adressbuch eingetippt, bei denen sich Hendrike im Falle eines Falles melden und um Hilfe bitten kann. Sogar beim Rohrverlegen oder Dachdecken. Außerdem hat sie einen Russen aus Jean-Lucs Küche herbeordert, um Käthes Vorder- und Küchentür mit funkelnagelneuen Sicherheitsschlössern einbruchssicher zu machen. Eingebaut hat Jean-Lucs Mann zwei handgeschmiedete Einzelanfertigungen, für die Hendrike ihm ein üppiges Trinkgeld anbieten wollte, was der Russe aber energisch abgelehnt hat.

»Jetzt bist du vor ungebetenem Besuch sicher«, hat Sophie erklärt. »Die Schlösser knackt keiner.«

So war Sophie schon immer. Praktisch veranlagt. Zupackend. Jemand, der nicht lange fackelt und lieber über Lösungen als über Probleme nachdenkt.

Das glatte Gegenteil von ihr. Das soll sich ändern.

»Wenn du möchtest, komme ich schon nachmittags mit«, sagt Hendrike. »Obwohl ich dir als Krüppel kaum eine Hilfe bin.« Sie hebt kurz ihren geschienten Arm.

»Süße, wenn du Livy mittags zum Reiten bringst und sie mir später beim Aufbau in Dabringhausen aus den Füßen hältst, wäre das eine Riesenhilfe.«

Hendrike verzieht bedauernd den Mund und hebt ihren geschienten Arm. »Damit kann ich leider nicht Auto fahren.«

»Brauchst du nicht. Ihr könnt zu Fuß zum Reitstall gehen. Livy tut ein kleiner Spaziergang gut, und zur Probe in Dabringhausen kommt ihr mit dem Taxi. Ich zahle. Schließlich ersparst du mir einen Babysitter.«

»Ein Taxi kann ich mir schon noch selbst leisten«, protestiert Hendrike. »Ich freue mich auf einen Tag mit Livy. Ich mag sie sehr.«

»Sie dich auch. Sogar ›sehr, sehr‹ hat sie gesagt. Sie hat schon einen Beanie für dich rausgesucht, der auf dich und Luther aufpassen soll. Den Beanie hat sie allerdings doppelt, sonst bekämst du keinen.«

Hendrike lächelt schief. »Im Ernst?«

Sophie nickt. »Im Ernst.«

Hendrike freut sich. Sie hätte nie geglaubt, dass ihr die Anerkennung einer Fünfjährigen so viel bedeuten könnte. Tut sie aber.

»Und eins kannst du mir glauben«, fährt Sophie fort. »Livy mag nicht jeden. Schon gar nicht ihren Opa. Bin ich froh, dass der sich ein Hotelzimmer in Wermelskirchen genommen hat, sonst hätte es längst Tote bei uns gegeben. Entweder ihn oder Livy.«

»So schlimm?«

»Noch schlimmer.«

»Keine Chance auf Versöhnung zwischen deiner Familie und ihm?«, fragt Hendrike vorsichtig nach.

Sophie schüttelt den Kopf. »Nicht in diesem Leben. Schon gar nicht, seit meine Mutter tot ist. Sie war Livys Lieblingsoma. Und für mich die allerbeste Mutter der Welt. Ich werde meinem Vater nie verzeihen, dass er sie ständig betrogen und im Stich gelassen hat. Er war und ist ein geborener Kotzbrocken. Im Übrigen verlangt er von uns, dass wir ihm das Haus auf einen Schlag und für achthunderttausend Euro abkaufen. Kann er haben, aber das war's dann auch.« Ihr Mund wird zu einem abweisenden Strich, und sie verschränkt die Arme vor der Brust.

Mimik und Gestik sind unmissverständlich. Hendrike fragt nicht weiter nach. Auch Sophie hat seit Kindertagen ihr Päckchen zu tragen gehabt. Sie ist nur komplett anders damit umgegangen: hat gegen ihren unsäglichen Vater rebelliert, statt sich zurückzuziehen, hat gekämpft, statt sich an ihrem Kummer fett zu fressen. Wie sie das getan hat.

Irgendwann war Sophie einfach darüber hinweg, hat den Mist hinter sich gelassen und eine eigene Familie gegründet. Mit einem Mann, der es wert ist, geliebt zu werden. Einem ganz anderen Mann als so selbstverliebten Großmäulern und Halunken wie Lucky-Lukas-Jean-Luc oder Malcolm, von denen sie selbst nie die Finger lassen konnte.

Sophie hat dazugelernt. Hier in Biblinghausen. Sie hat

ihrem Drama standgehalten, anstatt einfach davor zu flüchten. Etwa nach London. Alberner Versuch. Man nimmt sich überall hin mit. Anders als Sophie würde Hendrike sogar auf Mikronesien noch das riesengrößte Arschloch der gesamten einheimischen Bevölkerung kennenlernen, um ihr kleines Scheißunglück ins Unendliche zu verlängern. Sie schafft es ja offenbar sogar in Biblinghausen, irgendwen so zu verstören, dass er sie einen Hang hinunterschubst.

Krieg dich ein, befiehlt sich Hendrike. Vielleicht war das Ganze ja doch nur Einbildung, oder ihr ist einfach ein Ast ins Kreuz geschlagen.

Der Nachmittag mit Sophie hat sie auf angenehme Weise in die Wirklichkeit und die Gegenwart zurückgeholt. Zwei Orte, die sie lange zugunsten von Hirngespinsten und Schatten der Vergangenheit gemieden hat.

Sie klappt die Pizzakartons zu, trägt die Teller zur Spüle und lässt Wasser darüberlaufen. »Geh du mal deine Süße zähmen. Luther und ich kommen prima allein zurecht«, sagt sie.

Außerdem würde sie gern in Ruhe den Brief aus London lesen. Den Brief von Malcolms Anwälten. Verdammt hartnäckige Burschen. Wie die wohl ihre neue Adresse in Biblinghausen herausgefunden haben? Nun, sie werden wohl bei dem Möbellager in Islington angerufen haben. Dort kennt man ihre gegenwärtige Adresse.

Hendrike schielt in Richtung des Umschlags, den Veronika neben der Spüle abgelegt hat. Vielleicht stecken darin ja gar keine schlechten Nachrichten, sondern eine Lösung ihrer Probleme, eine neue Perspektive. Etwa ein finanzielles Wiedergutmachungsangebot.

»Ich bin höchstens eine Dreiviertelstunde weg«, versichert Sophie fröhlich. »Sobald mein Mann zurück ist, komm ich wieder her. Soll ich noch eine Flasche Prosecco mitbringen?«

Hendrike dreht den Wasserhahn zu. »Lass mal, ich bin ein großes Mädchen – auch wenn ich mich selten so verhalte.« Sie beißt sich auf die Lippen. »Sorry noch mal für meine hysterischen Ausrutscher und Anschuldigungen. Ich hatte in den letzten Wochen ein bisschen viel um die Ohren. Mir ist mein halbes Leben um die Ohren geflogen. Oder eher mein ganzes.«

»Wegen der Kündigung in London? Hey, ist doch nur ein Job!«

»Der Job war so ziemlich alles, was ich hatte«, sagt Hendrike. Mehr muss Sophie nicht wissen.

»Ich bin froh, dass du wieder hier bist. Sehr froh. Und deine Pension wird ein Hit. Mein Mann kann dir garantiert Tagungsgäste verschaffen. Seine Firma hält ständig irgendwo Konferenzen ab. Warum nicht mal hier?« Sophie tritt von hinten an sie heran und legt ihr die Hand auf die Schulter. Nur ganz leicht.

Hendrike zuckt unter der Berührung zusammen.

Sophie zieht die Hand blitzartig zurück.

»Tut … tut mir leid«, murmelt Hendrike und weiß nicht weiter.

»Schon gut, ich verstehe dich«, beschwichtigt Sophie sie. »Immerhin hat dich am Sonntag irgendein Scheißkerl den Hügel hinuntergeschubst, und die Sache mit Luther ist auch nicht koscher. Aber ich schwör dir eins: Dieses Schwein kriegen wir. Ab sofort passt ganz Biblinghausen auf dich auf.«

Hendrike dreht sich zu ihr um und zwingt sich zu lächeln. »Ich kann gut auf mich alleine achtgeben. Im Alleinsein habe ich bald dreiundvierzig Jahre Übung. Und was Luther angeht … das kann wirklich auch ein Unfall gewesen sein. Noch sind die Tortenreste nicht analysiert, und Meiswinkel hat recht: Rattengift liegt hier überall herum. Ich möchte nicht wissen, was Tante Käthe in dieser Hinsicht noch alles auf Lager hat. Hinter dem Haus warten drei Schuppen auf Aufräumarbeiten. Müssen komplett ausgemistet werden. Lauter Krempel. Du solltest dir mal oben die Zimmer ansehen!«

»Tue ich gern«, sagt Sophie auf dem Weg zur Hintertür. »Vergiss nicht, ich habe versprochen, dir beim Renovieren zu helfen.« Sie grinst. »Und Livy auch. Sie hat mir was von einem Seifenzimmer erzählt, das sie mächtig interessiert. An Livy wirst du jede Menge alten Kram los.«

Hendrike lacht. »Sag ihr, sie hat freie Auswahl.«

»Mach ich. Und du versprichst mir, dass du anrufst, wenn irgendwas passiert, bis Veronika eintrudelt. Egal was, ja? Ich komme auch, um Mäuse totzuschlagen oder bergische Trolle aus Schränken zu verjagen. Darin bin ich Spitzenklasse. Frag Livy!« Sie beugt sich zum schlafenden Luther hinab. »Nacht, alter Stinker.«

»Sophie! Mein Hund stinkt nicht.«

»Doch, das tut er, aber wir lieben ihn trotzdem.«

Die Tür fällt ins Schloss.

»Du stinkst kein bisschen«, raunt Hendrike Luther ins Ohr und tätschelt ihm den Kopf. Dann eilt sie zur Spüle, reißt den Briefumschlag aus London auf, fischt mit klopfendem Herzen einen Stoß dicht beschriebener Seiten heraus. Das sieht nach einem ellenlangen Vertragswerk aus.

Sie ist gespannt, was Malcolms Anwälte diesmal zu bieten haben. Und was sie dafür verlangen.

Während sie liest, legt sie schützend die Hand auf ihren Unterleib. Wölkchen soll nicht mitlesen, wenn Anwälte mit seinem oder ihrem Schicksal spielen.

28.

»Bei Schöpper muss ich immer an Bismarck denken«, erläutert Veronika dem interessiert lauschenden Schuknecht.

Der Oberstaatsanwalt rückt von ihr ab und guckt empört. Nanu! Was hat sie denn jetzt wieder Falsches gesagt?

»Frau Dornbusch, Sie wollen einen EU-Hinterbänkler wie Schöpper doch nicht mit einem der fähigsten Staatsmänner der deutschen Geschichte vergleichen«, protestiert er.

Immer diese Missverständnisse!

»Wo denken Sie hin!«, wehrt Veronika ab. Sie schaut sich verstohlen um und fährt gedämpft fort. »Worauf ich hinauswollte, war dieses berühmte Bismarckzitat über wohlhabende Familien. Sie wissen schon: ›Die erste Generation schafft das Vermögen, die zweite verwaltet es, die dritte studiert Kunstgeschichte, und die vierte verkommt vollends.‹«

Schuknecht schmunzelt. Nur homöopathisch, aber er schmunzelt.

»Und welcher Generation gehört Schöpper Senior an?«, fragt er und rückt wieder ein paar Zentimeter näher an sie heran. Bismarck scheint ihm ausnehmend zu gefallen. Das wird sie sich merken.

»Der vierten Generation selbstverständlich«, sagt Veronika. »Oder glauben Sie, ein grober Klotz wie Schöpper hat Ahnung von Kunstgeschichte? Schauen Sie sich doch nur diesen Brunnen auf dem Marktplatz an! Was für ein schauderhaftes Teil. Er hat es persönlich ausgesucht. Dabei haben wir in unserer Gegend ein paar wunderbar begabte Steinmetze und Bildhauer. Etwa Take Bijlsma in Rölscheidt. Und seine Frau Silke Busch macht hinreißende Mosaike. Kennen Sie die?«

Schuknecht hebt warnend die Hand. »Frau Dornbusch, bitte! Bleiben wir bei Schöpper. Hat er sich diesen Gedenkbrunnen selbst gewidmet?«

»Nein, dem Gründer der Dynastie natürlich. Arthur Schöpper. Der hat die Grundlage für das einst bedeutende Vermögen des Schöpper-Clans gelegt. Dank ihm gehörten der Sippe mal halb Biblinghausen und jede Menge Grundbesitz in Wuppertal. Für den dortigen Zoo hat er auch tief in die Tasche gegriffen. Ich glaube, die erste Giraffe hat Arthur Schöpper bezahlt. Oder war es ein Rhinozeros? Er hatte selbst ein wenig Ähnlichkeit mit einem Rhinozeros, wenn man seinem Ölporträt Glauben schenken kann. Genau wie sein Ururenkel.«

»Nicht abschweifen!«, verlangt Schuknecht. »Welcher Errungenschaft verdankt sich das Vermögen der Familie?«

»Na, dem Schöpper-Schnapper natürlich.«

»Schöpper-Schnapper? Nie gehört. Was ist ein Schöpper-Schnapper?«

Veronika Dornbusch zuckt mit den Schultern. »Das hat irgendwas mit der Automatisierung der Bandwirkerwebstühle zu tun, oder war es etwas für die Pulvermühlen?« Sie furcht die Stirn. »Ach, am besten fragen Sie das Jean-Luc. Von Technik und Mechanik hat er Ahnung. Denken Sie nur an die Sache mit den Kirchenglocken.«

Schuknecht sieht aus, als wäre ihm mal wieder schwindelig. So sieht er häufig aus, wenn er mit ihr spricht. Ob er tatsächlich was mit dem Herzen hat? Oder hat sie es mit dem Ausschnitt und dem Parfüm übertrieben?

»Jean-Luc hat die Kirchenglocken instandgesetzt?«, fragt Schuknecht erstaunt.

Veronika Dornbusch lacht aus vollem Hals. »Quatsch. Er

hat sie natürlich zum Stillstand gebracht. Rechtzeitig vor Heinzis Beerdigung.«

»Das ist grobe Sachbeschädigung«, wirft Schuknecht ein.

»Ist es nicht«, entgegnet Jean-Luc und setzt einen gebackenen Rohmilchcamembert vor seiner Nase ab. »Ich war im Auftrag des Herrn unterwegs.«

Veronika kichert und hebt prostend ihren Wodka.

»Was soll das heißen?«, fragt Schuknecht Jean-Luc. Der verschwindet wortlos in der Küche. »Und was soll ich mit diesem fetten Camembert?«, ruft ihm Schuknecht hinterher. »Ich wollte einen leichten Ziegenkäse in Pergament.«

»Ich kann das erklären«, springt Veronika ein. »Also, das mit den Glocken, nicht den Käse. Der Pfarrer hat Jean-Luc um ein wenig Sabotage gebeten. Regelrecht angefleht hat er ihn, und als ehrenamtlicher Küster ist Jean-Luc sicher weisungsgebunden. Biblinghausen ist ihm jedenfalls sehr dankbar dafür, dass die Glocken wieder schweigen.«

Schuknecht schiebt den Käseteller von sich weg und schaut sie sehr ernst an. »Fällt Ihnen nichts auf? Die Glocken haben auch bei dem Brand 1984 geschwiegen. Mit verheerenden Folgen.«

»Stimmt, aber das wollen Sie doch nicht ernsthaft Jean-Luc in die Schuhe schieben!« Veronika schüttelt den Kopf. »Sie verbeißen sich da in was.« Sie dreht sich verstohlen um, beugt sich näher zum steif dastehenden Schuknecht hin und wispert: »Nicht die Glocken waren daran schuld, dass die freiwillige Feuerwehr damals viel zu spät kam. Die gesamte Truppe hatte an dem Abend ein Grillfest bei ihrem Einsatzleiter. Hammelfuß – Gott hab ihn selig – war schon am Nachmittag so sturzbetrunken, dass er seinen Beeper verkramt und überhört hat. Sie sind erst raus, als eine der Ehefrauen, die daheimgeblieben ist, einen Anruf vom Haupthaus der Klinik bekam und zum Grillfest gerast ist.«

»Weshalb das Läuten der Brandglocken von St. Andreas umso entscheidender gewesen wäre«, wendet Schuknecht ein.

»Sie immer mit Ihren Fakten! Ich will Ihnen jetzt mal was viel Entscheidenderes erzählen: Jean-Luc liebt Hendrike. Das hat er mir vorhin erst gestanden.« Jedenfalls so gut wie.

Schuknecht scheint wenig beeindruckt zu sein. »Und?«

»Wie: und? Er würde ihr nie und nimmer etwas antun! Womit Ihr Verdacht gegen ihn komplett in sich zusammenfällt.«

»Sie kennen die Liebe nicht!«

Veronika verdreht die Augen.

»Außerdem ist Jean-Luc bereits liiert«, beharrt Schuknecht, lässt seinen Blick durch das Restaurant schweifen und ihn vielsagend auf der blonden Bedienung ruhen.

»Sie irren«, feixt Veronika. »Blondie geht nämlich fremd, und das nicht erst seit gestern.«

»Ich finde, wir sollten auf Schöpper zurückkommen«, knurrt Schuknecht und lenkt seinen Blick zu dem Tisch, an dem Schöpper einen tiefen Zug aus einem Rotweinglas nimmt.

»Der scheint ganz schön nervös zu sein«, flüstert Veronika. »Schaut immer wieder auf die Armbanduhr und dann aus dem Fenster. Bin gespannt, mit wem der hier verabredet ist. Sicher geht es um Geld!« Das wird bei Schöpper nämlich knapp, vermutet sie. Wissen kann sie es leider nicht so genau, weil Schöppers Post natürlich nach Brüssel geht, aber sein Immobilienmakler gibt hin und wieder einen Brief bei ihr auf, und darin geht es stets um Veräußerungen von Immobilien. Sprich Hausverkäufe. Außerdem hängen zig Grundstücksbilder von Schöpper in den Sparkassen von Wermelskirchen bis Wuppertal aus. Das meiste sind Fehlinvestitionen rund um die Dhünntalsperre.

»Was hat unser Schöpper aus dem Familienvermögen und seinem Leben denn so gemacht?«, will Schuknecht wissen.

»Nichts«, erklärt Veronika ihm. »Unser Schöpper war von Anfang an Politiker. Erst Jugendverband, dann Kreisklasse oder wie das heißt, irgendwann hat er es zum Gemeinderat gebracht, verschiedene Ausschüsse durchlaufen und immer so weiter. Bis nach Bonn, Berlin und jetzt Brüssel. Wobei ich glaube, er wäre lieber hiergeblieben und hätte weiter König von Biblinghausen und Umgebung gespielt.«

»Und woran ist das gescheitert?«

»Ach, dies und das. Am Ende seiner Amtszeit in Biblinghausen hat er sich vor allem gründlich verspekuliert und Land gekauft, als gäbe es kein Morgen mehr. Leider war es das falsche.«

»Er hat Land gekauft?«

Veronika nickt. »Als er im Bau- und Gewerbeausschuss des Kreises saß, hatte er seine ganz große Zeit. Ich nehme an, dass er in den nicht öffentlichen Sitzungen Informationen abgegriffen hat. Über öffentliche Bauvorhaben, Änderungen im Flächennutzungsplan und – besonders spannend – die Umnutzung und Baureifmachung landwirtschaftlicher Flächen.«

Schuknecht stülpt nachdenklich die Unterlippe vor. »Sie meinen, er hat solche Grundstücke oder Flächen erworben, bevor die Bauvorhaben allgemein bekannt wurden und die Preise für das Land entsprechend in die Höhe kletterten.«

Veronika nickt. »Exakt. Die uralte Masche eben. Einige der Grundstücke konnte er mit exorbitantem Gewinn weiterverkaufen. Eine Zeitlang lief das prächtig.«

»Dabei dürfte er sich Feinde gemacht haben.«

Veronika zuckt mit den Schultern. »Die hatte er ohnehin. Aber er hat es geschickt verstanden, sich als Wohltäter und großer Bauherr für Biblinghausen und die Region aufzuspielen. Das hat ihm Wahlstimmen und Befürworter verschafft. Meine Güte, was wollte der alles bauen! Ein Hallenbad hat er uns versprochen, dazu einen riesigen Golfplatz. Sein Lieblingsprojekt war natürlich die Ferienanlage an der Dhünntalsperre. Kein popeliger Familienfreizeitpark. Nein, Schöpper schwebte ein Luxusressort für betuchte Großstädter vor. Davon hätten viele hier profitiert. Baufirmen, Geschäftsinhaber, Handwerker, Restaurants ...«

»Ein Luxusferiendorf im Bergischen Land? Noch dazu bei Biblinghausen? Reichlich abwegige Idee.«

Veronika bedenkt ihn mit einem entrüsteten Seitenblick. Der Mann hat ja so was von keine Ahnung! Und kein Herz für Biblinghausen. »Das ist nicht abwegig, mein Lieber«, sagt sie hoheitsvoll. »Biblinghausen und Umgebung haben in dieser Hinsicht große Tradition. Nehmen Sie nur das Jagdschloss Maria in der Aue. Ein Düsseldorfer Spross der Haniel-Dynastie hat es 1928 bauen lassen – mit beheiztem Schwimmbad im Keller, Kegelbahn auf dem Hof, kostbarer Bibliothek, Speisesaal, Salons, Bar, Reitstall, sowie einer Zwanzig-Register-Pfeifenorgel. In dem Schloss gaben sich Adel und Stars die Klinke in die Hand. Eine Erbin der Klosterfrau-Dynastie hatte hier ebenfalls ihr Landgut. Unterschätzen Sie unsere Gegend nicht! Wir bieten so einigen Millionären einen diskreten Rückzugsort. So diskret, dass es kaum jemand weiß! Daran wollte Schöpper anknüpfen, und es gab im Vorfeld schon einige Interessenten für die Ferienvillen.«

»Wann war das genau?«

Veronika muss kurz überlegen. Sie hat da mal wieder ein paar Wissenslücken. Wegen Florida und dem verflixten Bommelbeck. Eine Ehe kann wirklich zur völligen Verblödung beitragen.

»Hm!«, sagt sie schließlich. »Die Ferienanlage hat Schöpper Anfang der Achtziger angestoßen. So ein, zwei Jahre, bevor das alte Dhünntal endgültig geflutet wurde. Vorher sah es da jahrelang aus wie auf dem Mond. Die Jungs aus den umliegenden Dörfern sind mit ihren Mopeds gern die gerodeten Hänge runtergeheizt. Eine ganze Generation von Fahrschülern hat dort für den Führerschein geübt …«

Schuknecht stöhnt. »Frau Dornbusch, bleiben Sie bei der Ferienanlage, sonst werden wir nie fertig.«

»Ja, natürlich. Also, die Modelle dafür sahen für meinen Geschmack viel zu niedlich aus. Wie eine Märklin-Platte, wissen Sie? So mit Bäumchen und blau gemaltem Wasser. Sogar winzige Badegäste hat der Architekt ans Ufer legen lassen. Mit Sonnenbrille! Das muss man sich mal vorstellen. Dabei war damals schon klar, dass das Baden in der Talsperre verboten sein würde. Aber na ja, dafür sollte es im Feriendorf mehrere Swimmingpools geben. Einer davon lag übrigens auf dem Gelände der alten …«

»Frau Dornbusch«, mahnt Schuknecht in schärferem Ton. »Könnten wir bitte wieder auf den Punkt kommen?«

»Äh, ja, natürlich. Und der wäre?«

»Warum haben sich Schöppers Pläne zerschlagen?«

Veronika rückt ganz nah an Schuknecht heran. »Na, wegen des Brandes damals … Oh, sieh mal einer an! Hab ich's doch gewusst.«

»Was?«

»Hinter Ihnen ist gerade Schöppers Besuch eingetroffen. Sein Immobilienhändler.«

Schuknecht schaut kurz auf und verfolgt den Mann im grauen Anzug mit seinen Augen bis an Schöppers Tisch.

»Ich schätze, unser lieber Schöpper will mal wieder ein oder zwei Häuser losschlagen. Bei den Mondpreisen, die er verlangt, ist es schwer, genügend Trottel zu finden, die ihm was abkaufen.«

Schuknecht wirft ihr einen indignierten Blick zu.

Oh Mist, sein Bungalow stammt ja von Schöpper.

Ein Pistolenschuss in Schuknechts Hose klärt die peinliche Situation. Fluchend kramt der Oberstaatsanwalt sein, nein, ihr Handy, hervor. Er drückt auf »Empfang« und führt es zu seinem Ohr.

»Was fällt Ihnen ein!«, protestiert Veronika. »Der Anruf könnte für mich sein.«

»Oh, hallo Naumann«, grüßt Schuknecht und senkt die Stimme. »Gibt's was Neues?«

Teufel aber auch! Das würde Veronika Dornbusch zu gern wissen. Es muss was Wichtiges sein, wenn der Bewährungshelfer um diese Uhrzeit anruft.

Schuknecht wendet sich ab, betritt den Windfang vor dem Ausgang. Schon ist er aus der Tür. Veronika verzieht das Gesicht. Jetzt telefoniert der draußen auf dem Bürgersteig herum, und sie bekommt rein gar nichts mit.

Sie hätte dem Kerl niemals ihr Handy leihen sollen!

29.

Millionen Sterne stanzen Löcher in die Nacht, ein halber Mond taucht Wolkentürme in silbernes Licht. Träge und majestätisch wie Geisterschiffe segeln sie über den Himmel. Hendrike begleitet sie mit verträumten Blicken. Die Wolken ziehen in Richtung Norden. Da muss sie auch bald hin.

Sie sitzt mit dem Rücken zum Amselhof auf dem Rand des Schöpper-Brunnens. Luther dreht gemächlich seine Runde. Abends braucht er für seine Geschäfte recht lange. Ihm fehlt das Brunnengeplätscher, das seine Blasentätigkeit anregt, vermutet Hendrike. Sie legt den Kopf in den Nacken, atmet die milde Nachtluft ein, sucht und findet die Milchstraße.

Ganz sicher wird sie Biblinghausen in London vermissen. Vermutlich sogar mehr, als sie London in Biblinghausen vermisst hat. Genaugenommen hat sie London hier überhaupt nicht vermisst. Trotzdem wird sie bald hinfliegen müssen. Fragt sich nur, für wie lange.

Der Brief von Malcolms Rechtsanwälten erlaubt zahlreiche Optionen. Wenn sie will, hat sie bald keine Geldsorgen mehr.

Nicht des Babys wegen. Malcolms Anwälte drücken im Namen Ihres Mandanten weiterhin Zweifel an dessen Vaterschaft aus und verlangen einen vorgeburtlichen Gentest – Arschlöcher! So einem Stress setzt sie ihren Embryo und sich ganz bestimmt nicht aus.

Was Malcolm momentan offenbar mehr fürchtet als ein Baby von der falschen Frau zur falschen Zeit, ist, dass Hendrikes Anteil am neuen Internetkonzept für *Glamour Girl* ans

Licht kommt. Was heißt Anteil? Die Idee und der gesamte Entwurf stammen von ihr, wie sämtliche Web- und Grafikdesigner von *Nesbitt & Rubin* bezeugen können. Na ja, könnten, so sie den Mut haben, sich mit ihrem Brötchengeber anzulegen.

Hendrikes Konzept wird demnächst mit einem der wichtigsten Medienpreise des Landes ausgezeichnet. Und Malcolm – dieser Betrüger! – wird ihn in seinem Namen entgegennehmen. Nicht aus Eitelkeit, wie seine Anwälte nicht müde wurden zu betonen. Es geht um weitaus mehr. Ein amerikanischer Verlag hat anscheinend Interesse signalisiert und will groß bei *Nesbitt & Rubin* einsteigen. Ein Millionendeal, ein Coup und ein Karrieresprung der Superlative für Malcolm.

Von den Millionen könnte sie mit guten Aussichten einen Teil für sich einklagen. Diese Klage würde Malcolm blamieren, und sein Karrieresprung gliche dem eines Tigers, der als Bettvorleger endet. Was Malcolms Anwälte selbstverständlich nicht ganz so direkt ausgedrückt haben. Stattdessen haben sie ihr eine Art Stillschweigeabkommen unterbreitet. Mit unzähligen Klauseln. In den meisten geht es um einen Rechteabtritt, den Verzicht auf Rechtsmittel ihrerseits und absolute Verschwiegenheit. Die vor allem.

Für ihre Unterschrift bieten die Anwälte eine halbe Million Pfund. Ein Eröffnungsangebot, das sich mit ein, zwei Anwaltsschreiben ihrerseits bestimmt noch nach oben treiben lässt. Sie muss nur eine gewiefte Kanzlei finden, dann kann die Feilscherei beginnen.

Allerdings hat all das auch für Hendrike einen Preis. Einen hohen Preis. Unter anderem soll sie wieder eine Stelle beim Verlag antreten – man will nicht nur ihr Stillschweigen kaufen, sondern sie in den faulen Betrug einbinden und genau im Auge behalten. Vor Ort.

Nicht gut.

Entscheidet sie sich stattdessen für einen Prozess um die geistige Urheberschaft am Konzept, wird sie das Jahre ihres Lebens kosten, zunächst nur Unkosten verursachen und am Ende vor allem ihre und Malcolms Rechtsanwälte reich machen.

Noch schlimmer.

Mit einem beschaulichen Leben als Mutter und Biblinghäuser Pensionswirtin wäre es so oder so vorbei, bevor es überhaupt angefangen hat. Sie wirft einen bedauernden Blick auf Tante Käthes Haus. Was könnte man mit einer halben Million Pfund daraus machen! Ein Juwel von Gasthof. Ganz ohne Risiko. Von der halben Million bliebe genug übrig, um sorgenfrei zu leben, bis die Pension sich trägt. Wenn ihr nur ein dritter Weg einfiele, um stressfrei an das Geld zu kommen und in Biblinghausen bleiben zu können!

»Deine Sorgen möchte ich haben«, hat Sophie vorhin am Telefon gesagt. »Kopf hoch, uns fällt schon was ein.«

Wie schön, dass sie morgen Gelegenheit haben wird, in Ruhe mit ihr über die Sache zu sprechen. Mit Sophie und vielleicht sogar mit ...

»Er hat *was* getan?«, schallt eine Stimme über den stillen Platz, und die Tür zum Amselhof fällt ins Schloss. »In welchem Gefängnis?«

Luther nimmt knurrend Habachtstellung ein. Hendrike springt erschrocken vom Brunnenrand und dreht sich zum Amselhof um. Auf dem Bürgersteig davor steht Staatsanwalt Schuknecht. Er drückt sein Handy so fest ans Ohr, als wolle er hineinkriechen.

Das liegt bestimmt am schlechten Empfang, denkt Hendrike. Als sie vorhin im Garten telefoniert hat, ist sie von Funkschatten zu Funkschatten gehüpft. Handytelefonate ähneln in Biblinghausen einer Turnübung und eignen sich nicht für ausführliche oder emotional aufgeladene Gespräche. Schon gar nicht mit …

»Sie haben mir mit dieser Auskunft sehr geholfen«, versichert Schuknecht im Schein einer Straßenlaterne seinem Gesprächspartner. »Und wegen der Sache mit der Sekretärin rufen Sie wieder an? Gut, gut. Besten Dank an den belgischen Kollegen und Grüße an die werte Gattin. Ich wünsche eine geruhsame Nacht.«

Schuknecht steckt das Handy weg, geht auf dem Bürgersteig auf und ab, nickt ein paarmal.

Hendrike zerrt sachte an Luthers Halsband, um ihn zurück zu Tante Käthes Haus zu lotsen. Obwohl sie sich keinen Reim darauf machen kann, worüber und mit wem Schuknecht soeben gesprochen hat, möchte sie nicht als Lauscherin dastehen.

Luther hält wenig von derlei Höflichkeit. Er will sich als Wachhund präsentieren. Mit aufgestellten Ohren und drohend aufgerichtetem Schwanz gibt er kräftig Laut.

»Oh, guten Abend, Frau Tragelehn«, grüßt Schuknecht über den Platz, greift nach seinem Kopf, stellt fest, dass kein Hut zum Lüpfen darauf sitzt, und deutet stattdessen eine knappe Verbeugung an. »So spät noch unterwegs?«, ruft er fragend und kommt zielstrebig auf sie zu geschlendert. So als habe er nur auf eine Gelegenheit gewartet, mit ihr zu sprechen.

Luthers Knurren wächst zum Grollen heran.

»Der Hund scheint zu genesen«, bemerkt Schuknecht.

»Aus, Luther, sofort aus! Bitte, Luther. Äh, ich meine natürlich: Wirst du wohl«, schimpft Hendrike, wie sie selbst bemerkt, nicht eben gekonnt. Na ja, der Hund ist schließlich noch krank, und im Grunde tut er ja seine Pflicht.

»Lassen Sie mich mal!«, verlangt Schuknecht und geht vor Luther in Stellung. »So was klärt man am besten ohne Worte. Von Mann zu Mann.«

Er versenkt seine Augen in die des Hundes.

Das muss sein Blick für Kreuzverhöre sein, vermutet Hendrike. Stechend, erbarmungslos und äußerst wirkungsvoll. Erst knicken Luthers Ohren ein, dann sein Schwanz, dann der ganze Hund. Luther macht platz. Das tut er bei ihr nur, wenn sie ebenfalls platzmacht und ein Hundekuchen winkt.

Schuknecht nickt zufrieden. »Damit wäre das zwischen uns geklärt, mein Freund! Aber erwarte nicht, dass ich dich jemals streichle.«

»Das können Sie gefahrlos tun«, versichert ihm Hendrike, »Luther ist ein kreuzbraver Kerl.«

»Er scheint sogar bedauerlich brav zu sein. Für einen Wachhund. Wie auch immer. Nach allem, was vorgefallen ist, sollten Sie nicht allein mit ihm durch die Nacht spazieren.«

Hendrike wirft den Kopf in den Nacken. »Keine Bange, ich passe gut auf ihn auf.«

Schuknechts Züge entspannen sich zu einem feinen Lächeln. »Ich dachte nicht an Luther, sondern an Sie, Frau Tragelehn.« Er deutet auf ihren geschienten Arm, legt milde Fürsorge in seinen Blick. »Sie wollen doch nicht, dass Sie noch einmal jemand angreift.«

Hendrike zuckt mit den Schultern. »Ich glaube nicht, dass das passiert. Um ehrlich zu sein, sind mir mittlerweile Zweifel daran gekommen, dass ich von jemandem den Hügel heruntergestoßen wurde.«

»Mir nicht«, entgegnet Schuknecht äußerst bestimmt. »Im Gegenteil bin ich sicher, dass jemand Ihnen ernsthaften Schaden zufügen will. Ich möchte Sie deshalb um zwei Dinge bitten, Frau Tragelehn: Zeigen Sie den Vorfall am Hollerhof bei der Polizei an, und ziehen Sie sich für eine Weile aus Biblinghausen zurück. Wie wäre es mit einer kleinen Reise? Einer Reise, von der Sie niemandem erzählen sollten. Niemandem, hören Sie?«

Hendrike schnappt nach Luft und weicht einen Schritt zurück. »Warum das?«

»Ich habe meine Gründe. Vertrauen Sie mir.«

»Aber wer zum Teufel sollte mir denn etwas anhaben wollen?«, begehrt Hendrike auf. Nicht gegen Schuknecht, sondern gegen das herzbeklemmende Gefühl, das in ihr nach oben drängt. Sie ist noch am Nachmittag gottfroh gewesen, dieses Gefühl endlich, endlich los zu sein.

Schuknecht schaltet von einem väterlichen auf seinen Verhörblick um. »Fällt Ihnen wirklich niemand ein?«

Verwirrt bemerkt Hendrike, dass er für eine Sekunde zum Amselhof hinüberschaut.

Himmel, was will er damit andeuten?

»Sie meinen doch nicht etwa, dass Jean-Luc ... ?«

»Den Namen haben Sie genannt. Nicht ich. Aber, wo Sie ihn schon erwähnt haben: Fallen Ihnen irgendwelche Gründe ein, warum der Wirt des Amselhofs versuchen könnte, Ihnen zu schaden? Soweit ich weiß, haben Sie damals im Brandstifterprozess gegen ihn ausgesagt.«

Hendrike tastet nach Luthers Halsband. Ihr wird flau im Magen, und in ihrem Kopf nimmt ein Gedankenkarussell so rasant die Fahrt auf, dass ihr schwindelig wird und speiübel.

Schuknecht fasst sie behutsam bei ihrem gesunden Arm. »Ich sehe, Ihnen fallen durchaus Gründe ein. Also, können Sie eine kleine Reise antreten?«

Hendrike nickt stumm. Sie fühlt sich zunehmend elend, und mit einem Mal ist ihr sehr kalt. Ob man von innen her erfrieren kann, langsam zu Eis erstarren und dann in Stücke zersplittern?

»Ja«, bringt sie heiser hervor. »Ich ... ich wollte ohnehin fort. Nach London.«

»Wann?«

»Übermorgen.«

»Warum nicht direkt morgen? Ich könnte Sie ganz früh zum Flughafen fahren. So früh, dass Sie die erste freie Linienmaschine erwischen. Wenn Sie Geld brauchen, helfe ich Ihnen gerne aus. Veronika erwähnte, dass Sie momentan einen kleinen Engpass durchmachen.«

»Nein, nein.« Hendrike schüttelt heftig den Kopf. »Ich kann mir den Flug leisten.« Auf Kosten von Malcolms Anwälten kann sie sogar Businessclass buchen. »Ich fliege übermorgen«, entscheidet sie im Bruchteil einer Sekunde. »Vorher habe ich noch ein oder zwei Verabredungen, die ich ungern versäumen möchte.«

»Mit wem?«

»Mit Sophie Schöpper und ...« Halt! Das geht Schuknecht nichts an. Überhaupt nichts geht ihn das an. Das geht niemanden etwas an. Schon gar nicht unter den gegebenen Umständen.

»Und wen noch?«, hakt Schuknecht nach.

»Niemanden. Ich wollte nur sagen, dass Sophie und ich uns bei der Generalprobe zu einem Lyrikwettbewerb treffen, wo wir unter Leuten sein werden. Ich glaube kaum, dass man mich zwischen zwei Gedichten und vor Publikum meucheln wird.«

Schuknecht seufzt, als habe er da berechtigte Zweifel.

Hendrike zieht fröstelnd die Schultern hoch, legt schützend ihre gesunde Hand auf ihren geschienten Arm. Langsam wächst ihr diese Geschichte über den Kopf. Langsam wächst ihr ganz Biblinghausen über den Kopf.

»Wann beginnt die Probe?«

Hendrike schüttelt ratlos den Kopf. »So gegen drei Uhr?«

»Gut. Ich komme nach drei vorbei. Vorher habe ich einen Termin.«

»Bitte nicht auch noch Sie!«, stöhnt Hendrike.

»Wie?«

»Mir reicht Veronikas fürsorgliche Belagerung vollauf.«

»Mir nicht«, erklärt Schuknecht. »Frau Dornbusch hegt eine unsinnige Zuneigung für den Wirt des Amselhofs, was ihr gesundes Urteilsvermögen erheblich beeinträchtigt. Ich werde morgen zu dieser Probe kommen und Sie danach sofort zum Flughafen fahren.«

»Aber ...«

»Keine Widerrede. Ich werde Sie von hier wegbringen. Es ist zu Ihrem Besten.«

Hendrike kneift die Augen zu. In Schuknechts Rücken blenden grelle Autoscheinwerfer auf. Ein Transporter biegt mit röhrendem Motor auf den Marktplatz ein, umrundet den Brunnen und kommt direkt vor dem Amselhof zum Stehen.

30.

Die Band ist eingetroffen, schleppt Bassverstärker, ein Mischpult und Gitarrenkoffer in ein Hinterzimmer, das Jean-Lucs Blondine ihnen zeigt. Noch eine halbe Stunde, dann dürfte die flämisch-bretonische Sause beginnen. Die Essenszeit neigt sich dem Ende zu, die ersten Gäste begleichen ihre Rechnung, andere bestellen Digestifs, Kaffee und Cognac, die sie zur Musik genießen wollen. Wo bleibt Schuknecht nur?

Er telefoniert seit mindestens einer halben Stunde. Ärgerlich. Zumal er aufregende Entwicklungen im Amselhof verpasst, die Veronika Dornbusch seit zehn Minuten mit wachsender Spannung verfolgt. Sie könnte Schuknechts Unterstützung jetzt wirklich gut brauchen. Vier Augen sehen bekanntlich mehr zwei. Vor allem, wenn man weit voneinander entfernte Tische gleichzeitig beobachten muss: den von Schöpper am Fenster und den von Friedestrom Senior und Filius auf der gegenüberliegenden Seite des Raumes. Ihr tut der Nacken ganz weh von dem ständigen Hin und Her ihres Kopfes. Man kommt sich vor wie bei einem Tennismatch.

An beiden Tischen bahnen sich unverkennbar Streitigkeiten an.

Am Schöpper-Tisch ist das nicht ganz so aufregend oder ungewöhnlich. Bestimmt geht es um Geld. Dass Schöpper die Geduld mit dem Immobilienhändler derart gründlich verliert, untermauert ihre Vermutung, dass er ernsthaft in der Bredouille steckt. Hoffentlich hat das keine Auswirkungen auf ihre Tourismusinitiative.

Bei den Friedestroms scheint es dagegen um Privates zu gehen. Erst hat der Senior einen langen Sermon vom Stapel gelassen, bei dem sich die Miene seines Sohns so verfinstert hat, dass einem angst und bange werden konnte, jetzt setzt der Junior zur Antwort an. Begleitet von störrischem Kopfschütteln.

Ob sie sich noch mal am Tisch vorbei zur Toilette stehlen soll, um ein, zwei Worte aufzuschnappen? Hm, besser nicht, sie war schon zwei Mal. Mist! Veronika unterdrückt ein unwilliges Stöhnen. Jean-Lucs Blondine tritt soeben an den Tisch, um die Wassergläser nachzufüllen, und versperrt ihr die ganze Sicht.

Mal kurz beim Schöpper-Tisch nachschauen, was sich da tut.

Der Immobilienmakler verlangt wild gestikulierend nach der Rechnung. Schöpper verfällt in dumpfes Brüten. Uninteressant.

Am besten sie sieht einmal draußen nach, wo Schuknecht steckt. Veronika rutscht vom Barhocker.

»Hierbleiben!«, verlangt eine Stimme in ihrem Rücken. Jean-Lucs Stimme. Erhitzt und verstrubbelt sieht er aus. Für heute dürfte die Küchenschlacht geschlagen sein.

Jean-Luc legt die Unterarme auf den Tresen und beugt sich zu ihr vor. »Weißt du schon was über Hendrikes Post?«, fragt er leise. »Geht sie zurück nach London?«

Veronika schüttelt den Kopf. »Erst bist du dran! Wie steht es um Schuknechts Herz?«

»Er hat es an dich verloren, so gebannt, wie der dir vorhin zugehört hat. Wo ist dein Kavalier übrigens hin?«

»Telefonieren. Ist er jetzt krank oder nicht?«

»Er hat's mit dem Rücken, das steht fest. Weitere Diagnosen kann ich nicht liefern.« Jean-Luc nickt Richtung Camembert, der nach wie vor unberührt auf dem Tresen steht. »Das Zeug hat 78 Prozent Fett. Mit dieser abscheulichen Cholesterinbombe samt frittierter Petersilie habe ich noch ein letztes Mal versucht, deinen Schatz zu einem Geständnis zu bewegen und ... Da kommt er. Nutz den Käse als Vorlage! Viel Glück.«

Schuknecht kehrt an die Theke zurück. Er scheint aufgeräumter Stimmung zu sein.

»Und? Gibt es was Neues?«, fragt Veronika. Sie schielt zur Küchentür hinter dem Tresen, setzt flüsternd hinzu. »Über Jean-Luc.«

»Nein, nichts unbedingt Neues«, versetzt Schuknecht knapp. »Nicht für mich jedenfalls.«

Glimmt da etwa ein Funken triumphaler Selbstgefälligkeit in seinen Augen?

»Worüber haben Sie dann so lange mit diesem Naumann geplaudert?«, fragt Veronika.

»Das ist privat.«

Veronika unterdrückt einen Laut des Unmuts. »Privat« heißt bei Schuknecht wie immer wirklich privat. Sie kennt in Biblinghausen niemanden, dessen Privatleben so privat ist wie das von Schuknecht. Wenn der je zur Dorfgemeinschaft gehören will, muss sich das ändern.

Rasch deutet sie auf den Camembert. »Essen Sie das nicht? Käse ist doch gesund, und es sind meines Wissens nach keine Kohlehy ...«

Weiter kommt sie nicht. Ein Stuhl fällt krachend nach hinten, eine Wasserflasche geht klirrend zu Boden, die Plaudereien im Lokal brechen ab. Ein schriller Bassakkord im Hinterzimmer elektrisiert die Stimmung vollends. Bretonisch klingt der nicht, findet Veronika, nur schief. Köpfe werden herumgerissen, sämtliche Augen suchen den umgefallenen Stuhl und landen bei dem zugehörigen Tisch.

Friedestroms Tisch.

»Setz dich, Junge«, knurrt der alte Friedestrom in die plötzliche Stille und in Richtung seines Sohnes, der sehr ungestüm aufgesprungen sein muss.

Der junge Friedestrom schüttelt stumm seine Locken. Er sieht aus wie ein Posaunenengel in der Trotzphase.

»Jetzt wird es spannend«, frohlockt Veronika. »Die kabbeln sich bereits den ganzen Abend.«

»Ich habe gesagt: Setz dich«, donnert der alte Friedestrom. »Ich bin noch nicht fertig.«

Alles starrt gebannt auf den jungen Arzt, der unschlüssig zwischen Tisch und Ausgang hin- und herschaut.

»Ich möchte ein Dessert«, verlangt sein Vater.

»Zeit für ein bisschen gesunde jugendliche Rebellion«, zischt Veronika und richtet sich erwartungsfroh auf dem Barhocker auf.

»Kennen Sie den Vater?«, zischt Schuknecht zurück.

»Ich habe genug gehört, um zu wissen, dass er ein übler Tyrann ist. Kommt nur her, um seinem Sohn Strafpredigten zu halten, ihn zu beleidigen und zur Rückkehr nach Düsseldorf aufzufordern.«

»Warum?«

»Weil der Sohn des berühmten Professor Friedestrom – ich zitiere – ›dieses verkommene Drecksnest Biblinghausen‹ verlassen, seinen Facharzt in Herzchirurgie machen und Papas kardiologische Privatpraxis übernehmen soll. Der Name Friedestrom verpflichtet in seinen Augen anscheinend zu höheren medizinischen Weihen.«

Der junge Friedestrom pfeffert seine Serviette zu Boden. Jean-Lucs Blondine eilt durch das Lokal, um den Stuhl aufzuheben. Sie schenkt dem Junior einen aufmunternden Blick. Zeitgleich taucht Jean-Luc aus der Küche auf. Mit einer Extraportion Charme und französischem *accent* kündigt er den flämisch-bretonischen Abend im Hinterzimmer an. Und eine Lokalrunde Calvados aufs Haus. Er will wohl die Sache mit dem umgekippten Stuhl geraderücken. Selbst in Sternerestaurants mit rustikaler Note haben keine Stühle umzufallen.

»Manon!«, ruft Jean-Luc seiner Bedienung zu. *»Le Calvados. Vite, vite.«*

»Un moment«, gibt die Blondine zurück und wischt vergossenes Wasser vom Boden auf.

»Die Kellnerin heißt Manon und spricht auch Französisch?«, fragt Schuknecht verblüfft.

Also wirklich, der tut glatt so, als handele es sich dabei um eine linguistische Sensation. »Es soll Blondinen geben, die das können«, antwortet Veronika spitz. »Natürlich spricht sie Französisch! Soweit ich weiß, sogar Flämisch. Jean-Luc hat sie aus seinem ehemaligen Bistro in Belgien mitgebracht. Sie ist eine Landsmännin. Aber schauen Sie nur! Friedhelm Junior macht einen Abgang!«

Es wird auch Zeit, dass der das väterliche Gängelband abstreift. Der junge Mann schiebt die Blondine beiseite, löst sich vom Tisch und strebt zögernd dem Ausgang zu. So zögernd, als klebe Leim unter seinen Schuhsohlen. Es fällt ihm offenbar verdammt schwer, seinen Vater sitzenzulassen. Das ehrt ihn, aber gehen muss er trotzdem, wenn er mit seinem Erzeuger irgendwann eine Beziehung auf Augenhöhe führen will.

Veronika wendet rasch den Blick ab. Der arme Junge muss ja nicht sehen, wie fesselnd sie die Szene findet.

Im Restaurant werden die Gespräche wieder aufgenommen. Nur Schuknecht wendet den Blick nicht ab. Er gafft geradezu. Mit aufgeklapptem Mund.

»Starren Sie den armen Jungen nicht so an!«, befiehlt sie ihm verärgert.

Schuknecht starrt unverdrossen weiter.

Gute Güte, so spannend ist ein Vater-Sohn-Konflikt auch wieder nicht. Oder ist es gar nicht der junge Arzt, den Schuknecht im Visier hat. Ist es Schöppers Tisch?

Veronika überprüft flink Schuknechts Blickrichtung, folgt ihr und landet bei Jean-Lucs Blondine, die sich gerade sehr tief bücken muss, um Friedhelm Friedestroms Serviette vom Boden aufzulesen. Was immer noch kein Grund ist, mit solchen Stielaugen auf ihren Hintern zu glotzen. Männer!

Und sie macht sich ernsthaft Gedanken über sein angegriffenes Herz.

Zurück zu Friedestrom, der endlich bei der Theke ankommt. Und stehen bleibt. Das darf doch nicht wahr sein! Sein Rebellengeist scheint bereits verloschen zu sein. Unschlüssig schaut er zum Tisch seines Vaters zurück. Der thront da wie Gottvater beim Jüngsten Gericht.

Statt das Restaurant in schweigender Würde zu verlassen, fragt Friedestrom Junior: »Jean-Luc, kannst du mir einen Gefallen tun?«

Soll der seinen selbstherrlichen Vater für ihn vermöbeln oder was?

Nein.

»Könntest du für meinen Vater deinen Spezialnachtisch zubereiten? Steht nicht mehr auf der Karte, aber er schätzt ihn sehr. Ich möchte ihm eine Freude machen. Wir hatten einen kleinen Zwist.«

Einen kleinen Zwist?

Veronika fasst es nicht. So einen unentschlossenen Feigling, so ein Bübchen Goldilock, wollte sie mal mit Hendrike verheiraten! Nur gut, dass sich das inzwischen erledigt hat. Ihre Wahl ist längst auf Jean-Luc gefallen. Schon weil der die älteren Rechte hat.

Jean-Luc schaut von den angewärmten Calvados-Schwenkern auf, die er gerade füllt. »Was für einen Nachtisch meinst du?«, fragt er nach.

»Die Bergische Waffel neu interpretiert mit Kirschpraline, Sauerrahm und Rübenkrauteis.«

»Klar, das zaubert Sergej mit Links. Wenn du mir auch einen Gefallen tust.«

»Gerne, und der wäre?«

Jean-Luc macht eine Kinnbewegung Richtung Schuknecht. »Gib unserem Staatsanwalt einen Termin in deiner Klinik. Der hat's im Rücken. Generalcheck wäre sicher auch nicht verkehrt. Lunge, Leber, Herz und Niere. Das ganze Programm.«

Veronika wirft Jean-Luc einen warnenden Blick zu. So macht man das doch nicht! Einfach einen Arzt einschalten. Tztztz. Das ist zu direkt, viel zu grob und ...

... erstaunlich wirkungsvoll.

»Jean-Luc hat recht. Mich quält ein leichter Hexenschuss«, bestätigt Schuknecht. »Außerdem bräuchte ich einige Rezepte für meinen Cholesterinsenker und den ACE-Hemmer, und meine Beta-Blocker gehen auch zur Neige. Mein Herz, Sie verstehen?«

Veronika fühlt, wie ihr die Kinnlade entgleitet. Woher rührt diese überbordende Bekenntnisfreude? Schuknecht sprudelt über wie eine Limonadenbüchse, die man vor dem Öffnen geschüttelt hat. Ohne Punkt und Komma rattert er einen Symptomkatalog herunter, bei dem sie grün um die Nase wird: Bluthochdruck, Herzrasen, ständig erhöhter Ruhepuls, Schwindelanfälle, Vorhofflimmern ...

Du liebe Güte, wenn das alles stimmt, steht Schuknecht mit einem Bein im Grab. Man muss ihn praktisch nur noch hineinstupsen oder ihm einen Fingerhuttee servieren.

»Ich glaube, wir sollten Ihre Krankheitsgeschichte unter vier Augen besprechen«, unterbricht Friedestrom Schuknecht bemüht freundlich, aber hastig.

Schuknecht gibt sich betreten. »Ich wollte nur, dass Sie sich schon einmal ein Bild machen können.«

»Kommen Sie morgen so gegen zwölf Uhr vorbei«, schlägt Friedestrom vor. »Es könnte allerdings sein, dass Sie ein wenig warten müssen. Ich habe Außentermine.«

»Das ist überhaupt kein Problem«, erwidert Schuknecht fröhlich.

Wie bitte? Kein Problem? Schuknecht hasst es zu warten, und außerdem haben sie doch Punkt 13 Uhr ihren Termin mit Schöpper!

»Herzerkrankungen sind allerdings nicht mein Fachgebiet«, fährt Friedestrom fort, »und Rezepte werde ich nur ausstellen, wenn ich vorher Rücksprache mit Ihrem behandelnden Arzt gehalten habe.«

»Gewiss, gewiss! Man kann nie vorsichtig genug sein. Sie sollten meine gesamte Krankenakte anfordern«, stimmt Schuknecht zu. »Es würde mich ungemein beruhigen, wenn ein Mediziner vor Ort genau über mein Herz Bescheid weiß.«

Oho, ach so! Jetzt weiß Veronika, wo der Hase langläuft. Schuknecht will Jean-Luc warnen, weil er ihn für den Mörder hält. Ziemlich plumpes Manöver. Und so nutzlos. Weil Jean-Luc nicht der Mörder ist.

Im Hinterzimmer setzt schluchzend ein Akkordeon ein. Zart verhaltene Töne. Ein Chanson von Jaques Brel. Jean-Luc verschwindet Richtung Küche, der junge Arzt kehrt zu seinem Vater zurück, und der Oberstaatsanwalt a. D. wendet sich zum Gehen.

»Hiergeblieben!«, ruft Veronika ihm erbost hinterher, gleitet vom Barhocker und packt ihn beim Ärmel. »Sie können eine Dame während eines Rendezvous nicht einfach so sitzenlassen.«

Schuknecht schüttelt ihre Hand ab. »Das war kein Rendezvous, sondern ein Arbeitsessen, meine liebe Frau Dornbusch. Und was mich betrifft ein äußerst ergebnisreiches Treffen. Adieu! Wie Jean-Luc sagen würde.«

»Dann geben Sie mir wenigstens mein Handy zurück«, fordert Veronika. Hoffentlich hat es die Nummer von diesem Naumann gespeichert, damit sie den mal selbst anrufen kann.

Schuknecht zieht das Handy aus seiner Anzugtasche. »Darf ich mir vorher noch ein Taxi damit bestellen?«

»Wenn es sein muss.« Veronika verschränkt die Arme vor ihrem Dekolleté und wartet grimmig ab, bis der Anruf erledigt ist. Schuknecht reicht ihr wortlos das Handy zurück. Dann fällt die Tür hinter ihm mit einem Rumms ins Schloss.

Verdammt, verdammt, verdammt!

So hat sich Veronika ihren bretonischen Abend mit dem Staatsanwalt nicht vorgestellt. Schon gar nicht in diesem Kleid. Dieses Kleid hätte ihn zum Reden bringen sollen. Müssen! So ein Stockfisch.

Zu allem Überfluss schmachtet und fleht im Hinterzimmer gerade irgendjemand Jaques Brels *Ne me quitte pas* – Verlass mich nicht! – ins Mikrofon.

Ist das etwa Ingeborg, die da singt? Die wäre besser beim Bauchtanz geblieben.

Und warum starren die Leute sie alle so an?

Veronika Dornbusch schwant Übles.

Gut möglich, dass Biblinghausen morgen neben dem Familiendrama Friedestrom und der Finanzkrise des alten Schöpper auch ein Liebesdrama Schuknecht-Dornbusch diskutieren wird. Besser gesagt: konstruieren.

Veronika liegt der selten dämliche Satz »Es ist nicht das, wonach es aussieht« auf der Zunge.

Nein, der kommt ihr nie, niemals über die Lippen.

Sie zieht einen doppelten Calvados vor.

31.

»Und, gut geschlafen?« Sophie tippt auf das Display einer Profi-Kaffeemaschine. Summend nimmt sie den Betrieb auf, das Mahlwerk zerhackt Espressobohnen. Köstlicher Kaffeeduft steigt auf. »Ich hoffe, Livy hat dich nicht zu früh geweckt?«

Hendrike schüttelt den Kopf und nimmt an Sophies riesigem Küchentisch Platz. Den muss sie aus einem Kloster haben. »Schon in Ordnung«, sagt sie gähnend. »Ich war bereits wach.«

Sophie stellt einen Teller mit Rührei vor ihr ab. »Möchtest du ein Croissant dazu, Toast, Weiß- oder lieber Vollkornbrötchen?«

»Am liebsten alles und dazu viel Marmelade«, gesteht Hendrike. »Aber mach dir nicht solche Umstände. Es reicht schon, dass ich dich gestern Abend einfach überfallen habe.«

»Erstens machst du keine Umstände – ich backe hier eh um die hundert Brötchen für den Lyrikwettbewerb auf –, und zweitens lasse ich mich abends gern von Freundinnen überfallen. Ich bin dankbar für jede Abwechslung von … Livy, hör auf, das Katzengras zu essen, sonst bekommst du wieder Durchfall.«

Livys Antwort ist ein störrisches Wiehern. Sie steckt unüberhörbar in ihrer Ponyphase.

»Hör auf zu grasen«, verlangt Sophie erneut. »Livy, hast du Bohnen in den Ohren?« Sie zerrt ihrer Jüngsten den Blumentopf unter dem Näschen fort. »Du kannst Haferflocken haben, die mögen Ponys auch.«

Livy verwandelt sich spontan in Livy zurück und tritt in Verhandlungen ein: »Mit Schokopops und Kakao drüber?«

»Nein, du hattest zum Frühstück schon Nutella-Brötchen.«

»Du bist gemein!«

»Das ist mein Job, ich bin deine Mutter. Und jetzt geh im Garten galoppieren üben, bis deine Reitstunde anfängt. Hü!«

»Mit Luther?«

»Nur, wenn du nicht versuchst, ihn zu reiten.«

»Das mag der aber.«

»Livy, Luther ist noch krank! Nimm seine Leine, und spiel von mir aus Longieren mit ihm, ja?«

»Okay, damit der mal merkt, dass Pferde auch nur Menschen sind.«

Livy und Luther verschwinden durch eine Terrassentür in den Garten, der zu der ehemaligen Fabrikantenvilla gehört. Es ist mehr ein Park als ein Garten. Ein verwilderter Park allerdings, wie Hendrike feststellt. Sie kennt ihn noch aus Kindertagen. Damals standen im Park düstere Tannen und hohe Fichten einschüchternd stramm. Die Sträucher sahen aus wie onduliert, der Rasen wie manikürt, und das Betreten war verboten. Davon ist heute nicht mehr allzu viel übrig – die Tannen und Fichten sind zum größten Teil gefällt, dafür hat man jetzt einen sagenhaften Ausblick auf die bergische Hügellandschaft, auf Streuobstwiesen, Pferdeweiden, Wallhecken. Vor der Terrassentür ist ein Minispielplatz angelegt. Den riesigen Sandkasten funktioniert Livy gerade zum Reitplatz um. Sie hat sich in ein trabendes Pony verwandelt. Luther trabt an seiner Leine hinterher.

Als Spielplatz gefällt Hendrike der Park weit besser als früher, ebenso die ehemalige Personalküche, in der sie an einem weiß geschrubbten Refektoriumstisch unter freigelegten schwarzen Dachbalken sitzt. Vor köstlichem Rührei, einer

Batterie Marmeladengläser, einem Chaos aus Knetfiguren, Playmobilmännchen mit und ohne Kopf, vergessenen Matheheften, abgebrochenen Buntstiften und angebissenen Frühstücksbrötchen. Hendrike schaut möglichst unauffällig zur Wanduhr. Bald halb zwölf. Sophies beiden älteren Kinder sind schon seit Stunden aus dem Haus.

Sophie setzt einen Becher Latte Macchiato vor ihr ab.

»Danke. Echt schön habt ihr's hier.«

»Vor allem schön durcheinander«, seufzt Sophie. »Vor lauter Brötchen backen und schmieren, komme ich mal wieder nicht zum Aufräumen.«

»Ich hätte es auch gern so durcheinander, wenn Wöl...«, Hendrike stoppt sich im letzten Moment, »wenn ich Kinder hätte wie du.«

»Bedien dich, du darfst sie dir jederzeit ausleihen«, gibt Sophie lachend zurück. »Aber ich warne dich: Dein Leben und dein Haus werden nie mehr dasselbe sein, wenn du die Bande zu oft zu dir einlädst.«

Das wäre wunderbar, findet Hendrike und spießt hungrig Rührei auf ihre Gabel.

»Sag mal, willst du wirklich heute Abend schon nach London?«, fragt Sophie. »Wenn du bis Montag wartest, kannst du mit Sebastian zusammen fliegen. Er hat dort eine Konferenz und würde dich sicher zu einem ersten Gespräch mit Malcolms Anwälten begleiten. Wäre ihm ein Vergnügen und denen todsicher nicht. Mein Mann ist ein knallharter Verhandlungsgegner – wie unsere Livy. Der holt für dich bestimmt mehr raus.«

Hendrike seufzt. »Nette Idee, aber ich muss heute hin und erst einmal selbst rausfinden, was ich will. Bislang weiß ich nur, was ich nicht will: mich kaufen lassen und wieder in London leben.«

»Dann lass es bleiben. Schieß den Vertrag einfach in den Wind.«

»Geht nicht, ich brauche doch Geld für mich und für die Pension.«

»Du wirst es bekommen. Reagier einfach gar nicht, dann werden die ihr Angebot wiederholen und freiwillig erhöhen.«

»Woher willst du das wissen?«

»Ich bin Livys Mutter, Schätzchen. Dank meiner Süßen kenn ich mich bestens mit Verhandlungsgegnern aus, die auf Durchzug schalten oder Bohnen in den Ohren haben. Sie gewinnen immer.«

Hendrike zögert, dann schüttelt sie den Kopf. »Klingt verlockend, einfach nichts zu tun, aber ich muss nach London.« Schuknechts Warnung gestern Abend war mehr als eindringlich. Deshalb hat sie die Nacht auch lieber bei Sophie als in ihrem Haus verbracht.

»Ach, schau einer an, wer da kommt«, sagt Sophie und reckt den Hals, um durch eines der Fenster zu spähen, die zur Straße hinausgehen. »Unsere liebe Veronika. Ich habe sie schon früher erwartet. Bestimmt ist sie sauer, weil du gestern einfach stiften gegangen bist, anstatt dich von ihr beschützen zu lassen.«

Hendrike setzt ihren Kaffee ab und springt auf. »Mist! Ich habe jetzt wirklich keine Lust auf eine Strafpredigt.«

Sophie grinst. »Ich fang sie ab, und du verschwindest mit Livy durch den Garten. Die Reitstunde fängt in vierzig Minuten an.«

Hendrike nickt dankbar und wischt sich Krümel von der Hose. »Ich hab noch meinen Pyjama an. So kann ich unmöglich vor die Tür.«

»Quatsch. Was meinst du, wie oft ich in Schlafanzug und Gummistiefeln durch Biblinghausen marschiere. So was macht hier ü-ber-haupt nichts.« Sophie reißt einen Strickmantel von einem Haken und wirft ihn Hendrike über den Frühstückstisch hinweg zu. »Zieh den drüber, dann bist du stadtfein. Vor der Probe in Dabringhausen kannst du dich ja noch umziehen.«

»Kann ich Luther hierlassen? Ich glaube, er hat Angst vor Pferden.«

»Das kannst du laut sagen«, bestätigt Sophie.

Es klingelt. Ein Mal, zwei Mal, drei Mal und dann in rascher Abfolge noch dreimal. »Wow, ich glaube Veronika steht extrem unter Dampf. Mach besser, dass du fortkommst!«, ruft Sophie.

Hendrike quält sich mit ihrem gesunden Arm in einen Ärmel des Strickmantels, zieht ihn notdürftig über den geschienten Arm und ist durch die Tür, bevor Veronika zum nächsten Klingelmarathon ansetzt.

32.

Mendelssohns *Lieder ohne Worte* perlen anmutig, hell und heiter vom Wohnzimmer in die Küche herüber. Ein wenig leichtgewichtig sind diese Miniaturen fürs Klavier, aber seiner Stimmung durchaus angepasst.

Schuknecht backt.

Keinen Kuchen, versteht sich. Er hat sich für eine Zucchini-Rosmarin-Tarte mit einem luftigen Mandelmehlboden und Parmesan-Sauerrahm-Guss als Mittagsmahl entschieden. Mandelmehl hat erfreulich wenig Kohlehydrate und dennoch einen hohen Sättigungsgrad.

Ob er dazu ein Glas spritzigen Galestro servieren soll?

Nein, entscheidet er, keinen Wein. Schöpper soll seine Fragen so nüchtern und präzise wie möglich beantworten. Außerdem hat der Herr EU-Politiker seine Nase schon gestern im Amselhof zu tief ins Glas gesteckt.

Nicht, dass Schuknecht noch sehr viele Fragen an Schöpper hätte. Seit er weiß, wer die junge Sekretärin war, die vor wenigen Monaten die Akten des Brandstifterprozesses bei der Kölner Staatsanwaltschaft entwendet hat, ist der Fall für ihn geklärt. Und das pünktlich zum heutigen Jahrestag der Brandkatastrophe von Biblinghausen. Ausgesprochen befriedigend!

Sein Blick schweift zum Küchenfenster, verharrt kurz bei der Trauerweide neben dem vorderen Gartentor.

Wenn es nur immer so einfach wäre!

Noch gestern Abend hat er Naumann vom Bungalow aus seine brillante Vermutung über die Identität der Dame durchtelefoniert. Naumann fand die Idee, ihn gegen Mitternacht aus dem Bett zu klingeln, zwar weniger brillant, hat sich aber gleich heute Morgen um die Verifizierung von Schuknechts Verdacht bemüht. Erfolgreich.

Pfeifend greift Schuknecht einen Pianotriller auf und beginnt, seine Backutensilien wegzuräumen. Er verstaut Mehlglas und Gewürze in den Schränken und lässt heißes Wasser in die Spüle laufen.

Es ist höchst zufriedenstellend, dass er nichts von seiner Kombinationsgabe eingebüßt hat. Eben hat Naumann zurückgerufen. Fixer Knabe! Hat sich eine Kiste Brunello di Montalcino verdient. An Naumann ist der nicht verschwendet. Er hat Schuknechts gestrige Eingebung vollumfänglich bestätigt: Die junge Ausländerin, die die Akten in der Causa Biblinghausen unterschlagen und weitergereicht hat, war niemand anderes als Jean-Lucs blonde, bildhübsche Kellnerin.

Manon Durant.

Seine Ehefrau also.

Dieses reizvolle Geschöpf beherrscht nicht nur das Kellnern, Französisch, Flämisch und Deutsch, sondern genau wie ihr durchtriebener Gatte die Kunst der Täuschung. Dass man sie nach dem Aktendiebstahl nicht angezeigt hat, dürfte sie ihrem Charme und Aussehen zu verdanken haben. Und damit höchstwahrscheinlich Enderlins erotischen Interessen. Ha!

Durch ihre Hilfe konnte sich Jean-Luc in Ruhe noch einmal alle Details, sämtliche Zeugenbefragungen, Beweise und Ermittlungsergebnisse der Staatsanwaltschaft durchlesen, um zu entscheiden, wen er auf seine Sühnemordliste setzen würde. Widerliche Vorstellung, wie da jemand sitzt und Gottvater persönlich – nein, Gabriel Erzengel – spielt und selbstherrlich über Leben und Tod entscheidet.

Für Schuknecht ist der Fall damit abgeschlossen. Bis auf

einige Details und – er spült seufzend die Teigschüssel ab – bis auf die Überführung Jean-Lucs natürlich. In der Theorie ist er wie immer besser als in der Praxis.

Nun, er hat Jean-Luc gestern ausreichend darauf hingewiesen, dass man ihn als Herzpatienten im Handumdrehen erledigen könnte. Allerdings ist er dabei böse aufgefallen. Schließlich waren Veronika und Doktor Friedestrom Zeugen des Gesprächs. Wenn er schon den Lockvogel spielt, dann selbstverständlich nur mit Netz und doppeltem Boden. Von allem, was Jean-Luc ihm heute und in den nächsten Tagen serviert, wird er höchstens ein Häppchen kosten und den Rest als potenzielles Beweismittel mitgehen lassen.

Na, vielleicht kommt er ja auch ohne belastende Speisereste aus. Wenn er Enderlin den an ihn gerichteten Drohbrief mit der Opferliste und seinen klar strukturierten Bericht über die jüngsten Geschehnisse in Biblinghausen vorlegt, sollte das eigentlich genügen, um eine Ermittlung zu veranlassen. Vor allem, wenn Hendrike Tragelehn den tätlichen Angriff beim Hollerhof anzeigt. Dafür wird er sorgen, bevor er sie am Nachmittag zum Flughafen fährt. Und sollte das immer noch nicht ausreichen, sollte der Lebenslauf von Jean-Luc, der mit fünfzehn wegen Verdacht auf Brandstiftung vor Gericht stand und mit zwanzig wegen schwerer Körperverletzung in einem belgischen Knast gelandet ist, ein Übriges tun.

Ja, es kann nur Jean-Luc gewesen sein. Er ist unter falschem Namen nach Biblinghausen zurückgekehrt, um ein Mordsjubiläum zu feiern.

Die Backuhr schrillt. Schuknechts Blick gleitet erst zur Glasofentür – die Quiche ist perfekt –, dann zur Wanduhr.

Gleich halb zwölf.

Muss er den Termin bei Dr. Friedestrom überhaupt wahrnehmen? War ja nur eine Finte, und sein Herz ist so weit völlig in Ordnung. Dank seiner strikten Diät, der täglichen Tai-Chi-Übungen und einem mönchsgleichen Lebenswandel, den er seit dem kleinen Herzaussetzer vor fünfzehn Jahren kultiviert.

»Ihr Herz ist so stabil wie das eines vierzigjährigen Sportlers«, hat ihm sein Arzt kürzlich attestiert. Warum sollte er also Zeit mit einem unnötigen Arzttermin verplempern?

Schuknecht schwankt.

Friedhelm Friedestrom hat ihm schon angekündigt, dass er mit einer Wartezeit rechnen muss. So was mag er gar nicht. Und seiner Quiche würde es auch nicht bekommen, wenn er zu spät zurückkehrt. Andererseits hält er Verabredungen aus Prinzip ein. Also, auf zu Friedestrom.

Schuknecht stellt die Ofentür auf Kipp, damit die Quiche langsam abkühlt. Er streift seine Küchenschürze ab und eilt ins Wohnzimmer, um für den unwahrscheinlichen Fall, dass er sich tatsächlich ein wenig verspäten sollte, eine Nachricht für Schöpper zu verfassen.

Kurz darauf ist er beim Gartentor, will es aufstoßen. Muss er aber nicht, das Tor ist mal wieder aufgesprungen. Das tut es immer, wenn man es nicht ganz fest zuschlägt. Er sollte das Schloss endlich einmal reparieren lassen. Am besten von den Russen vom Hollerhof, das sind laut Frau Dornbusch echte Experten für einbruchsichere Schließanlagen.

33.

Kichernd halten sich Livy und Hendrike bei den Händen. Sie sind Veronika entwischt und durch den Garten und leicht geduckt am Haus vorbei bis auf die Dorfstraße geschlichen. Livy bewältigt das Buckelpflaster in Richtung Marktplatz barfuß und als Springpferd. Hüpf, hüpf, hüpf. Kurz vor dem Amselhof tun ihr davon die Füße weh.

Ausgerechnet hier, denkt Hendrike und streift Livy mit ihrer gesunden Hand Söckchen und die hinreißend kleinen Reitstiefel über, die Sophie ihnen bei der Flucht aus der Küche in den Garten hinterhergeworfen hat. Fliegende Kleidungsstücke scheinen eine Spezialität im Haus Schöpper zu sein.

»Können wir kurz zu Jean-Luc rein?«, fragt Livy. »Bitte!«

»Nein, können wir nicht. In zwanzig Minuten beginnt dein Unterricht, und eine Viertelstunde Fußmarsch haben wir bestimmt noch vor uns.«

»Aber Jean-Luc wird total ganz böse, wenn ich nicht reinkomme«, protestiert Livy. »Ich muss jeden Tag seine neuen Zipfelwichtel probieren, hat er gesagt. Damit er rauskriegt, welche am besten schmecken. Außerdem tun mir die Füße sooooo doll weh.«

Hendrike schwant, dass spazieren gehen mit Livy eher spazieren stehen bedeutet. Sie packt das Mädchen fest bei der Hand. »Ich kauf dir nach der Reitstunde einen Schokoriegel in Veronikas Laden. Nun komm schon.«

»Oh, guck mal!«, jauchzt Livy unbeeindruckt und deutet zu einem Fenster des Amselhofs hoch. »Da steht er ja.«

Hendrikes Blick fährt alarmiert zum Fenster hoch. Hoffentlich schaut Jean-Luc nicht gerade heraus.

Nein, dafür hat er keine Zeit. Er muss nämlich seine schluchzende Kellnerin trösten. Mit einer innigen Umarmung und einem zärtlichen Kuss auf das blonde Haupthaar. Einem sehr zärtlichen Kuss. Mit dem Finger streicht er behutsam über ihre Wangen. Küsst sie wieder aufs Haar, drückt sie ganz eng an sich, flüstert ihr Zärtlichkeiten ins Ohr.

Oh, aha, so ist das also.

Sie hätte eigentlich viel eher drauf kommen können, dass diese Kellnerin nicht nur Kellnerin ist. Blondinen hat Jean-Luc schon immer bevorzugt. Und diese ist ausnehmend hübsch. Und jung, beneidenswert jung. Sicher kaum zwanzig. Mit zwanzig muss man nicht einmal hübsch sein, um hübsch zu sein.

Himmel, was steht sie hier herum und gafft und denkt dummes Zeug! Noch dazu im Schlafanzug. Praktisch halbnackt. Sie zurrt den Gürtel des Strickmantels in ihrer Taille fest. Nichts wie weg von hier! Nach Schuknechts Warnung sollte sie Jean-Luc wirklich komplett meiden. Selbst in Gedanken. Ihr gestriger Anruf bei ihm war ein dummer, dämlicher Ausrutscher. Ein verzeihlicher Ausrutscher, nach dem Schuknecht sie zum Glück auf den rechten Weg zurückgebracht hat.

Wo ist Livy auf einmal hin?

Hendrike schaut sich hektisch um und entdeckt die Kleine sogleich auf den Treppenstufen zum Amselhof. Livy schielt auf ein Schild an der Tür. »Heute geschlossene Gesellschaft« steht darauf. Jean-Luc und sein Schatz wollten bei ihrem kleinen Tête-à-Tête wohl nicht gestört werden.

Hendrike fasst Livy rasch beim Rockzipfel. »Hiergeblieben. Ich hab gesagt, wir gehen später zu Veronikas Laden!«

Livy stülpt schmollend die Lippen vor, dann hellt sich ihr Gesicht schlagartig auf. »Könnte ich da statt Schokolade auch einen Beanie haben? Tante Veronika hat extra die mit Neonaugen bestellt. Das ist besser für meine Zähne.«

Wenn sie hier rasch weg will, muss sie nachgeben, weiß Hendrike. Und ja, sie will hier weg. Die Blondine löst sich gerade aus Jean-Lucs Armen, wirft einen Schwung blonder Haare zurück und gibt den Blick durchs Fenster frei.

»Du kriegst deinen Beanie«, verspricht sie hastig, und Livys Füße sind mit einem Schlag kuriert. Mit einem lauten »Yippie!« hüpft sie die Treppe hinab, saust über den Marktplatz und stürmt die Kirchstraße hinauf. Hendrike eilt ihr hinterher.

Bis zu Veronikas Allzweckladen schaffen sie es ohne weitere Unterbrechungen. Vor dem Schaufenster stoppt Livy allerdings so entschlossen ab, als handle es sich um ihre Endstation Sehnsucht. Und das ist der Laden ja auch.

Livy formt ihre Händen zum Trichter, presst sie auf die Fensterscheibe und ihren Kopf ganz fest dagegen. »Ich seh sie, ich seh sie!«, singt sie. »Ich glaub, ich nehm den Neon-Dinosaurier oder den Panda … nee, der guckt doof. Boah, die hat auch Neon-Schildkröten. Und Erdmännchen. In Rosa. Und Lila. Und Gold. Die hab ich noch überhaupt gar nicht.«

»Livy, bitte, die kannst du dir doch alle nach der Reitstunde anschauen!«

»Nee, ich muss doch vorher wissen, worauf ich mich freue. Mama sagt immer, Vorfreude ist an Geschenken das Beste.«

Das sagt Sophie sicherlich immer, wenn sie Livy von Spontankäufen abhalten will, vermutet Hendrike und linst auf die Uhr in Veronikas Laden. In zehn Minuten beginnt die Reitstunde.

»Livy, wir müssen jetzt echt weiter. Du willst dein Pony doch nicht warten lassen.«

In ihrem Rücken knattert und hustet sich ein Auto die menschenleere Kirchstraße hinauf. Es hält direkt hinter ihr an, im nächsten Moment klappt eine Tür auf, und Jean-Luc steckt den Kopf heraus. »Na, unterwegs zu Livys Reitstunde? Springt rein, ich kann euch mitnehmen. Ich muss ohnehin in die Richtung.«

»Nein, danke. Wir gehen zu Fuß«, wehrt Hendrike energisch ab.

»Au ja!«, freut sich hingegen Livy und ist schon auf dem Weg zu der betagten Kastenente mit dem Logo des Amselhofs. »Hast du neue Zipfelwichtel dabei?«, fragt sie fröhlich.

»Bien sûr«, antwortet Jean-Luc.

Hendrike rauft sich innerlich die Haare. Hat Sophie ihrer Tochter nie die Geschichte vom bösen Onkel mit der Schokolade erzählt?

Jetzt ist es dazu eindeutig zu spät. Livy sitzt bereits im Wagen.

»Jetzt steig schon ein, Hendrike«, drängelt Jean-Luc. »Ich hab für dich auch was dabei. Deine Lieblingsmusik. Schade, dass du Ingeborgs Liveversion im Amselhof gestern verpasst hast.« Er drückt auf den Tasten eines antiquierten Kassettenrekorders herum. Gleich darauf zerfließt im Wageninneren die Stimme von Klaus Hofman. »Geh nicht fort von mir«, fleht er. Sehnsucht trieft auf den Bürgersteig. »Und was war, vergiss, vergiss die Zeit, die verloren war, Missverstehen war, Suchen war und Leid.«

Für wie beschränkt und bedürftig hält dieser Kerl sie eigentlich?

Und für wie unwiderstehlich sich selbst.

Oder Klaus Hofman.

»Ah, non, von meinem Landsmann Brel kommt das überzeugender«, besinnt sich Jean-Luc und spult vor zu *Ne me quitte pas*.

Das darf nicht wahr sein, jetzt singt er sogar lauthals mit!

34.

Teufel noch eins, jetzt hat er lange genug gewartet.

Schuknecht nimmt den Hut und verlässt erzürnt das Wartezimmer mit den wenig erbaulichen Plakaten vom Blauen Kreuz, den Anonymen Alkoholikern, Guttemplern und anderen Hilfsorganisationen. Deprimierender Wandschmuck. Dagegen kommen auch die zahllosen Birkenfeigen und die vitalen Orangetöne nicht an, in denen die Klinikflure getüncht sind. Ebenso wenig die Tonmännchen und Bilder, die in den über die Gänge verteilten Vitrinen die Erfolge der Kunst- und Beschäftigungstherapie bezeugen sollen. Das meiste sieht aus, als sei es im Delirium tremens entstanden.

Veronika Dornbusch wäre begeistert.

Ach du lieber Himmel, die wird vielleicht früher als er selbst bei seinem Bungalow ankommen. Nicht auszudenken, was sie aus einem Soloverhör mit Schöpper macht. Sie wird es vermasseln. Oder ihre blödsinnige Tourismusinitiative mit ihm diskutieren. Noch schlimmer: Sie könnte sich an der Quiche vergreifen oder womöglich versuchen, diese kulinarische Kostbarkeit bei 250 Grad aufzuwärmen!

Schuknecht schaut auf eine der Uhren im Klinikflur. Zwanzig vor eins. Wenn er sich beeilt, schafft er es gerade noch pünktlich zu seiner Verabredung mit Schöpper.

»Oh, Sie gehen schon«, bedauert Friedestroms Sprechstundenhilfe und hebt den Blick von ihrem Computerbildschirm. »Tut mir wirklich leid, dass der Doktor sich derart verspätet. Wissen Sie, er ist sehr beschäftigt. Vor allem, weil er so oft im Dorf aushilft. Dabei wäre das gar nicht seine Aufgabe.«

»Ich bin ebenfalls ein beschäftigter Mann«, knurrt Schuknecht unwirsch.

»Darf ich Ihnen als Trost und Wegzehrung eine Praline anbieten? Echte Amselhoftrüffel.« Sie stellt eine Blechdose auf ihren Empfangstresen und klappt sie auf. »Hat der Doktor gestern Abend noch mitgebracht. Jean-Luc spendiert sie uns öfter. Unsere Patienten sind ganz süchtig danach. Äh, ich meine, sie lieben diese Trüffel. Es sind selbstverständlich Sorten ohne Alkohol.«

Schuknecht hebt ablehnend die Hand. »Sehr freundlich, aber ich nehme vor dem Mittagessen nie etwas Süßes zu mir.«

Schon gar keine Trüffel, die aus einer derart betagten Sarottidose und überdies von Jean-Luc stammen.

Oder sollte er vorsorglich einen der Trüffel als Beweismittel sichern?

Unsinn, hier wird Jean-Luc niemanden vergiften wollen. Zudem ist die Dose beinahe leergeräubert. Offensichtlich ohne tödlich Folgen.

»Ich wünsche einen guten Tag«, verabschiedet sich Schuknecht und stößt eine gläserne Schwingtür auf. Missmutig eilt er die Treppe zum Ausgang hinab. Im Vorhof der Klinik beschleunigt er sein Tempo. Der kleine Wortwechsel mit der Sekretärin hat auch nur Zeit gekostet. Er wird eine Abkürzung nehmen müssen, diesen Trampelpfad über den Hügel, vorbei an den Ruinen der abgebrannten Klinikgebäude, die er so ausführlich inspiziert hat. Bedauernd schaut er auf seine rahmengenähten Oxford Straight Tips hinab. Der Pfad ist ziemlich matschig.

Schuknecht biegt in das Waldstück ein und kehrt nach wenigen Metern fluchend zum Hauptweg vor der Klinik zurück.

Verflixt und zugenäht!

Eine Unsitte ist das.

Jetzt muss er doch den längeren Weg über die asphaltierte Strecke nehmen. Hat doch wieder mal jemand mir nichts, dir nichts ein »Treibjagd«-Schild aufgestellt. Es geht sicherlich um die Wildschweine, die die Lichtung rund um die Brandruinen zu ihrem Lieblingstreff erkoren haben.

Jetzt aber hurtig! Oder zumindest so hurtig es eben geht mit einem Rücken, der geschont gehört, und empfindlichen Füßen in schönen Schuhen.

Eine Viertelstunde später – das ist rekordverdächtig – erreicht Schuknecht heftig atmend den privaten Forstweg zu seinem Bungalow. Schon von Weitem erkennt er Veronikas silbernen BMW. Direkt vor seiner Gartenpforte hat sie geparkt. Das ist mal wieder typisch. Für diese Dame haben Verbots- und Sackgassenschilder allenfalls Empfehlungscharakter.

Leicht humpelnd – die Oxfords taugen zum Flanieren, nicht zum Marschieren – macht Schuknecht sich an die letzten Meter. Er zieht ein Taschentuch aus der Hose, um sich im Gehen etwas Schweiß von der Stirn zu tupfen. Schwitzen darf bei einem Verhör nämlich nur die Person, die vernommen wird.

Ein spitzer Hilfeschrei unterbricht seine Wischbewegungen.

Ein weiblicher Schrei.

Ein hysterischer Veronikaschrei.

Es folgt ein langgezogenes »Aaaaaahhhhh« in Höhe des Kammertons C, dann schrille Flüche wie im Lauf ausgestoßen: »Weg da! Weg. Mich bringt niemand um. Nicht mich.«

Schuknecht schleudert das Taschentuch fort und humpelt mit doppelter Geschwindigkeit weiter. Noch ein Schrei. Er verdreifacht auf Trippelschritt, schwört sich, nie mehr in Oxfords den Wald zu betreten, und schreit, ohne sich lang zu besinnen:

»Veronika. Ich bin sofort da. Veronika! Halten Sie durch. Ich komme!«

Verdammt, da geht man ein Mal ohne Schwert aus dem Haus, und schon passiert was!

Schuknecht erreicht sein Gartentor, ruckelt vergeblich daran herum. Diesmal funktioniert das Schloss besser als erwünscht. Veronikas Schreie verstummen. Stattdessen ertönt auf Höhe des Gartentors ein Summen. Es ist ein böses, kampflustiges Summen. Und Sirren. In Form einer schwarzen Wolke. Sie ballt sich über seinem Kopf zusammen. Die Wolke tanzt, stiebt an den Rändern auseinander, formiert sich neu, sticht auf ihn hinab, hüllt ihn vollständig ein. Das Summen schwillt in seinen Ohren so unerträglich an, dass es ihn ganz benommen macht.

Schuknecht reißt schützend die Arme über den Kopf, fällt auf die Knie, wirft sich flach zu Boden, stellt in seiner Panik das Atmen ein und kneift die Augen zu. Hier hilft nur toter Mann spielen.

Gegen einen Todesschwadron aufgestachelter Bienen hätte auch sein Darn Jian nichts ausrichten können.

35.

»Lothar! Wach auf, Lothar. Du musst aufwachen.« Veronika packt die leblose Gestalt am Boden bei der Schulter und rüttelt sie sanft. Schuknecht rührt sich nicht. Scheint ohnmächtig zu sein.

Was kann man da tun? Wasser. Sie braucht Wasser. Einen nassen Waschlappen. Aber wie soll sie hier an Wasser kommen? Die ganze Dhünntalsperre nutzt ihr nichts, sie ist zu weit weg. Und in den Bungalow oder den Garten kehrt sie allein auf keinen Fall zurück. Nicht für einen Waschlappen. Außerdem will sie Lothar hier nicht allein liegen lassen. Wer weiß, ob die Bienen nicht noch einmal zurückkehren.

Ein Toter auf der Terrasse reicht ihr vollauf.

Vielleicht genügt ein Klapps auf den Hinterkopf. Ein ganz leichter nur. Mit dem Briefbündel, das sie immer noch gegen ihre Brust presst und unter Einsatz ihres Lebens unter Schöppers regloser Hand hervorgezogen hat.

Einen Versuch ist es wert. Der Klapps nutzt aber nichts. Ob sein schwaches Herz ihn vor Schreck im Stich gelassen hat?

Veronika schluchzt auf und wirft sich mit ausgebreiteten Armen über Schuknecht. »Bitte, bitte werde doch wach!«, wimmert sie. »Du kannst nicht tot sein. Ich brauche dich do-hoch. Bitte sei nicht tot.« Ihr ganzer Körper bebt und zuckt unter stoßweisen Schluchzern. Ein Schluckauf bahnt sich an.

Jetzt aber Schluss!, wütet Veronika gegen sich selbst. Sie wird sich doch nicht von einem hysterischen Anfall übermannen lassen. Am liebsten würde sie sich selbst ohrfeigen, damit dieser Anfall vorbeigeht, weil er zu überhaupt nichts nutze ist.

Oder doch? Unter ihr regt sich was.

Schuknecht!

»Frau Dornbusch«, knurrt er. »Würden Sie bitte sofort von mir runtergehen.«

Er lebt, er lebt, er lebt!

Veronika schmiegt sich überschwänglich an Schuknechts Rücken, presst ihn an ihren wogenden Busen. Bisschen schmal, der Rücken. Muskulös, aber schmal. Ab sofort wird sie sich darum kümmern, dass Lothar mehr auf die Rippen bekommt, anständige Mahlzeiten isst, mit Kartoffeln und viel Soße. Genau. Sie wird kochen lernen, und er muss weniger Sport treiben, damit ihm der Rücken nie mehr schmerzt und sein Herz zur Ruhe kommt, und sie wird ihn nie mehr reizen und …

»Frau Dornbusch, bitte, ich bekomme kaum noch Luft«, ächzt es unter ihr. »Wollen Sie mich umbringen?«

»Oh, nein, nein, Sie doch nicht«, stammelt Veronika betroffen. »Ich bin so überglücklich, dass Sie noch leben. Wurden Sie gestochen? Nein? Sie Glücklicher! Mich hat ein Biest an der Nase erwischt. Mitten drauf. Wird eine schöne Schwellung geben.«

Mühsam rappelt Veronika sich auf. Ihre Nase ist sicher nichts im Vergleich zu Schöppers Schwellungen und Quaddeln. Den müssen Hunderte Bienen gestochen haben, der sieht aus wie ein … Nein, da verbietet sich jeder Vergleich. Der vom Streuselkuchen erst recht. Zumal Schöppers aufgequollenes blaues Gesicht doch in einer Quiche liegt. Mittendrin.

»In Ih-i-rer schö-hö-nen Qui-hicks«, bricht es unter erneuten Schluchzern aus ihr hervor. Und nochmal »Qui-hicks«. Ihr Zwerchfell beginnt sich rhythmisch zu verkrampfen.

»Frau Dornbusch, hören Sie auf zu schluchzen«, befiehlt Schuknecht in seinem strengsten Staatsanwaltston und kommt flink auf die Beine. »Schluss jetzt«, donnert er dann so energisch, dass nicht nur ihr Zwerchfell, sondern ihr gesamter Körper vor Schreck zusammenzuckt.

»Schreien Sie mich nicht so an!«, platzt sie wütend heraus und funkelt ihn böse an. »So redet man nicht mit einer Dame.«

»Wenn Sie einen Schluckauf hat, schon«, entgegnet Schuknecht seelenruhig und schenkt ihr einen freundlichen Blick. Der Blick ist sogar mehr als freundlich, er ist beinahe dankbar, wenn sie sich nicht sehr täuscht.

Sie schmilzt dahin. »Ach, Lothar ...«

»Ist der Schluckauf weg?«

So was, ihr Schluckauf ist tatsächlich weg.

Schuknechts freundlicher Blick leider auch.

»Gut«, sagt er in sachlichem Ton. »Dann erklären Sie mir, wo dieser verfluchte Bienenschwarm herkam und warum meine Quiche Sie zum Heulen bringt. Bitte ganz in Ruhe, in kurzen Sätzen, und vergessen Sie das Luftholen nicht.«

»Ich dachte zunächst, die Bienen vom Hollerhof sind los«, beginnt Veronika. »Passiert manchmal. Jean-Lucs Russen züchten sie für ihren Honiglikör. Erinnern Sie sich an den Honiglikör, den ich Ihnen bei meinem ersten Besuch mitgebracht habe? Der war von da. Normalerweise sind Jean-Lucs Bienen sehr friedlich, aber wenn sie aufgebracht sind oder ausschwärmen, um ein neues Volk zu bilden, dann ... aber im Spätsommer schwärmen Bienen selten, darum muss sie jemand hierher gebracht haben, und darum ... darum ...«

»Luft holen! Kurze Sätze!«

Kann er haben. Einmal einatmen, wieder ausatmen. »Er ist tot.«

Jetzt ist's raus.

Schuknecht scheint noch immer unzufrieden zu sein. »Was soll das heißen?«

»Kürzer kann ich das nicht sagen. Er ist tot. Dabei hatten Sie ihn doch gewarnt, oder? Sie haben gesagt, er wisse Bescheid.«

»Wen zum Teufel habe ich wovor gewarnt?«

»Na, den letzten Todeskandidaten auf dieser verfluchten Liste. Sie haben gesagt, er wisse Bescheid und ...«

»Welcher Todeskandidat? Frau Dornbusch, bitte, verraten Sie endlich den Namen des Toten!«

Oh, hat sie vergessen, den zu erwähnen?

»Schöpper natürlich.«

Schuknecht prallt zurück. Mit offenem Mund. »Der stand nicht auf der Liste!«

»Herrje, vergessen Sie doch endlich mal diese blöde Liste! Tot ist Schöpper trotzdem. Tot, töter, mausetot, kapiert?«

»Aber wie ... Das ist unmöglich ... Das ergibt keinen Sinn ... Ich meine: seit wann?«

»Das müssen Sie die Bienen fragen. Als ich ankam, saß der arme Mann bereits tot an Ihrem Terrassentisch. Sah eigentlich ganz zufrieden aus, fast idyllisch. Bis auf die Bienen, die um ihn herumschwirrten. Er hatte sich die Quiche aus dem Ofen geholt. Hatte was zum Lesen dabei. Na ja, sehr weit ist er mit beidem nicht gekommen. Das Ganze war natürlich Mord. Todsichere Methode bei einem Bienenallergiker. Wird wieder mal unmöglich sein, da den Mord nachzuweisen, denn ...«

Schuknecht hört nicht länger hin. Er tritt das Gartentor auf und ist in Windeseile in Richtung Terrasse verschwunden.

Unschlüssig betrachtet Veronika das Tor, das quietschend zurück ins Schloss fällt. Ob sie Schuknecht hinterher soll? Spuren sichern? Da liegt noch dieser Plan aus der Pralinendose neben Schöpper. Unter Schöpper, genauer gesagt. Er hat ihn mit der Brust begraben, als er endgültig erstickt und nach vorn mit dem Gesicht in die Quiche gefallen ist.

Nein, den Anblick tut sie sich kein zweites Mal an. Käthes zerschundenes Gesicht war bereits eine fürchterliche Zumutung und hat sie nächtelang verfolgt. Jetzt auch noch das von Schöpper. Ganz blau, beinahe violett ist er im Todeskampf angelaufen, und die Augen quellen scheußlich vorwurfsvoll aus den Höhlen. Das wird schöne Albträume geben, wenn Käthe und der alte Schöpper demnächst als Paar darin auftreten.

Als Liebespaar.

Das waren die beiden nämlich einmal, wenn sie den Briefen trauen kann, die sie Schöpper unter der Hand weggezogen und kurz überflogen hat, bis die dusseligen Bienen zurückgekommen sind.

Wo sind die Briefe überhaupt hin? Sie hatte sie doch eben noch in der Hand. Den ganzen Packen, mit dem sie Lothar eins übergezogen hat. Sie schaut sich suchend auf dem Boden um. Ah, da liegen sie ja, unter der Hecke. Sie bückt sich, klaubt das Bündel auf und vertieft sich in ihre Lektüre.

Weit kommt sie nicht.

»Wir müssen sofort zu Hendrike!«, schreit Schuknecht und reißt das Gartentor auf. In der Rechten hält er sein albernes Schwert. »Ihre Autoschlüssel bitte.«

»Aber sollten wir nicht erst die Polizei rufen? Und einen Krankenwagen? Oder wenigstens Meiswinkel oder Friedestrom?«

»Später!«, schreit Schuknecht und ist bereits an ihrem Auto. »Für so etwas haben wir keine Zeit. Wir müssen handeln.« Er reißt die Fahrertür auf, wirft sein Schwert auf die Rückbank und steigt ein.

Also, ohne sie fährt der nirgendwo hin, das ist mal sicher. Veronika rast zur Beifahrertür, wirft den Briefpacken in den

Fußraum und muss bei laufendem Motor auf den Sitz springen. »Was zum Himmel sollen wir bei Hendrike?«, fragt sie atemlos.

»Sie sofort von hier wegbringen, bevor der Mörder noch einmal zuschlägt. Heute ist der dreißigste Jahrestag der Brandkatastrophe. Wir müssen Hendrike in Sicherheit bringen. Am besten direkt nach Düsseldorf zum Flughafen.«

Veronika ist einen Moment lang sprachlos. Dreht der jetzt vollends durch? Was soll Hendrike am Flughafen?

Schuknecht legt den Rückwärtsgang ein, wendet den Kopf nach hinten und gibt Gas. Der Wagen macht einen Satz nach vorn.

Himmel, ist der Mann hektisch, verwechselt glatt die Gänge! So viel Aufregung kann nicht gut für sein Herz sein.

Schuknecht kuppelt aus, rührt hektisch mit dem Schalthebel herum.

»Hendrike geht es gut. Sie ist in den besten Händen«, versucht Veronika, ihn zu beruhigen. »Auf dem Weg hierher habe ich gesehen, wie sie und Livy in Jean-Lucs Auto gestiegen sind und …«

»WAS?« Schuknecht lässt den Schalthebel fahren, reißt den Kopf zu ihr herum und starrt sie völlig entgeistert an.

»Hendrike ist in Jean-Lucs Auto gestiegen«, wiederholt Veronika. »Ich habe ihn gestern ermuntert, sich mehr um sie zu bemühen, den Kavalier zu spielen, ihr kleine Gefälligkeiten zu erweisen. Ich sagte Ihnen doch bereits, dass er Hendrike nicht umbringen will. Er will sie heiraten und eine Pension mit ihr eröffnen.« Jawohl, das will er, auch wenn er noch nichts davon weiß. Dafür wird sie sorgen, sobald diese dummen Morde erledigt sind, und dann …

»Ja, sind Sie denn komplett wahnsinnig?«, schreit Schuknecht so laut, dass ihr die Ohren schmerzen.

»Geht das nicht leiser?«, empört sich Veronika. »Wie ein Wahnsinniger verhält sich in diesem Auto nur einer! Und das bin nicht ich.«

Schuknecht schließt kurz die Augen, saugt hörbar Luft ein, dann fragt er – jedes Wort einzeln betonend, als rede er mit einem schwer erziehbaren Kleinkind: »Wissen Sie, wo Jean-Luc mit Hendrike hingefahren sein könnte?«

»Natürlich weiß ich das«, schnappt Veronika. »Zum Reitstall. Das ist von Biblinghausen aus nicht sehr weit, aber mit Livy kann der sich ziehen wie Kaugu–«

»Wo ist der Reitstall?«, unterbricht Schuknecht sie scharf.

Veronikas Blick streift kurz die Uhr im Armaturenbrett. »Das ist unwichtig. Inzwischen sind Hendrike und Livy längst in der Mehrzweckhalle in Dabringhausen.«

»Beten Sie zu Gott, dass Sie recht haben«, sagt Schuknecht, kuppelt, schaltet, dreht den Kopf nach hinten und gibt Gas. Veronika krallt sich an das Armaturenbrett. Dass ihr BMW auch im Rückwärtsgang so ein Mordstempo hinlegen kann, hat sie gar nicht gewusst.

»Sie brauchen sich nicht so zu beeilen!«, schimpft sie. »Es kostet mich nur einen Anruf, um Ihnen zu beweisen, dass ich recht habe. Auch wenn das völlig unnötig ist.« Sie fischt triumphierend ihr Handy aus ihrem Ausschnitt hervor. Ihre Finger fliegen über die Tasten, dann presst sie das Handy ans Ohr. Hmm. Mist, bei Hendrike springt nur die Mailbox an.

»Und?«, hakt Schuknecht erregt nach, ohne den Kopf oder den Blick von dem kurvigen Forstweg abzuwenden, den er soeben rückwärts und im Zickzack hochdonnert.

»Äh, ich habe mich verwählt«, flunkert Veronika. »Kein Wunder, bei dem Tempo, das sie vorlegen.« Sie wird es nochmal versuchen. Diesmal bei Sophie.

Tipp. Tipp. Tipp.

Ein bisschen unangenehm, dort jetzt anzurufen, weil sie der Ärmsten den Tod des alten Schöpper verheimlichen muss. So eine Nachricht kann man nicht per Handy weitergeben.

Mist, besetzt!

Schuknecht lenkt, nein, schleudert den Wagen herum, schaut hektisch nach links und rechts und schießt vorwärts in die schmale Hangstraße hinein, die von der Dhünntalsperre steil bergan zum Zubringer nach Dabringhausen führt. Gott, wo hat der Autofahren gelernt? Auf dem Rummelplatz im Autoscooter? So schwindelig war ihr zuletzt im Bebop-Driver auf der Hückeswagener Kirmes.

Veronika tippt erneut die Nummer ein.

Teufel noch eins! Immer noch besetzt. Ob Sophie sehr schockiert sein wird, wenn sie vom Tod ihres Vaters erfährt? Zunächst ganz gewiss, aber Schöppers Hinscheiden hat für sie auch Vorteile. Man muss immer das Positive sehen. Die alte Villa, die Sophie und ihr Mann so hübsch restauriert haben, gehört ihnen nun, ohne dass sie an ihren eigenen Vater 800 000 Euro dafür zahlen müssen. Schöner Vater, hoffentlich vererbt der nicht nur Schulden!

Für sie selbst ist Schöppers Ende freilich ein tragischer Verlust. Für ihre Tourismusinitiative kann er finanziell jetzt nichts mehr tun. Dabei hatte sich die Sache so schön angelassen. Sie musste ihn nur einmal kurz von der toten Käthe grüßen, schon entdeckte Schöpper den EU-Topf mit den Fördergeldern.

So, jetzt aber, sie drückt auf Wahlwiederholung und aus Versehen auf die Freisprechtaste. Auch egal, dann kann Schuknecht direkt mithören

Ah, der Rufton geht durch.

»Eins, zwei, Eierstock, auf Kinder hab ich keinen Bock«, rappt es im nächsten Augenblick verstärkt vom pfeifenden

Lautsprecher in Veronikas Ohr. Sie hält das Handy entsetzt von sich weg.

»Drei, vier Sperma, Kinder machen ärmer«, schallt es durch das Wageninnere.

Verwirrt starrt Veronika ihr Handy an.

Schuknecht starrt ebenfalls. »Ist das ein neuer Klingelton?«

»Äh, nein, ein Gedicht, glaube ich«, stammelt Veronika. »Hoffentlich muss sich Hendrike diesen Unsinn nicht anhören.«

Wer dichtet sich nur so einen Quatsch zusammen? Herrje, das muss Sophies Teenietochter sein!

»Hallo!«, ruft das Handy. »Hallo?«

Das ist Sophie. Eine genervte Sophie.

»Hallo«, grüßt Veronika zurück.

»Moment«, sagt Sophie, und Veronika und Schöpper werden Zeuge eines kurzen Mutter-Tochter-Streits über Eierstocklyrik, die überdies von irgendwem geklaut zu sein scheint. Der Streit endet damit, dass Livy ihr Gedicht über eine kleine Micky Maus ohne Hosen zum Vortrag bringt. Endlich hat Sophie Zeit für ein Gespräch. Veronika schaltet die Mithörfunktion aus, drückt das Handy wieder ans Ohr und kann die entscheidende Frage stellen. »Kann ich kurz mal Hendrike sprechen?«

Nein, kann sie nicht.

Hendrike ist nicht da. Sie hat nur kurz Livy abgegeben und ist dann wieder verschwunden.

Himmel! Gut, dass Schuknecht das nicht mithören kann.

»War sie denn noch nicht bei dir im Laden?«, fragt Sophie verwundert. »Hendrike hat gesagt, sie wolle nur schnell ihre Koffer packen und dann einen Beanie bei dir kaufen, den sie Livy dummerweise versprochen hat.«

Jetzt heißt es blitzschnell schalten.

»Oh, ach ja, da kommt sie gerade. Bis später dann«, improvisiert Veronika und drückt flink das Gespräch weg und das Handy aus. Schuknecht gibt so röhrend Gas, dass Sophie sicher dennoch bemerkt hat, von wo aus sie telefoniert hat. Nämlich nicht aus ihrem Laden.

Jetzt kommt das Unangenehmste. Sie muss den im doppelten Sinne des Wortes rasenden Schuknecht umdirigieren. Fragt sich nur, wohin?

Erst mal nach Biblinghausen. Das wird das Beste sein.

36.

Ihr Mund schmeckt seltsam. Und fühlt sich noch seltsamer an. So, als habe sich ein kleines Tier in ihre Mundhöhle verirrt. Rau und pelzig schmeckt es und außerdem nach …

Wonach nur?

Hendrike muss blinzeln. Das Tier in ihrem Mund bewegt sich. Nein, das ist kein Tier. Das muss ihre Zunge sein, und die schmeckt, schmeckt … Wonach schmeckt die nur?

Bitter, registriert Hendrikes Hirn.

Unter Mühen wiederholt es das gesuchte Wort.

Hendrike will das nicht wissen, sie will nur wieder schlafen, endlos weiterschlafen.

Bitter, bitter, bitter, funkt ihr Gehirn sie wach und setzt hinter jede Wiederholung ein alarmierendes Ausrufungszeichen. Jedes einzelne schmerzt wie ein Hammerschlag, bevor es zu pulsierendem Nebel zerfließt. Die Nebel treten aus ihr heraus, umhüllen sie als feuchte Schleier, legen sich als kalter Schweiß auf ihre Stirn, überfrosten in Sekunden ihren ganzen Körper mit Eiseskälte, während in ihren Eingeweiden eine rote Feuerkugel anschwillt.

So kann kein Mensch schlafen.

Der bittere Geschmack in ihrem Mund verschärft sich, etwas Säuerliches mischt sich hinein. Ihr Mund wird sauer wie …?

Oh, keine Ahnung. Ist doch auch egal. Hauptsache schlafen.

Der saure Geschmack bleibt, der bittere auch. Zum Henker damit! Sie will nur ausruhen. Von allem.

Hendrikes Hirn stellt die Arbeit ein. Selige Ruhe ist ihr dennoch nicht vergönnt. Ihr Magen reißt jäh die Herrschaft an sich, zieht sich in kurzen, harten Wellen zusammen, pumpt Säure vermischt mit halbverdauten Essensresten über die Speiseröhre in ihre Kehle, füllt ihren Mund. Sie will schlucken. Ihr Körper bäumt sich reflexhaft dagegen auf. Der Magen setzt sich durch.

Hendrike würgt, erbricht sich in einem Schwall. Erbricht das pelzige Tier, samt Krallen. Ihr Mund vertrocknet binnen Sekunden. Säure drängt nach. Wieder würgt sie und erbricht.

Keucht.

Erbricht erneut.

Einmal, noch einmal und noch einmal.

Ihre Kehle wird trocken wie Sandpapier. Schmerz und Säure schmirgeln sie wund. Ihr Körper ist gefangen in einer Abfolge aus Krämpfen, Schmerzwellen, Erbrechen.

Krampf, Welle, Erbrechen. Krampf, Welle, Welle, Welle.

Kein Erbrechen mehr.

Die Krämpfe ebben ab.

Ein winziger klarer Moment genügt, damit Hendrike die einsetzende Erschöpfung registriert. Herrliche, vollendete Erschöpfung. Ihr Körper zittert ergeben nach, will ausruhen. Einfach ruhen. Jetzt und bis in alle Ewigkeit.

Leider brennt ihr Mund wie Feuer, ihre Kehle ätzt, ihr Gaumen prickelt, dann schmeckt alles wieder bitter.

Bitter wie …, nimmt ihr Hirn erbarmungslos die Arbeit auf.

Leben ist ein ekelhaft anstrengendes Geschäft.

Bitter wie was?, fragt es erbarmungslos weiter. Ihr Hirn schaltet die Nase auf Empfang.

Hendrike registriert einen übelerregenden Geruch.

Nicht auch das noch, wehrt sie sich und öffnet den ausgetrockneten Mund zum Atmen. Wie ein Messer streicht die Luft über ihre Lungenflügel. Das soll aufhören. Sie will nicht mehr atmen, nichts mehr riechen, nichts denken, nichts wissen. Sie will wieder versinken in diesen Kokon aus Nebel und Bewusstlosigkeit und vollkommener Dunkelheit.

Mit einem Schlag setzt ihr Schmerzempfinden ein, akut und zwingend. Ein stechender Blitz jagt vom Magen aus durch alle ihre Glieder, lässt sie zucken, fährt ihr ins Hirn, explodiert in farbigen Fontänen, die sich zu wirbelnden Kreisen formen, bevor sie zu Sternen zerfallen. Die Sternenreste glühen nach, ihr Kopf droht unter diesem Feuerwerk aus stechenden Schmerzen zu bersten. Ihr Brustraum füllt sich mit Panik und Angst, die neue Magenkrämpfe und eine weitere Welle der Übelkeit auslösen.

Ihre Kehle verengt sich, sie hat keine Kraft mehr zu würgen, ihre Lungen verlangen ächzend nach Sauerstoff, japsend ringt sie nach Luft und atmet widerliche Dämpfe ein. Wieder schießt brennende Säure nach oben, verengt ihr die Kehle, schießt direkt in ihren Mund und wieder hinaus.

Keuchend fällt Hendrike zurück auf den erbarmungslos harten Boden. Einen feuchten und eiskalten Boden.

Eiskalt wie der Tod.

Bitter wie der Tod.

Nein, erinnert sich ihr Gehirn, *bitter wie Grapefruitsaft.*

Der Grapefruitsaft riecht chemisch.

Na und?

Wen interessiert das. Sie nicht. Sie will nicht denken, wenn denken so wehtut und so anstrengt und einem speiübel davon wird. Sie zieht die Knie an, krümmt sich, macht sich ganz klein, umarmt sich auf der Suche nach Wärme, Schutz und Schlaf. Der geschiente Arm ist im Weg. Blöder Arm. Sie will nicht daran denken. Sie will nie mehr an irgendetwas denken.

Ihr fehlt die Kraft zum Denken. Sie braucht ihre Kraft, um in Ruhe zu sterben. Möglichst, ohne noch einmal zu erbrechen.

Nur das nicht, bitte nicht das.

Viel mehr verlangt sie gar nicht.

Und wenn dieser entsetzliche Geruch nicht wäre, vielleicht, vielleicht hätte sie dann die Chance auf einen sanften, beiläufigen Tod. In etwa so beiläufig, wie sie früher die Milchzähne verloren hat oder ihre Unschuld an Jean-Luc, den Bastard.

37.

Nervös tickert der Blinker. Weit nervöser galoppieren Schuknechts Finger über den oberen Lenkradrand. Ein Laster ächzt von rechts an ihm vorbei, danach der nächste und direkt im Anschluss ein tapfer ratternder Traktor, der eine ellenlange Autoschlange anführt. Stoßstange an Stoßstange. Ausgerechnet heute herrscht Stau auf der Altenberger Straße in Richtung Biblinghausen. Und keiner lässt ihn rein.

Er schlägt die Faust aufs Lenkrad. Das gibt's doch gar nicht! Wann kommt endlich eine Lücke, die groß genug ist, damit er rüberziehen und links abbiegen kann? Zum Teufel noch eins! Bei so einem Stau nützt einem nicht mal ein Rennwagen.

»Schöpper war's!«, ruft neben ihm Frau Dornbusch mit einem Mal aus. »Aber natürlich!«

Er streift sie mit einem verärgerten Seitenblick. Die hat Nerven. Liest bierruhig uralte Briefe, während Hendrike Tragelehn womöglich in Lebensgefahr schwebt.

»Schöpper war *was*?«, bellt er widerwillig.

»Der Vater von Heinzi Tragelehn«, triumphiert Veronika, ohne von den Briefen aufzusehen. »Also, dass ich da nicht eher draufgekommen bin! Der konnte doch von keiner Frau die Finger lassen, und Käthe war doch jahrelang Haushälterin in seiner Villa.« Sie schüttelt voll des Selbsttadels den Kopf. »Liebesbriefe waren allerdings nicht Schöppers Stärke. Käthes Erpresserbriefe sind weitaus eleganter. Lauter kleine, gemeine Spitzen und Anspielungen. Alle verstehe ich noch nicht. Hm. Soll ich mal vorlesen?«

»Nein!«, schreit Schuknecht. »Das ist doch jetzt völlig unwichtig! Beide Beteiligten sind tot, und Heinzi ist begraben. Das Einzige, was zählt, ist, dass wir Hendrike finden und in Sicherheit bringen.«

Verdammt, schon wieder ein Laster!

»Also, ich finde die Briefe sehr wichtig«, trotzt Veronika Dornbusch auf. »Jetzt wissen wir endlich, womit Käthe den alten Schöpper erpressen und ihm das Haus am Markt abluchsen konnte. Ohne einen Pfennig zu zahlen. Junge, Junge, die hat den alten Knaben ganz schön bluten lassen. In diesen Briefen verlangt sie immer wieder Geld. Darum war der so klamm. In den Sechzigern hätte ihn der Skandal um ein uneheliches Kind natürlich Kopf, Kragen und Karriere gekostet, aber später ...« Sie schüttelt den Kopf. »Merkwürdig, dass Schöpper so lange gezahlt hat. Da muss doch mehr dahinterstecken als ein bisschen Schakalaka mit der Küchenfee.«

»Schaka*was*?«, stutzt Schuknecht. Was ist denn das für ein alberner Ausdruck für ... na, dafür eben. Na endlich, da ist seine Lücke. Nichts wie rein und rüber auf die Gegenspur. Mit Dauerhupton und heulendem Motor. Blaulicht und Sirene wären noch besser.

»Müssen Sie immer so abrupt Gas geben?«, beschwert sich Veronika und angelt nach den Briefen, die ihr vor Schreck aus der Hand gesegelt sind.

»Begreifen Sie es doch endlich! Wir müssen Jean-Luc finden und ihn stoppen, bevor Schlimmeres passiert.«

»Ach, papperlapapp! Sie haben sich da in was verbissen.«

Schuknecht schweigt mit knirschenden Zähnen. Warum hat er diese Frau nur mitgenommen! Die ist zu nichts nutze, schwatzt lauter dummes Zeug und will ihn auch noch belehren!

Und in was für einem Ton! »Sie sind auf der falschen Spur!«, schreit sie. »Hallo, hören Sie mir zu?«

»Wie?«

»Sie sind als Geisterfahrer unterwegs! Sie fahren zu weit links«, ruft Veronika empört.

Oh, stimmt. Schuknecht zieht energisch nach rechts.

Veronika redet ebenso energisch weiter. »Jean-Luc kann nicht der Mörder sein. Unmöglich. Ich kenne ihn seit Kindertagen. Er ist im Grunde ein Gemütsmensch, genau wie seine Russen. Sentimental und sehr gefühlvoll.«

»Ach ja? Dann sagen Sie das mal dem Mann, den dieser gefühlvolle Gemütsmensch mit zwanzig Jahren krankenhausreif geschlagen hat. Und zwar so gründlich, dass dessen Leben an einem seidenen Faden hing und Jean-Luc in ein belgisches Gefängnis musste.«

»Welchen Mann?«

»Das ist doch egal. Naumann wird es noch rausfinden!«

Schuknecht tritt das Gaspedal durch. Noch fünf Kilometer bis zum Abzweig Biblinghausen. Da muss man ausnutzen, dass die Straße endlich frei von Autos, Kurven und Steigungen ist. Kurven gibt es erst wieder, wenn er rechts einbiegen muss.

»Jean-Luc war also tatsächlich mal im Gefängnis?«, fragt neben ihm Veronika. Sie klingt nicht sonderlich entsetzt.

Schuknecht nickt knapp und schaltet einen Gang höher. Jean-Luc übt eine ganz fatale Faszination auf Frauen aus, wie es scheint.

»Ach, ein kleiner Gefängnisaufenthalt bedeutet gar nichts«, winkt wie zum Beweis Veronika Dornbusch ab. »Überhaupt nichts. Außer, dass Jean-Luc Temperament besitzt.« Sie reckt trotzig das Kinn. »Jean-Luc hatte bestimmt Gründe für die Schlägerei, und ausrasten kann jeder mal.«

Frauen! Schuknecht schüttelt den Kopf. Wie heißt es so schön: Hinter jedem erfolgreichen Mann steht eine Frau. Nun, hinter einigen Kriminellen auch. Das hat er in seinem Leben als Staatsanwalt oft genug erlebt. Ob charmanter Eierdieb oder abgefeimter Mörder – wenn sie sich nur gut zu verkaufen wussten, war selbst ihnen weibliche Bewunderung und Unterstützung gewiss.

»Frau Dornbusch, bitte!«, begehrt er auf. »Gründe hatte Jean-Luc seiner Meinung nach auch für die Sühnemorde in Biblinghausen. Aber das rechtfertigt diese heimtückischen, perfiden Taten in nichts. Sentimentale Gefühle oder Verständnis sind in diesem Fall völlig fehl am Platz.«

»Gefühle sind nie fehl am Platz! Und wenn Jean-Luc der Mörder war – was er natürlich nicht war –, hat er immerhin versucht, die Ordnung der Dinge wiederherzustellen, finden Sie nicht? Daran liegt Ihnen doch so viel! Leidenschaftlich viel. Gerade im Fall der Brandstifter von Biblinghausen.«

Schuknecht entgleiten vor Überraschung kurz Gesichtszüge und Lenkrad. Letzteres bekommt er innerhalb von Sekunden wieder unter Kontrolle. Seine empörte Miene nicht: »Wie bitte!«, herrscht er seine impertinente Beifahrerin an. »Was wollen Sie damit andeuten?«

Veronika schenkt ihm ein feines Lächeln. »Ich habe gestern im Internet einmal nach Bildern von Ihnen gefahndet und dabei eine Facebook-Seite entdeckt, auf der jemand tatsächlich ein altes Foto von Ihnen eingestellt hat. Es zeigt Sie als jungen und verliebten Staatsanwalt. Wissen Sie eigentlich, dass sie mal eine entfernte Ähnlichkeit mit Richard Widmark hatten?«

Schuknecht krallt sich so fest ans Lenkrad, dass die Knöchel seiner Hand hervortreten. »Sie müssen sich täuschen.«

»Na gut, es war nur eine sehr entfernte Ähnlichkeit! Aber ich habe Sie erkannt. Die Seite gehört Irene Herrnhof. Sie müssen sie wirklich sehr geliebt haben, so wie Sie sie auf dem Bild anhimmeln. Genau wie ihren leicht missratenen Sohn aus erster Ehe, Felix Herrnhof. Sie haben Ihre blendende Karriere riskiert, um ihn vor einer Anklage als Brandstifter zu bewahren, und dann hat er sich am Ende erhängt. Schreckliche Geschichte. Ich könnte gut verstehen, wenn sie selber ...«

»Das geht Sie alles nichts an!«, zürnt Schuknecht. »Überhaupt nichts! Nichts. Nichts. Nichts.«

»Mich geht alles was an«, gibt Veronika ungerührt zurück. »Vor allem, wenn es um Mord ...«

Schuknecht bringt sie mit einem rasanten Kurvenmanöver zum Schweigen, zwingt Veronika, sich ans Armaturenbrett zu klammern, während er den BMW mit achtzig Sachen in den Abzweig nach Biblinghausen hineinschleudert.

Holla! Immer fährt selbst ein BMW nicht wie auf Schienen. Schuknecht packt das Lenkrad, steuert gegen. Das Heck bricht aus, der Wagen gerät ins Schlingern und hält auf der abschüssigen Straße zum Marktplatz für eine gefühlte Ewigkeit direkt auf den Friedhof von St. Andreas zu.

Veronikas Kehle entringt sich ein spitzer, lang anhaltender Schrei, Schuknecht entfährt ein für seine Verhältnisse überaus deftiger Kraftausdruck.

Der scheint beim Allerhöchsten als Stoßgebet durchzugehen.

Zu seiner unermesslichen Verwunderung gelingt es Schuknecht, den BMW so weit unter Kontrolle zu bringen und abzubremsen, dass er die Friedhofsmauer nur touchiert. Ein scharfes metallisches Schrappen und das Geräusch von splitterndem Glas sind die Folge.

Schuknecht beachtet die Geräusche nicht, gibt – dem Unheil knapp entronnen – sofort wieder Gas. Minuten später bringt er das Auto leicht lädiert, aber schwungvoll und mit quietschenden Reifen direkt vor dem Amselhof zum Stehen.

Er greift nach hinten, zerrt sein Schwert von der Rückbank, stößt die Fahrertür auf.

»Sie wollen doch nicht allen Ernstes mit dem Ding in den Amselhof und auf Jean-Luc los!«, protestiert Veronika.

Schuknechts Grimm und Entschlossenheit kennen keine Grenzen mehr. »Und ob ich das will!«

Veronika Dornbusch ist nicht minder grimmig und entschlossen: »Dann blamieren Sie sich mal schön. Aber ohne mich!«

»Ohne Sie dürfte mir das kaum gelingen«, schnauzt Schuhknecht und knallt die Wagentür zu.

Mit einem Klack fällt die rechte Blinkerkappe zu Boden, das Glas des rechten Vorderscheinwerfers bröckelt nach.

»Ihnen leihe ich nie wieder mein Auto!«, schreit Veronika Dornbusch ihm durch das heruntergefahrene Seitenfenster nach.

Schuknecht tritt die Tür zum Amselhof auf, holt kurz Luft, dann stürmt er mit gezücktem Schwert und einem kurzen, martialischen Schrei zur Sammlung des Chi ins Restaurant.

38.

Der Tod muss warten. Er muss, muss, muss!

Hendrikes Hirn hat den Kampf gegen Dämmerschlaf und Todeswunsch gewonnen. Ihr Magen auch. Der vor allem. Ihm und ihrer Schwangerschaft hat sie die überwältigenden Brechanfälle zu verdanken, mit denen sie alles von sich geben konnte, was sie gestern Abend und heute Morgen zu sich genommen hat. Vor allem den vermaledeiten Grapefruitsaft, den sie getrunken hat. Irgendwann vorhin, als sie noch mit Livy unterwegs war. Nein, halt, war das danach? Wann danach? Wo?

Livy!

Hendrike stöhnt gequält auf.

Wenn sie wenigstens wüsste, wo Livy steckt. Sie versucht, ihren Namen zu rufen. Mehr als ein heiseres Krächzen bekommt sie nicht zustande. Ihr Mund ist so trocken, als wäre er verdorrt.

Denk nach, denk nach, befiehlt sie sich, wobei ihr der Schädel vor Anstrengung zu bersten droht.

Verdammt, sie kann sich nicht erinnern. Filmriss. Total. Das verfluchte Zeug, mit dem der Saft versetzt gewesen sein muss, hat gründlich gewirkt. Und es wirkt immer noch nach. Was für eine Scheißdroge! In ihrem Kopf zucken erneut stechende Blitze, ihre Muskeln schmerzen, als habe sie aus dem Stand einen Triathlon bestritten, jede Bewegung verlangt unmenschliche Kraftanstrengungen, und vor ihren Augen herrscht nach wie vor Finsternis. Ihr ist, als schaue sie in eine pechschwarze Röhre. Pechschwarz, bis auf die bunten Wirbel und Spiralnebel, die aufleuchten, sobald sie versucht, sich aufzurichten.

Hendrike beißt die Zähne zusammen. Sie muss es trotzdem versuchen. Sie muss herausfinden, wo zum Teufel sie hier gelandet ist, wo Livy steckt und warum es hier so abscheulich riecht.

Modrig, verschimmelt und vor allem nach …

Ihr Herz setzt aus.

Benzin.

Mit einem Ruck und einem durchdringenden Stöhnen richtet Hendrike sich auf. Gleichgültig, ob es nachtfinster ist oder nicht. Sie weiß plötzlich, wo sie ist, und ahnt, warum. Der Geruch lässt keine Zweifel zu. Für Sekundenbruchteile blitzt ein Bild in ihrem Kopf auf. Das Bild eines Lächelns.

Guter Gott! Sie ist nicht einfach dumm, sie ist unbelehrbar. Schuknecht hat sie gewarnt. Sie hätte niemandem in Biblinghausen je trauen sollen. Auch ihm nicht. Oder ihrem Herzen – diesem Verräter.

39.

Mit diesem Angriff hat Schuknecht nicht gerechnet.

»*Deduschka!* Du kommst zu feiern meine Geburtstag?« Ein tief gerührter Sergej eilt quer durch den Amselhof auf ihn zu. »*Spasibo!* Und du hast sogar mitgebracht die Schwert. Das ist mein Großväterchen.« Sergej entwaffnet ihn, bevor er einen Ton herausbringen kann. Und das im doppelten Sinne. Erst reißt er ihm das Schwert aus der Hand, dann den entgeisterten Schuknecht an seine breite Brust. Er pflanzt ihm in schneller Abfolge russische Brüderküsse auf beide Wangen. »Musik, *dawai, dawai! Deduschka* und ich wollen tanzen. Nicht immer essen, essen, essen!«

»Halt, nein, ich …«, stammelt Schuknecht nach Luft ringend und wird zu seinem Verdruss von dem temperamentvoll einsetzenden Akkordeon übertönt. Sergej steppt, tänzelt und wirbelt mit dem erbeuteten Darn Jian über dem Kopf in die Mitte des Raumes.

Schuknecht starrt ihm verdattert hinterher und entdeckt zum Hufeisen aufgestellte Tische. Ist er in ein russisches Bauernmusical geraten? Der gesteckt volle Amselhof und das Publikum sehen ganz danach aus. Bis auf zwei, drei in die Jahre gekommene Bauchtänzerinnen, die mit reichlich Hüftgeschunkel soeben auf Sergej zu tanzen.

Stühle werden zurückgeschubst, einige Gäste sparen sich den Umweg um die Tische und springen direkt darüber auf die improvisierte Tanzfläche.

Das darf doch nicht wahr sein! Was ist hier los?

Ganz egal, ruft Schuknecht sich zur Ordnung. »Ruhe!«, schreit er. »Ruhe bitte!«

Niemand reagiert. Im Gegenteil verfällt die Festgesellschaft kollektiv in rhythmisches Klatschen, Pfiffe werden laut. Sergej zeigt seine schönsten Hockschritte und Drehsprünge mit seinem Schwert.

Schuknecht sucht die wogende, tanzende Gesellschaft nach Jean-Luc ab. Der ist nicht da. Verflucht! Wo ist der Kerl hin? Und wo ist die blonde Manon, seine Frau?

Die Musik setzt kurz aus.

»Jetzt du, *Deduschka*!«, ruft mit breitem Grinsen Sergej.

»Verdammt noch mal: nein! Jetzt reicht's«, brüllt Schuknecht und stürzt sich mit langen Schritten ins Tanzgewühl. »Sergej, hören Sie mir zu: Ich muss Jean-Luc sprechen. Wo ist er?«

»Erst wir tanzen, dann wir trinken, dann wir können reden, *Deduschka*«, befiehlt Sergej und stößt ihm den Schwertgriff gegen die Brust.

Schuknecht reißt das Darn Jian an sich. Er wird nicht darum herumkommen, einmal mehr seine Sternenkomposition im Großen Bären vorzuführen. Er wirbelt in einer technisch einwandfreien Pirouette herum, geht mit schneidender Abwärtsbewegung blitzartig zum Angriff über. Einem Scheinangriff auf den Akkordeonspieler. Die Schwertspitze saust direkt vor dessen Nasenspitze herab.

Das Manöver zeitigt den gewünschten Erfolg. Der Akkordeonspieler erstarrt im Spiel, seine Hände gleiten von den Tasten.

Allerdings nur, um Beifall zu spenden. Alle im Raum folgen seinem Beispiel, Applaus brandet auf. Jauchzer werden laut.

»Können Sie das mit dem Schwert noch mal machen?«,

seufzt unmittelbar neben Schuknecht eine der Bauchtänzerinnen. »Für mich? Ich bin übrigens Ingeborg.«

»Ruhe! Zum Kreuzdonnerwetter noch mal!«, brüllt Schuknecht, abrupt, aus voller Lunge und am Ende seiner Geduld.

Die begeisterte Menge verstummt betreten.

Sergej drängelt nach vorn. »Brüderchen, was ist dir?«

»Wo ist Jean-Luc?«

Sergej hebt bedauernd die Schultern. »Nicht da.«

»Wo ist er hin?«

Sergejs Gesicht legt sich in Kummerfalten. »Ah, er musste zu die Bahnhof in Lennep. Unsere schöne Manon wegbringen.« Er seufzt ergriffen. »Sie will zurück nach Belgien. Zu ihre Matuschka.«

Matuschka? Was heißt das noch mal? Ach ja, Mutter.

Schuknecht stößt einen Laut des Unwillens hervor. »Jean-Luc hat sich also abgesetzt«, murmelt er finster.

»Nein, nein, er kommt zurück«, tröstet ihn Sergej.

Aha! Dann hat er wohl nur sein Schätzchen in Sicherheit bringen wollen. Kommt hin. Schließlich ist Jean-Luc noch nicht fertig in Biblinghausen und mit der Todesliste. Zumindest nicht mit ihm. Und hoffentlich noch nicht mit Hendrike.

»Seit wann ist Jean-Luc weg?«, fragt Schuknecht mit wiedererwachtem Elan.

Sergej verzieht nachdenklich den Mund. »Seit einer Stunde? Aber er wird zurück sein für die Torte.«

»Und für meinen Bauchtanz«, ergänzt Ingeborg.

»Ich bin bereits zurück, Sergej! Hab ordentlich Gas gegeben. Guten Tag, Herr Oberstaatsanwalt. Sind Sie hier, um uns Ihren Schwerttanz zu zeigen? Der ist bereits Legende!«

Schuknecht wirbelt herum. Jean-Luc kommt hinter seiner Bistrotheke hervor. Grinst frech. Das wird ihm noch vergehen. Schuknecht führt sein Darn Jian mit einer elegant beiläufigen Bewegung hinter den Rücken. Er wird seinen Gegner nicht frühzeitig nervös machen. Nicht, bevor er weiß, was er wissen muss.

Nervös wirkt Jean-Luc allerdings keineswegs. Munter plaudernd schlendert er auf Schuknecht zu. »Nach Karte können Sie heute leider nicht speisen, *mon ami.* Aber Sergej und seine Freunde haben ihre sagenhaften Pelmeni zubereitet, und später bringt Hasims Bruder noch Pizza vorbei. Veronika hat angedeutet, dass Sie eine Vorliebe für doppelt Käse haben.«

»Ich will nichts essen«, reagiert Schuknecht aufgebrachter als gewollt. »Ich suche Hendrike Tragelehn. Was haben Sie mit ihr gemacht? Wo haben Sie sie hingebracht?«

Jean-Luc hebt erstaunt die Brauen.

Unverfrorener Kerl. Der gibt tatsächlich den Verblüfften!

»Sie meinen heute Vormittag? Zum Reitstall natürlich.«

»Und danach?«

Jean-Lucs Gesicht verfinstert sich. »Soll das wieder eins von Ihren merkwürdigen Verhören werden? So wie damals bei meinen Jungs im Hollerhof?«

»Ja! Wo ist Hendrike Tragelehn?«

»Ich habe keine Ahnung und außerdem zu tun.« Jean-Luc wendet sich dem Saalpublikum zu. »Freunde, gleich kommt die Torte!«

»Mit Bauchtanz«, jubelt Ingeborg.

Jean-Luc will sich in Richtung Küche abwenden. Schuknechts Schwert saust vor seiner Brust herab und versperrt ihm wie eine Schranke den Weg. Eine äußerst scharfe Schranke. Schuknecht vernimmt in seinem Rücken allgemein entsetztes Luftholen.

Endlich scheint diesem russischen Musikantenstadl klar zu werden, dass es hier nicht um Spiel und Tanz geht.

Jean-Luc dreht sich in Zeitlupentempo zu ihm um. »Sind Sie

jetzt völlig verrückt geworden?«, fragt er ruhig. Gefährlich ruhig. Dann platzt es aus ihm heraus: »Was fällt Ihnen ein, Sergejs Geburtstagsfeier mit Ihren Mätzchen zu stören, mir irre Fragen zu stellen und mit diesem albernen Kirmesschwert vor meiner Nase rumzufuchteln? Nehmen Sie das Ding weg! Oder muss ich erst meine Messersammlung aus der Küche holen?«

»Ein Kampf, ein Kampf! Wie wunderbar! Sergej, dieser Schuknecht ist wirklich ein Knaller! Das ist die bislang beste Showeinlage heute«, jubelt eine schrille Frauenstimme im Hintergrund. Das muss Ingeborg sein. »Aber sollte man keine Gummihütchen über die Schwertspitze ziehen? Sonst tut sich noch jemand weh.«

Schuknecht verdreht die Augen. Kein Wunder, dass diese quiekende, törichte Bauchtänzerin Veronikas beste Freundin ist. Die zwei sind seelenverwandt.

»Hören Sie, Schuknecht«, sagt Jean-Luc mit gereiztem Unterton in die gespannte Stille. »Hauen Sie einfach ab, und ich vergesse Ihren Ausraster, okay?«

»Ich gehe nicht, bevor Sie mir sagen, wo Hendrike ist.«

»Woher zum Kuckuck soll ausgerechnet ich das wissen? Vielleicht in Honolulu oder London!« Jean-Lucs Mund zuckt verräterisch.

London! Verdammt, Hendrike hat es ihm gesagt. Sie hat es ihm gesagt! Das muss ihr Todesurteil gewesen sein. Schuknecht schließt kurz die Augen. »Was haben Sie Hendrike angetan?«, fragt er mit mühsam unterdrücktem Zittern in der Stimme.

»Angetan?«, fragt Jean-Luc mit weit aufgerissenen Augen.

»Hören Sie auf, sich dumm zu stellen!«, schnauzt Schuknecht. »Ich weiß alles über Sie. Und Ihre Vergangenheit. Vor allem in Belgien.«

Jetzt nimmt dieser Mensch wieder Zuflucht zu seinem Belmondo-Grinsen. »Das scheint mir, gelinde ausgedrückt, übertrieben!«

Schluss mit dem albernen Geplänkel. Hier helfen nur Fakten! Und der kühle, sachliche, emotionsfreie Ton eines Staatsanwaltes. »Jean-Luc Durant, Sie wurden dabei beobachtet, wie Sie Hendrike Tragelehn und Livy Schöpper am heutigen Vormittag gegen halb zwölf in ihr Auto gelockt haben, um …«

»Ich habe *was*?«, schneidet Jean-Luc ihm das Wort ab. Seine Stimme ist so scharf wie eine Axt. Ähnlich scharf ist der Schlag seiner Handkante, die Schuknechts Schwertarm im selben Moment so unvermittelt und schmerzhaft trifft, dass ihm sein Darn Jian entgleitet. Klirrend geht es zu Boden. Au. Das tat weh.

Nun, Schuknecht weiß sich auch ohne Schwert zu helfen. Wegducken, in eine Seitwärtsdrehung gleiten und von unten wieder hochschnellen, um Jean-Lucs Arm wegzuschlagen, ist eine Anfängerübung, die seiner Könnerschaft kaum würdig ist.

Was er leider nicht einberechnet hat, ist ein Gegenangriff von hinten – ein unfairer Angriff von Sergej, der ihm seine äußerst muskulösen Arme um die Brust schlingt und ihn von Jean-Luc wegreißt, der wie ein wildgewordener Stier und mit gereckten Fäusten auf ihn losstürzen will. Wovon diesen wiederum ein Freund Sergejs mit ebenfalls sehr muskulösen Armen abhält.

»Stoi«, knurrt der warnend.

Damit steht es unentschieden.

Schuknecht spürt, dass ihm die Fassung vollends abhanden kommen will. Wie sieht das denn auch aus, wenn man sich wild strampelnd, aber vergeblich aus dem Klammergriff eines russischen Bären mit den Muskeln eines Panzerknackers zu befreien sucht! Lächerlich.

Also so, wie er sich fühlt.

»Lassen Sie mich los, Sergej!«, schreit er und hört selbst, dass er wie ein quäkender Dudelsack klingt, der auf dem letzten Loch pfeift. »Oder wollen Sie einem Mörder Beihilfe leisten?«, krächzt er. Jetzt hört er sich an wie Rumpelstilzchen.

»Ich, ein Mörder? Sie sind ja vollkommen wahnsinnig!«, brüllt Jean-Luc. Auch er strampelt. Wenigstens das.

»Mörder!«, schrillt im Hintergrund Ingeborgs Stimme. »Gottchen, machen wir jetzt ein Krimi-Dinner? Sergej, du hattest recht: Dieser Schuknecht ist der Knaller! Aber wir brauchen doch noch eine Leiche! Kann ich das Opfer sein?«

»Das ist kein Krimi-Dinner«, knurrt Schuknecht und schaut Jean-Luc unverwandt an. »Und Tote hatten wir mehr als genug. Käthe Tragelehn, Jürgen Hammelfuß, Heinzi ...«

»Und die soll alle Jean-Luc umgebracht haben?«, fragt die völlig verwirrte Ingeborg.

»Ja, das hat er!«, donnert Schuknecht und verstärkt seine Strampelbewegungen.

»Wie kommen Sie auf so einen Schwachsinn?«, kontert nicht minder laut Jean-Luc.

»Ja, wie kommen Sie darauf?«, echot Ingeborg.

Höchste Zeit, in die Beweisführung einzusteigen, beschließt Schuknecht. Am besten beginnt er mit nicht zu leugnenden Fakten. »Zum Beispiel aufgrund des Aktendiebstahls, den Jean-Lucs höchst ergebene Gattin nachweislich bei der Staatsanwaltschaft Köln begangen hat. Die Akten über den Brandstifterprozess von Biblinghausen.«

»Meine, meine ... was?«, stammelt Jean-Luc.

Erwischt! Er weiß nicht weiter, zeigt endlich erste Zeichen

von Unsicherheit! *Gleich bricht er zusammen*, frohlockt Schuknecht. Jetzt muss er nur noch …

»Aber Jean-Luc hat doch gar keine Frau«, wundert sich Ingeborg immer mehr. »Schon gar keine ergebene.«

»Oh doch«, spielt Schuknecht genüsslich seinen ersten Trumpf weiter aus. »Seine kleine Kellnerin. Manon Durant!«

»Manon«, wiederholt Sergej und lockert unvermittelt seinen Klammergriff um Schuknechts Brust. »Aber *Deduschka*! Unsere Manon ist erst achtzehn und Jean-Lucs Töchterchen! Nix Frau!«

»Seine, seine Tochter?« Schuknecht gerät kurz ins Schwimmen.

»Und weder ergeben noch gehorsam«, kichert Ingeborg. »Veronika hat sie erst vor zwei Wochen an der Dhünntalsperre wild rumknutschen sehen!«

»Mit wem?«, fragt Jean-Luc erzürnt. Er rammt seinem russischen Bewacher so heftig die Ellbogen in den Magen, dass der einknickt und ihn freigeben muss. Jean-Luc eilt auf Ingeborg zu, packt sie bei den Schultern. »Wer war das Schwein? Ich schlag ihn grün und blau!«

»Ich helfe dir, *Towarischtsch*«, solidarisiert sich Sergej spontan mit Jean-Luc. »Ich breche dem Kerl, der Manon hat gemacht so todunglücklich, die Knochen!«

»Ingeborg, mit wem hat sie rumgeknutscht?«, verlangt Jean-Luc zu wissen und packt sie fest bei den Schultern, schüttelt sie so heftig, dass die Münzen an ihrem Bauchtanzkostüm klimpern. »Ich muss das wissen. Der Kerl hat sie in irgendwas Schmutziges reingezogen und gestern Abend sitzen lassen! Mit wem hat Manon sich an der Talsperre getroffen?«

»Das ist doch jetzt vollkommen egal«, meldet sich Schuknecht zu Wort und kann endlich sein Schwert vom Boden auflesen. Noch mal lässt er sich das nicht wegnehmen. »Hier geht es um

Hendrike! Sie ist verschwunden, wahrscheinlich in Lebensgefahr, vielleicht sogar schon …«

Niemand beachtet ihn.

Alle Augen sind auf Ingeborg gerichtet.

»Veronika glaubt, es war Friedhelm«, platzt die endlich heraus. »Friedhelm Friedestrom! Der Schurke. Spielt gern den Schüchternen, dabei … Ich wollte eigentlich nichts verraten, aber vorhin hat er Hendrike zuhause abgeholt, und die sah darüber sehr, sehr glücklich aus.«

»Friedestrom!«, rufen Jean-Luc und Schuknecht wie aus einem Mund und gleichermaßen verblüfft in die Runde.

»Das kann nicht sein, das verstehe ich nicht.« Schuknecht schüttelt wie benommen den Kopf. »Das ergibt keinen Sinn. Er ist zu jung. Viel zu jung. Er muss ein Baby gewesen sein als die Klinik gebrannt hat …«

Er erbleicht.

Ist er wirklich zu jung? Gewiss er ist zu jung, um einer der damaligen Brandstifter gewesen zu sein, aber nicht, um … Sein Kopf jongliert mit der Jahreszahl 1984, löst in Windeseile eine Rechenaufgabe. Seine Gedanken überschlagen sich, müssen einen Salto rückwärts machen, den Fall ganz von vorne aufrollen. Aus einer völlig neuen Perspektive. Der Perspektive der Brandopfer und eines Kindes, das überlebt hat und dessen heutiger Name ein völlig anderer sein wird als damals. Schließlich wurde es später sicher adoptiert. Vom Ehepaar Friedestrom.

Oh mein Gott, mein Gott, natürlich!

Wie konnte er nur so blind sein!

Weil er von Anfang an nur an seinen eigenen Verlust und sein eigenes Versagen vor dem Prozess gedacht hat. An den Tod von Felix und seinen hilflosen Versuch, die Anklage gegen ihn zu erschüttern. Nun, seine Idee vom Sühnemord war nicht völlig falsch, aber ein Kind, das mitansehen muss, wie seine gesamte Familie verbrennt, hat ein weit stärkeres Motiv, sich zu rächen, als Jean-Luc beziehungsweise Lukas es je hatte.

»Wo sind die beiden hin?«, will der gerade von Ingeborg wissen.

Und das ist momentan die einzig entscheidende Frage.

»Wenn ich mich nicht täusche …«, beginnt Ingeborg zaghaft. »Wenn ich mich nicht täusche, ist er mit Hendrike in Richtung Talsperre gefahren. Hoffentlich nicht zu derselben Bank, auf der er mit Manon …«

»Quatsch, Bank!« Ein Ruck geht durch Schuknecht, er sprintet zum Ausgang. »Ich weiß, wo er ist! Verdammt, ich bin ein solcher Esel! Von wegen Treibjagd. Kommen Sie, Jean-Luc!«

Jean-Luc dreht ihm verärgert den Kopf zu. »Bin ich kein Mörder mehr?«

»Natürlich nicht. Nun machen Sie schon! Veronika wartet draußen im Wagen. Wir müssen sofort los.«

»Wohin los?«

»Dahin, wo alles angefangen hat.«

»Ich verstehe nicht …«

»Friedestrom will Hendrike umbringen.«

»Jetzt sind Sie vollkommen durchgedreht!«

»Bin ich nicht. Sergej, benachrichtigen Sie sofort die Feuerwehr.«

»Aber wo brennt es, *Deduschka*?«

»Bei der alten Hofschaft an der Dhünntalsperre.«

»Die alte Klinik?«, fragt Jean-Luc entgeistert.

Schuknecht nickt. »Heute ist der dreißigste Jahrestag des Brandes von Biblinghausen. Dass Sie das vergessen konnten! Friedhelm war das Kind, das Sie damals aus den Flammen gerettet haben. Jetzt spielt er den Racheengel.«

Jean-Luc zögert für den Augenblick eines Lidschlags. »Tu, was er sagt«, befiehlt er Sergej endlich mit der Entschlossenheit, die Schuknecht von ihm erwartet.

Und jetzt nichts wie raus hier und ins Auto. Schuknecht stürzt durch die Tür und prallt wie vom Donner gerührt zurück.

Veronikas BMW ist verschwunden.

Wie kann ihn diese Frau ausgerechnet jetzt im Stich lassen? Wo er sie ausnahmsweise wirklich einmal brauchen könnte.

»Wir nehmen meinen Wagen«, entscheidet Jean-Luc knapp.

»Doch nicht etwa diese lahme Ente!«, protestiert Schuknecht.

40.

»Halten Sie sich fest!«, schreit Jean-Luc. »Wir nehmen eine Abkürzung.«

Schon schlingert seine betagte Kastenente in einen unbefestigten Feldweg, der achterbahngleich in ein Tal abzustürzen scheint. Holpernd und stolpernd rumpelt die Ente hinab, verliert gelegentlich den Bodenkontakt, aber zum Glück kein Rad, wie der immer blasser werdende Schuknecht befürchtet. Der Boxermotor stottert und spuckt, die Nadel des winzigen Tachos arbeitet sich auf stolze siebzig Stundenkilometer hoch, und die Klappfenster flattern, als plane die Ente Flugversuche.

Die stoppelige Schussfahrt ist nur der Anfang einer Berg- und Talfahrt über Feld, Wald und Wiesen, bei der Schuknecht Hören und Sehen vergeht. Jean-Lucs betagter 2CV schaukelt wie ein Wackelpudding, humpelt über Stock und Stein, schwankt wie schwerbetrunken durch Haarnadelkurven. In freiem Gelände hebt er über Ackerfurchen, im Wald über Wurzelstöcken ab, landet zwar erstaunlich gut gefedert, aber scheppernd wie eine bereifte Blechdose. Der Motor entwickelt bedenkliche Nebengeräusche, die an letale Brust- und Lungenleiden erinnern. Zu allem Überfluss jault und plärrt in Endlosschleife Brels *Ne me quitte pas* aus zwei Steinzeitlautsprechern.

Die Kassette hat sich verklemmt, nachdem Jean-Luc sie mit einem Fausthieb auf das spartanische Armaturenbrett zum Schweigen bringen wollte. Brel begleitet ihren Höllenritt bis zum letzten Anstieg vor der Lichtung. Dort würgt Jean-Luc Motor und Brel ab und stößt die Fahrertür auf. »Ab hier geht's nur zu Fuß weiter.« Er springt aus dem Wagen, reißt den Kopf hoch. »Verdammt, da oben brennt's!« Sekunden später ist er im Walddickicht verschwunden.

Schuknecht kämpft sich von dem äußerst anhänglichen Sicherheitsgurt frei, schnappt sich sein Schwert und folgt ihm. Seine Nase gibt Jean-Luc recht: Die Luft riecht nach Feuer und Rauch.

Mit säbelnden Bewegungen bahnt er sich einen Weg ins Dickicht, zerschlägt widerwärtige Brombeerranken. Endlich ist sein Schwert mal zu etwas Nutze. Das kann man von seinen vermaledeiten Schuhen mal wieder nicht behaupten. Wie Schraubstöcke umschließen die rahmengenähten Oxford Straight Tips seine längst überstrapazierten Füße.

Egal, jetzt heißt es vorwärts ohne Rücksicht auf Verluste.

Verbissen arbeitet Schuknecht sich den immer steiler verlaufenden Weg hinauf. Rutscht auf den dünnen Ledersohlen aus, kriecht auf allen vieren voran, steht wieder auf, zerhackt erneut widerspenstiges Buschwerk, kämpft sich voran.

Der Rauchgeruch verdichtet sich, beißt ihm in Lunge und Nase. Keuchend bringt Schuknecht die letzten Meter hinter sich, quert im Laufschritt und mit schmerzender Lunge ein kleines Waldstück, gelangt auf die Lichtung und erkennt, dass er zu spät gekommen ist. Viel zu spät.

Friedestrom hat gründliche Arbeit geleistet: Die letzten Gebäude der Hofschaft stehen in Flammen. Das historische Waschhaus brennt bereits lichterloh. Krachend zerspringen und zerplatzen die Schieferschindeln, gespenstisch seufzend und ächzend stürzt das Fachwerkgebälk in sich zusammen. Qualm und rauchender Nebel verdunkeln die Lichtung. Ein Schlachtfeld. Einzig das aus solider Grauwacke gefügte Brunnenhaus kämpft noch gegen seinen endgültigen Untergang an.

Und Jean-Luc!

Mit beherztem Anlauf wirft er seine rechte Schulter gegen die solide Eichentür. Zu Schuknechts Erstaunen – und anscheinend auch zu Jean-Lucs – gibt die Tür willig nach. Qualm und Flammenzungen schlagen ihm entgegen, während er ungebremst ins Innere taumelt.

»Jean-Luc!«, schreit Schuknecht über die Lichtung. »Kommen Sie zurück! Jean-Luc!«

Er hört nicht auf ihn. Verdammt, ist dieser Depp noch zu retten?

Ich muss es versuchen, denkt Schuknecht grimmig. Erst recht nach allem, was er ihm völlig zu unrecht unterstellt hat. Erbost rammt er sein Schwert in den Waldboden und will loslaufen. Eine heisere Stimme hält ihn zurück.

»Ich hatte Sie eigentlich eher erwartet. Nun, besser spät als nie.«

Schuknecht wirbelt herum. Seine Hände ballen sich zu Fäusten. Ein Gebüsch zerteilt sich. Und ja, er hat richtig gehört. Hinter ihm steht sein Widersacher. Friedestrom oder wie auch immer der junge Mann bei seiner Geburt mal hieß.

Wortlos mustert Schuknecht erst ihn und dann die Pistole in seiner rechten Hand. Eine Heckler & Koch, Modell PS30. Kaliber neun Millimeter, zuverlässige Waffe. Leider.

Friedestrom entsichert sie, spannt den Hahn zurück, um den für ihn geplanten Todesschuss nicht zu verreißen, und zielt.

Schuknecht weiß, dass er sich keinen Patzer mehr erlauben darf. Gegen eine gespannte PS30, die direkt auf seinen Kopf gerichtet ist, hat er nur mit einem makellos ausgeführten und unwiederholbaren Schwertmanöver den Hauch einer Chance. Zu seinem Verdruss steckt das Schwert knapp hinter ihm im Waldboden.

Ohne Friedestrom aus den Augen zu lassen, löst er behutsam die Finger seiner zu Fäusten geballten Hände, lässt sie langsam herabsinken. Er atmet tief und geräuschlos ein. Ganz nach Lehrbuch. Entspannung, nicht Anspannung ist in diesem Moment gefragt, defensives Yin, der Anschein von Schicksalsergebenheit und Passivität.

»Sie haben freie Auswahl, Herr Oberstaatsanwalt«, sagt Friedestrom. »Tod durch Verbrennen oder lieber eine Kugel? Als Mediziner schlage ich Letzteres vor. Man hat nicht immer das Glück, am Rauch zu ersticken, bevor man verbrennt. Laut Autopsiebericht war weder meiner schwangeren Mutter noch meinen Geschwistern ein so rascher Tod vergönnt. Also?«

Schuknecht hat nur eine Chance: Er muss Zeit gewinnen. Zeit, bis er sein Schwert zu fassen bekommt, bis die Feuerwehr eintrifft oder – auch das eine hauchdünne Hoffnung – bis Jean-Luc eingreift.

Das Knacken von brennendem Holz in seinem Rücken, der sich immer mehr ausbreitende Rauch, das Krachen eines einstürzenden Dachs lassen für diese Hoffnung allerdings wenig Raum.

Trotzdem: Er wird es mit Fragen versuchen. Offene Fragen gibt es in diesem Fall zur Genüge.

Etwa diese.

»Warum Schöpper? Er stand nicht auf der Liste!«

Friedhelm Friedestrom stutzt kurz. Sehr gut!

»Haben Sie den Bauplan nicht gefunden? Wie ärgerlich. Ich habe ihn extra auf Ihrem Terrassentisch ausgebreitet.«

Schuknecht muss seine Verblüffung nicht spielen, sie ist vollkommen echt. »Welcher Bauplan?«

Friedestrom schnaubt. »Ich verstehe! Selbst Ihnen ist der neu. Tja, davon stand auch kein Wort in den Gerichtsakten. Schlampige Arbeit, die Sie und Ihre Kollegen 1984 abgeliefert haben.«

»Welcher Bauplan?«, fragt Schuknecht beharrlich nach, ohne sein vorrangiges Ziel zu vergessen. Zentimeterweise führt er die Schwerthand nach hinten.

Friedestrom gönnt ihm eine Antwort. »Schöppers Bauplan für sein Luxusressort. Er lag in Käthes äußerst ergiebiger Pralinenbüchse. Leider habe ich die erst vor wenigen Tagen entdeckt, sonst wäre Schöpper der erste Name auf meiner Liste gewesen. In den Gerichtsakten spielt er bedauerlicherweise ja keine Rolle.«

Die Pralinendose!

Verdammt!, stöhnt Schuknecht innerlich auf. Er ist wirklich ein Stümper, ein Versager, ein Volltrottel. Veronika nicht.

»Ich verstehe«, riskiert er eine kühne Schlussfolgerung, um das Gespräch in Gang zu halten. »Die Anlage sollte hier auf dem alten Klinikgelände entstehen, nicht wahr?«

»Und auf den umliegenden Grundstücken, die Schöpper äußerst planvoll nach und nach erstanden hat. Im Vertrauen darauf, dass die alte Klinik dichtmachen würde. Seinem Projekt standen dann leider die Sanierungspläne für die marode Hofschaft im Weg, also hat er mit ein paar Zündeleien nachgeholfen.«

Schuknechts rechte Hand ist bereits hinter seinem Rücken verschwunden. Jetzt gilt es, nach dem Schwertgriff zu tasten und tief und hochkonzentriert zu atmen, um das Chi zu wecken. Und weitere Fragen zu stellen. Provozierende Fragen.

»Der ehrwürdige Gemeinderat Schöpper soll als nächtlicher Feuerteufel hier herumgestreift sein? Niemals! Sie täuschen sich«, sagt er.

Friedestrom schüttelt den Kopf. »Muss ich tatsächlich die ganze Arbeit für Sie erledigen, Herr Staatsanwalt a. D.? Nicht Schöpper war der Feuerteufel, sondern Heinrich Tragelehn.«

»Heinzi?«

Schuknecht ist tatsächlich einen Moment lang überrascht. Kann das sein? Ja. Möglich wäre es, er war zum Zeitpunkt des Brandes immerhin im Gebäude. Und das vielleicht nicht, um seine Ziehschwester Hendrike zu suchen, wie die Staatsanwaltschaft 1984 angenommen hat.

Friedestrom nickt knapp. »Ich habe Heinzi an dem Abend im Keller gesehen und den Freudenglanz im Angesicht der aufschießenden Flammen nie vergessen. Dass er Schöppers Sohn war, habe ich erst dank Käthe Tragelehns Erpresserbriefen erfahren. Nun, mehr als diesen völlig verwirrten Dummkopf, Benzin und eine Schachtel Streichhölzer brauchte es nicht. Und Jürgen Hammelfuß, der auf Einladung und Kosten seines Gemeinderates lieber gefeiert und gesoffen hat, als seine Pflicht zu tun. Tja, und dann noch die zugedröhnten Jungs von der Suchtklinik, denen man nachher alles in die Schuhe schieben konnte. In dieser Hinsicht durfte Schöpper sich auf seine Biblinghäuser verlassen. Und auf die alte Tragelehn, die ihren Sohn im Anschluss mit allen Mitteln decken und zugleich profitieren wollte. Profitieren – von dem nicht eingeplanten Tod meiner Familie, die nach einer Wanderung dummerweise eine Nacht in der idyllischen Hofschaft verbringen wollte! Die alte Tragelehn war ein gewissenloses Biest. Nicht anders als Schöpper.«

Damit könnte Friedestrom richtig liegen. Richtiger, als er selbst in seiner Rolle als Staatsanwalt im Fall Biblinghausen gelegen hat. Im Großen und Ganzen, aber nicht in einem entscheidenden Detail! »Wenn Sie Heinzi tatsächlich beobachtet haben«, setzt Schuknecht an. »Warum haben Sie dann als Erwachsener nicht Polizei und Staatsanwaltschaft informiert und eine Neuuntersuchung des Falls angestrengt?«

»Durch solche Versager wie Sie?« Friedestrom schüttelt erbost den Kopf. »Ich wollte Gerechtigkeit im guten alten Stil. Ausgleichende Gerechtigkeit. Auge um Auge, Sie wissen schon.«

Gerechtigkeit. Schuknecht nickt unwillkürlich. Ja, so ist das mit der Gerechtigkeit. Jeder kennt nur seine ureigene Version, und das ist immer die falsche. Endlich! Seine Hand hat den Schwertgriff erreicht. Langsam legt er Finger um Finger darum.

Friedestrom scheint sein Nicken als Aufmunterung verstanden zu haben, plaudert weiter. »Darum stehen auch Sie auf der Liste.« Er spannt den Pistolenhahn.

»Ich habe niemanden getötet!«, protestiert Schuknecht heftiger, als ihm lieb ist und seiner Konzentration auf das Wesentliche und seinem Chi zugutekommt.

»Und was ist mit Felix Herrnhof und den anderen angeblichen Brandstiftern?«, hakt Friedhelm maliziös, beinahe genüsslich nach. »Geben Sie es zu: Sie haben durchaus Gefallen an der Idee eines Sühnemordes und ebenso wenig Vertrauen in den Arm des Gesetzes wie ich.«

Schuknechts Hand zuckt kurz. Das ist, zugegeben, ein wunder Punkt. Er hat sich tatsächlich für den Arm des Gesetzes gehalten. Ach was, jetzt nur nicht schwach werden!

»Ihr Sinn für Gerechtigkeit in allen Ehren, aber was ist mit Jean-Luc?«, kontert er eiskalt. »Zumindest Ihren Lebensretter sollten Sie doch verschonen. Im Sinne der Gerechtigkeit.«

Genau, wie er das hätte tun müssen.

Egal. Friedestrom wirkt für einen Moment verunsichert. Hat er Jean-Lucs Ankunft auf der Lichtung gar nicht mitbekommen? Scheint so. »Ihn schonen!«, zürnt der junge Arzt. »Ich habe mehr als das getan. Ich habe Hendrike ins Feuer geschickt, die ihn ans Messer liefern wollte ...«

»Und die er in eben diesem Moment aus dem brennenden Brunnenhaus zu holen versucht«, wirft Schuknecht rasch ein.

Friedestrom lässt kurz die Waffe sinken. »Sie lügen!«

Schuknecht triumphiert. Seine Überlebenschancen haben sich soeben verdoppelt, nein verdrei...

Ein aus der Ferne anschwellender Sirenenton macht sie völlig zunichte.

Scheißfeuerwehr!

Friedestrom reißt die Waffe hoch, zielt.

Schuknecht packt sein Schwert.

Zu spät.

Der Schuss peitscht bereits auf ihn zu.

Und vorbei.

Schuknecht zerrt mit Gebrüll sein Schwert aus dem Boden. Auch wenn er als Staatsanwalt ein Volltrottel und Stümper war, will er nicht wie einer sterben.

Wieder peitscht ein Schuss, dann noch einer und noch einer, ein wahrer Kugelhagel fliegt ihm um die Ohren. Das kann unmöglich Friedestroms Pistole sein.

Ist es auch nicht.

Schuknechts verhallender Schrei mischt sich mit dem Geräusch einer explodierenden Handgranate und Gebrüll: »Geben Sie auf, Friedestrom. Ich bin bewaffnet!«

Zwar nur mit einem Handy, aber was soll's. Veronika ist ein Teufelsweib! Ein herrliches, geradezu göttliches Teufelsweib!

Mit Schwächen.

»Werfen Sie Ihre Waffel weg!«, verhaspelt sich Frau Dornbusch, während ihr Handy sich auf Gefechtslärm einschießt.

Damit er ist wieder auf sich gestellt. Schuknecht holt schwungvoll aus.

Der kurze, scharfe Knall aus Friedestroms Pistole ist das Letzte, was er vernimmt, bevor unsäglicher Schmerz ihn niederstreckt und er zu Boden taumelt.

41.

DREI WOCHEN SPÄTER

»Ein bisschen mehr nach links, Jean-Luc! Stopp, jetzt einen Ticken mehr nach rechts und etwas höher.« Veronika Dornbusch legt den Kopf schief und kneift die Augen skeptisch zusammen. »Ich sagte höher, nicht fallenlassen!« Ja, haben die beiden denn Tomaten auf den Augen? Und Wackelpudding in den Armen?

Herrje, so schwer kann das doch nicht sein, das neue Ladenschild mit einer Plane festlich zu verhüllen. Die riesige Geschenkrosette, die Sophie mit ihren Kindern aus rotem Krepppapier gebastelt hat und die sie schon seit gefühlten Stunden gegen ihren Busen presst, muss auch noch befestigt werden.

»Das ist jetzt wieder zu hoch«, kommentiert neben ihr Dr. Meiswinkel fachmännisch. »Man kann ja gar nicht lesen, was alles draufsteht.« Einige Umstehende, genauer gesagt halb Biblinghausen, murmeln Zustimmung.

»Tiefer!«, gibt Veronika das Votum des Volkes im Kommandoton weiter. »Und jetzt wieder mehr links.«

»*Sacrément*, Veronika! Entscheide dich endlich, diese Scheißplane ist kein Platzdeckchen, sondern mordsschwer«, ächzt Jean-Luc, der auf einer schwankenden Leiter vor der Schaufensterfront ihres Postladens steht und mit den riesigen Plastikbahnen kämpft.

»Ich kann halten der Plane allein«, keucht auf einer anderen, ebenfalls schwankenden Leiter Sergej. »Mach Pause, Brüderchen.«

»Von wegen Pause! Gleich ist es zwölf Uhr«, schimpft Veronika Dornbusch. »Wir müssen rechtzeitig fertig werden, sonst ist die ganze schöne Überraschung verdorben. Jean-Luc, du bist nicht aus Zucker. Du hast dich zwei volle Wochen im Krankenhaus ausgeruht. Von den paar Beulen!«

»Und von Brandwunden an beiden Armen!«, wirft Jean-Luc erbost ein und hebt zum Beweis seine noch immer verbundene linke Hand. Die Plane rast mit einem Flattergeräusch nach unten.

»Jean-Luc, halt das Ding fest«, mahnt Veronika. »Zu deiner Information: Unser Dr. Meiswinkel hat mir eben anvertraut, dass du den Verband nur noch trägst, um anzugeben. Die Verbrennungen waren minimal. Im feuchten Brunnenraum hat es schließlich noch nicht gebrannt, als du zur Hintertür rein bist. Hendrike hatte es mit Friedestroms grauenhaften K.-o.-Tropfen weit schlimmer erwischt, und sie ist trotzdem längst wieder auf den Beinen, auf Reisen und dabei im vierten Monat schwanger! Daran solltest du dir ein Beispiel nehmen.«

»Das wird schwerlich möglich sein«, knurrt Jean-Luc und schaut mit vernichtendem Blick auf Veronika herunter.

Ojemine, kann der böse gucken. Geradezu vernichtend. Wird wohl an Hendrikes Abwesenheit liegen. Helden werden nicht gern schnöde im Stich gelassen, schon gar nicht rekonvaleszente Helden.

Seit acht Tagen ist Hendrike nun schon in London, um Verhandlungen mit dem Vater ihres wachsenden Babys zu führen. Eigentlich wollte sie nur drei Tage bleiben. Leider fehlt da noch das krönende Happy End. Also mit Jean-Luc, nicht mit dem Kindsvater. Da sei Gott vor!

Hendrike hat sich nach Veronikas Wissen bei Jean-Luc zwar ausführlich für ihre Rettung bedankt, aber mehr anscheinend nicht. Noch nicht. Stur wie ein Panzer, dieses Mädchen, traut den eigenen Gefühlen nicht.

»Soll ich übernehmen und auf die Leiter steigen?«, bietet Sophie neben Veronika ihre Hilfe an. »Die beiden Hampelmänner werden sonst nie fertig.«

»Nichts da«, hält Veronika sie zurück. »Du musst gleich den Kinderchor dirigieren. Wo treibt sich unsere Sängerschar eigentlich herum?«

»Die eine Hälfte steht unten beim Schöpperbrunnen, um uns Bescheid zu geben, wann wir in Stellung gehen müssen, und Livy hat hinter deinem Haus ein Mäusenest entdeckt, das sie mit ihren Puppenmöbeln neu einrichten will.«

Veronika quiekt auf. »Ein Mäusenest? Hinter meinem Laden und Biblinghausens offizieller Touristeninformation? Himmel, sag bloß nichts davon, wenn später die Journalisten kommen!«

Jean-Luc dreht sich so heftig auf der Leiter um, dass diese beträchtlich ins Schwanken gerät. »Noch mehr Journalisten? Oh nein, nicht schon wieder!«, stöhnt er.

Veronika verzieht verärgert den Mund. »Jetzt tu du nicht so, als ob du etwas gegen Presse, Funk und Fernsehen hättest. Du würdest doch sogar der *Bäckerblume* ein Interview über deine Heldenrolle im Mordfall Biblinghausen geben.«

»Aber nur, wenn sie den Amselhof gebührend erwähnen, *ma chère*. Was die meisten Schmierfinken versäumen oder völlig verhunzen. In einer Zeitung wurde mein Amselhof als ›Elsternhof‹ bezeichnet, RTL 2 hat was von meiner holländischen Küche gefaselt, und ein überregionales Blatt hat mich mit Hasim verwechselt und meine Pizza gerühmt! *C'est une catastrophe!*«

»Vielleicht solltest du einfach mal mehr Deutsch und weniger Französisch schwätzen, damit sie dich verstehen. Aber das sind Kleinigkeiten. Denk nur, wie voll wir es die letzten beiden

Wochenenden hatten! Deine Zipfelwichtel sind komplett ausverkauft. Dreihundert Stück. Sogar die, bei denen die Mützen schief saßen. Biblinghausen kommt schwer in Mode.«

»Meine Zipfelmützen sitzen nicht schief!«, protestiert Jean-Luc. »Du darfst sie nur nicht bei praller Sonne ins Schaufenster stellen. Die Mützen sind aus Schokolade.«

Die Plane rauscht ein zweites Mal zu Boden. Jean-Luc steigt mit theatralisch schmerzverzerrtem Gesicht die Leiter hinab, bückt sich ächzend und zerrt sie an einer Ecke wieder nach oben.

»Himmel!«, zetert Veronika. »Das ist ja nicht zum Mitansehen! Hasims Cousins aus Leverkusen haben für das Anbringen des ganzen Schildes nur eine halbe Stunde gebraucht, und das war dreimal so schwer wie die Plane. Ich konnte gar nicht so schnell gucken, wie die das Schild angebracht haben! Nicht einmal Trinkgeld wollten sie.«

»Das erklärt allerdings einiges«, gibt Jean-Luc zurück. »Etwa die zahlreichen Pünktchen über den Buchstaben, noch dazu über den völlig falschen! Oder handelt es sich bei ›Türistenbürü‹ und ›Süvenirs‹ um mir bislang unbekannte bergische Dialektbegriffe?«

Veronika winkt ab. »Ach, die Pünktchen übermalen mir Hasims Cousins demnächst. Sie arbeiten eben meist für türkische Dönerstuben und Imbissbuden, da kann man als Algerier schon mal mit den Vokalen durcheinanderkommen. Und zu dem Spottpreis, den sie mir gemacht haben, will ich nicht meckern.«

»Haben sie dir auch die neue Fassadenfarbe aufgeschwatzt?«, fragt Jean-Luc mit Blick auf die frisch gestrichene Ladenfront und zurrt die Plane endlich über einer Ecke des Schildes fest.

»Äh, nein«, sagt Veronika vorsichtig. »Die Farbe war ein Sonderposten von Rolfs Resterampe in Hückeswagen.«

»Ich hätte eher auf einen Baumarkt für Barbie getippt. Dieses Rosa ...«

»… sollte nach dem Antrocknen ein gedecktes Pfauenblau sein«, verteidigt sich Veronika. »Es sah auf der Farbmusterkarte sehr dezent, geschmackvoll und äußerst viril aus. Genau das Richtige für …«

»*Dawai, dawai*, mach schneller, Jean-Luc!«, schreit Sergej hektisch dazwischen und zerrt die Plane auf seiner Seite fest. »Die Kinder kommen schon die Hügel rauf. Wo ist mein Akkordeon?«

»Aber die Schleife fehlt noch!«, protestiert Veronika. »Ohne die Schleife ist es kein richtiges Geschenk!«

»Lass mal«, sagt Jean-Luc. »Ich zweifle ohnehin daran, dass Schuknecht diese rosa Katastrophe für ein Geschenk hält. Oder sollte ich ›Kataströphe‹ sagen?«

Er wird den Abschied aufrecht, kurz und schmerzlos gestalten. Jawohl, so hat Lothar E. Schuknecht sich das vorgenommen. Kurz und schmerzlos. Schmerzlos ist in diesem Zusammenhang ein ungemein passendes Wort.

Nach zwei Wochen mit Heizkissen im Kreuz, Senfpflastern auf dem Rücken und ambulanter Physiotherapie in seinem Bungalow ist dieser vermaledeite Hexenschuss endlich auskuriert. Sein diffiziler Schwertangriff gegen Friedestrom auf der Lichtung der brennenden Hofschaft hatte seinen Lendenwirbelbereich völlig außer Gefecht gesetzt. Daher auch dieser reißend grelle Schmerz im Moment des Pistolenschusses, der ihm schier die Sinne geraubt und den sein Hirn fälschlicherweise für tödlich gehalten hat.

Nun ja, das war der Schuss ja auch.

Nur nicht für ihn, sondern für Friedestrom, der sich kurzentschlossen selbst gerichtet hat. Aus blanker Panik? Aus Schuldgefühlen, weil sein ehemaliger Retter Jean-Luc seinetwegen in Lebensgefahr schwebte? Aus Angst vor der Verhaftung oder vor seinem Darn Jian?

Letzteres wäre natürlich schmeichelhaft. Schuknecht zuckt unmerklich mit den Schultern. Gleichgültig. In jedem Fall ist die Ordnung in Biblinghausen wiederhergestellt, und für ihn ist es an der Zeit zu gehen.

Aufrecht!

Hoppla, da wäre er doch beinahe über einen hochstehenden Buckelstein gestolpert. Müsste dringend mal gerichtet werden, das Pflaster. Vor allem, wenn Biblinghausen sich tatsächlich zu einem Tourismusmagneten mausern will. Die Medienaufmerksamkeit, die dieses Bergische Regenloch derzeit genießt, sollte man nicht verschenken. Kurz mustert er das historische Ensemble rund um den geschmacklosen Schöpperbrunnen.

Hendrike Tragelehns Pension – so die junge Frau an ihren Plänen festhält – wäre neben dem Amselhof ein vielversprechender Beginn. Und Veronika Dornbusch hat mit ihrem Laden anscheinend auch einiges vor. Schuknecht runzelt widerwillig die Stirn. Veronika hat so viel damit vor, dass sie in den vergangenen Wochen mehrmals ein Abschiedsessen mit ihm ausgeschlagen hat. Selbst eine Bestellpizza von Hasim konnte sie nicht in seinen Bungalow und an sein Krankenlager locken.

Was ihn – zugegeben – ein wenig verärgert hat. Fast hätte man den Eindruck gewinnen können, ihr Interesse an seiner Person sei mit der Aufklärung des Verbrechens vollständig geschwunden, sein Abschied wäre für sie ohne Bedeutung und er eine unwichtige Nebenperson.

Was Lothar E. Schuknecht sich so nicht vorstellen kann und mag.

Gut, seine Rolle beim Schlussakt des Dramas war ein wenig unrühmlich, aber zweifellos von Tapferkeit und männlicher Entschlossenheit geprägt. Kurzum: So eine schlechte Figur hat er mit seinem Schwert auf der Lichtung doch gar nicht gemacht!

Eine Ohnmacht ist – zugegeben – ein wenig peinlich, aber sie war keinem Anflug von Feigheit zu verdanken! Hätte er zugeschlagen, dann …

Hätte, hätte … Schauerlich!, ruft Schuknecht sich zur Ordnung. Er verabscheut jegliches Denken im Konjunktiv. Fakten schaffen, lautet seine Devise oder, wie man in Köln zu sagen pflegt: »Nit schwade, mache!«

Nicht schwätzen, sondern machen.

Darum hat er seinen Bungalow direkt nach den Geschehnissen auf der Lichtung zum Kauf angeboten, ein kleines Appartement in Hamburg angemietet und ein Speditionsunternehmen für die Möbel bestellt. Morgen geht sein Zug.

Veronika hält eine kleine persönliche Abschiedsfeier für unnötig. Das hat sie am Telefon gesagt. »Kommen Sie einfach am Montag zu meinem Laden«, hat sie gesagt. Kurz und knapp. Was ja nun gar nicht ihre Art ist.

Hm. Ob sie ihm immer noch übelnimmt, dass er kurzfristig Jean-Luc für tatverdächtig gehalten hat? Aus guten Gründen immerhin! Erst recht, nachdem er von Jean-Lucs achtzehnmonatiger Gefängnisstrafe in Belgien erfahren hat. Wegen schwerer Körperverletzung. Begangen am eigenen Vater. Mit anderen Worten: Jean-Luc hat seinen Erzeuger grün und blau geprügelt, ihm einige Rippen gebrochen und mehrere Zähne ausgeschlagen. Erst letzte Woche hat Schuknecht durch Bewährungshelfer Naumann erfahren, dass Jean-Lucs Vater zuvor dessen Mutter weitaus schlimmere Verletzungen zugefügt hatte. Nicht zum ersten Mal.

Schuknecht seufzt. Gutheißen kann er Jean-Lucs Form der familiären Selbstjustiz natürlich nicht, aber ein wenig, ein wenig kann er sie verstehen. Anders als sein belgischer Amtskollege hätte er da etwas mehr Verständnis walten lassen, aber nun, wahrscheinlich hatte der belgische Ankläger Kenntnis von den Akten des Biblinghausen-Prozesses und daraus die völlig falschen Schlüsse gezogen. Nämlich, dass Jean-Luc eine Vorgeschichte als gewaltbereiter Jugendlicher hatte. Was so nicht stimmt. Jean-Luc hat lediglich einen bedauerlich leidenschaftlichen Gerechtigkeitssinn.

Mit betont geradem Rücken spaziert Schuknecht auf die ansteigende Kirchstraße zu. In frisch polierten Oxford Straight Tips, versteht sich. Seine Füße dürfen sich nunmehr wieder an zivilisiertes Schuhwerk gewöhnen. Demnächst wird er nur noch auf Hamburgs Alsterpromenaden und ab und an am Timmendorfer Strand unterwegs sein.

Ach, Hamburg, frohlockt Schuknecht, während er sich an den Anstieg zu Veronikas Laden macht, *bald hast du mich wieder!* Mit gesenktem Kopf nimmt er die ersten besonders steilen Meter, auf Höhe der Kirche hebt er den Kopf, um durchzuatmen und sein Ziel ins Auge zu fassen.

Veronikas Laden.

Er stutzt, kneift die Augen zusammen. Was ist denn das? Ein regelrechter Menschenauflauf hat sich vor Veronikas kleinem Laden gebildet. Mehrere Bierzeltgarnituren stehen auf der Straße, Jean-Luc hantiert an einem Fass herum, Sergej hievt soeben sein Akkordeon auf die Knie, und eine Hand voll Kinder nimmt Aufstellung vor dem Postgeschäft. Himmel, was ist denn damit passiert?

Quietschrosa leuchtet es. Magentafarben. Hat Veronika einen Telekom-Handyladen aus ihrer Rummelbude gemacht? Gott, nein, wie grauenvoll!

Schuknecht tastet an der Friedhofsmauer nach Halt. Handys! Wahrscheinlich mit lauter martialischen Klingeltönen. Bah.

Einen Moment ist er versucht, einfach umzudrehen. So einen

Zirkus muss er sich nicht antun. Veronika scheint ja hervorragend ohne ihn zurechtzukommen.

Ein kleines Mädchen löst sich aus der Menschentraube und hüpft mit tanzenden Locken die Straße hinab.

Das ist die kleine Livy Schöpper. Wie immer barfuß. Bei dem Wetter! Jeden Moment kann es regnen. Ende September bedeutet im Bergischen doch beinahe schon Winter.

Livy hält munter weiter auf ihn zu. Ihre Hände hat sie vor dem Bauch aufeinandergelegt. Sie formen eine kleine Schale. »Du musst mitkommen«, sagt sie, als sie bei ihm ankommt. »Das ist sonst unhöflich, sagt Veronika.«

Schuknecht überlegt kurz. »Bestell Frau Dornbusch bitte, dass ich später noch einmal vorbeischaue. Wenn das, äh, Fest vorbei ist.«

»Das geht aber nicht, du Dummer«, protestiert Livy und zieht einen Flunsch. »Das Fest ist doch für dich.«

Schuknecht ist erstaunt. »Für mich?«, fragt er völlig perplex.

Livy nickt. »Geschenkt kriegst du auch was. Sogar von mir. Ja.« Sie öffnet ihre Hände und hält ihm etwas unter die Nase. Sieht aus wie ein Klümpchen Dreck mit Fell.

»Äh, worum handelt es sich dabei?«, fragt Schuknecht und deutet mit einem spitzen Finger auf Livys Hand.

»Eine tote Maus«, sagt Livy. »Kann sein, dass sie ermordet wurde. Singen müssen wir übrigens auch.«

»Für die Maus?«

»Nee, für dich.« Sie beginnt *Im Märzen der Bauer* zu summen, unterbricht sich. »Aber das darfst du alles nicht wissen, weil das ist Veronikas Überraschung.« Sie summt wieder. »Meine große Schwester und Tante Veronika haben übrigens einen neuen Text auf das Lied gemacht. Mit ganz viel Mord, und dass du ein toller Tedektiv oder so bist.«

»Ein toller Tedektiv? Tatsächlich?«

Livy nickt energisch. »Soll ich mal sagen, wie der Text geht?«

Schuknecht hebt in Erinnerung an die Eierstocklyrik abwehrend die Hände. »Nein, nein danke. Ich höre das dann ja wohl noch.«

»Und was soll ich jetzt mit deiner Maus machen?«, will Livy wissen.

»Wie wäre es, wenn du sie einfach auf den Friedhof bringst?«, schlägt Schuknecht vor und reckt das Kinn in Richtung der Kirche.

»Nee, du, der ist nicht für Mäuse«, erklärt Livy. »Der ist für Menschen. Mein Opa ist jetzt auch da.«

Schuknecht nickt ernst. »Ich weiß, und das tut mir sehr leid.«

Livy überlegt kurz. »Mir nicht so, aber ich kann ihm deine Maus bringen, dann hat er was zum Spielen, und du kriegst sowieso noch andere Sachen.«

»Ja, tu das«, rät Schuknecht, der froh darüber ist, sein erstes Geschenk auf so elegante Weise losgeworden zu sein.

»Aber«, tritt Livy in Verhandlungen ein, »wenn Opa meine Maus kriegt, die ja jetzt deine Maus ist, kriege ich einen neuen Beanie von dir, weil sonst werde ich total, total traurig.«

»Das gilt es unbedingt zu vermeiden«, befindet Schuknecht aufgeräumt und muss wider Willen lächeln.

»Super«, sagt Livy und witscht durchs Friedhofstor.

Schuknechts Lächeln verbreitert sich, während er weiter den Hügel hinaufschreitet. Ein Fest! Für ihn! Von Veronika! Kein Wunder, dass sie keine Zeit hatte, sich am Krankenlager von ihm zu verabschieden.

»Huhu, Lothar!«, schreit sie ihm auf den letzten Metern entgegen und winkt mit einem roten Wischmopp. Ach nein, das soll wohl eine riesige Papierblume sein. Na, hoffentlich bekommt er die nicht auch noch geschenkt.

Veronika eilt samt Papierblume auf ihn zu, reißt die Arme auseinander und ihn an ihren Busen. Einen hochroten Busen. Himmel, was ist denn damit passiert? Oh, offenbar hat die Blume abgefärbt. Ja, hat sie, stellt er mit Blick auf sein ehemals weißes Leinenjackett fest, nachdem Veronika die Umarmung beendet hat. Na, Schwamm drüber. Er will heute mal nicht so sein.

»Mein lieber Lothar«, beginnt Veronika sehr feierlich. »Wir alle wollen dich nun endlich offiziell in Biblinghausen willkommen heißen. Als einer von uns! In unserer Mitte. Als Biblinghäuser ehrenhalber! Du hast es dir verdient.«

Sergej klimpert eine Art Akkordeonfanfare.

»Äh, Moment mal«, unterbricht Schuknecht. »Ich bin nicht hier, um willkommen zu sein. Ich meine, es ist schön, hier willkommen zu sein, aber um genau zu sein, will ich mich verabschieden.«

Veronika reißt die Augen weit auf. »Verabschieden?« Sie schüttelt energisch den Kopf. »Unsinn. Sie wohnen doch jetzt hier!«

Sergej klimpert schon wieder seine Fanfare, und halb Biblinghausen hebt prostend die Biergläser.

Gott, ist das peinlich!

»Meine liebe Veronika, liebe Biblinghäuser«, improvisiert Schuknecht. »Ich fühle mich geehrt, in Ihrer Mitte so herzlich aufgenommen zu werden, aber leider liegt hier ein Missverständnis vor. Mein Bungalow ist bereits verkauft, meine Möbel sind auf dem Weg nach Hamburg, und ...«

»Aber das macht doch nichts«, unterbricht ihn Veronika Dornbusch. »Ihr Zimmer bei Hendrike ist ja schon möbliert!«

Schuknecht prallt zurück. »Mein Zimmer bei Hendrike?«

Frau Dornbusch nickt. »Oh ja, oh ja! Sie bekommen das größte im ersten Stock. Mit eigenem Bad und Blick auf Ihren geliebten Amselhof, dann haben Sie es in unserer Mittagspause nicht weit. Sie haben natürlich auch freie Küchenbenutzung im Kutscherhaus, falls Sie wieder mal Ihre Lenden schmoren wollen.«

»Unsere Mittagspause?«, fragt Schuknecht vollends verdattert.

»Hendrike vermietet schon Zimmer?«, fragt ein erboster Jean-Luc. »Heißt das, sie kommt zurück?«, setzt er hinzu und klingt deutlich weniger erbost.

Veronika nickt knapp, beachtet ihn aber nicht weiter, sie ist ganz bei Schuknecht. »Es ist eine sehr großzügig bemessene Mittagspause, Lothar. Zwei Stunden. Außer, wenn wir an einem akuten Fall arbeiten müssen. Dann kann sie auch mal flachfallen. Oder wir bestellen Pizza bei Hasims Bruder ins Büro.«

»Von welchen Fällen faseln Sie, Frau Dornbusch?«, donnert Schuknecht. »Und von welchem Büro?«

»Von diesem Bürö«, wirft Jean-Luc auf einmal merklich gut gelaunt ein und zerrt an einem Strick, der mit der Abdeckplane an der Ladenfront verbunden ist.

Mit mächtigem Rauschen saust sie herab und gibt den Blick auf Veronikas neues Ladenschild frei:

DETEKTIVBÜRO DÖNERBUSCH & SCHÜKNECHT
Biblinghäuser Türisteninformation
Mörd- und Scheidungsfälle, Souvenirs,
Sußwaren & Geschenke

Dank

Zunächst: Ich teile nicht die Ansicht von Staatsanwalt a. D. Lothar E. Schuknecht, dass das Bergische Land ein Regenloch und kulturell bedauerlich unterentwickelt ist.

Das Gegenteil ist wahr.

Zumindest, was die Kultur betrifft!

Und das Wetter ist besser, als gemeinhin behauptet wird, erst recht in angemessener Wanderkleidung.

Ob Altenberger Dom, das Freilichtmuseum Lindlar, Schloss Hückeswagen, die Dhünntalsperre, die Wuppertaler Schwebebahn, Schloss Burg, ungezählte Quadratkilometer Waldidylle oder die quicklebendige Kunst- und Kleinkunstszene der gesamten Region: Das Bergische Land ist eine, nein: ganz, ganz viele Reisen und Ausflüge wert.

Nicht nur, aber auch wegen der Bergischen Kaffeetafeln, der Pfannkuchenmühlen, der Ballebäuschen und durchaus vorhandenen Restaurationsbetriebe der Spitzenklasse aus aller Herren Länder.

Mein tief empfundener Dank gilt allen Bewohnern von Biblinghausen. Einem Dorf, das Sie – liebe Leser – allerdings vergeblich auf der Landkarte suchen werden. Es existiert nicht, und ich schwöre, dass das Dorf und seine Bewohner sowie ihre guten Taten und schlechten Taten vollkommen frei erfunden sind.

Nicht ganz so frei erfunden sind der Charme, der Mutterwitz, die Originalität, der Langmut, die Gastfreundschaft, die Bodenständigkeit, der Zusammenhalt und die gelegentliche Querköpfigkeit des Bergischen Menschenschlages. Meine Großmutter war ein hervorragendes Beispiel für all diese liebenswerten Eigenschaften.

Mein besonders herzlicher Dank gilt allen lieben Freunden und Bekannten – bergischen und nicht bergischen –, die unschätzbare Beiträge zur Entstehung des Buches geleistet haben:

Andreas Neumann wegen juristischer Infos, Silke Busch und Take Bijlsma dafür, dass ich in Ihrem bergischen Künstlerdomizil eine Woche schreiben, Landluft und Inspiration atmen durfte, Dr. Brigitte Halzl und Dr. Dirk Peters für mörderisch gute Medizintipps, Ulrike Riekel für ungezählte Inspirationen, viel Prosecco und ihre hinreißenden Kinder, die alle einen eigenen Roman verdient hätten. Außerdem danke ich Angelika Plogsties und Martina Peters, die mir während des Schreibens bei einem kräftefressenden Umzug halfen.

Wen vergessen? Ich hoffe nicht.

Wenn doch, folgt die Danksagung im zweiten Teil, denn die Ermittlungen von »Dönerbusch und Schüknecht« gehen zu meiner großen Freude weiter.

Und hoffentlich auch zu der meiner Leser, denen mein letztes, tief empfundenes Dankeschön gilt! Bleiben Sie Biblinghausen treu – es lohnt sich!